길 위의 인문학

59일간의 서해랑길 도보여행기

❷ 충청도·경기도·인천 구간

59일간의 서해랑길 도보여행기 ❷ 충청도·경기도·인천 구간

발행일 2024년 6월 18일

지은이 김명돌
펴낸이 손형국
펴낸곳 (주)북랩
편집인 선일영
편집 김은수, 배진용, 김현아, 김다빈, 김부경
디자인 이현수, 김민하, 임진형, 안유경
제작 박기성, 구성우, 이창영, 배상진
마케팅 김회란, 박진관
출판등록 2004. 12. 1(제2012-000051호)
주소 서울특별시 금천구 가산디지털 1로 168, 우림라이온스밸리 B동 B113~115호, C동 B101호
홈페이지 www.book.co.kr
전화번호 (02)2026-5777
팩스 (02)3159-9637

ISBN 979-11-7224-144-5 03810 (종이책) 979-11-7224-145-2 05810 (전자책)

* 이 책에 수록된 지도는 한국관광공사에서 운영하는 위치 기반 정보 서비스 '두루누비(https://www.durunubi.kr/)' 자료실이 제공하는 이미지를 사용하였습니다.
* 코리아둘레길 코스 및 서해랑길 지도는 문화체육관광부에서 제공하는 이미지를 사용하였습니다.

길 위의 인문학

59일간의 서해랑길 도보여행기

2

충청도·경기도·인천 구간

김명돌 지음

북랩

제1권 전라도 구간

3. 해남~영암 구간(13~17코스) 75.3km

13코스	무소유의 길
	우수영국민관광지에서 학상마을회관 16.3km
14코스	내 인생의 마일스톤
	학상마을회관에서 당포버스정류장 18.2km
15코스	홀로 걷는 길
	당포버스정류장에서 달도교차로 13.6km
16코스	영암아리랑
	달도교차로에서 세한대학교 영암캠퍼스 16.2km
17코스	아아, 영산강!
	세한대학교 영암캠퍼스에서 목포지방해양수산청 11km

4. 목포~무안 구간(18~23코스) 96.8km

18코스	목포의 눈물
	목포지방해양수산청에서 용해동주민센터 18km
19코스	초의선사의 노래
	용해동주민센터에서 청계면복합센터 16.8km
20코스	자연으로 돌아가라!
	청계면복합센터에서 용동마을회관 18.7km
21코스	일신우일신
	용동마을회관에서 영해버스정류장 11.9km
22코스	시애틀 추장의 연설
	영해버스정류장에서 운남버스정류장 11.9km
23코스	낙지야, 낙지야!
	운남버스정류장에서 봉오제버스정류장 19.5km

5. 무안~신안 구간(24~28코스) 83.4km

24코스	공기에게 귀 기울이라!
	봉오제버스정류장에서 매당노인회관 20.8km
25코스	천 리 길도 한 걸음부터!
	매당노인회관에서 신안젓갈타운 16.7km
26코스	세상의 빛과 소금이 되라!
	신안젓갈타운에서 태평염전 14.6km

6. 신안~무안 구간(29~33코스) 84.9km

7. 함평~영광 구간(34~40코스) 117.9km

8. 고창 구간(41~44코스) 66.4km

41코스	충무공 이순신의 여인 구시포해변에서 심원면사무소 19.7km
42코스	새야 새야 파랑새야! 심원면사무소에서 선운사버스정류장 11.6km
43코스	국화 옆에서 선운사버스정류장에서 사포버스정류장 21.1km
44코스	오늘은 걷기의 날 사포버스정류장에서 곰소항 회타운 14km

9. 부안 구간(45~50코스) 79.2km

45코스	부안변산 마실길 곰소항 회타운에서 도청리 모항 15.2km
46코스	너만은 제발 살아다오! 도청리 모항에서 격포항 10.1km
47코스	변산반도국립공원 격포항에서 변산팔각정 14.3km
48코스	나의 철든 날 변산팔각정에서 부안신재생에너지테마파크 9.8km
49코스	이화우 흩날릴 제 부안신재생에너지테마파크에서 부안군청 19.0km
50코스	어머니, 당신은 그 먼 나라를 알으십니까? 부안군청에서 동진강석천휴게소 10.8km

10. 김제~군산 구간(51~55코스) 87.9km

51코스	지평선의 고장 동진강석천휴게소에서 심포항 23.4km
52코스	망해사 가는 길 심포항에서 새창이다리 18.4km
53코스	웃어라, 웃기에도 모자란 인생이다! 새창이다리에서 외당마을버스정류장 19.6km
54코스	역사는 미래가 된다! 외당마을버스정류장에서 진포해양테마공원 11.6km
55코스	철새는 날아가고 진포해양테마공원에서 장항도선장 입구 14.9km

목차

제2권 충청도·경기도·인천 구간

11. 서천 구간(56~59코스) 70.5km

12. 보령~홍성 구간(60~63코스) 53km

13. 태안 구간1(64~75코스) 201.2km

14. 서산~당진 구간(76~83코스) 117.9km

15. 서산~당진 지선 구간(64-1에서 64-6코스) 109km

16. 아산~평택~화성 구간(84~88코스) 90.2km

17. 안산~시흥 구간(89~93코스) 77.9km

18. 인천~김포 구간(94~99코스) 83.4km

》》》 코리아둘레길 코스

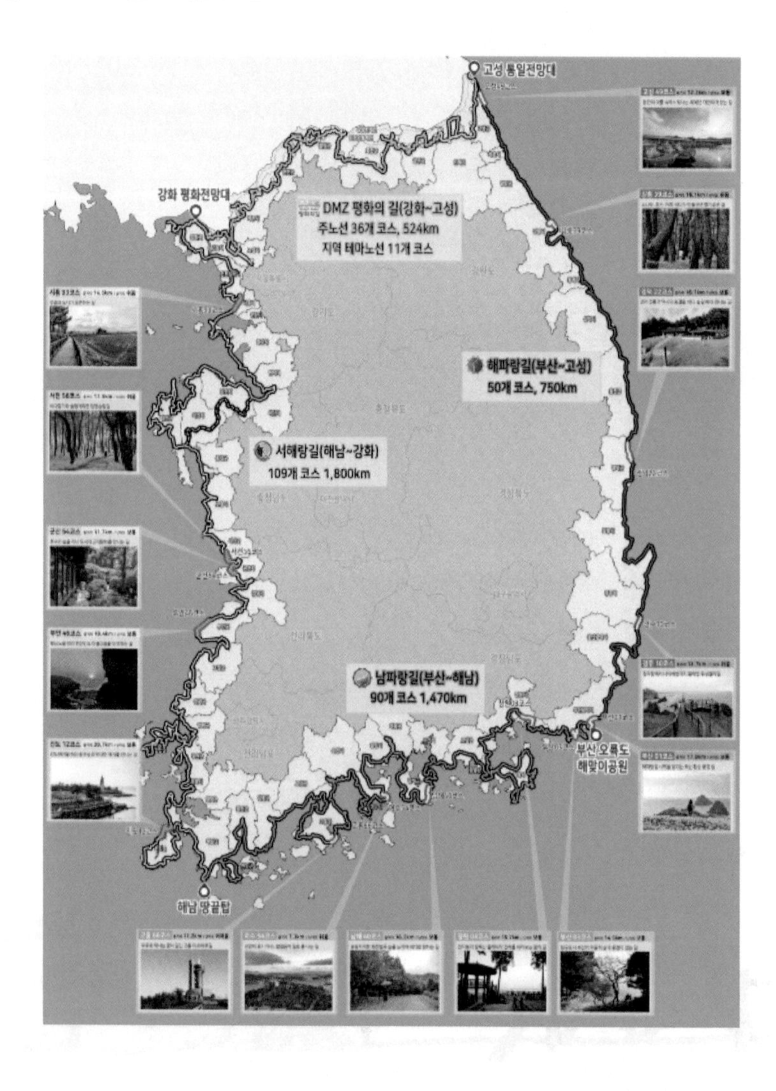

고성 통일전망대
강화 평화전망대
DMZ 평화의 길(강화~고성)
주노선 36개 코스, 524km
지역 테마노선 11개 코스
해파랑길(부산~고성)
50개 코스, 750km
서해랑길(해남~강화)
109개 코스 1,800km
남파랑길(부산~해남)
90개 코스 1,470km
부산 오륙도 해맞이공원
해남 땅끝탑

서해랑길 코스

서해랑길
종착점 강화평화전망대
강화
김포
인천
시흥
안산
경기도
화성
당진
평택
서산
아산
지선
태안
홍성
충청남도
보령
서천
군산
김제
부안
고창
영광
신안
함평
무안
목포
영암
전라남도
진도
해남
시작점 해남 땅끝탑
강화 103코스
13.1km/ 어려움 / 5시간
별악봉 능선 따라 서해와 북녘땅을
바라보며 서해랑길 대장정을
마무리하고 평화전망대에서
평화와 희망을 꿈꾸는 길
화성안산 88코스
17.6km/ 보통 / 6시간
낙조로 유명한 궁평항과 천여
그루의 해송길, 해안따라
이어진 철책길, 바닷길이
열리는 백미리어촌체험마을 등
서해안의 다양함을 만나는 길
태안 70코스
19.2km/ 보통 / 6시간 30분
태안반도로 불어오는
바람따라 향긋이 불어오는
솔향과 바람따라 머문
모래사구 만나는 이색적인
바닷길
보령 62코스
15.9km/ 쉬움 / 5시간
충청 바다를 지켜온
충청수영성, 보령 사람들 삶의
애환이 담긴 굴 따라 가는 길을
만나는 여행
부안 47코스
13.9km/ 쉬움 / 4시간 30분
켜켜이 시간이 내려앉은
변산반도를 따라 꽃길, 노을길,
해변길, 해송길 등을 걷는 여행
신안 27코스
14.3km/ 쉬움 / 5시간
멈춘 듯 흐르는 바다와 섬,
자연이 선사하는 느린 시간
속으로, 유네스코 세계유산
한국의 갯벌과 함께 하는 길
목포 18코스
18km/ 보통 / 6시간
목포의 멋과 맛, 개항도시에서
만나는 근대역사문화길, 바닷길,
숲길, 골목길, 기암괴석길 까지
다양함의 끝이 없는 여행길
해남 01코스
14.9km/ 보통 / 5시간
한반도 최남단 땅끝에서 서쪽
바닷길 따라 서해랑길
대장정을 여는 코스

11 서천 구간 (56~59코스) 70.5km

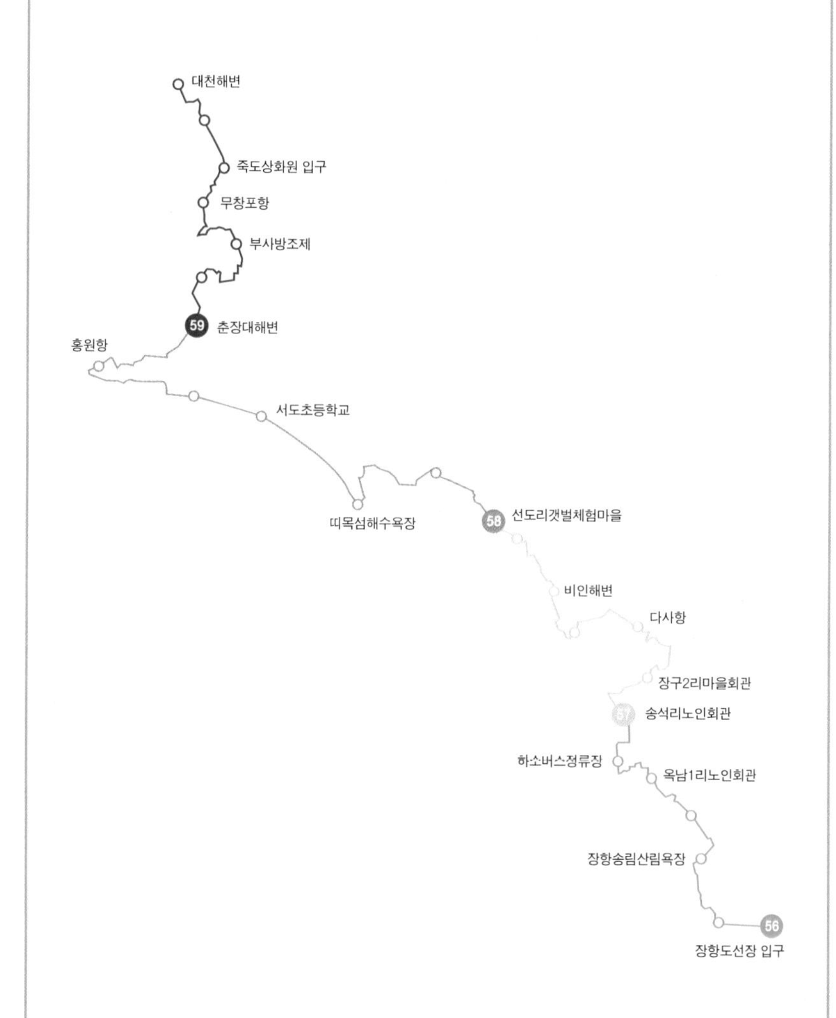

56코스

나는 순례자다!

장항도선장 입구에서 송석리와석노인회관 14.2km

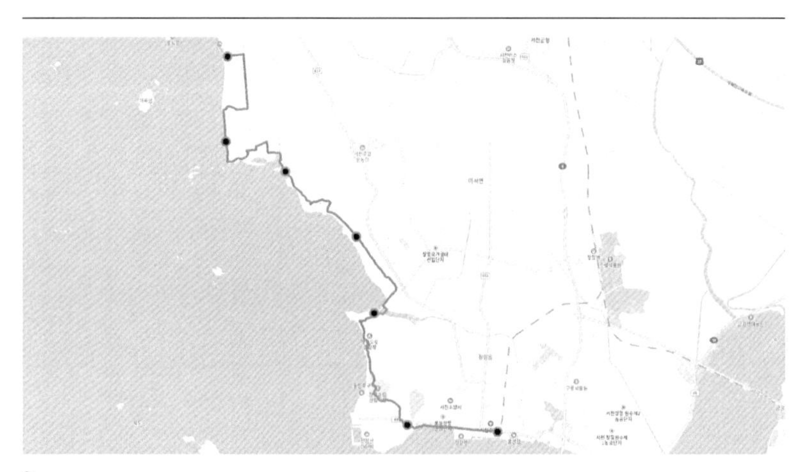

장항도선장 입구 > 장항송림산림욕장 > 옥남1리해수욕장 > 송석리와석노인회관

11월 21일 오후 2시, 장항읍 신창리 장항도선장 입구에서 56코스를 시작한다. 56코스는 서해안을 따라 장항항과 삼림욕장을 지나서 마서면 송석리 와석노인회관까지 걷는 구간이다.

서해랑길 서천 구간은 56~58코스로 41.8km이다. 서천 구간은 송림이 어우러진 해변과 보드라운 갯벌, 곳곳에서 모습을 달리하는 일몰이 아름다운 곳이다. 200리 해안과 금강을 끼고 있는 서천은 유독 갈대 습지가 많다. 신성리갈대밭은 꼭 가 봐야 할 명소이다.

맑고 파란 하늘, 나 홀로 길을 간다. 사나이 가슴속에는 늘 송골매가 가을하늘을 솟구치는 듯한 기상을 품어야 한다. 세상도 작다고 여기고

서해랑길 사천오백 리 길도 이웃 마실길 가는 것처럼 손쉽게 여기는 기상을 품어야 한다. 햇살에 비친 파란 바다가 눈부시게 반짝이며 환호한다. 밀물이 밀려오고 바다가 출렁인다. 서해바다는 하루 두 번 옷을 입었다 벗었다를 반복한다.

오늘은 걷기 29일째 900km를 통과하는 날이다. 54코스에서 56코스까지 3개 코스, 40.7km를 걸어간다.

2017년 6월, 나는 길 위의 순례자였다. 프랑스 생장 피드포르를 시작으로 피레네산맥을 넘어 스페인 산티아고 콤포스텔라까지 800km를 걸어가는 순례자였다. 예수를 만나고 성 야고보(산티아고)를 만나기 위해 고행을 자처하는 순례자였다. 27일간의 여정 끝에, 산티아고 콤포스텔라에서 다시 세상의 땅끝 피스테라까지 4일간 100km를 더 걸어서 900km를 31일간 걸었다. 순례를 모두 끝낸 나는 땅끝 피스테라 '0.0km' 지점에서 대서양 바다를 향해 이렇게 외쳤다.

"나는 순례자다. 영원한 순례자다!"

나는 그때도 순례자고 지금도 순례자다. 순례자는 일상의 소중함을 알기에 카미노로 가고, 카미노의 가치를 깨닫기 위해서 일상으로 돌아온다. 돌아온 뒤의 순례자는 떠날 때의 순례자가 아니다. 카미노에서 체득한 내면의 힘으로 일상에서 영혼도 육신도 카미노를 따라 움직인다. 순례자는 카미노에서도 이방인이요 돌아와서도 이방인이 된다. 그리고 이방인의 아픔과 기쁨을 무한정 즐긴다. 고독 속의 침묵과 평화, 카르페 디엠을 음미하는 삶, 덜 복잡하게 살기를 실천한다. '카미노 순례자'라는 정체성을 가지고 길 위의 정신을 계속 간직하려고 한다.

길은 길에 연하여 순례자는 다시 나그네가 되어 서해랑길을 걸어간다. 장항도선장을 지나서 바다 건너 군산을 바라보며 걸어간다. 홀로 서서 낚시하는 낚시꾼이 한가롭다. 강태공이 스쳐 가고 복수불반분(覆水不返盆)의 고사가 스쳐 간다. 이미 엎질러진 물이다. 서해랑길 1,800km 중 900km를 통과했는데, 뭘 어찌할 것인가. 오로지 목표를 향해 중단 없는 전진이다. 한 걸음 한 걸음 행복한 마음으로 길을 간다.

어떤 사람이 링컨에게 이렇게 물었다.

"당신은 교육도 제대로 못 받은 농촌 출신이면서 어떻게 변호사가 되고 미국 대통령까지 될 수 있었습니까?"

링컨은 이렇게 대답했다.

"내가 마음먹은 날, 이미 절반은 이루어진 것입니다."

아리스토텔레스는 "시작이 반이다."라고 말했다. 목표를 설정할 때 마술은 이미 시작된다. 목표를 설정하는 그 순간 스위치가 켜지고, 물이 흐르기 시작하고 성취하려는 힘이 현실화되는 것이다.

서해랑길 도보여행이 드디어 후반전에 접어들었다. 전반전이 오르막길이면 후반전은 내리막길이다. 오르막길에 열정과 투지가 솟는다면 내리막길은 목표가 점점 가까워진다는 기쁨과 희망이 있다. 베트남 출신의 평화운동가 틱낫한 스님은 말한다.

"우리의 마음은 밭이다. 그 안에는 기쁨, 사랑, 즐거움, 희망과 같은 긍정의 씨앗이 있는가 하면 미움, 절망, 좌절, 시기, 두려움 등과 같은 부정의 씨앗이 있다. 어떤 씨앗에 물을 주어 꽃을 피울지는 전적으로 자신의 의지에 달려 있다."

기쁨과 즐거움, 희망의 씨앗에 물을 주는 서해랑길의 나그네가 서천 장항의 바닷가를 나 홀로 걸어간다. 먼 길을 걸어온 자신이 뿌듯하다.

도로에는 차들이 굉음이 내면서 달려간다. 나그네가 앞서가는 그림자에게 말한다.

"그림자, 오늘도 강행군이네. 전라도를 걷고 이제는 충청도에 들어와서 걸어가는 오늘 세 번째 코스네. 수고가 많아. 내가 전라도에 있던 충청도에 있던 세상은 아무도 관심이 없지. 그냥 나는 나의 길을 가는 거야. 순대국밥에 막걸리 한 통 먹고 길을 가는 나그네, 정말 얼마나 멋진 인생이야! 가자, 가! 내게는 가야 할 길이 있고 지켜야 할 약속이 있지. 서해랑길 완주 말이야!"

도로에서 벗어나 한적한 갈대밭을 걸어간다. 온 세상이 고요하다. 장항송림산림욕장이 다가온다. 장항송림산림욕장은 서천 9경 중 제8경이다. 서천 9경의 제1경은 서천 제일의 서해바다 풍광을 간직한 마량리 동백나무 숲, 2경은 구름 위가 따로 없어 하늘거리는 갈대의 장

관 신성리갈대밭, 3경은 500년 전통 천연섬유 한산모시의 메카 한산모시마을, 4경은 고려 삼은의 한 분인 이색의 자취 어린 문헌서원, 5경은 완만한 경사도를 자랑하는 안전한 춘장대해수욕장, 6경은 국립생태원·해양생물자원관, 7경은 40여 종 50여만 마리 철새의 낙원 금강하굿둑철새도래지, 8경은 장항송림산림욕장·스카이워크, 9경은 유부도·서천갯벌이다.

푸르른 송림 사이로 탁 트인 바다 전망을 감상하면서 장항 스카이워크를 걸어간다. 소나무가 이리 굽고 저리 휘어 모양이 제각각이다. 장자는 '무용(無用)의 용(用)', 쓸모없음의 쓸모 있음을 말하며, 못생긴 나무가 산을 지키고 곧게 높이 자란 나무가 먼저 잘린다고 말한다. 묵자는 말한다.

"지금 다섯 개의 송곳이 있다면 가장 뾰족한 것이 반드시 먼저 무뎌질 것이며, 다섯 개의 칼이 있다면 가장 날카로운 것이 반드시 먼저 닳을 것이다. 그래서 맛있는 샘물이 먼저 마르고, 곧게 높이 자란 나무가 먼저 잘린다."

우거진 송림 사이를 걸어 기벌포 해전 전망대를 지나간다. 1346년 전인 676년 음력 11월, 통일 신라와 당(唐)의 기벌포(伎伐浦) 해전, 나당전쟁 최후의 전투가 펼쳐진 바다를 바라본다. 기벌포의 위치에 대해서는 이설이 있으나, 금강 하구가 기벌포라고 알려져 있다.

648년 신라는 당나라와 군사동맹을 맺었다. 660년 나당연합군은 기벌포에서 연합해 백제의 사비성을 함락시켜 백제를 멸망시켰고, 668년 나당연합군은 평양 근처에서 연합해 고구려를 멸망시켰다.

그러나 당나라는 백제와 고구려 지역을 직접 지배하고 신라까지 직접 복속시키려 하면서 신라의 자주성을 빼앗고, 고구려의 평양 이남과 백제 땅을 신라에게 주기로 한 영토 분할 약정을 위배하였다. 이에 격분한 신라는 당나라에 선전 포고를 하고 대당전쟁을 감행하였다. 신라의 대당 전쟁은 670년부터 676년까지 7년간 지속되었다.

675년 설인귀와 이근행이 이끄는 당군이 각각 천성 전투와 매소성 전투에서 신라군에 패배했고, 676년 3월부터 대륙 반대편 토번(티벳)의 맹렬한 공격을 받아 더 이상 양면 전쟁을 수행하기 어렵다 판단해 이즈음에 신라와의 전쟁을 사실상 포기하고 옛 백제 영토의 거점 웅진도독부에서도 철수를 결정한다.

676년 11월 설인귀는 황해 해로를 통해 철수를 하기 위해 수군을 이끌고 기벌포에서 신라의 측면을 공격하면서 기벌포 해전이 시작됐다. 첫 싸움에 패전한 신라는 22번의 크고 작은 싸움 끝에 결국 승리하였다. 이 전투에서 당군은 상당수의 전함과 4,000여 명의 군사를 잃었다. 이 패배로 당나라는 더 이상 전쟁 수행 의지를 상실했다. 기벌포전투로 신라는 서해에서의 제해권을 장악했고, 7년에 걸친 나당전쟁에서 최종 승리를 거두고 당의 세력을 한반도에서 완전히 몰아냈다.

백사장을 걸어간다. 갯벌과 넓은 바다, 송림이 우거진 아름다운 풍경을 나 홀로 즐기며 걸어간다. 아름다운 바닷가 '철새나그네길' 5코스 해찬솔길을 걸어간다. 서천 철새 나그네길은 서해와 접하고 있는 서천의 해안을 따라 걷는 길이다. 모두 5개 구간으로 나누어져 있다. 해찬솔길은 편도 2.5km 구간으로, 장항 스카이워크와 소나무가 우거진 송림 삼림욕장을 걷는 길이다.

한적한 마서면 남전리 도로변, 수많은 장승들이 길가에 도열해 나그네에게 경의를 표한다. 어깨가 저절로 으쓱해진다. 키케로는 "왕과 동행할 때 마음이 흔들리지 않고 거지와 함께할 때 그를 업신여기지 않는다면, 당신은 인격자다."라고 했지만 나 홀로 서해랑길을 걷는 나는 장승들이 경배하는 신선이다. 변강쇠가 이 장승을 뽑아서 장작으로 쓸려다가 옹녀에게 혼나는 장면이 스쳐 간다.

마서면 월포리 바닷가, 숨 쉬는 어부의 땅 갯벌 옆에 많은 트랙터와 경운기들이 모여 있다. 갯벌에 배들을 끌고 들어가기 위해서다.

조수간만의 차이가 커 너른 갯벌을 품고 있는 서해바다에서 농부가 부지런히 밭을 일구듯 어부는 삶을 캐낸다. 조수간만의 차는 수만 년을 이어온 자연의 덧셈과 뺄셈이다. 달의 인력에 이끌려 바다는 하루 두 번 멀리 밀려갔다 다시 돌아온다. 인간의 셈법보다 정확한 바다의 시간표다. 그 신비한 물때에 맞춰 포구의 하루가 시작된다. 들고 나는 바다의 시간에 순응하는 어부, 바다는 언제나 넉넉한 품을 내어 준다. 바다는 한 번에 다 내어 주지는 않는다. 바다의 깊은 속내를 누가 알겠는가.

서천 앞바다는 예부터 질 좋은 꽃게 산지로 유명하다. 모래와 펄이 섞인 너른 갯벌 덕에 바다가 깨끗하고 영양분이 많아서다.

만선의 꿈을 싣고 출항을 하는 어부들에게 바다는 네 땅, 내 땅이 없다. 누구나 빨리 그물 치는 사람이 임자다. 고기도 많이 잡는 사람이 임자다. 바다는 열심히 하는 사람에게 그 보답을 준다. 그것 또한 운이다. 운 또한 노력하는 자에게 찾아온다. 하지만 지나친 탐욕을 부리면 바다는 성을 낸다. 바닷바람이 시원하게 불어온다.

호모 비아토르(Homo Vitor), '여행하는 인간'이 오늘도 길 위에서 호연지기(浩然之氣)의 비타민을 먹고 마신다. 맹자는 인간이 가지고 있는 정신적 에너지를 호연지기라고 한다. 이 에너지는 옳음의 가치를 실현하는 가운데서 배양된다. 사람들은 산에 올라가서 "야호!" 하고 외치고 기운을 받는 것이 호연지기라고 생각하고, 그저 남에게 지지 않는 강한 남자들의 기운을 호연지기라고도 하지만 호연지기는 내 영혼의 만족감, 그것이 의(義)이고, 그 의(義)가 충족된 것, 무소의 뿔처럼 흔들리지 않고 곧바로 목표를 향해서 가는 것이다.

호연지기는 의로운 삶과 잘 어울린다. 외로운 삶과도 잘 어울린다. 외로운 길을 무소의 뿔처럼 묵묵히 나아가는 나그네에게 잘 어울린다. 나그네는 매일 비타민을 먹듯이 몇 개씩 호연지기라는 약을 먹어야 한다. 호연지기를 하루라도 끊으면 에너지가 방전되고 에너지가 방전되면 뜻이 무너진다. 뜻이 무너지면 마음이 흔들리고 마음이 흔들리면 대장부가 될 수 없다.

해가 서쪽으로 바다와 점점 가까워진다. 한적한 시골길을 걸어간다. 바다 위에 떠 있는 매바위해변공원이 외롭게 다가온다. 바닷가를 걷다가 다시 들판을 걸어간다. 40km 넘게 걸어가는 날, 들판 저 멀리 한적한 시골 마을이 다가온다. 와석(臥石), '누운 돌'이라는 마을의 할머니 한 분이 참으로 대단하다고 칭찬하면서 지나간다.

오후 4시 54분, 마서면 와석리노인회관, 드디어 56코스 종점에 도착했다.

57코스

마르지 말아라, 마르지 말아라!

송석리와석노인회관에서 선도리갯벌체험마을 15.9km

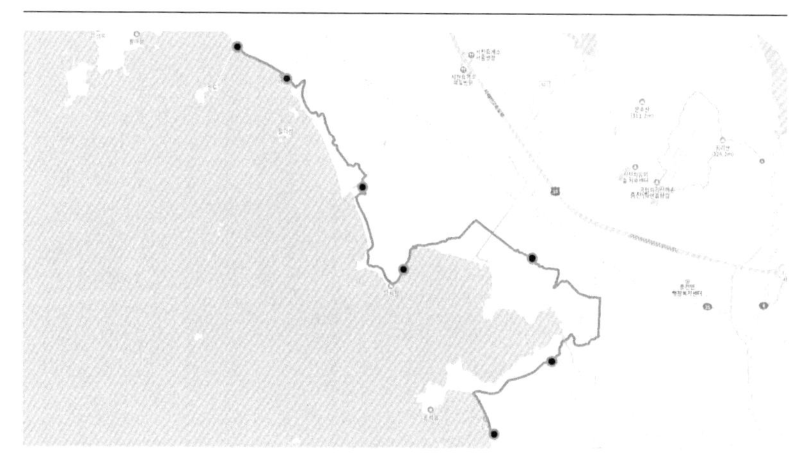

송석리와석노인회관 > 장구2리마을회관 > 다사항 > 비인해변 > 선도리갯벌체험마을

11월 22일 화요일 7시 30분, 송석리 와석노인회관에서 57코스를 시작한다. 57코스는 해변 길을 걸으며 어촌마을과 풍경을 두루 보면서 선도리갯벌체험마을까지 가는 구간이다.

신선한 아침, 한적한 시골 어촌 해안가, 산책 중인 할아버지와 인사를 나눈다. 어제 회관에 도착했을 때 만난 분이라 더욱 반갑다. 승용차는 어디에 있는지, 오늘은 어디까지 가는지, 부러움 반, 걱정 반, 관심과 질문이 많다. 돌아서서 다시 길을 간다. 나그네가 새로운 하루를 기쁨으로 걸어간다. 이슬람 신비주의 시인 잘랄루딘 루미는 노래한다.

인간이란 존재는 여인숙과 같다. / 매일 아침 새로운 손님이 도착한다. / 기쁨, 절망, 슬픔 / 그리고 약간의 순간적인 깨달음 등이 / 예기치 않은 방문객처럼 찾아온다. // 그 모두를 환영하고 맞아들여라. (후략)

여인숙이 된 나그네가 달관한 듯 마음의 문을 활짝 열고 오늘도 새로운 방문객을 맞이한다. 나는 내 인생의 주인공, 수처작주 입처개진(隨處作主 立處皆眞)이다. 미친 세상에서 진리를 찾기 위해 멀고 먼 고행의 서해랑길을 걸어간다. 오늘도 마이웨이, 초탈한 시각으로 나의 길을 간다.

명돌(明乭)이 누운 돌 마을을 걸어간다. 석수화향(石壽花香)이라, 돌처럼 흔들림이 없고 꽃처럼 향기롭게 걸어간다. 〈시경〉에서는 타산지석(他山之石)이라 '다른 산의 돌이 이곳의 옥을 가는 숫돌이 되며'라고 했으니, 누운 돌을 징검돌 삼아 '밝은 돌'이 힘차게 나아간다. "재미의 세계가 넓으면 넓어질수록 행복의 기회가 많아지며 운명의 지배를 덜 당하게 된다."고 러셀은 말했다. 재미와 의미의 세계가 갈수록 펼쳐진다. 신명이 난 나그네가 노래를 부른다.

사랑하는 이여 / 우리 함께 길을 가자. / 나는 그 길 위에서 / 바람이 되어 / 그대 이마의 땀을 말리고 / 구름이 되어/ 뜨거운 햇빛을 가려주며 / 한 그루 나무가 되어 / 그대 그늘이 되리니 // 사랑하는 이여 / 우리 함께 먼 길 가자 / 그러면 그 길은 / 사랑의 길 / 희망의 길이 되리니 / 우리 함께 걸어가자 / 이 세상 끝까지 / 저세상 끝나는 날까지.

누구나 인생을 잘 사는 비결 하나쯤은 있어야 한다. 인생은 어느 시기건, 그때 맞는 재미와 즐거움이 있다. 그것을 충분히 즐기면서 산다면 행복한 인생이다. 나에게 있어 그 비결은 무엇일까. 나는 도보여행과 책을 좋아한다. 가고 싶을 때 언제 어디로라도 떠나는 것과 이른 새벽에 책과 함께하는 것이다. 도보여행은 단순히 경치를 보는 것 이상이다. 깊고 변함없이 흘러가는 자신과 삶에 대한 변화도 볼 수 있다. 바로 지금 나이에, 내가 가진 것만으로도 즐거움을 느끼는 것이 진짜 재미다. 그리고 물어본다.

"나는 어떤 모습으로 나이 들어 갈 것인가?"

나이 듦의 준비, 반드시 선행 학습이 필요하기에 나이 듦을 배우고 익힌다. 셰익스피어는 "인생은 짧다. 그 짧은 인생도 천하게 보내기에는 너무 길다."고 했으니 짧은 인생, 의미와 재미를 찾아 즐겁게 익어 간다.

새들이 한 줄로 날아간다. 아침부터 어디를 가는 걸까. 한 마리, 두 마리… 모두 열 한 마리다. 날고 싶다. 저 새처럼 날고 싶다. 날개가 있다면 창공을 훨훨 날아가고 싶다. 하느님이여, 날개를 주소서, 주소서…….

새는 하늘을 날고 물고기는 물속을 헤엄치고 사람은 걸어간다. 나는 사람이기에 걸어가야 하는 숙명이다. 숙명을 즐기며 걸어간다. 정겨운 어촌 풍경, 나는 과연 이런 곳에 살 수 있을까. 사람 사는 세상이다. 어딘들 못 살겠는가.

오늘이 집 나온 지 한 달째다. 나는 과연 이 길에서 무엇을 하고 있는 것일까. 한적한 장구2리마을회관을 지나간다. 나그네를 보고 두 마리 개가 꼬리를 흔든다. 촉견폐일(蜀犬吠日), '촉나라 개는 해를 보고 짖는다.'고 했다. 이상한 행색의 낯선 나그네를 보면 짖어야 하건만 꼬리를 흔들다니. 착한 개는 착한 나그네를 알아보는 걸까. 착각 속에 웃으며 농촌 들판을 걸어간다.

당정1리마을회관을 지나고 들판 길을 걷고 또 걸어서 다시 바다로 나아간다. 다사항 해안 도로를 걸어간다. 외로운 나그네가 그림자와 동행한다.

사람들은 죽는 날까지 자신의 본래 모습을 볼 수 없다. 거울 속의 모습은 사실과 다르다. 카메라의 모습 또한 사실과 다르다. 위치가 바뀐 것이다. 사람들은 자신이 누구인지 모른다. 자신의 이름이 자신일 수는 없다. 자신의 육신이 자신일 수는 없다. 다른 사람이 평가해 주는 자신이 결코 진정한 자신일 수는 없다. 실제의 자신과 타인이 보는 자신이 다르기 때문이다. 그럼 자신은 누구인가? 내가 생각하는 현재의 내 모습이 내가 아니라 내가 바라는 모습이 진정한 나의 모습이다. "오늘은 내 일생 중에 가장 중요한 날이며, 다른 모든 날을 결정해 주는 날이다."라고 몽테뉴는 말하지 않았던가. '내가 바라는 멋진 모습'을 생각하면서 길을 간다.

농로를 따라 들판을 걸어간다. 새 떼가 날아간다. 소리를 내며 날아간다. 다시 바닷가, 비인면 바닷가를 걸어간다. 날이 흐려진다. 하늘에 구름이 가득하다. 비가 온다는 예보도 있다. 돌을 베고 누워 있는 돌인간 조각상이 기다린다. 다사리해안 도로 산책로를 걸어간다.

장포리 바닷가, 할미섬까지 바닷길이 열렸다. 지게에 짐을 지고 한 사내가 갯벌 가운데 길을 따라 걸어온다. 또 한 사람은 갯벌에서 고기를 잡는다. 독살이다. 바닷가에 돌담을 쌓아 고기를 잡는 전통 어구다. 조수간만의 차를 이용해 밀물에 들어왔다 썰물에 나가지 못하는 고기를 잡는 전통 고기잡이 자연의 그물 어구다.

어부의 삶은 기쁨도 슬픔도 모두 바다에 씻어 낸다. 밀물과 썰물처럼 조용히 세월을 보낸다. 모자라지도 넘치지도 않는 소박한 풍요를 맛본다. '나 혼자 다 먹으려고 하면 갈매기들이 흉봐!'라고 하면서 '갈매기들도 먹고 살아야지'라고 한다. 비우는 만큼 채워지는 게 인생이다. 어부

는 아낌없이 내어 주는 바다와 갯벌, 갈매기와 물고기들에게도 감사해 한다. 그러면 싱싱한 삶의 꽃이 피고 진다.

차도를 따라 걷다가 바위에 소나무가 세 그루 서 있는 당산바위에 도착한다. 앞에는 경운기 한 대가 서 있다. '이곳 당산바위는 소중한 관광 자원이니 바위에 올라가지 말라'고 비인면장이 안내를 한다. 쌍도를 바라보며 선도리해변을 걸어간다. 쌍도(雙島)에 얽힌 전설이다.

예전 이곳에는 수만 평의 해당화 밭이 있었다. 오월이면 꽃향기가 몇 십 리까지 퍼져나갔다. 해당화 향기에 취해 찾아온 가난한 어부의 아들과 천석지기 부잣집 외동딸이 사랑에 빠졌다. 하지만 양가의 반대에 처녀는 상사병에 몸져누웠다.

해당화가 만개한 어느 해 봄, 총각은 처음 만났던 날을 기억하고 그날 밤 그 장소에 나갔는데, 처녀도 그렇게 생각하고 기다리고 있는 게 아닌가. 둘은 이후 다시는 못 만날 것이라는 생각에 영원히 함께하기 위해서는 죽음밖에 없다고 생각하고 손을 꼭 잡고 바닷속으로 걸어 들어갔다.

뒤늦게 이 사실을 안 양가 부모들은 후회하며 용왕님께 이들을 살려 달라고 지성으로 빌었다. 그러던 어느 날 앞바다에 두 개의 작은 섬이 솟아올랐다. 고래와 거북 모양의 이 섬을 후대사람들은 '쌍도'라 불렀다. 이후 청춘남녀가 손을 꼭 잡고 섬을 한 바퀴 돌면 사랑이 이루어진다는 전설이 생겨났다.

'해당화 피고 지는 섬마을 선생님' 노래를 부르며 걸어간다. 어릴 적 이 노래를 좋아했던 동생 생각이 난다. 갑작스러운 동생의 죽음에 애통해하시던 엄마 생각이 난다. 눈물이 난다. 내 인생 최초의 스승은 엄마였고, 내 인생 최고의 스승은 엄마였다. "내가 흘린 눈물만 모아도 가뭄은 없다"라고 한 어느 인디언처럼 엄마는 많은 눈물을 흘렸다. 엄마의 눈물은 내 눈에 흐르는 눈물의 깊은 샘이었으니, 나를 키운 팔 할은 엄마의 눈물이었다.

하루는 하느님이 천사를 불러 지상에서 가장 아름다운 것을 가져오라고 말했다. 천사는 급히 지상으로 내려가 사방을 살펴보았다. 가장 먼저 꽃들이 눈에 띄었다. 천사는 아름다운 꽃 한 송이를 꺾어 들고 길을 걸어갔다. 이번에는 방긋방긋 웃고 있는 어린아이를 만났다. 천사는 어린아이의 웃음을 꺾어 들고 다시 길을 걸었다. 그러자 이번에는 아이를 안고 있는 엄마의 사랑스러운 모습이 눈에 띄어 엄마의 사랑을 손에 쥐고 다시 길을 걸었다.

"이 세 가지만 들고 가면 하느님도 기뻐하실 거야."

천사는 그런 생각을 하며 부지런히 걸음을 재촉했다. 그런데 한참 길을 걷다 보니 꽃은 시들어 버리고 어린아이는 자라나 능글맞은 모습이 되었다. 하지만 아기를 안고 있던 엄마의 사랑은 그대로 변함이 없었다. 그래서 천사는 엄마의 사랑을 가지고 하느님께로 갔다.

엄마가 보고 싶다. 십 년 전에 돌아가신 엄마가 보고 싶다. 살아생전에도 '엄마가 돌아가시면 어떻게 하나', 생각만 해도 눈물을 흘리곤 했다. 그런 엄마가 돌아가시고 난 후 가끔, 아주 가끔 엄마가 그리워 눈물을 흘린다.

화장실 벽에 '남자가 흘리지 말아야 할 것은 눈물만이 아니다'라는 표찰이 가끔 붙어 있다. 왜 남자는 왜 눈물을 흘리면 안 되는가? 아니다. 남자도 눈물을 흘려야 한다. 눈물은 영혼의 세척제다. 힘든 세상 살면서 눈물은 힘이 되고 약이 된다. 참으면 오히려 병이 된다. 눈물은 스트레스와 슬픔, 상실과 좌절의 아픔을 줄여 준다. 울고 나면 감정이 정화되고 기분이 좋아지기도 한다.

눈물을 보이며 감정을 표현할 줄 아는 사람은 건강하다. 강한 사람은 감정에 솔직하다. 자존감이 높을수록 감정을 덜 억압한다. 용기 있는 사람만이 세상을 향해 눈물을 보일 수 있다. 울 줄 아는 사람만이 세상을 감동시킬 수 있다. 울음을 터트릴 장소를 그냥 지나쳐서는 안 된다. 그 자리에 무릎 꿇고 주저앉아 울음을 터트려야 한다. 가장 진솔한 마음으로, 그리고 신께 감사해야 한다. 괴테가 '슬픔의 환희'를 노래한다.

> 마르지 말아라, 마르지 말아라, / 영원한 사랑의 눈물이여! / 아아, 눈물 마른 눈에 비치는 이 세상이란 / 얼마나 황량하며, 그 얼마나 죽은 것으로 보이랴! / 마르지 말아라, 마르지 말아라, / 불행한 사랑의 눈물이여!

타인의 슬픔에 공감하는 눈물을 흘릴 수 있는 한 아직 순수하다. 타인의 슬픔을 슬픔으로 볼 수 있는 순순한 마음이다. 인간이 흘리는 비통한 눈물 앞에서는 굳게 닫힌 하늘의 문도 열리고 신도 인간 옆에서 신음을 한다. 성경과 불경, 사서삼경, 도덕경 등 모든 경전에는 진리가 담겨있다. 누군가 진리를 찾으려 애쓴 결과물이 경전이고, 사람들은 답을 찾으려고 그 경전을 들여다본다. 눈물 젖은 영혼으로 바라보는 경전에는 더 큰 깨달음이 있다.

10시 50분, 바닷바람이 불어오는 비인해변 끝자락에서 쌍도를 바라보며 57코스를 마무리한다.

58코스

파도야, 어쩌란 말이냐!

선도리갯벌체험마을에서 춘장대해변12.5km

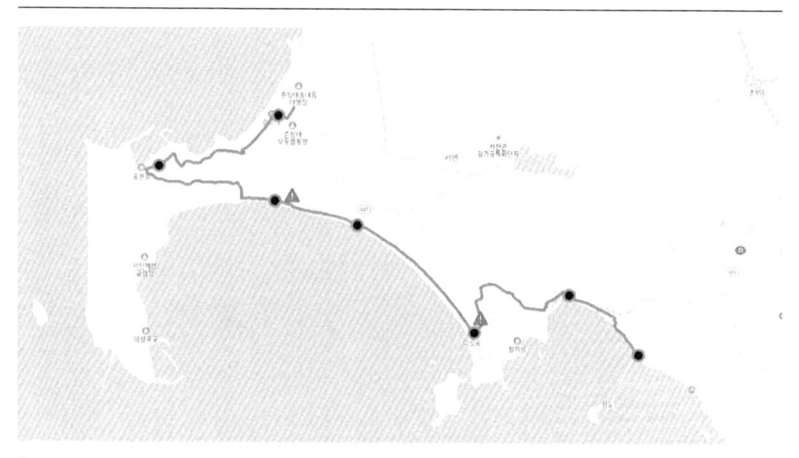

선도리갯벌체험마을 > 띠섬목해수욕장 > 서도초등학교 > 홍원항 > 춘장대해변

10시 50분, 58코스를 시작한다. 58코스는 선도리갯벌체험마을에서 서해의 해변과 마을을 감상하며 서면 도둔리 춘장대해변까지 걷는 구간이다.

광활한 청정 갯벌 너머 작은 섬 2개, 쌍도를 바라보며 걸어간다. 길 위에 숨겨진 사연들처럼 섬도 사람도 저마다 사연을 안고 있다. 나그네는 나그네의 사연을 안고 오늘도 길을 간다. 드넓게 펼쳐진 갯벌과 먼 바다에서 불어오는 바람이 시원하게 감각을 일깨운다. 홍에 취한 나그네가 노래를 부른다.

상상은 실현보다 더 달콤하다.
기뻐하고 기뻐하라!
도착했다고 상상하라
성공했다고 상상하라
기뻐하고 기뻐하라
그러면 바란 대로 이루리라.

서해랑길의 목적지인 강화평화전망대에 도착한 모습을 상상한다. 산행을 할 때도 가끔씩 정상을 바라보는 것은 목표를 마음속에 지니는 데 효과적이다. 하지만 한 걸음씩 오를 때마다 주변에 펼쳐지는 아름다운 경관을 감상해야 한다. 산을 오르면서, 능선을 걸으면서 순간순간을 즐겨야 한다. 정상에 올라서서 아래를 내려다보는 순간은 산행에서 맛보는 최고의 짜릿한 기분이다. 내려올 때는 마치 떠나기 싫다는 듯 천천히 음미하면서 내려와야 한다.

기쁨이 넘쳐난다. 진정한 여행의 묘미는 어제의 모습대로 계속 살아갈 필요가 없다고 하는 가르침이다. 경치가 변하듯 어제의 생각을 벗어버리면 수천 수만 가지의 새로운 생각이 새로운 삶으로 이끌어 간다. 불가에서는 "우리는 죽기 위해 태어나고 잃어버리기 위해 소유하며 떠나보내기 위해 만난다."고 하는데, 여행은 이 사실을 생생하게 깨닫는 시간이다. 수많은 만남과 헤어짐이 반복되는 것이 바로 여행이다. 각자 가야 할 길이 있기에 만나고 헤어진다. 여행자는 길을 떠나는 사람이다. 헤어지는 것을 알기에 만나는 순간에, 함께하는 순간에 더욱 행복에 집중한다.

서해랑길에서 멋과 낭만을 즐길 줄 아는 나그네의 심장에 펄떡펄떡 뜨거운 피가 솟구친다. 하늘에도 심장이 있고 산에도 심장이 있고 나무에도 심장이 있고 단풍잎에도, 낙엽에도, 찬바람에 흔들리는 앙상한 가지에도 심장이 있다. 차가운 물속에서 헤엄치는 작은 물고기에게도 심장이 있다. 하늘을 나는 저 갈매기에게도 심장이 있다. 따사한 햇살 속에도 가난한 나그네의 심사를 녹여 주는 심장이 분명히 있다. 서해랑길에도 심장이 있다. 심장이 삼라만상의 심장과 연결되어 생명의 신비, 존재의 외경이 흐른다.

심장이 있어서 온갖 생물들이 살아가고 있는 서천갯벌을 바라보면서 길을 간다. 서천군의 이곳 비인면과 서면, 마서면, 종천면, 장항읍 일대의 서천갯벌은 습지보호지역으로 지정되었으며, 2010년 9월 9일 람사르습지에도 등록되었다. 비인면을 지나서 서면 월호리 갯벌이 펼쳐진다.

유네스코가 세계자연유산으로 지정한 월호리 갯벌은 반폐쇄형 갯벌로 모래와 펄이 섞여 만들어진 혼합 갯벌이다. 갯골을 따라 형성된 펄 습지에는 다양한 갯벌 생물들이 서식하는데, 서해안에서 유일하게 알려진 갯게의 서식지이다. 해양수산부는 이곳에 인공증식 된 갯게를 2020년과 2021년 두 차례 자연 방류하여 모니터링을 하고 있다. 해양수산부가 지정한 흰발농게, 갯게, 대추귀고둥 등 3종의 해양보호생물이 살고 있다.

철새나그네길 안내 표지판을 따라 걸어서 월하성어촌체험마을을 지나간다. 해변에 경운기가 세워져 있다. 농업용 기구인 경운기가 해변에? 간조와 만조의 차이가 심해 썰물에는 배가 갯벌에 갇히게 된다. 그러니 배 혼자 힘으로는 바다에 나갈 수가 없다. 배가 물속에 있어야 뜨는데, 경운기는 배와 바다를 이어 준다.

월하성마을에서는 이른 새벽 출어하는 고기잡이배의 진풍경을 볼 수 있다. 뭍으로 끌어올린 고기잡이배를 트랙터나 경운기의 트레일러에 매달고 얕은 바닷속으로 향한다. 조업을 마치고 나면 그 반대 현상이 일어난다.

월하성마을 뒤편으로 걸어간다. '서해랑길 위험 구간 안내' 표시판을 지나서 350m 위험 구간 산길을 걸어간다. 무엇이 위험하단 말인가? 낙엽이 쌓여서 낙엽 밟는 소리가 요란스럽다. 어느덧 계절은 겨울에 들어서서 나뭇가지는 이미 앙상하다. 순간, 환하게 펼쳐진 백사장이 나타난다. 띠섬목해변이다. 고운 모래가 펼쳐지고 파란 바닷물이 밀려들어 오는 띠섬목해변을 걸어간다.

고요한 원시의 해변을 나 홀로 걸어간다. 가다가 뒤돌아보니 반듯한 발자국이 젖은 모래 위에 찍혀 있다. 모래 위에 발자국을 남기며 걸어간다. 파도가 밀려들어 오면 마치 눈 위에 기러기 발자국이 사라지듯 나그네의 발자국은 사라질 것이다.

오랜 세월 바닷가를 지켜 온 모래에서 시간의 소리가 들려온다. 모래를 이용해서 시간을 측정한 선인(先人)들의 지혜의 소리가 들려온다. 모래시계에서 똑딱똑딱 모래가 흘러내린다. 운명의 시간들이 스쳐 간다. 시간이 내 곁에서 멀어져 우주 속으로 빠져나가고 있다. 시간이 간다. 아니, 한낱 개념에 불과한 시간이 가는 것이 아니라 내가 가고, 바람이 가고 구름이 가고 자연이 간다.

인간들은 미래에 대한 두려움을 극복하기 위해 시간을 측정 가능하게 약속을 했다. 해시계, 물시계 등 시계는 인간들이 자연 현상 가운데 규칙적인 운동을 하는 것을 기초로 하여 시간을 측정하는 것이며, 모래를 이용해서 만든 것이 모래시계다. 모래시계를 뒤집어 놓으면 모래가 흘러내리고 시간이 흘러내린다. 모래시계는 뒤집어 놓지 않고 가만히 두면 그냥 유리관과 나무 조각, 그 속에서 생명을 잃고 머무르는 한 줌의 모래에 불과하다. 인간이 그 시계를 뒤집을 때 시계는 살아서 움직인다. 내 인생의 모래시계에서 하루하루 모래가 빠져나간다. 신이 존재의 시간 전체를 관리하듯 나는 주어진 나의 시간의 주인이다. 보이지 않는 신의 손길을 느낀다. 인간의 모래시계를 뒤집는 절내자의 손길이 다가온다.

이 백사장이, 이 바다가, 파도가, 이 멋진 경관이 나만의 것이다. 백사장에 유일하게 발자국을 남기며 걸어가는 존재다. 바닷가 언덕에는 서천 제1경 마량리동백나무숲이 우거져 있다. 파도가 축하 연주로 '처~

얼~썩, 처~얼~썩' 소리를 내며 다가왔다가는 물러간다. 수십 마리의 갈매기들이 물에서 헤엄치며 놀고 있다. 청마 유치환의 시 「그리움」이 밀려온다.

파도야 어쩌란 말이냐 / 파도야 어쩌란 말이냐
임은 물같이 까딱 않는데 / 파도야 어쩌란 말이냐
날 어쩌란 말이냐

나그네의 마음에도 파도가 일어난다. '파도야, 어쩌란 말이냐!' 외치는 나그네의 마음에도 바람이 불어오고 파도가 몰아친다. 헛되이 살지 않으려면 어떻게 살아야 할까. 10년 뒤, 30년 뒤, 나는 어디서 무엇을 하고 있을까. 할 수만 있다면 그때도 지구별 나그네는 어느 낯선 길 위를 걷고 있겠지. 미래의 모습은 지금 무엇을 생각하고 무엇을 하고 있느냐에 따라 달라진다. 미래는 미래가 결정짓는 것이 아니라 오늘이 결정짓는다. 나의 시간, 나의 열정, 나의 돈을 어디에 투자하느냐에 따라 미래는 좌우된다.

나는 걷는다. 나는 죽는 날까지 걷고 싶다. 서해랑길에서 추억으로 얼룩진 걸어온 길을 돌아본다. 과거를 돌아본다. 과거의 결과가 오늘이고, 오늘은 미래로 가는 길목이다. 하지만 과거는 과거지 오늘이 아니다. 과거가 오늘을 감옥에 가두어서는 안 된다. 오늘이 오늘이다. 내일도 오늘이 아니다. 내일은 내일의 오늘이다. 과거는 부도난 수표이고 내일은 약속어음이며, 오늘은 준비된 현찰이다. 어느 날 미래로부터 편지가 왔다. 미래 편지의 내용이다.

"즐겁게 살아라! 즐거움의 제조 원가는 제로다. 생각만 하면 된다."

내 삶을 결정하는 요소는 삶이 내게 가져다주는 것이 아니라 내가 삶에 임하는 태도에 달려 있다. 두 사람의 죄수가 철창을 통해서 밖을 내다보았다. 한 사람은 진흙탕을, 다른 한 사람은 별을 보았다. 즐거운 사람은 언제나 지금 눈앞에 있는 것을 즐길 준비가 되어 있다. 그래서 늘 즐겁다. 시무룩한 사람은 늘 지금 이곳에 없는 즐거움을 찾고 있다.

홀로 가는 길, 서해랑길은 일이고, 놀이이고, 유희이고, 즐거움이고, 고통이고, 슬픔이고, 희망이고, 어머니이고, 집이고, 휴식처이다. 그리고 정신의 혁명을 완성할 극한의 투쟁이다. 그 길은 문명의 길에서 벗어나 보다 나은 삶을 찾아가는 길이다. 황야에 부르짖음, 가슴에 불을 안고 걸어간다. '나는 무엇이든 할 수 있다. 나는 어디든 갈 수 있다.'고 하면서 오직 나만의 길을 걸어간다.

30분이 넘는 띠섬목 고운 백사장의 즐거움의 향연을 뒤로하고 자갈과 모래가 섞인 해변을 걸어간다. 갈매기들이 평화롭다.

땅끝에서부터 지나온 길을 돌아보고 가야 할 강화도 평화전망대를 바라본다. 하지만 오늘은 오늘의 길을 간다. 일일시호일(日日是好日)이다.

오늘, 현재에 사는 것이 행복의 비결이다. 행복은 내가 지금 지니고 있는 것, 내가 지금 하고 있는 일, 내가 지금 만나고 있는 사람들에게 있다. 오늘은 오늘의 바람이 불어오고 오늘은 오늘의 해가 뜬다. 과거의 아픈 상처를 오늘의 디딤돌로 삼고, 과거의 실패를 오늘의 보석으로 삼아야 한다. 과거에서 오늘을 배운다는 것과 과거에 사는 것은 전혀 다른 문제이다. 과거를 디딤돌로 딛고 미래를 향해 오늘을 걷는다.

해변에서 나와 해변 도로를 걸어간다. '여기는 홍원항입니다' 커다란 안내석이 반겨 준다. 서천 지명 탄생 600주년 기념상이 세워져 있고, 그물, 닻 등 어구가 놓여 있어 홍원항이 어업기지임을 실감 나게 한다.

홍원항 P
임시주차장
홍원항
춘장대
춘장대해수욕장
홍원항
0.6km

잔잔한 바다에서 바다낚시를 할 수 있는 홍원항에서는 매년 자연산 꽃게, 전어축제가 열린다. '춘장대해수욕장 3.2km' 이정표를 보고 진행한다. 언덕을 넘어서자 드디어 춘장대해수욕장이 한눈에 보인다. 잔잔한 수심에 소나무와 아카시아 숲이 백사장과 어우러져 아름다운 경관이다.

아무도 없는 겨울의 춘장대해수욕장을 걸어간다. 해수욕장 중앙광장에는 육중한 풍차 2대가 돌며 이국적 풍경을 자아낸다. 세찬 바람이 불어오고 시커먼 구름과 파도가 밀려온다. 보고 싶은 얼굴들이 스쳐가고 그리움이 밀려온다.

"파도야, 어쩌란 말이냐! 이 그리움을 어찌하란 말이냐!"

13시 8분, 해수욕장 어딘가에 있을 종점 표시를 찾지 못해 이리저리 헤매다가 기둥에 붙어 있는 '59코스 시작점'이라는 작은 표지를 찾아서 비로소 마무리한다. 드디어 춘장대해수욕장에 도착했다. 숙소를 대천해수욕장의 익숙한 한화리조트로 옮겨서 집에 온 것 같은 평안한 휴식을 가졌다.

59코스

아아, 나의 태양이여!

춘장대해변에서 대천해변 27.9km

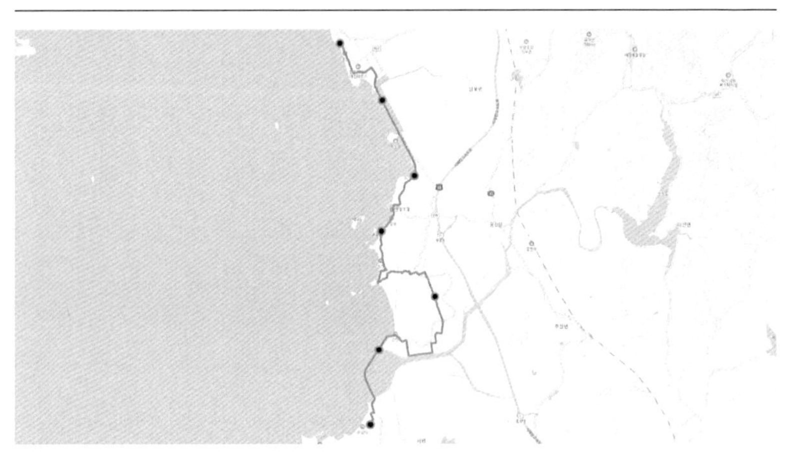

춘장대해변 > 부사방조제 > 무창포항 > 죽도상화원입구 > 대천해변

11월 23일 수요일 12시 정각, 춘장대해수욕장에서 59코스를 출발한다. 59코스는 서해랑길에서 가장 긴 구간이다. 서천을 벗어나서 보령의 무창포항을 지나고 죽도상화원 입구를 지나서 대천해변까지 가는 27.9km 거리이다.

보령·홍성 구간은 59~63코스로, 81.1km이다. 신비의 바닷길이 열리는 무창포, 세계 최고의 천연미용축제의 장인 대천해수욕장, 조선시대 충청수군 최고 사령부가 있던 충청수영성, 보령 8미(味) 중 하나인 천북 굴을 만날 수 있는 천북굴단지로 이어지는 길이다. 평원 같은 바다와 태안반도로 넘어가는 다양한 일몰은 보령과 홍성만의 독특한 매력이다.

늦은 출발, 아무리 둘러봐도 여전히 코스 안내판이 없다. 스탬프를 찍어야 종주 인증을 받을 수 있는데 난감하다. 무안에서도 그러했다.

바다에서 세찬 바람이 불어온다. 2개의 풍차가 힘차게 돌아간다. 바람과 함께 시작하는 춘장대해변의 파도가 꽃처럼 피어난다. 하얀 거품을 물고 피어나는 파도가 백장미처럼 예쁘다.

바다는 모든 생명의 근원이다. 인간은 바다에서 태어났고 바다에서 운명을 개척해 왔다. 찰스 다윈은 1835년 동태평양 적도 부근의 갈라파고스 제도를 둘러보고 위대한 저작 『종의 기원』을 써 내려가면서 '방울새의 부리가 왜 다르게 생겼을까?'라는 생각을 가지게 되었다. 그것은 각각의 자연환경에 따라 진화했고, 자연은 스스로 적응에 성공한 자들을 선택한다는 잠정적인 결론을 도출해 낸다.

도전과 모험은 인간의 삶을 이루고 발전시킨다. 유목민은 시간보다는 공간에 살기 때문에 정착하지 않고 항상 새로운 초원을 찾아 나선다. 안락지대 끝에서 변화를 추구하는 도전은 인생을 꽃피우는 부싯돌이요, 식지 않는 열정은 불타오르는 영광의 길로 안내한다.

서해랑길 31일째, 새로 산 경등산화인데 벌써 해지기 시작했다. 신발에도 길이 나고 꽃이 핀다. 순례자의 마음에도 길이 나고 바람이 불고 파도가 일고 꽃이 핀다.

인생을 살다 보면 포맷의 기회를 만나게 되고, 어느 순간에는 포맷을 해야 한다. 그래야 새로운 나를 만나고, 새로운 길에 들어서고, 새로운 목표를 설정할 수 있다. 추사 김정희는 55세에 인생을 포맷했다. 유배라는 숙명적인 계기를 통해 본질을 뿌리째 바꾸어 추사체를 만들고, 최고의 아티스트가 되었다. 베토벤은 26세의 나이에 귀를 먹어 기존의 나와 결별할 수 있었고, 사마천은 49세에 궁형을 당해 『사기』 55만 자를 쓸 수 있는 기회를 얻었다. 나는 2007년 용인(회사)에서 안동(고향)으로 가는 '청산으로 가는 길' 9일간 260km를 걸으면서 새로운 인생을 포맷을 했다. 이후 길 위에서 비움과 채움의 인생을 즐기는 나그네가 되었다.

때로는 완벽한 비움이 위대한 채움으로 전환될 수 있다. 비움은 채움을 전제로 한다. 채움을 전제로 비웠을 때 더 큰 채움이 이루어진다. 세상에는 채운 사람들이 참 많다. 돈과 명예와 권력과 학벌을 모두 가진 사람들, 그러나 그 채움은 비움을 통해 더욱 아름답고 의미 있게 된다.

해수욕장을 벗어나서 부사방조제를 걸어간다. 왼쪽은 바다, 오른쪽은 호수와 들판이 펼쳐진다. 파란 하늘 아래 한쪽은 끝없는 수평선, 한쪽은 지평선, 그 가운데 방조제를 걸어가는 나그네, 나 홀로 길을 걸어가는 위대한 여정이다. 바람이 불고 파도가 출렁인다. 추수가 끝난 들판에는 황량한 기운이 감돌고 있다. 이 넓은 세상에 사람이라고는 오직 단 한 사람, 나 자신이다. 간혹 차들이 오고 간다.

부사방조제는 서천군 서면 도둔리에서 보령시 웅천읍 독산리를 연결하는 1997년에 완공한 총길이 3,474m 방조제다. 서해바다에서 밀려드는 조수의 피해를 막고 웅천읍 일대의 농경지를 보호하기 위해 건설되었다. 본래의 목적 이외에도 관광지로도 각광을 받고 있는데, 특히 낚시터로 유명한 곳이 되었다. 한쪽은 바다낚시, 한쪽은 민물낚시를 한다.

'오래오래 건강하게 함께 걷자'면서 그림자와 대화를 나누며 드디어 경계를 넘어 보령시로 들어선다. 하늘에는 새 떼들이 바람을 헤치고 계속해서 날아가고, 바다에는 파도가 허연 이빨을 드러내고 아우성을

서해랑길
59코스 시작점
무창포 주꾸미
webfoot octopus/

친다.

방조제 끝 지점이 소황사구 생태·경관 보전 지역이다. 웅천읍 소황리 일대 사구의 보전 및 노랑부리백로, 매, 삵 등 멸종위기야생동물을 비롯한 서식지를 보호하기 위해 환경부장관이 생태경관보전지구로 지정했다.

부사방조제에서 내려와 소황사구 해양 보호 구역을 지나간다. 먼바다가 온몸으로 달려와서 육지를 물어뜯고 요동치면서 육지와 바다가 한 몸을 이룬다. 많은 갈매기들이 바닷가에서 거친 파도를 희롱하며 줄을 지어 놀고 있다. 사막을 걷던 한 사람이 너무 외로워 자기 그림자와 발자국을 보며 뒤로 걸었다지만 바닷가의 나그네는 외롭지 않다. "세 닢 주고 집 사고 천 냥 주고 친구 산다."고 했지만 함께하는 괴로움보다 혼자인 외로움이 낭만이 있다.

독산해변을 지나고 낙조공원을 지나간다. 드디어 보령 제5경 무창포해수욕장에 도착했다. 그런데 뜬금없이 출발지에 없던 59코스 안내판이 나타난다.

인적 없는 겨울의 무창포, 바람에 밀려드는 파도 소리에 여름의 함성이 메아리친다.

시원한 바람이 불어온다. 갈매기들이 바닷가 백사장에서 파도를 즐기고 있다. 갯벌이 보이지 않는 '갯벌체험장' 표석이 을씨년스럽다. 서해가 가지고 있는 매력은 갯벌이다. 조수간만의 차가 커서 맨손으로 나가서 채취하는 게 가능하다.

송림과 어우러진 해변, 보드라운 갯벌, 일몰이 아름다운 무창포일대는 잔잔한 물살의 백사장 해변으로 해송 사이로 만발한 해당화가 일품이다. 음력 보름과 그믐에 해변에서 석대도까지 열리는 약 1.4km의 바닷길, '무창포신비의 바닷길'이 보이지 않는다. 무창포주꾸미 조각상이 인사를 한다. 주꾸미의 효능에는 술안주로도 좋다고 하니 술 생각이 난다.

홍완기 시인의 '무창포 사랑' 시비에서 발걸음을 멈추었다가 다시 석대도를 바라보며 걸어간다. 무창포해수욕장 낙조 5경 안내판에 낙조 1경이 무창포타워란다. 무창포타워는 높이 45m의 전망대로 신비의 바닷길과 보령 8경인 무창포 낙조를 감상할 수 있다. 낙조 3경인 무창포 다리를 건너간다. 다리 아래 선착장에는 배들이 파도를 피해 정박해 있다.

환상적인 풍광의 무창포를 뒤로하고 용두마을에 도착한다. 용두마을은 할미재에서 내려온 긴 능선이 바다와 접하는 곳에 위치한다. 마을 이름은 긴 능선을 용으로 보고, 머리 부분에 위치하기 때문에 붙여졌다. 해변에 신랑바위와 각시바위의 전설이 있는 안내판이 서 있다.

용두마을에 살던 처녀와 총각이 서로 사랑하여 백년가약을 맹세하였다. 어느 날 용두바다의 탐욕스러운 용이 둘의 사랑을 질투하여 처녀를 제물로 바치라고 했다. 처녀 총각이 무척 괴로워하자 마을 사람들이 성주사 무염스님에게 간청하였다. 스님은 용과 치열한 싸움을 하였고, 용은 머리가 산산이 부서져 흩어지고, 처녀 총각은 각시바위, 신랑바위가 되어 영원한 사랑을 하게 되었다. 성주사 터에는 무염스님을 기리는 남해화상탑비(국보 제8호)가 탑과 함께 남아 있다. 비문은 고운 최치원이 찬했다.

태양이 서서히 바다로 내려오는 16시 20분, 남포방조제를 따라 걸어간다. 죽도가 가까워진다. 오른쪽 멀리 고운 최치원의 유적지가 보인다. 여러 번 다녀온 곳이다. 1995년 남포방조제가 건설되기 전에는 해안에서 떨어진 아담하고 운치 있는 보리섬이었으나, 방조제 건설로 지금은 육지로 변했다.

신라 말의 혼란기에 세상을 비관하고 전국을 유랑할 때 이곳 보리섬과 성주사를 왕래하면서 최치원은 아름다운 경치를 즐기고 글을 지었다. 바위 8개가 나란히 서 있는 모습에 병풍바위라고 하여 글씨를 새겼다고 하는데, 현재는 마모가 심하여 거의 알아볼 수가 없다. 다른 바위에는 문창후 고운 최치원의 추야우중(秋夜雨中)이 새겨져 있다.

가을바람에 애써 시 읊지만
세상에는 알아주는 이 없네.
창밖에는 밤 깊도록 비 오는 소리
등불 아래 마음은 만 리를 달리네.

12살 어린 소년의 몸으로 정든 고향을 떠나 만 리 타국 당나라에 유학 중이던 때에 깊어가는 가을밤의 빗소리를 들으며 멀리 떨어진 고국을 생각하며 지은 시다. 또 다른 바위에는 "학이 춤추는 봄의 연못에 달이 비추고 꾀꼬리 우는 벽수에는 바람이 분다."는 글이 새겨져 있다. 최치원은 "무릇 길이란 멀다고 사람이 못 가는 법이 없고 사람에게 이국이란 따로 없다. 그렇기 때문에 동쪽 나라 사람들은 승려이건 유학자이건 반드시 서쪽으로 대양을 건너서 몇 겹의 통역을 거쳐 말을 통하면서 공부하러 간다."고 했다. 1,300년이 지난 오늘날 세계로 공부하러 가는 것을 마치 예언하듯 말했다.

본래 섬이었으나 방조제가 완공되면서 육지와 연결된 보령 제2경 죽도(상화원) 보물섬 관광지를 지나서 남포방조제를 따라 대천해수욕장을 향해 걸어간다. 태양이 해송 숲 뒤로 서서히 모습을 감추고 있다. 빨리 가면 바다에서 일몰을 볼 수 있다는 생각에 대천해변을 향해 달려간다. 갑자기 도보여행이 달리기로 변했다. 등에 맨 배낭이 출렁인다. 태양이 바다에 내려앉기 직전, 해변에 도착했다.

대천해변에서의 장엄한 일몰 축제가 시작된다. 해변에는 서해의 낙조를 감상하고 있는 사람들이 줄을 서 있다. 백사장 길이만 3.5km에 달하는 서해안 대표 해수욕장, 보령 제1경 대천해수욕장을 걸어가며 인사를 건넨다.

"안녕, 대천?"

표현력이 부족해 형용할 수 없는 낙조의 아름다움을 느끼며 천천히, 천천히 가다가 멈추고 다시 걸어간다. 서해랑길에서 만난 가장 황홀한 낙조가 연출된다.

영국이 낳은 유명한 화가 터너가 어느 날 '저녁노을'이라는 그림을 막 완성시키려는 참이었다. 마침 그때 천문학계의 권위자인 노 박사가 와 있었다. 그림이 완성되자 노 박사는 말했다.

"정말 아름답고 멋진 노을이오. 나는 지금 이렇게까지 아름다운 저녁노을을 본 적이 없소. 하지만 터너 군, 나는 천문학자로서 단언하지만 이런 저녁노을은 실제로는 있을 수 없소."

그러자 터너는 조용히 웃으면서 말했다.

"분명히 그 말씀이 맞습니다. 이런 노을을 저도 아직 보지 못했습니다. 박사님, 이런 노을을 보고 싶다고 생각하시지 않습니까?"

터너의 웃음 속에 노 박사는 비로소 학문과 예술의 차이를 깨닫게 되었다.

17시 33분, 드디어 59코스 종점에 도착했다. 숙소인 콘도로 되돌아가는 길, 대천해변의 초저녁 야경이 발걸음을 붙잡는다.

아아, 아름다운 대천이여! 아름다운 인생이여!

12 보령~홍성 구간 (60~63코스) 53km

60코스

토정비결

대천해변에서 깊은골버스정류장 17.2km

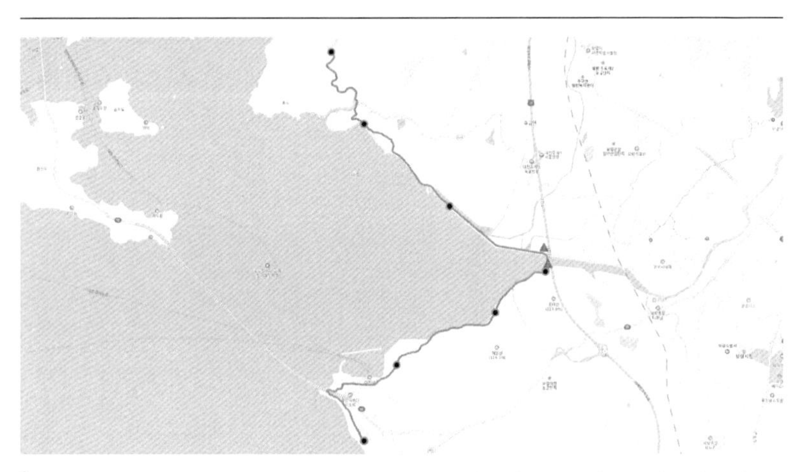

대천해변 > 대천항 > 보령시생태공원 > 토정이지함선생묘 > 깊은골버스정류장

11월 24일 목요일 8시 6분, 보령머드축제로 유명한 대천해변에서 60코스를 시작한다. 60코스는 서해안 해산물의 집산지이자 인근 섬을 연결하는 해상교통의 요충지 대천항 일대를 지나고 토정 이지함 무덤을 지나서 오천면 오포리 깊은골버스정류장까지 가는 구간이다.

오늘은 길 떠나서 처음으로 새벽에 한화콘도에서 사우나를 했다. 체중이 3kg 줄었다. 몸이 가벼워졌다. 콘도에서부터 다시 어제 걸었던 대천해변을 걸어간다. 대천해변은 크게 3개 구역으로 나누어져 있다. 시민 헌장탑이 있는 시민탑 광장을 지나고 머드 상징물이 있는 머드 광장을 지나서 분수광장으로 나아간다.

#달빛등대로

잔뜩 흐린 날씨, 아침의 길고 긴 텅 빈 백사장, 어제의 황홀했던 낙조는 어디로 갔는가. 어젯밤의 현란했던 조명은 어디에 있는가. 어제의 그 사람들은 모두 어디로 갔는가. 쓸쓸함이 파도에 밀려온다. 폭이 100m나 되는 백사장에서 두 사람이 지난밤의 쓰레기를 청소하고 있다. 어제의 흔적을 지우고 오늘을 맞이하는 손길이다.

대천해변이 끝나는 지점에는 짚트랙과 스카이바이크가 있고, 테트라포크가 설치된 해안길 오른쪽 펜스 너머로 원산도와 안면도로 가는 보령 해저터널이 있다. 서해랑길은 안면도로 가지 않고 대천항으로 들어선다. 대천항에서는 사자바위, 거북이섬, 안면도 등의 비경을 돌아보는 1시간 30분 코스의 유람선을 탈 수 있다. 조용한 대천항을 지나간다. '국토36호기점 대천항'이 쓰여진 한반도 표석이 서 있다. 국토 36호선은 이곳 보령시 신흑동에서 울진군 근남면까지 동서로 연결된 총연장 391km 도로이다.

달빛등대로를 따라 대천연안여객선터미널을 지나간다. 갯벌이 드넓게 펼쳐진 한적한 도로를 따라 걸어간다. 줄장미들이 길게 줄을 지어 반겨 준다. 엄마가 좋아하셨던 줄장미가 엄마를 생각나게 한다. 보고 싶은 엄마, 행여 엄마가 나를 보고 싶어 줄장미로 찾아오신 건 아닐까. 엄마 생각에 미소가 스쳐 간다. 나이 60 중반에도 엄마 타령을 한다. 엄마와 함께 걸어간다. 언제나 아들을 자랑스러워하셨던 엄마, 엄마는 힘의 원천이었고, 삶의 이유였다. 고마운 엄마, 안녕!

허름한 조립식 건물에 걸려 있는 낡은 목판이 눈길을 끈다.

'한평생이 일평생도 다 차지 못하건만 그대는 무엇을 위하여 무한한 삶으로 무한한 꿈에 고통과 번민을 안고 사는가.'

'父母를 怨望하고 人生을 恨歎하며 社會를 탓하지 말라.'

계단을 올라가는 언덕 위의 카페 이름이 '천국의 계단'이다. 천국으로 가는 길, 그 길은 이 땅에서 비롯된다. 땅에서 행복한 자가 천국에서도 행복하고 오늘 행복한 자 그때도 행복할 것이다. 천국의 문을 여는 천국의 열쇠는 내 마음속에 있다. 천국도 지옥도 내 마음속에 있다. 나그네가 지상의 천국에서 영원한 천국으로 걸어간다. 갯벌을 가로지르는 다리를 건너간다. 밀물 때는 우회해야 하는데, 썰물이라 갯벌 위를 걸어간다.

밀물이 있으면 썰물이 있다. 모든 것은 파도에 실려 흘러간다. 그래서 어부는 서둘러 절망하지도, 미리 희망가를 부르지도 않는다. 그저 파도에 두 발을 담그고 함께 물결처럼 흘러간다. 바다는 어부들의 수족관, 어부는 가는 고기 보내고 드는 고기 잡는다. 바다와 땅이 만나는 포구, 그 곁에 펼쳐진 갯벌은 어부의 땅이다. 갯벌에는 어부의 푸른 삶이 넘실댄다.

이제 서서히 미세 먼지와 구름 속에서 태양이 희미하게나마 빛을 보여 준다. 미세 먼지는 충청도에 들어서자 조금씩 나타나기 시작했다. 방조제를 따라 걸어간다. 건너편 대천항을 바라보며 걸어간다. 하늘에는 먹구름이 가득하고 넓게 펼쳐진 검은 갯벌이 가슴을 어둡게 한다. 갯가에 코스모스 한 줄기가 피어 있다. 선명하게 대비되어 너욱 아름답게 느껴진다. 독백을 한다.

'하늘이 뿌옇다. 먹구름이 온통 하늘을 뒤덮고 있다. 그러나 그 너머의 색들은 언제나 푸르다. 그것은 변함없는 사실이다. 내 마음에 쌓인 먹구름 또한 표면의 지저분한 것들을 걷어 내면 그 속은 분명 쾌청하다. 내 마음의 먹구름은 내가 만드는 것, 나의 불신으로 인해 비록 먹

구름이 만들어질지라도 이를 속히 걷어 내고 맑고 향기로운 매력적인 꽃으로 피어나자.'

누군가가 갯가에 돌탑을 방조제를 따라 길게 쌓아 놓았다. 무슨 일일까. 얼마나 간절한 소원이기에 저리도 돌탑을 많이 쌓아 놓았을까. 나그네는 무슨 일로 그리도 먼 길을 걸어가는 걸까. 평생을 걸어온 내 발걸음은 얼마나 될까. 그 발걸음에 담긴 소망은 무엇이었을까. 발걸음에는 일상의 발걸음, 목적 있는 발걸음, 땀을 흘린 발걸음, 다양한 발걸음이 있었다. 지구의 둘레는 40,075km, 나는 과연 걸어서 지구를 몇 바퀴나 돌았을까. '걸으면 살고 누우면 죽는다!', '걸음아 날 살려라!' 하면서 걸어갔던 길들이 주마등처럼 스쳐 간다. 구름 뒤로 태양이 희미하게 빛을 발한다. 태양은 언제나 솟아오른다. 단지 구름의 장난으로 볼 수 없을 뿐이다.

노을이 아름다운 곳, 주교면 송학리 산고래 하늘공원에 도착한다. 옛날에는 소나무가 울창하여 학이 서식하였으므로 '송학(松鶴)리'라고 부르게 되었다. 앞에 보이는 작은 섬은 '죽도(竹島)', 또는 '대섬'이라 부른다. 예전에는 대나무가 울창했다. 갯벌 건너편에는 대천항, 효자도, 원산도, 삽시도가 보이고 보령화력발전소가 보인다. 토정로를 따라 토정 이지함의 묘와 이지함 일가의 가족묘에 도착한다. '先生의 詩'가 걸려 있다.

청강은 맑기도 한데 흰 갈매기 기슭에 있고
갈매기는 희기도 한데 청강 기슭에 있네.
맑은 강물은 갈매기의 흰빛을 싫어하지 않으니
갈매기는 길이 청강에 있으리.

조선 중기 이지함(1517~1578)은 학자이며 기인(奇人)으로 이름이 났다. 본관이 한산이고 목은 이색의 6대손이다. 보령시 장산리에서 출생하였으며, 일찍이 아버지를 여의고 맏형 지번에게서 글을 배우고 화담 서경덕 문하에서 공부하였다. 천문, 지리, 의학 등에 능통하였으며, 토정비결의 저자로도 널리 알려져 있다.

벼슬하기 전 한때 마포 강변의 흙집 위에 정자를 짓고 살면서 스스로 호를 토정(土亭)이라 하였다. 평생 벼슬을 사양하다가 1573년(선조6) 도덕과 학문이 뛰어난 선비로 추천되어 포천현감이 되어서는 백성의 가난 해결을 위한 경제적 방안을 상소하였고, 임진강 범람을 예견하여 수많은 인명을 구제하였다. 1576년 아산현감 재직 시 걸인청(乞人廳)을 지어 빈민을 구제하는 데 힘쓰다가 1578년(선조11) 재임 중 별세했다.

토정 이지함은 민중의 낙원을 꿈꾸었다. 그는 조선사회에서 천하게 여기는 상업의 중요성을 강조한 양반이었고, 바다와 광산을 개발하여 그 혜택을 백성들이 누릴 수 있는 방안을 제시한 사업가이기도 하다. 오갈 데 없는 거지들에게 잘 곳과 먹을 것을 마련해 주어 정착하게 하고, 기술을 가르쳐 살 방도까지 알려 준 사회복지사업의 선구자였다.

머리에 쇠솥을 쓰고 제주도까지 다녀올 정도로 전국을 떠돌아다니던 유랑자 이지함을 생각하면서 다시 도로를 따라 산길을 올라간다. 토정비결은 작자미상의 점치는 책이다. '토정'은 이지함의 호이기에 이지함이 썼을 것이라고 하지만 이지함의 개인 문집에는 토정비결이 없고, 학계에서도 전혀 사실이 아니라고 본다.

은감불원(殷鑑不遠)이라, 은나라의 거울은 멀리 있지 않다. 하나라에 있다. 하나라가 망한 것은 폭군 걸왕이 말희에게 빠져 사치와 환락을 일삼은 데 있다. 내 미래를 비춰 줄 거울은 가까이 어디에 있을까. 나의 미래는 토정비결에 있지 않다. 내 안에 있다. 자신을 응시한다. 외부로 향하는 눈길을 돌려 내면을 바라본다. 가장 위대한 발견은 새로운 땅을 발견하는 것이 아니라 새로운 눈으로 자신을 바라보는 것, 나는 누구인가. 나는 어떤 사람이 되고 싶은가.

나는 돌이다. 세파를 헤치고 나가는 조약돌이다.
나는 거친 파도를 맞으며 세련된 몽돌이다.
나는 누군가의 걸림돌이 아닌 디딤돌이고 징검돌이다.
나는 금강석이다.

나는 참 괜찮은 사람이다.
나는 가진 것이 너무나 많다.
나는 넘치게 사랑받는 사람이다.
나는 결코 열등감에 좌절하지 않는다.
나는 근사한 사람이다.

나는 끊임없이 성장한다.
나는 결심하면 무엇이든 이룰 수 있다.
나는 인생을 즐길 줄 아는 사람이다.
나는 주어진 삶을 사랑한다.
나는 날마다 좋은 날을 만들 줄 아는 사람이다.

나는 멋진 사람이다.
나는 늘 행운이 따른다.
나는 긍정적인 사람이다.

내게는 사람들이 믿고 따르는 리더십이 있다.
나는 내 삶의 주인공으로서 나의 가는 길을 스스로 결정한다.

나는 심장이 터지도록 치열하게 살아가는 사람이다.
나는 나를 믿는다.
나는 슬픔과 좌절, 실패조차 성공의 밑거름으로 삼을 줄 아는 사람이다.
나는 넘어져도 일어날 줄 아는 사람이다.
나는 기도하고 감사하는 사람이다.

나는 인생을 놀이로 즐길 줄 알고, 나는 인생의 낭만을 즐길 줄 아는 사람이다. 사랑이며, 꽃이며, 달이며, 별이며, 산이며, 술이며, 인생을 논하는 사회가 되지 못하는 삭막한 세상에서 살아가는 날 동안 사랑과 낭만의 따뜻한 이야기들을 더 많이 만날 수 있기를 바라고 또 바랄 뿐이다.

도로를 따라 올라가는 산길, 지나가는 차에서 "형님!" 하는 반가운 소리가 들려온다. 용인국립공원탐방대 아우 봉현이다. 옆에는 광섭 형님과 정화가 타고 있다.

11시 30분, 고개마루 깊은골버스정류장에서 60코스를 마치고 부대찌개에 막걸리 파티가 시작된다.

61코스

청산도 내 벗이요 녹수도 내 벗이라!

깊은골버스정류장에서 충청수영성 8.7km

깊은골버스정류장 > 오포버스정류장 > 보령LNG터미널 > 갈매못순교성지 > 충청수영성

오후 1시, 61코스를 시작한다. 61코스는 깊은골버스정류장에서 마을과 마을을 잇는 농촌 풍경, 천주교 박해사건 때 처형장이었던 천주교 순례지 '갈매못순교성지', 오천항에 있는 오천면 소성리 충청수영성까지 가는 쉬운 구간이다.

마을 이름이 깊은 골인 깊은골버스정류장에서 깊은 골로 들어간다. 인디언 나바호족의 노래를 부르면서 걸어간다.

위대한 정령이시여!
……

저의 발에 기운을 불어넣어 주시고
저의 다리에 기운을 불어넣어 주시고
저의 몸에 기운을 불어넣어 주시고
저의 마음에 기운을 불어넣어 주시고
저의 목소리에 기운을 불어넣어 주십시오.
기쁨으로, 풍성한 검은 구름과 함께 걸을 수 있도록.
기쁨으로, 풍성한 소나기와 함께 걸을 수 있도록.
기쁨으로, 풍성한 식물들과 함께 걸을 수 있도록.
기쁨으로, 꽃가루 길을 따라 걸을 수 있도록.
오래전에 그랬듯이, 그렇게 걸을 수 있도록.

프랑스의 철학자 몽테뉴는 인디언들을 원시 상태의 순수함을 지닌 사람들로 묘사하면서, 인디언들을 야만인으로 부르는 편견에 반대했다. 네덜란드의 신학자 에라스무스는 자신의 대표작 『우신예찬』에서 인디언을 '지상에서 가장 행복한 종족'으로 묘사했다. 프랑스의 철학자 루소, 영국의 소설가 골드스미스, 시인 워즈워드, 콜리지, 셸리 등도 자연과 더불어 살아온 이 평화롭고 순수한 '참다운 인간'들에 대한 찬사를 아끼지 않았다.

위대한 정령에게 기쁨으로 걸을 수 있도록 기운을 달라고 기도하면서 깊은 골 태양열 발전단지를 지나서 오천면 오포리 마을을 지나간다. 잘생긴 소나무 한 그루가 '영 써틴' 형제들과 나그네를 반겨 준다.

인간이 인간다우려면 자연과 친구가 되어야 한다. 산과 바다, 해와 달과 별과 친구가 되어야 하고 하늘과 구름과 친구가 되어야 한다. 소나무와 친구가 되어야 하고 바람과 파도와 친구가 되어야 한다. 삼라만상 모두가 친구가 되어야 한다.

이 땅의 진정한 주인은 자연이다. 나는 그 자연의 일부다. 내가 자연을 보는 것처럼, 자연도 나 이전의 수많은 사람들을 보는 것처럼 나를 보고 있다.

"친구, 힘내!"

"넌 할 수 있어!"

"너를 사랑해!"

자연이 주는 메시지는 내 안에서 울려 퍼지는 내면의 소리들이다. 내 안에 있는 자연이 살아난 것이다. 인간에 대한 공부를 하려면 자연을 공부해야 한다. 인간은 자연에서 왔으니 말이다. 자연은 친구다. 친구란 일방통행이 아니라 쌍방 교류이다. 자연과 벗이 되려면 자연과 교감할 수 있어야 한다. 자연을 향해 마음을 열어야 한다. 마음의 문을 여는 열쇠는 마음 안에 있다. 친구를 사귀려면 마음을 열어야 하는 것처럼 마음을 열면 자연이 마음속으로 들어온다. 그러면 자연과 하나임을 느끼게 된다. 자연만큼 허물없이 교류할 수 있는 벗이 또 있을까. 감정이나 분별없이 지켜봐 주고 나의 모든 것을 받아 주고 온 마음으로 교류할 수 있는 최고의 절친, 자연이 바로 내 곁에 있다. 그래서 옛사람들은 자연 속에서 유유자적하며 노래 부른다.

내가 자연과 하나라는 깨달음이 마치 천둥처럼 강렬하게 느껴진다. 그 자각은 온몸의 세포를 전율하게 한다. 머리로만 알았던 사실이 느낌으로, 온몸의 세포로, 감각으로 다가온다.

자연처럼 자연스러운 친구들이 함께 걸어가는 길, 내 안에 있는 자연과 외부의 자연, 이 두 가지의 자연이 하나로 연결되어 자연의 메시지를 듣는다. 발걸음에 힘이 솟는다. 힘의 종류는 수없이 많다. 내가 가지고 있는 힘은 무엇일까. 육체의 힘, 정신의 힘, 신앙의 힘, 사랑의 힘, 용서의 힘, 생각의 힘, 습관의 힘, 책의 힘, 자연의 힘, 바람의 힘, 붓의 힘, 소통의 힘, 절제의 힘, 희망의 힘 등등 수많은 힘이 있다.

힘이 있어야 한다. 힘을 가져야 한다. 스스로 일어서서 걸을 수 있는 힘을 길러야 한다. 우정의 힘을 즐기며 먼 길 걸어가는 나그네에게 힘이 넘친다.

오포리를 지나서 교성천을 따라가다가 도로를 걸어간다. 보령LNG터미널을 지나서 해안 도로를 따라 걸어간다. 어느새 맑게 갠 하늘이 파란 바다와 조화를 이룬다. 태양이 바다에 비치고, 바다에는 빛이 난다.

바다와 태양, 그들은 얼마나 오랜 세월을 이렇게 함께 호흡을 나누며 지내 왔을까. 지구에서 1억4천9백45km 떨어져 있는 섭씨 6천 도의 발광체 태양은 지구의 1백 30만 배의 체적(體積)을 가진 영원한 불덩어리다. 그 불덩어리에 바닷물도 빛이 나고, 노을도 빛이 나고, 달도 빛이 나고 먼지조차 빛이 난다. 빛의 화신(化神)이요 열의 상징인 태양을 바라보면 어두웠던 마음이 밝아지고, 힘들고 고달픈 인생이 위로받는다.

오천면 영보리 갈매못 순교성지를 지나간다. 갈매못은 예로부터 이곳의 산세가 '목마른 말이 물을 먹는 모습'과도 같은 명당이라 하여 '갈마연'이라 불렀던 곳이다.

1866년 3월 병인박해 때 프랑스에서 온 세 선교사와 당시 교회를 이끌었던 두 사람, 그리고 500여 명의 무명 순교자들이 한양에서부터 충청수영까지 끌려왔다가 이곳 갈매못과 앞바다 모래사장에서 순교하였다. 다섯 성인이 군문효수형을 당한 모래사장은 당시 충청수영의 수군들 훈련장이었다. 이때 순교한 성직자 세 명의 유해는 현재 명동성당의

천주교대전교구
갈매못 순교성지
Martyrium Galmaemot

지하실에 안치되어 있다.

갈매못이 형장이 된 이유로는 흥선대원군이 서양 오랑캐를 내친다는 의미에서 1846년(헌종 12) 프랑스 함대 세실함장이 침범했던 외연도에서 가까운 오천의 충청수영을 택하여 5명을 끌고 와 외연도를 바라보고 목을 쳐서 처형하였던 것이다.

그리고 병인년 3월은 고종의 국혼이 한 달밖에 남지 않았던 때라 당시 국혼을 앞두고 한양에서 사람의 피를 흘리게 하는 것은 국가의 장래에 이롭지 못하니, 250리 밖으로 내보내어 형을 집행케 하라는 무당의 예언에 따라, 오천의 충청수영으로 보내어 군문효수 하라는 명이 내렸던 것이다. 병인박해 순교자 증언록의 일부이다.

성인들은 망나니의 칼날 아래 한 분씩 목이 잘렸고, 순교자들의 솟아오르는 피는 이 바닷가 모래사장을 검붉게 물들여 놓았다. 다섯 분의 머리가 장깃대 위에 걸렸을 때 은빛 무지개 다섯 개가 하늘을 뚫고 내려와 주위를 놀라게 하였다.

"주인께서 주신 은혜 입어 오늘 새로운 생명을 얻는 날, 구원을 주신 당신 앞에 정성되이 바치나이다. 새 생명, 환희 넘치는 영광될 이날에 하늘에 계신 아버지, 찬미와 감사받으소서."

다블리주교의 간절한 기도가 끝나자마자 망나니는 칼로 주교의 목을 내리쳤다.

죽음이란 무엇일까. 어떤 죽음이 아름다운 죽음일까. 순교자들의 '죽으면 죽으리라!'라는 용기는 어디에서 비롯되는 걸까. 죽음도 불사하는 그들의 용기에 머리를 숙인다.

중세시대 유럽에 널리 알려진 전설이 있었다. 세 명의 귀족 청년이 사냥을 가다가 공동묘지 앞에서 해골 셋을 만났다. 모두 흑사병으로 죽은 시체들이었는데, 세 청년이 무서워 도망치려고 하자 첫 번째 해골이 말했다.

"우리들은 살아 있을 때 공작, 후작, 백작이었는데, 청년 시절에는 그대들처럼 아름답고 늠름했소."

두 번째 해골이 말을 이어받았다.

"죽음은 누구도 피할 수 없소. 고귀한 자도 빈천한 자도, 부자도 가난한 자도 죽는 건 다 마찬가지요."

세 번째 해골이 뒤이어 말했다.

"죽고 나면 부귀도 영화도 권세도 다 필요 없소. 살아 있을 때 선을 베푸시오."

그런 다음 해골들은 한 목소리로 합창했다.

"우리도 과거에는 너희와 같았고, 너희도 미래에는 우리와 같아질 것이다."

인생이 삶이면 죽음은 삶의 반대편에 서 있다. 인생이란 여행은 다시 돌아간다. 그 끝에는 죽음이 기다리고 있다. 흙에서 시작한 여행이 흙으로 돌아간다. 인생이란 여행, 그 마지막 여행은 죽음의 여행이다. 죽음은 인생 건너편에서 떠나는 또 다른 여행의 시작이다. 알지 못하는 세상으로, 미지의 세상으로 떠나는 여행이다.

죽음의 여행도 준비를 해야 한다. 어디로 가는지 알지 못하는 여행을 떠나면서 준비 없이 떠나면 불안하다. 준비가 없다는 것은 실패를 준비하는 것, 준비가 많을수록 여행의 가치는 높아진다. 죽음이란 여행, 삶의 마지막 여행을 어떻게 준비해야 할까.

잘 죽는 방법은 웰다잉(Well dying)이다. 잘 사는 것, 곧 웰빙(well being)이 웰다잉이다. 웰빙은 '보람된 삶', '후회 없는 인생'이다. 죽음은 삶을 비추는 거울이다. 죽음이란 여행의 최고의 준비는 삶이란 여행을 충실히 하는 것이다. 그래서 삶 속에서 바라보는 '죽음학'은 아름다운 삶의 길잡이다.

잘 산다는 것은 하루하루를 축제처럼 사는 것, 오늘과 내일은 축제의 날이다. 내일은 또 다른 벗들이 찾아온다. 혼자 노는 백로보다 함께 노는 까마귀가 낫다고 했다. 그동안 나 홀로 여행에서 백로처럼 나만의 시간을 가졌다면, 이제는 까마귀처럼 함께 즐기는 축제의 시간이다.

삶의 흐름을 단위로 쪼개어 축제를 즐기자면 축제를 기획해야 한다. 나이가 들수록 나만의 축제를 만들어 즐길 수 있어야 한다. 반복되는 삶의 주인은 나다. 작은 축제를 끊임없이 만들어 내는 한 삶은 매년 새롭고 흥미진진하다. 내 삶의 주인이 되는 기쁨은 축제가 있을 때만 가능하다.

축제가 없는 삶에서 시간의 흐름은 통제가 되지 않는다. 나이가 들수록 새해의 시작은 즐겁기보다는 왠지 서글퍼진다. 살아온 날보다 살아갈 날이 더 짧아지기 때문이다. 갈수록 시간이 빨리 지나가는 것은 심리적 시간 때문이다. 30년을 살았으면 한 해가 30분의 1로 느껴진다. 50년을 살았으면 50분의 1로 느껴진다. 올해가 작년보다 빠르게 지나가는 것은 이 때문이다. 시간의 주인은 시간이 아닌 나 자신이다. 길 위에 생의 찬가가 울려 퍼진다.

해안으로 난 길을 따라 보령 8경의 하나인 오천항에 도착했다. 고요한 바다 천수만 뒤에 숨은 전국 제1의 키조개 생산지 오천항은 예로부터 당나라와의 교역의 교두보였으며, 지금도 천수만 일대의 주요 어항으로서 역할을 다하고 있다.

14시 30분, 61코스 종점 보령 제7경 충청수영성에 도착했다.

62코스

천북굴따라길

충청수영성에서 천북굴단지 15.9km

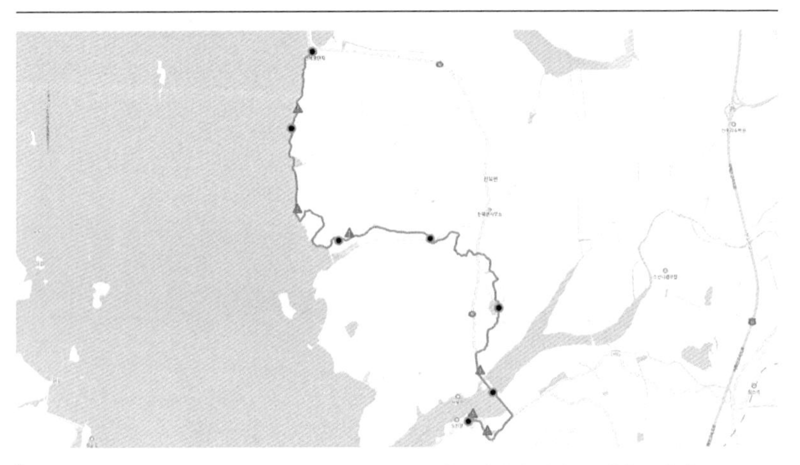

충청수영성 > 보령방조제 > 하만저수지 > 사호3리마을회관 > 천북굴단지

11월 25일 금요일 9시 41분, 승용차를 63코스 종점에 두고 와서 62코스를 시작한다. 62코스는 충청수영성에서 천북마리나가 자리해 정박한 요트들이 이국적인 풍경을 연출하는 보령방조제와 농업용 저수지로 늦가을 풍경이 멋진 하만저수지를 지나서 천북면 장은리 천북굴단지까지 가는 구간이다.

걷기 33일째 1,000km 돌파하는 날, 충청수영성 산 위에서 한 폭의 그림 같은 전경의 오천항을 내려다보며 마음을 모아 기도한다.

'비노니,

한 걸음 한 걸음마다 살아 있는 모든 존재들의 즐거움을 기원하게 하소서.
모두가 행복하게 하소서.
살아있는 모든 것들에게 축복을 내리소서.
모두가 모두를 사랑하게 하소서.'

오충식, 정진석 두 아우가 가세하여 오늘 일행은 모두 6명이다. 고마운 친구들, 로마시대 격언이다.
"오랜 친구보다 더 나은 거울은 없다."
"가까운 친척보다 좋은 친구가 더 낫다."
"와인과 친구는 오래될수록 좋다."
"친구가 없는 것은 영혼이 없는 육체와 같다."
좋은 친구를 얻는 가장 좋은 길은 스스로 좋은 친구가 되어 주는 것이다. 무엇보다 먼저 자기 자신에게 좋은 친구가 되어 주는 것이 더욱 중요하다. 인간은 자신을 사랑해야 남을 사랑할 수 있고 자신이 즐거워야 남을 즐겁게 할 수 있고 자신이 행복해야 남을 행복하게 할 수 있다.
모든 인생은 혼자 떠난 여행이다. 혼자 행복할 수 있어야 더불어 행복할 수 있다. 내 인생에서 가장 소중한 계명을 나그네는 오늘도 길 위에서 외친다.
"즐거워하라!"
"행복하라!"

충청수영성에서 산 위에서 충청수영성을 바라본다. 충청수영성은 충청도 해안을 방어하는 최고사령부 역할을 하였으며, 조운선의 보호와 안내, 그리고 외적 방어 역할을 하다가 1896년 폐영 되었다. 1510년 충청수사 이장생이 돌로 쌓은 성이며, 현재는 윗부분이 무지개 모양인 서

문을 비롯하여 1,650m가 남아 있다. 서해안의 수군사령부로서 군선 140여 척에 병력이 8,400명에 달했다. 경상좌·우수영, 전라좌·우수영에 비해 보존이 제일 잘 되어 있다.

충청수군은 임진왜란 때는 남해바다에서 통제사 이순신과 연합작전을 전개하였고, 특히 1597년 칠천량해전에서는 충청수사 최호가 통제사 원균과 연합하여 싸우다가 함께 전사하였다.

주변을 둘러보며 영보정 정자에 오른다. 천하명승으로 알려진 영보정(永保亭)은 1504년 수사 이량이 처음 지었고 계속 손질하며 고쳐 온 우리나라 최고 절경의 정자였다. 조선시대 많은 시인묵객이 찾아와 경치를 즐기며 시문을 남겼다. 다산 정약용, 백사 이항복은 이곳을 조선 최고의 정자로 묘사했다. 다산 정약용의 시문집 『영보정연유기』의 내용이다.

세상에서 충청도의 누정의 뛰어난 경치를 논하는 사람들은 반드시 영보정을 으뜸으로 꼽는다. 옛날에 내가 해미에 귀양 갔을 때, 마음은 있었지만 가 보지 못했다. 을묘년 가을에 나는 비로소 금정으로부터 이 정자에 오를 수 있었으니, 어찌 정자와 인연이 있는 것이 아니겠는가. 나는 그때 기이한 것을 좋아함으로 인해 좌천되었다. 그러나 천하의 사물이 기이하지 않으면 드러날 수 없다는 것을 영보정을 보고 그 사실을 알 수 있었다. 산이 육지에 있는 것은 깎아 세운 듯 뾰족하고 잘라 놓은 듯 우뚝하지 않으면 이름이 날 수 없으나, 갑자기 물 가운데로 들어가 섬처럼 되어 있으면 작은 언덕처럼 조그맣게 솟아오른 것이라도 기이하게 보인다. …… 영보정은 이 산에 의지하고, 이 호수에 임해 있기 때문에 이 지방의 으뜸이 된다.

다산의 영보정 유람은 해미에 유배된 5년 후인 금정(충남 청양) 찰방으로 좌천되었을 때 이루어졌다. 다산은 해미로 유람 온 지 10일 만에 해배되어 한양으로 올라갔다. 다산은 해미읍성과 개심사를 유람하는 특별휴가 같은 유배 시절을 보냈다.

충청수영성에 동백꽃이 아름답게 피어 있다. KBS 드라마 〈동백꽃 필 무렵〉 촬영 장소로도 유명하다. 동문지 성벽 위를 따라 걸어간다. 하얀 갈대가 햇살에 눈부시게 반짝인다.

성에서 내려와 배들이 한가로이 떠 있는 오천항의 아름다운 전경을 보며 해안 도로를 따라 걸어간다. 물 먹은 솜처럼 무겁던 몸이 날아갈 것만 같다. 가벼운 걸음, 한낮의 눈부신 태양이 축복의 햇살을 쏟아붓는다. 함께 따로 걸어가는 길, 혼자서 가만히 속삭인다.

그대처럼 걸을 수 있는 자 얼마나 있겠는가?

축복받은 그대, 얼마나 행복한가?

오천항을 배경으로 하는 도미부인 솔바람길 포토존이다. 인근에는 〈삼국사기〉에 수록된 도미부인의 설화를 품고 있는 도미의 묘지와 도미부인의 사당이 있다.

백제의 4대 임금 개루왕은 도미의 아내가 얼굴이 아름답고 지조가 곧다는 말을 듣고 도미에게 "여자들이란 정절을 주장하지만 어둡고 으슥한 곳에서 꾀면 안 넘어가는 사람이 드물다."고 말한다. 그러자 도미가 "세상인심은 알 수 없으나, 신의 아내 같은 사람은 죽더라도 듣지 않을 것입니다."라고 말했다. 그래서 왕은 시험하기 위하여 도미를 잡아두고 강압적으로 그녀를 취하려 했으나, 도미 부인은 여종을 단장시켜 왕의 침실로 들여보냈다. 임금이 속은 것을 알고 도미의 두 눈을 뺀 후 작은 배에 실어 강물에 띄워 보내고, 그 후 다시 도미 부인을 끌어다

범하려 하자 달거리를 핑계로 시간을 얻은 도미 부인은 도망하여 이 강나루에 이르렀는데, 배가 없자 하늘을 우러러 통곡했다. 그때 작은 배 하나가 나타나 배에 올랐다. 흘러가는 대로 몸을 맡기니 배는 작은 섬에 이르고, 그곳에는 남편이 기다리고 있었다. 두 사람은 눈물로 상봉하고 풀뿌리를 캐어 먹으며 뱃길을 떠나 고구려에 이르렀고, 고구려 사람들은 이들을 반겨 맞아 주어 그곳에서 살았다고 한다. 상상하기 어려운 슬프고도 아름다운 이야기다.

경기도 하남시의 한강변 '위례 사랑길'에도 정절의 여인 도미 부인에 대한 애틋한 사연이 있는 도미나루가 있다.

보령방조제를 지나서 바다를 뒤로하고 언덕으로 올라간다. 오르막이 있으면 내리막이, 내리막이 있으면 오르막이 있다. 인생길 또한 그렇다. 그래서 공평하다. 지쳐 갈 무렵 숨통이 트이고, 평안하다 싶으면 뒤통수를 심하게 때린다.

하만저수지를 지나고 천북면 사호리 마을을 지나간다. 모습을 보이지 않는 마을의 개들이 낯선 침입자를 향해 여기저기에서 소리를 지른다. 온 동네가 시끄럽다.

그림자와 함께 해안길을 걸어간다. 일행들은 뒤에 따라온다. 언제나 그렇듯이 계속해서 같이 따로 걷는 길이다. 공자는 말한다.

학문을 좋아하는 사람과 함께 가면 마치 안개 속을 걷는 것과 같아서 비록 옷이 젖지는 않더라도 때때로 물기가 배어들고, 무식한 사람과 함께 가면 마치 뒷간에 앉은 것 같아서 비록 옷이 더럽혀지지 않더라도 때때로 그 냄새가 맡아진다.

착한 사람과 함께 지내면 마치 지란(芝蘭)의 방에 든 듯하여 오래되면 그 향기를 맡지 못할지라도 곧 감화될 것이요, 악한 사람과 함께 지내면 마치 생선가게에 든 듯하여 오래되면 그 냄새를 맡지 못할지라도 역시 감화될 것이다.

붉은 물감을 가까이하면 붉어지고 검은 물감을 가까이하면 검어지는 법이니, 군자는 반드시 함께 지낼 이를 삼가서 택한다.

오늘은 벗들이 있다. 걸음을 멈춰 벗들과 함께 걸어간다. 벗들이 하늘처럼 맑아 보인다. 벗들에게서 하늘 냄새가 난다. 내게서도 하늘 냄새가 난다.

좋은 벗을 만나려면 내가 먼저 좋은 벗이 되어야 한다. 영혼의 만남이 없으면 그것은 만남이 아니라 마주침이다. 만남에는 그리움이 따라야 한다. 그리움이 없는 만남은 이내 시들해진다. 한번 왔다가는 인생 소풍, 벗들과 더불어 '하하하' 웃으며 살다가 가야지.

천수만의 자연 굴 생산지인 '천북굴따라길'을 걸어간다. 천북굴따라 트레킹 코스 '하파동 800m, 천북굴단지 1.6km' 표시판이 모래밭에 서 있다. 천북굴따라길은 보령시 천북면 장은리 굴단지와 공룡 발자국 화석이 발견된 학성리까지 총 7.8km를 잇는 둘레길이다. 썰물로 인해 물이 빠졌다. 밀물 때는 걸을 수 없는 길이다.

"굴따라길은 만조 시(물이 차면) 위험하오니 반드시 물때를 확인하신 후 통행하시기 바라며, 기상 악화 시에는 출입을 금합니다."라는 보령시의 이용 안내판과 '천북굴의 유래' 안내판이 서 있다.

천북면 장은리 앞바다는 예로부터 갯벌이 발달하고 조류가 바른 데다 바닷물이 깨끗하여 많은 굴이 자생하였다. 50여 년 전부터는 갯벌에 돌을 넣거나 나무를 꽂는 방식으로 굴을 양식하면서 현재와 같이 큰 굴을 대량 생산 하게 되었다. 1990년대부터 교통이 발달하고 관광객

건어물 수산물
서해랑길
서해랑길 홍성 63코스 SEOHAERANG TRAIL

이 급증하면서 장작불에 구워 먹는 천북 굴 맛이 입소문을 타기 시작했고, 70여 호의 구이 맛집이 탄생했으며, 전국에 '천북굴구잇집'이라는 상호가 유행하게 되었다. 굴은 칼슘, 철분, 아연, 비타민 B, 타우린 등이 풍부하게 함유되어 있는데, 이들 성분은 면역력을 높이고, 기력을 회복하는 데 도움을 준다.

서해랑길을 걸어가는 낯선 사람이 앞에 가고 있다. 반갑게 인사를 하고 함께 걸어간다. 몇 해에 걸쳐 해파랑길, 남파랑길을 모두 걸었고, 이제 서해랑길을 걷고 있다고 한다. 천수만 굴 단지에 도착하니 굴 축제를 하고 있어서 왁자지껄, 사람들이 많다.

천수만(淺水灣)은 남북으로 긴 만으로 수심이 얕다(淺水)는 의미로 동쪽은 서산시, 홍성군, 보령시와 접하며 북쪽과 서쪽은 태안군의 태안반도와 안면도와 접한다. 천수만은 삼면이 육지와 가로막히고 안면도가 앞을 길쭉이 틀어막아 거대한 내륙해의 형상을 하고 있다. 천수만에는 두 차례 큰 변화가 있었다. 하나는 안면도와 태안반도 사이에 운하를 뚫은 것이다. 원래 안면도는 육지였으나 이렇게 섬이 되었다. 다음으로는 1980년대 간척사업이다. A/B지구 방조제가 건설되었다. 간월호 방향이 A지구, 부남호 방향이 B지구다. 이에 따라 방조제 주변에 섬이었던 곳들이 간척지와 연결되며 육지에 붙었다. 천수만은 순천만, 낙동강 하구 등의 습지와 함께 한반도에서 중요한 철새도래지로 꼽힌다.

12시 54분, 드디어 62코스 종점 천북굴단지에 도착했다. 만면에 웃음을 띤 충식, 진석 두 아우가 서해랑길 첫 나들이의 기쁨을 만끽한 시간이었다. 함께 하는 굴 요리에 막걸리, 먹기와 걷기가 조화를 이루는 멋과 맛의 향연을 펼쳐진다.

63코스

절의의 고장, 홍성

천북굴단지에서 궁리출장소 11.2km

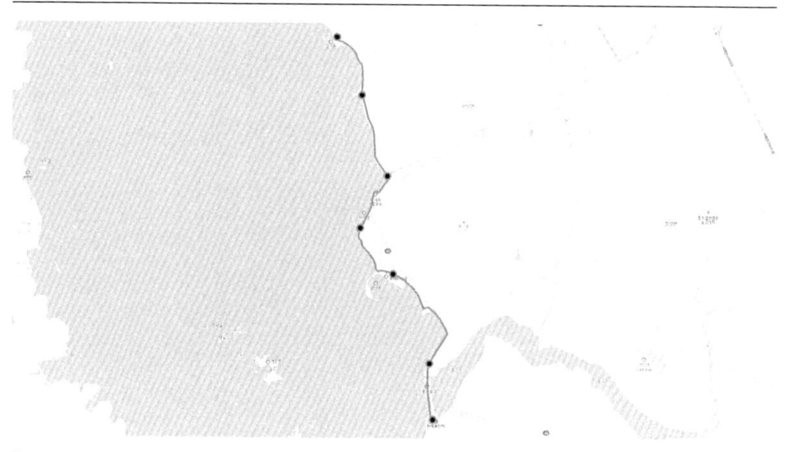

천북굴단지 > 홍성방조제 > 남당항 > 속동전망대 > 궁리출장소

오후 2시, 보령시의 천북굴단지에서 홍성군으로 들어가는 63코스를 시작한다. 63코스는 새조개와 주꾸미, 대하 등이 유명한 남당항을 지나고 해안전망대, 속동전망대를 지나서 홍성군 서부면 궁리출장소까지 가는 구간이다.

홍성방조제를 걸어간다. 보령시에서 홍성군 서부면으로 진입한다. 파란 하늘을 배경으로 하얀 풍력발전기가 바람개비를 흔들며 바람을 안고 어서 오라고 환영한다.

홍성은 우리나라 역사에서 충(忠)과 의(義)를 상징하는 인물을 다수 배출한 절의(節義)의 고장이다. 고려의 명장 최영(1316~1388), 사육신 성삼문(1418~1456), 독립운동가이자 시인인 한용운(1879~1944), 청산리전투를 승리로 이끈 김좌진(!889~1930) 등이 대표적 인물이다. 만해 한용운의 '님의 침묵'이 들려온다.

님은 갔습니다. 아아, 사랑하는 나의 님은 갔습니다.
푸른 산빛을 깨치고 단풍나무 숲을 향하여 난 작은 길을 걸어서,
차마 떨치고 갔습니다.
(중략)
우리는 만날 때 떠날 것을 염려하는 것과 같이,
떠날 때에 다시 만날 것을 믿습니다.
아아, 님은 갔지만 나는 님을 보내지 아니하였습니다.
제 곡조를 못 이기는 사랑의 노래는 님의 침묵을 휩싸고 돕니다.

홍미롭게도 최영과 성삼문은 100년이라는 시차를 두고 같은 마을에서 태어났다. 최영은 이성계의 쿠데타에 반대하며 고려를 지키려 한 충신이다. 인근 닭제산에는 최영의 위패와 영정이 봉안된 사당(기봉사)이 있다. 바로 이곳에서 2.3km 떨어진 곳에서 성삼문이 태어난 성삼문유허지가 있다. 성삼문은 세종 때 집현전 학자로 훈민정음 창제에 크게 공헌하였고, 세조의 단종 폐위에 반대하며 굳은 절개를 지켜 죽임을 당한 인물이다.

홍복읍 노은리 같은 마을에서 최영과 성삼문이 태어난 것처럼, 독립운동가인 김좌진과 한용운도 서로 이웃한 곳에서 10년의 시차를 두고 태어났으며, 같은 시대 같은 삶을 살아갔다. 김좌진의 생가가 있는 갈산면에서 차로 불과 10분 거리인 결성면에 한용운의 생가가 있다. 행정구역 상 면을 달리할 뿐이지 사실상 두 생가는 이웃 사이이다.

홍성군
Hongseong
서부면

김좌진과 한용운의 생가 근처인 갈산면 취생리에는 우리겨레박물관이 있다. 폐교된 초등학교에 세워진 박물관은 항일운동에 앞장서 온 홍주의병, 김좌진과 한용운 등의 독립운동가를 배출한 근대민족주의의 발상지로서 의미가 깊다. 매년 5월 홍주성 일원에서는 '홍성역사인물축제'가 열린다.

홍성12경 중 9경인 성삼문유허지에 비석에 새겨진 '단심가(丹心歌)'를 부르며 길을 간다.

이 몸이 죽어 가서 무엇이 될 고 하니
봉래산 제일봉에 낙락장송 되었다가
백설이 만건곤 할제 독야청청하리라

하늘은 맑고 햇살은 따사롭다. 바다가 반짝반짝 빛이 난다. '영 써틴'의 두목인 광섭 형님이 보무도 당당하게 일등으로 걸어간다. 내년이 일흔 살인 형님은 두목이고 나는 부두목이다. 평소 걷기를 싫어하고 산행을 할 때마다 두려워하던 형님이 어느 날부터 아우들을 제치고 앞장서서 걸어간다. 아우 덕분에 새로운 세상을 만났다면서 늦바람이 나서 매일 동네 뒷산을 누비며 걷기를 즐기고 있다.

내 나이 올해 예순넷이다. 80세까지 산다고 생각하면 내 인생은 불과 16년 남았다. 121세까지 산다고 하면 이제 겨우 반 조금 지났다. 시간의 개념을 바꾸면 생각이 달라지고 인생이 달라진다. 지구상에 존재하는 동물들 대다수는 성장 기간의 여섯 배까지 살 수 있다고 한다. 20세까지가 성장기인 인간은 120세까지 늘어날 수 있다는 이야기다.

3년 전 나는 형제들이 마련해 준 출판기념회를 겸한 환갑연에서 다음 환갑인 121살까지 살기로 했다고 하객들에게 우스갯소리로 큰소리쳤다. M. 토게이어는 '영원히 살 것처럼 배우고 내일 죽을 것처럼 살아라' 하지 않았던가. 프랑스의 몽테뉴가 말하는 것처럼 나는 양배추를 심다가 그렇게 떠나고 싶다.

무엇을 배우고 어떻게 살 것인가. 흔히 '나이 들어 무엇을 더 배우기보다는 아는 것으로 살아가라'라고 하지만 사람은 죽는 날까지 배워야 한다. 그래서 떠난 여행길, 길에는, 세상에는 배워야 할 것이 지천에 깔려 있다.

121세까지 산다고 생각하니 뇌가 자극을 받아 더 열심히 일하고, 심장과 다리를 튼튼하게 하기 위해 더욱 많이 걸어간다. 무엇을 추구하고 어떻게 살아야 할지 적극적으로 선택하고 재미와 보람이 넘치는 시간으로 창조하도록 생각한다.

상상력은 창조의 시작이다. 바라는 것을 상상하고, 상상한 것을 창조하는 것이다.

16세기 이탈리아 르네상스에는 미켈란젤로가 있었다. 조각가, 화가, 건축가이면서 시인이었던 미켈란젤로의 대표작은 '피에타'이다. 바티칸시티 베드로성전에 보관되어 있는 피에타는 르네상스시대 조각 예술의 대표작이다. 미켈란젤로는 대리석 안에 있는 어머니 마리아와 품에 안겨 있는 예수를 발견하고 세상으로 나오게 했다. 그렇게 위대한 걸작 피에타가 탄생했다.

"나는 돌 속에 있는 천사를 보았고, 돌 속에 있는 천사가 풀려날 때까지 돌을 깎았다"라는 미켈란젤로처럼 자신 안에 있는 진정한 자신의 모습을 발견하고 조각해 가는 서해랑길을 걸어간다.

"백척간두에서도 또 한 걸음 나아가고, 태산의 정상에서도 다시 태산을 찾아, 바라고 또 바라기를 미처 보지 못한 듯이 하여 힘껏 노력하다가 죽은 후에야 그만두기를 목표로 삼아야 한다."고 정조 임금은 『홍재전서』에서 말하지 않았던가.

새들은 바람이 가장 강하게 부는 날 집을 짓는다. 강한 바람이 부는 날 지은 집은 강한 바람에도 견디지만, 바람이 불지 않는 날 지은 집은 약한 바람에도 허물어져 버린다.

변화를 찾아서 처음으로 도보여행에 나선 오충식, 정진석 두 아우가 쏜살같이 앞장서서 걸어간다. 한 몸인 양 경쟁하듯 걸어간다. 경찰관인 진석 아우는 휴가를 내고 찾아왔다. 열 살 아래인 충식 아우는 누구보다 진솔하고 건전한 사고를 가지고 있다. 함께 동행하는 아우들이 고맙다.

광활한 천수만 너머로 대나무 섬인 죽도가 보이고 더 멀리 안면도가 병풍처럼 늘어서 있다. 천수만 내에 있는 작고 아름다운 섬 죽도는 일몰과 함께 일출을 즐길 수 있는 곳이다. 남당항에서 배를 타고 15분 정도면 들어간다. 홍성군에서 유일한 유인도로, 섬 주위에 '사누대'라고 하는 대나무가 많아서 죽도(竹島)라고 불린다. 썰물 때면 4개의 섬이 이어져 아름다운 자태를 뽐내는데, 일몰과 일출은 홍성12경의 하나로 꼽힌다.

홍성 제2경 남당항에 도착했다. 가을 대하와 겨울 새조개 등 사시사철 해양 먹거리로 입맛을 돋워 주는 남당항이다. 현재 5만5000㎡ 규모 매립지에 남당항 해양공원 조성이 진행 중이다. 해양공원은 홍성군이 여름 피서지 및 휴양지로 물놀이 체험형 음악 분수, 트릭아트존, 네트어드벤처 등 다양한 즐길 거리를 계획 중이다.

석양이 질 때면 잔잔한 수면을 붉게 물들이며 신선계의 황홀경을 연

출하는 남당노을전망대를 지나간다. 노을이 없는 남당노을전망대에서 노을을 그려 본다. 석양이 아름다운 것은 노을이 있기 때문이고 인생이 아름다운 것은 추억이 있기 때문이다. 여명이 아름다운 것은 미지의 싱그러움이 있기 때문이고, 태양이 이글거리는 한낮이 아름다운 것은 불타오르는 열정이 있기 때문이다. 황혼이 아름다운 것은 하루의 세상을 두루두루 돌아본 완숙함이 있기 때문이다. 여행은 가슴이 떨릴 때 다녀야지 다리가 떨릴 때는 다닐 수 없다.

빨간 등대가 외로이 서서 바닷바람을 맞고 있다. 나그네는 바람을 맞으며 길을 가고 있다.

걷는다는 것은 느림의 미학을 일깨워 준다. 링컨은 "나는 천천히 가는 사람입니다. 하지만 뒤로 가지는 않습니다."라고 말한다. 장자는 어슬렁어슬렁거리며 걸어가는 '소요유'를 가르친다. 그리스 로마 철학의 소요학파의 소요는 산책을 하듯이 거닌다는 뜻이다. 걸으면서 사상을 정립하거나 학문적인 성취를 이뤘다고 소요학파라고 한다. 길에서 사상을 창조한 사람들이다.

걷는다는 것은 창조적인 행위다. 빅토르 위고는 오후에 파리 시내를 산책하면서 글의 소재를 얻었고, 루소와 칸트 역시 규칙적인 산책을 통해 자신의 철학을 정립했다. 베토벤, 헨리 데이비드 솔로, 시인 랭보 등도 산책이나 걷기를 통해 자신의 세계를 완성했다.

어사어항이다. 어사리선착장을 지나간다. 오늘따라 바다가 햇살에 유난히 반짝인다. 저 멀리 궁리항이 보인다. '처얼썩, 처얼썩' 파도가 춤을 춘다. 바람이 춤을 추고 깃발이 춤을 춘다. 리본이 춤을 추고 풀잎이 춤을 춘다. 결국 흥을 이기지 못한 나그네가 춤을 추고 노래를 한다. 해불양수, 낮은 곳에서 모든 물을 받아 주는 바다를 노래한다.

바다야! 겸손한 바다야, 나를 아래로 임하게 해 다오. 성난 바다야, 나에게 용기를 다오. 광활한 바다야, 나에게 포용심을 다오. 원시의 바다야, 나에게 생명의 외경을 가르쳐 다오. 사랑의 바다야, 나에게 영원한 사랑의 샘을 다오. 살면서 주고받은 미움과 원망, 아픔과 슬픔, 넓고 깊은 마음으로 모두 다 받아 다오. 나는 가도 너는 남아 이 세상 끝나는 날까지 또 다른 나를 위해 평화의 바다가 되어 다오.

속동전망대를 지나간다. 낙조명소다. 갑자기 지나가는 승용차에서 '형님!' 하는 소리가 들려온다. 오늘의 주인공, 언제나 유쾌하고 씩씩한 사내 서중수다. 내 평생에 처음으로 요트를 타고 바다낚시를 경험하게 해 준 아우다.

남당항로를 걷고 또 걸어서 16시 15분, 종점인 궁리항에 도착했다.

캄캄한 바닷가, 중수 아우가 마련한 펜션에서 즐거운 향연이 펼쳐진다. 밤 10시가 넘어서 마당에서 펼쳐지는 캠프파이어, '영 써틴'의 막내 정화가 장작의 불꽃을 보면서 탄성을 지르며 아이처럼 즐거워한다.

추위에도 불구하고 잠을 자지 않고 중수 아우를 따라 해루질을 다녀오는 아우들의 극성스러운 밤이 평화롭게 깊어 간다. 사회적인 유대가 강한 사람은 고립된 사람보다 7년을 더 산다고 했던가. 서해랑길, 형제들이 있어서 행복한 밤이다.

13 태안 구간 (64~75코스) 201.2km

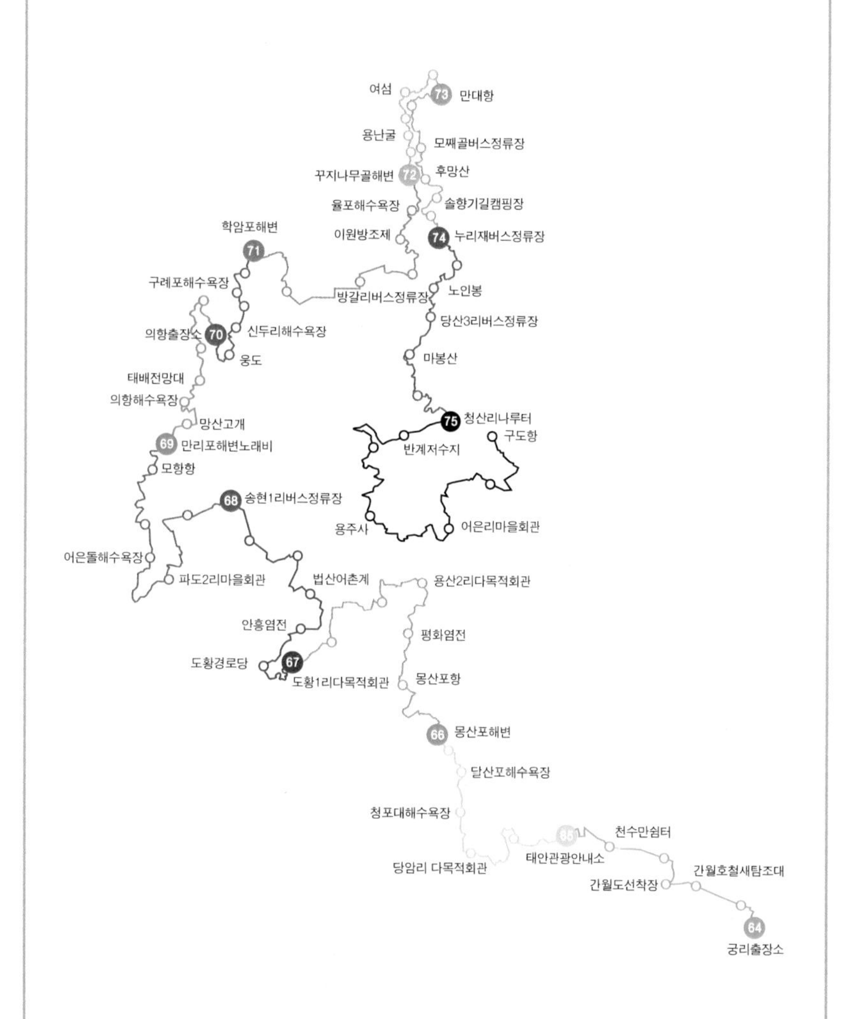

64코스

내 최고의 모습을 찾아라!

궁리출장소에서 태안관광안내소 13.2km

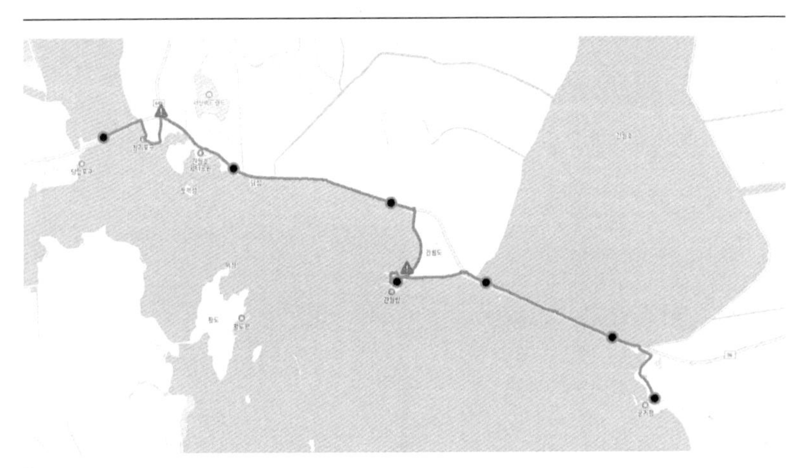

궁리출장소 > 간월호철새탐조대 > 간월도선착장 > 천수만쉼터 > 태안관광안내소

11월 26일 토요일 8시 10분, 궁리항에서 64코스를 시작한다. 64코스는 무학대사의 기도처였던 간월암을 지나서 태안군 남면 당암리 태안관광안내소까지 걸어가는 구간이다.

서해랑길 태안 구간은 64~75코스로, 201.2km이다. 국립공원 태안반도의 해안 따라 이어지는 작고 아름다운 해변과 조용한 숲길을 걸으며 시원한 바닷바람을 즐긴다. 바위와 섬, 해변과 송림의 실루엣이 어우러진 대표적인 노을 명소인 천리포와 학암포, 오랜 세월 파랑과 바람이 만들어 낸 국내 최대의 모래 언덕인 신두리사구에서 아름다운 추억을 남기는 구간이다.

새벽이 밝아온다. 새벽에 눈을 뜨면 가장 먼저 쾌재를 터트린다.

"와! 눈떴구나! 하하하!"

순간, 찰나적인 신비감이 스쳐 간다. 일본의 시인 이싸의 하이쿠다.

"얼마나 운이 좋은가. 올해도 모기에 물리다니!"

삶은 죽음보다 나은 것, 아직 살아 있다는 것은 얼마나 행복한가. 산 날보다는 살아갈 날이 적다는 생각, 남은 생물학적 여명이 적다는 데서 오는 하루의 희열감이 스치며 매일 아침 행복하다.

여명이 찾아드니 서서히 어둠이 물러가고 한 걸음씩 밝아 오는 동녘빛을 등지고 다시 홀로 된 나그네가 길을 걸어간다. 어둠이 흩어지는 길 위에 사물들이 한 걸음 한 걸음씩 다가와 고개 숙여 인사한다. 앙상한 가지 사이에 하늘이 열리고 신선한 첫 아침 신명 난 나그네의 두 다리는 덩실덩실 춤을 추며 걸어간다.

태양이 눈을 뜨자 세상이 햇살에 취해 반짝인다. 길을 나선 나그네가 바닷가를 걸으며 아침과 발맞추어 발걸음을 재촉한다. 신선한 아침이 나그네를 연인처럼 안고 걸어간다. 북쪽으로, 북쪽으로 걸어간다.

형제들과 함께했던 환상적인 지난밤은 꿈처럼 스쳐 가고, 다시 혼자다. 장터에서 산 중 암자로 들어가는 스님처럼 홀로 길 위에 섰다. 허망하다. 내 모습이 발가벗은 채 홀로 길 위에 드러나 있다. 유랑자, 내 최고의 모습이다. '그래, 내 최고의 모습을 찾아가자!'고 소리친다.

썰물로 바닷물이 빠져나가고 갯벌이 앙상하게 나신을 드러낸다. 배들은 정박해서 바닷물이 들어오길 기다린다. 갯벌에 서 있는 방파제에서 등대가 외로이 서 있다.

홀로 된 나그네가 하늘과 바다를 행해 "나는 자유다!"라고 외친다. 날아가던 갈매기가 "나도 자유다!"라면서 꾸륵꾸륵 소리친다. 몽환포영

(夢幻泡影), 꿈같고 환영 같고 거품 같고 그림자 같은 밤이었다. 인생도 그렇다. 워즈워드가 '시간의 점'을 노래한다.

우리의 삶에는 시간의 점이 있다.
이 선명하게 두드러지는 점에는
재생의 힘이 있어……
이 힘으로 우리를 파고들어
우리가 높이 있을 때는 더 높이 오를 수 있게 하며
떨어져 있을 때는 다시 일으켜 세운다.

워즈워드는 걷기를 좋아해서 자연을 거닐면서 체험하는 자연 속의 어떤 장면들은 시간의 점이 되어 평생을 함께 지속할 것이라고 했다.

자주 걸었고, 혼자서 걸었으며, 걸을 때 게임용 카드를 들고 다니면서 생각을 기록했던 루소는 인간이 자연 상태에서 문명 상태로 타락했다고 믿었다. 그리고 자연 상태에서의 인간은 '홀로 시골길을 보행하는 소박한 인간'이라고 했다. 루소에게 걷기는 숨 쉬는 것과 같았다. 멈춰 있을 때는 생각에 잠기지 못했다.

걷기 여행은 다른 수단을 이용하지 않고 오직 맨몸으로 자기 체력에만 의지하는 여행이다. 걷기는 평등하다. 부유한 자라고 해서 가난한 자보다 유리한 점이 없다. 걷기는 자유의 본질이다. 유유자적 내 마음의 길을 걸어간다. 걷다 보면 수많은 생각들이 스쳐 간다. 좋은 생각은 물론 때로는 슬픈 일, 아픈 일, 미운 놈의 뒷모습이 떠오르고 한동안 의식을 기분 나쁘게 지배한다. 아뿔싸, 그럴 때 쳐다보는 아침의 여명이나 한낮의 하늘빛, 황혼의 저녁노을은 얼마나 아름다운지. 걸으면서 바라보는 자연의 아름다움이 단추 구멍 같은 마음을 하늘처럼 넓게 펼쳐 모든 것을 포용하고 용서하고 사랑하게 한다.

나그네는 걸으면서 생각한다. 내 최고의 모습은 어떤 모습인지, 진정으로 자신이 원하는 삶이 무엇인가를. 내 영혼에 충실한 삶을 살았는지를 돌아본다. 나누고 베풀면서 죽을 때 후회하지 않을 삶을 살아야 한다. 영혼이 진정으로 원하는 일, 그 일을 하지 못한다면 죽을 때 후회할 것 같은 일, 그러한 일과 삶을 찾는 일이 중요하다. 그래야 열정을 갖고 신나게 살 수 있다.

걷기는 뇌를 건강하게 한다. 뇌는 죽는 순간까지 변화하며 놀랄 만한 회복탄력성을 갖고 있다. 뇌가 좋아지면 삶의 모든 것이 좋아진다. 강력한 뇌 건강법은 뇌에 '희망'이라는 영양제를 주는 것이다. 나이에 관계없이 뇌를 가장 강력하게 활성화하는 방법은 걷기를 통해서 뇌가 몰두할 수 있는 꿈과 희망을 갖는 것이다.

천수만로를 따라 길고 긴 A지구서산방조제를 걸어간다. 드디어 서산시 부석면이다. 왼쪽에는 세계적인 철새도래지 천수만 바다가, 오른쪽에는 광활한 서산간척지가 펼쳐진다. 서산간척지는 바다를 막아 옥토를 일궈 낸, 무에서 유를 창조한 역사적인 현장이다. 정주영 회장은 좁은 국토의 확장과 식량 자급자족의 소망을 담아 농업 분야에서 또 하나의 기적을 일궈 냈다.

1980년 시작된 서산간척지 사업은 총길이 7.7km의 방조제를 축조하여 총면적 4,660만 평의 간척지를 조성하는 엄청난 대역사였다. 1984년 2월, 방조제공사의 마지막 물막이 단계에서 9m에 달하는 조수간만의 차와 초당 8.2m의 빠른 유속으로 더 이상 둑을 쌓을 수 없는 최악의 난관에 부딪혔다. 승용차만한 바위 덩어리조차 흔적도 없이 쓸어 내 버리는 거센 물결은 어떤 장비도 속수무책이었다.

서산시
Seosan
부석면
세계적인 철새도래지

이러한 때 정주영 회장은 그 특유의 기상천외한 아이디어를 떠올렸다. 세계 토목건설 사상 유례가 없는 유조선공법을 생각해 낸 것이다. 고철로 쓸 23만 톤급(길이 322m, 높이 27m) 폐선박 유조선을 끌고 와 물을 가득 담아 가라앉혀 물막이 공사를 성공리에 끝냈다. 고정 관념의 틀을 깨는 이 기발한 공법은 '정주영 공법'이란 이름으로 세계의 찬사를 받았다. 서산간척지는 단일 농장으로는 세계 최대 규모로 우리나라 벼 재배 전체 면적의 1%에 해당되며, 선진 과학영농으로 50만 명이 1년간 먹을 수 있는 쌀을 생산하게 되었다.

"가지 않는 자에게는 길이 없지만, 가는 자에게는 없는 길도 만들어 간다"는 정주영 회장과 현대인들의 진취적인 모험 정신의 승리를 볼 수 있다.

서산시 관광안내판에서 서산9경을 자랑한다. 1경은 해미읍성, 2경은 서산 용현리 마애여래불상, 3경은 간월암, 4경은 개심사, 5경은 팔봉산, 6경은 가야산, 7경은 황금산, 8경은 서산한우목장 9경은 삼길포항이다. 멀리 서산버드랜드가 보인다. 파란 하늘에 세 마리 새들이 삼각편대로 날아간다. 이어서 철새들이 떼를 지어 날고 있다. '철새는 날아가고(엘 콘도 파사)'가 들려온다.

지금은 멀리 날아가 버린 한 마리의 백조처럼
나도 어디론가 떠나가고 싶어요
땅에 얽매어 있는 사람들은 세상을 향해서
가장 슬픈 신음 소리를 내지요
가장 슬픈 신음 소리를…

철새도 인간도 계획을 성취하는 개체는 소수다. 철새의 절반이 이주 중에 사망한다. 미국 스크랜턴대 존 노크로스의 연구에 따르면 새해 계획을 6개월 이상 지속하는 사람은 40%에 불과하다. 계획 실패의 가장 큰 원인은 무엇일까. 준비 부족이다.

철새는 장거리 이주 기간에 신진대사율이 몇 배 이상 증가한다. 이 때문에 엄청난 에너지가 필요하다. 미리 포동포동 살을 찌우고 중간중간 보급도 받아야 한다. 준비가 부족한 철새는 뜻을 이루지 못한다. 새장에 갇힌 철새는 이주 시기가 되어도 날아갈 수가 없다. 미리 살을 찌우며 준비했지만 소용없다.

철새의 비행은 논스톱이 아니다. 악천후에도 무조건 '전진 앞으로!'를 외치지 않는다. 폭풍우가 몰아치면 중간 기착지에서 몸을 피하며 때를 기다린다. 목표의 끝에 도달하려면 어려운 시기를 견딜 여유가 있어야 한다. 철새의 이주 환경은 천지개벽했다. 일부 철새는 하늘의 별을 보며 경로를 찾지만, 도시의 밝은 빛이 종종 혼란을 일으킨다. 그 결과, 같은 곳을 빙빙 돌다가 추락하기도 한다. 기네스북에 오르는 것이 아니라면 어려운 때는 잠시 쉬어 가는 것도 좋다. 철새는 남에게 인정받으려고 비행하지 않는다. 생존과 번식이라는 수행 목표를 위해 멀리 날아간다.

대양 횡단의 소망으로 설레는 철새처럼 새로운 자신, 새로운 미래를 향한 소망으로 길을 간다. 천수만이 햇살에 반짝인다.

서산방조제 끝에서 서산9경 중 3경인 간월도로 들어선다. 썰물로 물이 빠져나간 상태라 간월암으로 나아간다. 밝은 햇살이 바다와 갯벌에 반짝인다. 구름 한 점 없는 맑고 파란 하늘 아래 간월암이 손짓을 한다.

태안군
관광안내소
방문을
환영합니다
K Smile

간월도어리굴젓기념탑을 지나서 물이 빠진 뭍을 걸어서 고요한 간월암 경내에 들어선다. '옛 선사 달 보고 깨우친 간월암에 잔잔한 염불 소리 울리면 바닷새, 파도마저 소리를 낮추고 지나던 나그네도 발걸음을 조심한다네. ~'라는 글을 읽으며 걸어간다.

간월암은 밀물과 썰물 때 육지와 섬으로 변화되는 보기 드문 자리에 위치하고 있으며, 특히 주변의 섬들과 어우러진 낙조와 함께 바다 위로 달이 떠올랐을 때의 경관이 빼어나다. 고려 말 무학대사가 수도하던 중에 달을 보고 홀연히 도를 깨우쳤다 하여 암자 이름을 간월암(看月庵), 섬 이름을 간월도라 하였다. 이전에는 피안도(彼岸島), 피안사(彼岸寺)로 불렸다. 밀물 시 물 위에 떠 있는 연꽃 또는 배와 비슷하다 하여 연화대(蓮花臺) 또는 낙가산(落伽山), 원통대(圓通臺)라 불리기도 하였다.

간월암은 조선의 억불정책으로 폐사되었는데, 1941년 만공선사가 중창하여 오늘에 이르고 있다. 한편 만공선사는 이곳에서 조국 해방을 위한 천일기도를 드리고 바로 그 후에 광복을 맞이하였다고 전한다.

암자 내에는 무학대사, 만공선사, 벽초대사의 진영이 모셔져 있다. 한국 선불교를 중흥시킨 만공선사의 진영은 백발에 눈빛이 형형하다. 만공은 일제의 단발령에 반발해 도리어 머리카락을 길렀다. 1937년 조선총독부가 전국 사찰 31개 본산(本山) 주지 등을 불러 불교 정책을 전달하는 자리에서 "청정이 본연하거늘 어찌하여 산하 대지가 나왔는가! 전 총독 데라우찌는 우리 조선 불교를 망친 사람이다. 일본 불교를 본받아 대처, 음주, 식육을 마음대로 하게 하여 계율을 파괴하고 불교에 큰 죄악을 입힌 사람이다. … 정부에서 간섭하지 않는 것만이 유일한 진흥책이다."라고 일갈했다.

간월암에서 나와 간월항으로 나아간다. 오전이라 상가에도 아직은 한가롭다. '아라메길' 안내판이 나타난다. 서산장리바다낚시터를 지나간다. 추운 날씨인데도 바닷물에 들어가서 낚시를 하는 강태공이 한 사람, 두 사람, 세 사람이 있다. 낚시에 미친 사람, 트레킹에 미친 사람. 내가 미친 것일까, 저들이 미친 것일까. 둘 다 미쳤다면 둘 다 미치리라, 미치지 않으면 미칠 수 없으니 미쳐야 미친다. 불광불급(不狂不及)이다.

'해 뜨는 서산, 도약하는 서산, 살맛 나는 서산, 낚시객 배 타는 곳'을 지나서 창리어민회관을 지나간다. 이곳 창리포구는 지선인 64-1코스 출발점이다.

다시 방조제로 나와서 서산방조제 B지구를 걸어간다. 드디어 태안군 남면으로 들어선다. 태안군관광안내소가 나그네의 방문을 환영한다.

11시 5분, 64코스 종점에 도착했다.

65코스

나는 누구인가?

태안관광안내소에서 몽산포관리사무소 옆 15.3km

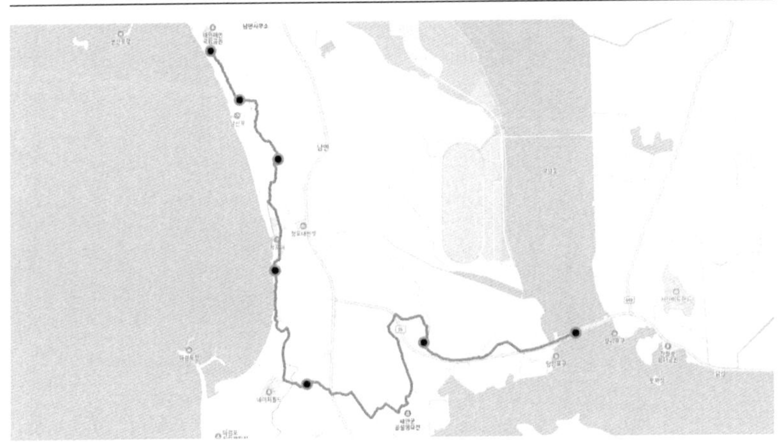

태안관광안내소 > 당암리다목적회관 > 청포대해수욕장 > 달산포해수욕장 > 몽산포관리사무소 옆

11시 5분, 태안관광안내소에서 65코스를 시작한다. 65코스는 서산방조제를 지나 청포대해변과 달산포해변을 지나서 태안7경인 몽산포해변에 이르는 구간이다.

천수만로를 따라 B지구 서산방조제를 걸어간다. 맑고 푸른 하늘, 바람이 불어온다. 바다에서 하늘에서 바람이 불어온다. 바람은 귓가에 스러지는 음악이다. 아메리카 인디언이 노래한다.

우리는 네 개의 바람에게 기도하고 감사의 말을 전했다.
새날이 밝아 오는 동쪽에게,

마음을 편안하게 해주는 훈풍을 불어 주는 남쪽에게,
하루가 끝나고 휴식을 취하는 서쪽에게,
살을 에는 바람으로 긴 날들을 준비하게 하는 겨울의 어머니 북쪽에게.

불어오는 바람에게 기도하고 감사를 전한다. 사람들은 서 있는 위치와 상황에 따라 울고 웃으며 즐거움과 괴로움의 바람을 맛본다. 서해랑길에서 맛보는 바람은 내 마음을 사로잡고 영혼을 울리는 아름다운 선율이다. 바람을 헤치고 바라보는 아름다운 풍경은 눈과 마음을 정화시켜 준다. 바람 따라 흘러가는 자신을 바라본다. 당국자미 방관자청(當局者迷 傍觀者靑), 당사자는 미혹에 빠지기 쉽고 곁에서 보는 사람은 맑은 정신으로 대세를 읽는다. 내가 또 다른 나를 바라본다.

방조제길이 끝나간다. 위대한 라이벌, 카리스마 대 카리스마, 현대의 정주영 회장과 삼성의 이병철 회장을 생각하면서 서산방조제를 걸어간다. 그들이 있었기에 오늘의 대한민국이 있다고 해도 과언이 아니다. 정주영 회장은 "나는 새벽에 일어나기를 좋아한다. 새벽에 일어나면 그날 할 일에 대한 기대감으로 설레기 때문이다."라고 했으니, 새벽형 인간인 나그네가 공감을 한다.

인생을 살아가는 데 해야 하는 것이 있고 하고 싶은 것이 있다. 해야 할 것과 하고 싶은 것, 무엇을 해야 할지를 선택하는 것이 인생의 기술이다. 남자는 가슴이 벌렁벌렁하는 야망이 있어야 한다. 사나이는 눈빛이 반짝반짝 살아 있어야 하고 생동감이 있어야 한다. 나는 낙타인가, 사자인가, 아니면 어린아이인가. 오늘도 길 위에서 즐거운 하루를 걸어간다.

해변길

지척에 있는 파란 바다가 펼쳐진 당암포구를 바라보면서 지나간다. 이제 본격적으로 태안을 걸어간다. 느림의 상징인 달팽이가 그려진 '슬로시티태안' 안내판이 천천히 걸어가라고 발목을 잡는다.

바다의 바지락과 육지의 달팽이는 큰 발과 딱딱한 껍질이 있는 조개 종류다. 다만 사는 장소가 다르다. 바지락은 아가미로 호흡하며 물속 생활에 적응했다. 달팽이는 육지 생활에 적응하여 폐로 호흡한다. 달팽이는 발 근육을 폈다 오므렸다 하면서 나아간다. 자유자재로 발 모양을 바꾸어 어디라도 기어간다. 발 뒤쪽으로 나온 점액으로 날카로운 칼날을 아무렇지도 않게 기어갈 수도 있다.

슬로시티의 상징인 달팽이, 누가 달팽이가 느리다고 탓할 것인가. 누가 빨리 가라고 달팽이의 등을 떠밀 것인가. 나그네가 길고 긴 방조제를 슬로우, 슬로우. 느림의 미학을 즐기면서 달팽이처럼 걸어간다. 달팽이 뿔 위에서 부귀공명을 추구하며 살았던 반평생을 부끄러워했던 고려의 김부식을 생각하며 걸어간다.

전 세계 베스트셀러 작가이자 일상의 철학자로 알려진 알랭 드 보통은 『여행의 기술』에서 타인의 시선으로부터 자유로울 수 있는 혼자만의 여행을 예찬했다. 동행자가 있으면 동행자를 의식하게 된다는 것이다.

나 홀로 여행을 준비하고 나 홀로 걸어가고 나 홀로 목적지에 도착하고 나면 자신의 가능성을 발견하고 자신이 무엇이든지 할 수 있는 사람이라는 긍정인이 된다. 나 홀로 여행은 누군가와 함께 떠났다면 결코 몰랐을 것을 보여 주고 가르쳐 준다. 그러면 과연 나는 누구인가. 조선 후기의 문신 이만영(1604~1672)은 자기의 초상화를 보면서 18년 뒤 거울 속의 자신과 비교하며 글을 썼다.

"그대가 지금의 나란 말인가? 내가 그래도 젊었네그려. 내가 예전의 자네였던가? 나 홀로 늙고 말았군그래. 18년 전 자네가 내 참모습인 줄 몰랐으니, 수십 년 뒤에야 누가 내 모습이 자네인 줄 알겠나? 다만 마땅히 신체 발부를 잘 지켜 남에게 더럽힘이나 당하지 마세나. 명산에 간직할 테니 자네는 자네의 장소를 얻으시게나. 나는 몸을 삼가 세상을 살아가겠네. 내 어찌 자네를 부러워하리."

이만영은 이렇게 해서 그림 속의 나와 거울 속의 나가 겨우 화해를 했다. 추사 김정희는 〈자제소조(自題小照)〉, 자기 초상화를 보고 글을 썼다.

여기 있는 나도 나요 그림 속의 나도 나다.
여기 있는 나도 좋고 그림 속의 나도 좋다.
이 나와 저 나의 사이 진정한 나는 없네.
조화구슬 겹겹인데
그 뉘라 큰 마니 구슬 속에서 실상을 잡아낼까.
하하하.

둘 다 분명 나는 나인데, 어느 나도 진짜 나는 아니니, 그렇다면 나는 어디 있느냐는 얘기다. 나는 누구인가. 어떤 나가 진짜 나인가. 내 몸이 나인가. 내 생각이 나인가. 몸은 늙고 생각은 끊임없이 변하는데 도대체 어떤 나가 진짜 나인가. 그 '나'를 찾고 그 '나'와 만나야 한다. 내 가슴 속에 존재하는 '순수한 나'를 발견하고 '나는 나다!'라고 기쁘고 자랑스럽게 외칠 수 있는 '나'를 찾아야 한다. 그리고 그 나를 실현하고 완성시키기 위해서 남은 삶 동안 노력해야 한다.

"나는 나다!"

"살아도 나고 죽어도 나다!"

이 얼마나 가슴 벅차고 당당한 말인가? 이 세상에 와서 그 나를 찾았다면 그것만큼 큰 축복은 없을 것이다. 그것은 기적 중의 기적이다. 이 세상에 와서 경험하는 가장 의미 있는 일생일대의 사건이 바로 나를 찾는 것이다. 그것이야말로 하늘이 놀라고 땅이 흔들리는 경천동지의 대사건이다.

알베르 카뮈는 "여행은 우리 본래의 모습을 찾아 준다."고 했다. 쇼펜하우어는 "인간은 자신이 원하는 것과 자신이 할 수 있는 것을 알아야 한다. 그래야만 자신의 특성을 발휘할 수 있고, 그래야만 뭔가 올바른 것을 이행할 수가 있다."고 했다. 쇼펜하우어 역시 인간은 자유로워지기 위해서 우선 자기 자신에 대해서 알아야 한다는 것이다. 여행은 낯선 곳을 방문하면서 낯선 곳에 대한 경험과 지식에 그치지 않고 나 자신에 관해서 많은 새로운 것을 발견한다.

내가 진정으로 원하는 것은 무엇인가?

내가 진정으로 원하는 삶은 무엇인가?

나를 찾아가는 길, 서해랑길에 푸른 하늘, 푸른 바다가 열린다. 저 멀리 '참나'가 손짓하며 부른다.

방조제를 벗어나서 들판을 걸어간다. 고요하다. 잔잔한 호수, 갈대들이 고개 숙여 예의 바르게 인사를 한다. 빨갛고 노랗게 물든 예쁜 단풍나무 아래에서 가는 가을을 만끽한다.

1년 내내 빛을 밝히는 태안 빛축제와 튤립축제, 백합축제가 열리는 '네이처월드'를 지나서 태안해안국립공원, 태안 해변길 4코스 솔모래길로 들어선다. 솔모래길은 이곳에서 몽산포까지 5.1km, 반대편으로 드르니항까지 4.4km이다. 소나무와 모래가 펼쳐지는 길, 나그네가 백사장 건너 바다를 바라보면서 유유자적 소요유의 진정한 자유를 맛본다.

광활한 백사장이 펼쳐진다. 주변의 울창한 송림과 드넓은 모래밭이 유명한 청포대해변을 바라보며 푹신푹신 태안해변길, 솔밭길을 걸어간다. 태안해안국립공원사무소에서 해안사구 복원작업을 하고 있는 현장을 지나간다. 대나무모래포집기를 침식된 해안사구 전면부에 설치하여 모래가 자연적으로 퇴적될 수 있도록 하여 훼손된 해안사구를 복원하는 사업이다.

고기 잡는 돌 그물! 원청리(노루미) 독살을 지나간다. 독살은 석방렴이라고 부르는데 그 음을 따서 '독살', '돌살', '돌발'이라고도 부른다. 밀물 때 물의 흐름을 따라 들어온 물고기가 물이 빠지는 썰물 때 그 안에 갇혀 나가지 못하게 되는 원리를 이용한 어로법이다.

우화 속 별주부의 배경 마을이 된 남면 별주부마을로 들어선다. 별주부마을은 육지와 바다가 조화롭게 어우러져 있고, 서해의 리아스식형 지역 여건으로 오래전부터 평활한 간척지로 이루어진 논과 나지막한 구릉지 밭을 이용한 농업을 주업으로 살아왔으며, 풍부한 오적자원을 바탕으로 독살문화 등 갯벌문화가 있는 전형적인 어촌마을이다.

별주부전은 작자와 연대를 알 수 없는 조선 후기 판소리 계열의 토끼와 거북이 등을 의인화한 우화 소설이다. 어처구니없는 거북이와 간사한 토끼 등을 등장시켜 집권층의 무능과 권력 계층의 상호 대립, 투쟁, 그리고 지배 계층에 대한 비판적인 서민들의 의식이 반영된 우의적 작품이다. 별주부전은 예리한 풍자와 익살스러운 유머가 잘 나타나 있다.

토끼의 간을 찾아서 별주부마을을 걸어가는데 어제 천북굴 따라 길

용산포항
태안
TAEAN
04-02
9208
5250
백사장항
서해랑길
SEOHAERANG TRAIL
2022 11 5

에서 만난 사람이 앞서가고 있다. 다시 인사를 나누고 함께 걸어간다. 달산포해변을 지나서 '꿈속에 그리는 몽산포(夢山浦)' 해변으로 나아간다. 태안8경 중 7경인 몽산포해수욕장은 달산포·청포대해수욕장과 연결되어 있어 13km에 달하는 동양 최대 길이의 해수욕장이다. 리아스식 해안이 발달돼 수심이 얕아 썰물 때는 4km의 조간대가 드러나 갯벌 활동, 조개 채취가 가능하며, 육지 쪽으로는 울창한 송림 숲이 둘러싸고 있어 물새 등 조류의 낙원이다.

구름 한 점 없는 파란 하늘에 파란 바다, 길게 늘어선 백사장이 마치 서해가 아닌 남해나 동해에 온 것 같은 착각을 불러일으킨다.

14시 7분, 드디어 65코스 종점 몽산포해변에 도착했다.

부천에서 온 나그네와 함께 막걸리 한 통을 곁들여 간단히 점심 식사를 한다. 이른 시간이라 다시 길을 나서서 66코스를 걸어간다. 몽산포항에 도착했다.

17시 10분, 몽산포항 앞바다에서 환상적인 낙조 쇼가 펼쳐진다. 태양이 서서히 바다 아래로 가라앉는다. 나그네의 얼굴에 미소가 스치고 눈가에는 이슬이 맺힌다.

몽산포항에서 떠 온 회 한 접시로 식사를 하려는데, 누가 문을 두드린다.

"혹시 김장 김치와 수육 드시겠어요?"

낯선 몽산포항에서의 하룻밤, 펜션 주인아주머니가 주신 김장 김치와 수육, 회와 와인이 어우러지며 축제의 밤이 깊어 간다.

66코스

나는 지금 평화로운가?

몽산포관리사무소 옆에서 도황1리 다목적회관 22.9km

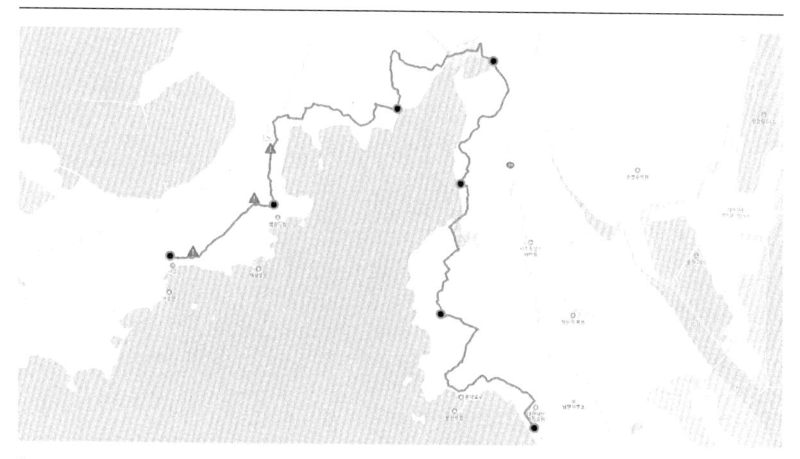

몽산포관리사무소 옆 > 몽산포항 > 평화염전 > 용산2리 다목적회관 > 도황1리 다목적회관

11월 27일 일요일 7시, 몽산포항에서 66코스를 시작한다. 66코스는 서해의 갯벌과 염전 등 어촌의 삶을 느낄 수 있는 쉬운 길을 걸어서 근흥면 연포해변에 이르는 구간이다. 59코스, 51코스에 이어 세 번째로 긴 코스이다.

여명의 아침에 길을 나선다. 산 너머에서 태양이 솟아오른다. 서쪽 바다로 내려간 어제의 태양이 동쪽 산 너머에서 솟아오른다. 어제의 태양이 오늘의 태양인가, 신비로운 아침이 열린다. 영혼이 아름다운 어느 인디언이 기도한다.

만일 훌륭한 인간의 길을 걷고 싶다면
동트기 전에 일어나 떠오르는
태양을 향해 기도하라.
만일 좋은 꿈을 꾸고 싶다면
달을 향해 기도하라.
새벽이 시작되기 전에.

지구별 여행자가 태양을 향해 기도한다. 파란 하늘을 담은 저수지에서 새들이 평화롭게 놀고 있다. 하늘과 구름과 바다와 갯벌 그리고 바다를 둘러싼 산이 어우러지는 이 아름다운 아침의 풍경. 가히 죽는 날까지 잊지 못할 정경이다.

태양의 길을 따라 나그네도 서쪽으로, 북쪽으로 하염없이 걸어간다. 태양 앞에 나아가 태양을 향해 외친다.

"오, 위대한 천체여! 만일 그대가 비춰야 할 것을 갖지 못했다면 그대의 행복은 무엇이었을까? 만일 내가 없었다면 그대는 그대의 빛과 궤도에 염증이 났으리라. 나는 매일 아침 그대를 기다리고 그대의 빛을 흡수하고 그대를 축복하였노라.

그대는 저녁마다 또다시 빛을 하계(下界)에 가져다주기 위해 바다 저편으로 가라앉으리라. 나도 또한 그대처럼 밑으로 내려가고 싶구나. 그대는 바닷속에서 사는 것처럼 아침마다 바다에서 솟아올랐다. 그리고 바다는 그대를 보살펴 주었다.

오오, 넘칠 듯이 풍요로운 천체여! 나를 축복해 다오. 그대 조용한 눈동자여! 외로운 나그네의 발걸음을 축복해 다오. 춤추는 사람같이 걸어가는 서해랑길의 나그네를 축복해 다오."

태안군 남면 몽산리, 외로운 나그네가 독백을 하면서 걸어간다. 새들이 떼를 지어 하늘을 수놓으며 날아간다. 남자의 가슴에는 언제나 떠나고 싶은 욕망이 있다. 그것이 남자를 떠나게 한다. 아파치부족의 전해 오는 이야기다.

한 남자가 아침에 일어나 하늘을 나는 매를 보고 집을 나가 돌아오지 않았다.

죽은 뒤 저승에서 만난 아내가 물었다.

"왜 집을 나가 돌아오지 않았어요?"

남자가 대답했다.

"매가 계속 날아서."

남자는 오늘도 낯선 길을 걸어간다. 걷기 35일째, 영하의 날씨, 미세먼지가 없는 상큼한 날씨다. 태양과 흰 구름과 갈대꽃과 바다와 파도와 갯벌과 평화와 행복이 다가온다. 저 파란 하늘, 저 날아가는 새들, 저 한가로운 구름. 아아, 정녕 눈부신 하루가 펼쳐진다. 서해랑길, 자신의 몸을 단련하고 한계를 넘어가는 이 시간은 자신을 만나고 진정으로 살아 있음을 온몸으로 느끼는 순간이다. 나를 바꾸는 힘은 바로 나 자신에게 달려 있다.

사람들은 서해랑길을 걸어가며 마치 자신이 살아온 인생을 기억하듯 자신이 본 서해랑길을 기억한다. 걷는 사람마다 모두 다른 모습의 서해랑길을 발견한다. 길을 걸을 때는 어떤 마음으로 걷느냐가 중요하다. 걸음은 단순히 이동 수단을 넘어 건강 수단이 될 수 있고, 나아가 즐거움의 수단이 될 수 있다. 이동 수단으로 바쁘게 힘겹게 걷는 사람들은 얼굴에 수심이 가득하지만, 운동이라고 생각하며 즐겁게 걷는 사람은 표정이 밝다. 건강이나 행복, 평화는 먼 데 있는 것이 아니라 바로 걸음

걸이 속에 있다.

사람들은 대부분 별 생각 없이 그냥 걷는다. 자신의 걸음에 별 관심도 없다. 자기 편한 데로 걸어도 누가 뭐라고 할 사람도 없다. 학교에서 특별히 걸음걸이를 배운 적도 없다. 하지만 무의식적으로 행하고 있는 이 걸음을 어떻게 걷느냐에 따라 삶의 질이 달라진다. 그냥 걸어야 하니까 걷는 것이 아니라 '나는 걸으면서 운동하겠다!'고 마음을 먹으면 걸음이 행복을 창조하는 기쁨의 수단으로 바뀌게 된다.

둑길을 따라간다. 물 빠진 갯벌이 한가롭게 펼쳐진다. 멀리 태안 백적산과 서상 팔봉산이 보이기 시작한다. 해파랑길, 남파랑길 그리고 서해랑길, 마라도에서 고성 통일전망대까지 국토종주, 백두대간종주, 돌아보면 정말 먼 길을 걸어왔다. 천 리 길을 넘어 만 리 길을 훌쩍 지나서 여기까지 걸어왔다. 지금 나는 과연 어떤 모습으로 걸어가고 있는 것일까? 건강에는 자유가 있다. 건강은 모든 자유 중 제일가는 것이다. 자유로운 영혼이 되고 싶은가? 그렇다면 모든 것을 내려놓아야 한다. 집착은 실체가 아니다. 실체는 오직 하나, 영혼일 뿐이다. 그 나머지는 영혼에 붙어 있는 돌멩이와 같은 것이다. 영혼이 자유로워지기 위해서는 그 돌멩이들을 쏟아 부어야 한다. 선택은 오직 자신만이 할 수 있다. 그 누구도 선택을 강요할 수 없을 뿐더러 그 누구도 선택을 대신해 줄 수 없다. 이제 셋을 센 뒤 손바닥을 아래로 뒤집으면서 영혼의 그릇에 담겨 있는 돌멩이들을 쏟아붓는다.

'하나, 둘, 셋!'

자기 바라보기, 내면을 성찰하는 이 순간, 모든 집착을 내려놓는다. 영혼을 무겁고 힘들게 했던 것들을 모두 놓아 버린다. 길 위에 하나씩

하나씩 내려놓는다. 집착을 내려놓으니 영혼이 가벼워진다. 마음이 가벼워진다. 몸이 날아갈 것 같다. 발걸음이 경쾌하다. 새들이 날아간다. 자유로워지고 싶다는 열망, 새처럼 자유롭게 하늘을 날고 싶다는 가슴 속의 간절한 열망이 다가온다. 두 팔을 옆으로 펼쳐 새처럼 위아래로 날갯짓을 한다. 새처럼 자유롭게 훨훨 날아간다. 탁 트인 하늘을 향해 훨훨 날아간다. 이제 자유로운 영혼이다! 가슴이 탁 트이면서 숨이 쉬어진다. 얼굴에 미소와 함께 영혼의 자유를 만끽한다. 완전한 자유를 누리며 날아간다.

평화로운 마음으로 평화염전을 지나간다. 나는 과연 평화로운가? 내가 평화롭지 못하다면 그 이유는 무엇인가? 평화로워지기 위해서는 어떻게 해야 할까? 모든 것은 마음의 장난이다. 네 마리의 개가 나그네를 바라본다. 염소 한 마리도 물끄러미 쳐다본다. 마음이 평화로우니 정겨운 시골 풍경이 평화롭다.

앞서가는 어제 만났던 여행자를 다시 만나서 함께 걸어간다. 오늘은 걷고 난 뒤에 부천의 집으로 올라간다고 한다. 부러우면 지는데, 부럽지가 않다.

근흥장로교회를 지나간다. 오늘은 일요일, 주일(主日)이다. 그 이전에 유대교의 안식일이다. 유대인들은 안식일에 일을 하지 않기 위해 미쉬나의 안식일(shabbat) 부분에 39가지 금기 사항을 가지고 있다. 엣세네파들은 안식일을 바리새인이나 보통 유대인들보다 더 엄격하게 지켰다. 그들은 안식일에 500m 이상을 움직이면 안 됐다. 당시의 랍비들은 1km까지는 허용했다.

하지만 예수는 안식일을 범했다. 그리고 "안식일은 사람을 위하여 있는 것이요 사람이 안식일을 위하여 있는 것이 아니니 인자는 안식일에도 주인이니라"고 말씀하셨다.(막2:27)

유대교의 안식일이 기독교의 주일이 된 날, 자유로운 영혼으로 길 위의 성전에서 주님에게 감사하며 기도한다.

기도란 진정 무엇인가? 생명의 하늘 속에 자신을 활짝 펴는 것이다. 기도할 때면 기도가 아니면 만날 수 없는 신을 만나기 위해 허공에 일어서야 한다. 침묵 속에서 하늘과 대지와 산과 숲과 바다, 그들이 말하는 것을 들어야 한다. 한밤중에 고요에 귀 기울여야 한다. 그리고 '당신에게 아무것도 청할 수 없습니다. 욕구가 생기기 전에 당신은 이미 알고 계십니다.'라는 마음으로 간절히 기도해야 한다. 사람들은 괴로울 때만, 또 필요할 때만 기도한다. 기쁨이 충만할 때도, 풍성할 때도 기도해야 한다. 프랑스의 작가 베르나르 베르베르의 『신』이라는 작품에 나오는 널리 알려진 이야기다.

신을 돈독히 믿는 사람이 있었는데, 어떤 경우에도 신이 도와주신다는 확신을 갖고 살았다. 그런데 어느 날 그가 실수로 늪에 빠졌다. 허우적거릴수록 더 깊이 빠져 들어가 허리까지 잠겼을 때, 이웃 사람들이 달려와 밧줄을 던져 주며 어서 줄을 잡고 나오라고 했다. 그러자 그 신앙심이 깊은 사람이 말했다.

"나는 괜찮으니까 걱정 마세요. 신이 나를 구해 주실 것입니다."

이웃 사람들은 답답했지만 어쩔 수가 없었다. 시간이 흘러 어깨까지 늪에 잠기자 이웃이 다시 다가가 밧줄을 던질 테니 잡으라고 소리쳤다. 그러나 여전히 그는 고개를 저었다.

"도와주지 않아도 돼요. 신께서 구해 주실 걸 나는 의심하지 않습니다."

이웃 사람들은 혀를 차며 지켜볼 도리밖에 없었다. 이윽고 그는 머리만 남기고 온몸이 잠겨 버렸다. 이웃 사람들이 발을 동동 구르며 지금이라도 늦지 않았으니 어서 밧줄을 잡으라고 외쳤다. 하지만 그는 확신에 찬 목소리로 말했다.

"이제야말로 신이 구해 주실 겁니다. 마지막에 신을 배반할 수는 없습니다."

마침내 그는 숨이 막혀 죽었다. 하늘에 올라가 신을 만난 그는 섭섭한 마음이 들어 따졌다.

"어쩌면 그렇게 모른 체하실 수 있단 말입니까? 사람들이 모두 보고 있었는데……. 당신께서는 저를 구하기 위해 아무런 일도 하지 않으셨어요."

그러자 신은 뜻밖이라는 표정을 지으면서 그에게 반문했다.

"내가 너를 도와주지 않았다고? 나는 세 번이나 너를 구하려고 했는데, 네가 번번이 거절하지 않았느냐?"

광신자들을 꼬집은 이야기지만 하늘에서 밧줄이 내려오기를 기다리는 모든 사람들에게 적용되는 이야기다. 순례자에게는 하루하루, 나날의 삶이야말로 사원이며 종교다. 주위를 둘러본다. 그분이 그분의 아이들과 놀고 있다. 꽃 속에서 미소 지으시다가 나무들 사이로 손을 흔들며 걸어가신다. 허공을 바라본다. 그분이 구름 속을 거니시며 번개로 팔을 뻗치시고 비를 내리고 계신다. 그분이 나를 찾고 있다. 전지전능, 무소부재 하신 그분이 나를 찾고 있으니, 나는 그분을 찾겠다고 이리저리 헤매지 않아도 된다. 그분과 길이 엇갈려 서로 못 찾을까 염려가 될 뿐이다.

달력은 일요일부터 시작된다. 쉬는 것, 휴식부터 시작한다. 오늘은 안식일, 안식(安息)은 편안히 쉬면서 스스로(自)의 마음(心)을 들여다보는 것이다. 노는 것부터 계획하는 사람은 행복하다. 그들은 일하는 것도 행복하다.

'행복할 진저, 놀 생각부터 하는 사람들이여!'

채석포와 연포갈림길에서 채석포는 들리지 않고 연포 방향으로 나아간다. 연포해변으로 들어선다.

10시 44분, 연포해변 도황1리 다목적회관에서 66코스를 마무리한다. 잠시 길에서 만난 인연이지만 커피 한 잔을 나누고 이별을 한다. 부인은 사별하고 홀로 산다는 가정사를 들어서일까, 그는 왜 걷는지, 그의 마음에서 밀려오는 허허로운 고독의 소리를 듣는다.

67코스

살아 있다는 것은 축복이다!

도황1리 다목적회관에서 송현1리버스정류장 17.7km

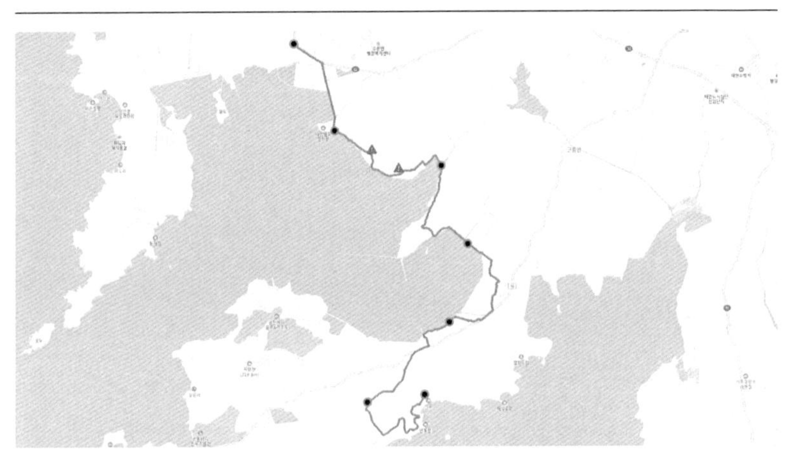

도황1리 다목적회관 > 도황경로당 > 안흥염전 > 법산어촌계 > 송현1리버스정류장

11시 5분, 67코스를 시작한다. 67코스는 일출과 일몰을 모두 볼 수 있는 연포해변에서 시작하여 어촌과 농촌을 아우르는 마을로 농어촌 체험을 운영하고 있는 '노을지는 갯마을'을 지나서 소원면 송현1리버스정류장으로 가는 구간이다.

활처럼 휜 백사장이 장관을 이루는 연포해변을 걸어간다. 난류의 영향으로 수온이 높아 개장 기간이 긴 것으로 유명하다. 하지만 겨울 해변에는 사람이 없고 파란 하늘과 바다가 조화를 이루며 갈매기만 모여 있다. 김삿갓이 '갈매기'를 노래한다.

모래도 희고 갈매기도 희니
모래와 갈매기를 분간할 수 없네.
어부가(漁夫歌) 한 곡조에 홀연히 날아오르니
그제야 모래는 모래 갈매기는 갈매기가 되는구나.

근황면 근황리 산길로 접어든다. 잠시나마 함께 걷던 사람이 집으로 간다고 헤어지니 묘한 기분에 휩싸인다. 시를 쓰고 전통주인 이화주를 빚는다면서 서해랑길 걷는 중에 부천에서 가까운 지점에 올라오면 전화하라고 했다. 3박 4일 걷고 3박 4일 쉬면서 해파랑길, 남파랑길을 종주하고 이제 서해랑길을 걷고 있다고 한다. 심성이 착해 보였던 나그네의 쓸쓸함이 뇌리를 떠나가지 않는다.

긴 그림자가 앞서가며 자신의 모습을 쳐다보라고 한다. 장자의 우화에 나오는 그림자 이야기가 스쳐 간다.

자신의 그림자가 마음에 안 들고, 자신의 발소리를 싫어하는 사람이 있었다. 그는 자신의 그림자와 발소리를 없애야겠다고 결심했다.

"좋은 수가 생각났어. 그림자와 발소리로부터 멀리감치 달아나는 거야."

자리에서 벌떡 일어나서 그는 달리기 시작했다. 그러나 땅에서 발을 뗄 때마다 발소리가 더 크게 들려왔고, 그림자는 쉬지 않고 따라왔다. 어리석은 그는 실패의 원인을 빨리 뛰지 않는 데 있다고 생각하고 더 빨리, 더 빨리 뛰려고 노력했다. 쉬지 않고 뛰었다. 그렇게 뛰다가 끝내 그는 죽고 말았다. 어리석었던 그는 그늘 속에 들어가면 그림자가 사라지고, 고요히 앉아 있으면 발소리가 사라진다는 간단한 원리를 알지 못했던 것이다.

그림자는 내가 아니면서 또 다른 나다. 그림자를 사라지게 하는 방법은 단 하나, 나 자신을 사라지게 하는 방법밖에는 없다. 나 자신을 사라지게 한다는 말은 내가 '나'라고 믿는 에고를 사라지게 한다는 뜻이다. 사람들은 에고를 '나'라고 착각하고 산다. 에고는 그림자를 만드는 가짜 '나'일 뿐이다. 에고로부터 멀어지는 순간, 있는 그 모습 그대로 아름답고 훌륭한 '나'가 된다.

12시 30분, 시점에서 7km를 걷고 약 10km를 남겨 두고 근흥면 용신리 도로변에서 걷기를 중단한다. 오늘은 만리포에 숙소를 정하기 위해 일찍 마무리를 한다. 택시를 타고 몽산포항으로 가서 나의 애마, 벤츠 S63 AMG를 타고 다시 만리포로 달려간다. 제주올레, 남파랑길 등 장거리 트레일을 갈 때마다 함께했던 사랑스러운 동반자다. 이때만 해도 서해랑길에서 헤어질 줄은 상상도 하지 못했다.

오후 3시, 2층 숙소에서 바라보는 만리포해변이 햇살에 반짝인다. 서서히 밀물이 밀려들어 온다. 파도 소리가 아름다운 선율로 귓가를 스쳐 간다. 모처럼의 한가로움이 축복으로 다가온다.

오후 5시 11분, 서서히 만리포의 노을 쇼가 펼쳐진다. 10분간의 석양의 노을에 취해 있던 나그네가 인사를 한다.

'잘 가시게 태양아, 어쩌면 그대 그렇게도 아름다운가. 이른 아침 붉은빛으로 바다에서 부화해 하얗게 변해 뜨겁게 이글거리더니만, 이제 그대 분홍빛 띠면서 바다 너머로 가는가. 너무 아름다운 그대 모습 차마 쉬이 보낼 수가 없구나. 내일 아침도 그대 만나 생의 찬가를 부를 수 있기를. 잘 가시게.'

새벽 4시, 밤새도록 밀려드는 파도 소리에 선잠을 자다가 자리에서

일어난다. 창문을 열고 밤새 해안을 씻겨 준 하얀 파도를 바라본다. 하늘에는 수많은 별들이 빛을 쏟아 내린다. 수평선 위에 떠 있는 배에서 불빛이 반짝거린다. 눈물이 날 정도로 아름다운 한 폭의 그림이다. 자연의 풍경과 빛과 소리가 새벽의 오감을 자극한다. 어둠 속에서 희망의 빛이 보이고, 꿈을 일깨우는 심장의 박동 소리가 강하게 들려온다. 슬픔과 아픔, 질곡의 사연들을 저 멀리 날려 보내고 가장 짙은 어둠 속에서 이제 가장 환한 아침을 기다린다. 바다에서 떠오르는 찬란한 아침해를 바라보며 새로운 날을 그리자고 다짐한다. 어둠은 더욱 깊은 나락으로 떨어지고 마음의 별빛은 유난히도 반짝인다.

밤을 밀어내고 나타난 시원한 아침 바람, 묵은 물을 보내고 새롭게 밀려드는 하얀 분말의 파도가 밀려온다. 파도는 강하다. 강한 파도를 보면서 자신이 강인해야 할 필요를 느낀다. 자연 속에서, 야생 속에서 원시적인 상황과 맞서봐야 한다. 동쪽 먼 바다 구름 뒤편에 숨어 수줍은 듯 고개를 내밀지 못하는 오늘의 태양, 머리 위에는 어느덧 푸른 하늘이 조각구름들을 희롱하는 평화로운 아침이 왔다. 새로운 하루를 시작하며 백사장으로 걸어 나간다.

'신이시여! 오늘 하루도 부디 어머니 대지의 존재에서 살아계신 당신을 느끼게 하시고, 당신의 음성을 들을 수 있게 하시고, 갈급한 영혼 위에 사막의 오아시스에서 맛보는 생수를 내리소서.'

나그네가 마음을 모으고 정성을 모아서 기도를 한다. 세계 3대 종교인 그리스도교, 불교, 이슬람교 창시자들은 하나같이 비전을 얻으려고 세상을 등지고 떠났다. 예수는 40일간 광야를 여행하면서 비전을 얻었고, 부처는 6년간의 떠도는 고행 끝에 보리수나무 밑에서 홀로 묵상하며 깨달음을 얻었다. 마호메트는 낙타 무역상을 하다가 결혼으로 재벌이 되었고, 메카 인근의 동굴에 혼자 들어가 고민했다.

고대로부터 고독, 고행, 고요, 묵상 등의 영적 경험 또는 높은 산이나 사막으로 여행하는 영적 순간에 비전이 나타났다. 이런 영적 경험의 가장 기본적인 형태는 여행이다. 이처럼 익숙하지 않은 공간에서 새로운 것과 혼자만의 시간을 가지면 비전이 잘 떠오르게 된다. 그래서 수도원이나 절은 일반 사람이 가기 힘든 높은 산꼭대기에 있다.

11월 28일 7시 20분 월요일, 택시를 타고 67코스, 7km 중간 지점에서 다시 시작이다. 산길을 걸어간다. 오늘은 두루누비앱이 고장이다. 따라가기가 아니고 서해랑길 리본을 보고 찾아가야 한다.

낙엽 밟는 소리만이 사각사각 고요한 산속에 울려 퍼진다. 낙엽은 말을 하지 않는다. 오직 침묵의 몸짓으로 자신을 드러낸다. 나그네는 말을 하지 않는다. 단지 침묵의 몸짓으로 자신의 길을 묵묵히 걸어간다. 정처 없는 낙엽은 어디든 갈 수 있다. 나그네도 어디든 갈 수 있다. 나 홀로 걸어가는 이 길은 온전히 자신의 중심으로 돌아가는 시간이다. 바다로 나간 연어가 강의 원류를 찾아가듯, 세상의 바다에서 자신의 원류로 회귀하는 시간이다. 바닷가를 걸으며 나를 찾아가는 시간이다. 마음의 질주를 멈추고 내면의 신성과 만나는 시간이다.

삶은 감탄사로 살아야 한다. 매 순간 느낌표가 솟아나야 한다. 인생이라는 나무에는 슬픔도 애환도 한 송이 꽃이라는 사실을 깨달아야 한다. 산에 피는 꽃도 아름답지만 마음에 피는 생기 있는 꽃을 찾아야 한다. 세상에는 기적 아닌 것이 없다. 오늘 내가 이 길을 걸어가는 것도 기적이요, 하루하루 서해랑길을 걸어가는 것도 기적이다. 매일매일 바뀌는 풍경과 하늘과 구름과 바람과 나무와 물소리와 새들과…… 수많은 만남이 기석인 것이다.

기적을 기적으로 알아차릴 수 있는 마음의 기적이 필요하다. 집착과 욕망의 껍질을 훌훌 벗어던져 버리고 마음속 깊은 곳에서 찰랑거리고 있는 영혼의 맑은 샘물을 길어 올려야 한다.

누구에게나 이루고 싶은 목표가 있다. 목표는 항상 미래에 있다. 사람들은 목표를 바라보며 미래를 향하여 살아간다. 하지만 미래는 어디에도 존재하지 않는다. 아직 세상에 오지 않은 것이 미래이기 때문이다.

목표를 두고 노력하고 애쓰는 일은 아름답지만, 목표로 인해 지금 여기, 이 순간을 살지 못한다. 미래는 언제나 오늘이다. 오늘은 이미 와 버린 미래다. 지금 이 순간은 이미 와 버린 미래다. 선물(present) 같은 현재(present), 오늘을 살아야 한다.

괴테는 〈파우스트〉에서 말한다.

"자유도 생명도 날마다 싸워 얻어야 하는 자만이, 그것을 누릴 자격이 있는 것이다."

괴테의 유토피아는 힘들게 노력해야 유지되는 유토피아였다. 평온한 하루를 지켜내기 위해 고군분투하는 자만이 일상이라는 소중한 유토피아를 누릴 자격이 있다.

나그네는 유토피아의 마음의 꽃을 피우기 위해 오늘도 선물 같은 아름다운 길을 걸어간다. 성취의 꽃, 기쁨의 꽃, 사랑의 꽃을 피우기 위해 묵묵히 발걸음을 옮긴다.

산마루 벤치에서 바다를 바라본다. 갯벌이 펼쳐져 있다. '67코스 종점 9km' 화살표를 지나서 근흥면 마금리를 지나간다. 마금리는 문화관광부로부터 문화 역사마을로 지정된 소금마을이다. 마금리는 금(金)을 간다는 뜻의 지명이다. 일제시대 마금리 산 9번지에 금광이 있어 당시 사람들이 사금을 채취하였으며, 현재도 금광의 형태가 희미하게 남아 있다.

7시 50분, 파란 하늘에 철새들의 군무가 시작된다. 수많은 새들이 요란하게 소리를 내며 날아간다. V자를 이루며 한 무리가 날아가면 또 한 무리가 뒤따라 날아간다. 만약 화가에게 이 경치를 그리라고 한다면 저 하늘의 새소리는 어떻게 그릴까.

새들이 지나간 자리에 갑자기 정적이 감돈다. 고요한 바닷가를 나 홀로 걸어간다. 한 걸음 두 걸음 세 걸음 걷다 보니 바다는 푸르고 갯벌에는 틈틈이 물이 흐른다. 아아, 살아 있다는 것은 축복이다. 매 순간마다 삶의 기쁨을 만끽하며 살아야 한다. 행복한 사람 주변에는 행복한 사람이 많다. 그래서 행복해 보이는 여인과 결혼을 하였고, 행복한 가정을 이루는 소망을 이루었다. 떠오르는 아침 해를 바라보며 살아 있음의 기쁨을 느끼는 사람, 물고기의 작은 움직임에도 감동할 수 있는 사람은 행복하다. 걸을 수 있다는 것, 볼 수 있고 들을 수 있다는 것, 냄새를 맡고 맛볼 수 있다는 것은 기쁘고 행복한 일이다. 삶 자체가 축복이니 살아 있다는 것은, 아아, 더없이 기쁜 일이다. 매 순간마다 생의 이 기쁨을 만끽하며 살아가리라. 자신에게 충실한 삶을 살리라. 이것이 정말로 자신이 원하는 삶이다. 세상이 정해 준 답이 아니라 내 영혼이 원하는 인생이 무엇인지를 찾아간다. 머리에 물어보는 것이 아니라 가슴에 물어본다. 정말 가슴속에서 간절히 원하는 것이 무엇인지, 어떤 삶이 내 영혼이 진정으로 원하는 삶인지 묻고 또 물어본다.

'반도의 역사 소금마을' 표석을 지나간다. 산 너머로 태양이 솟아오른다. 농어촌체험휴양마을 '노을 지는 갯마을'을 지나간다.

9시 10분, 송현1리버스정류장에서 67코스를 마친다.

68코스

대한민국 최서단, 파도리

송현1리버스정류장에서 만리포해변노래비 21.8km

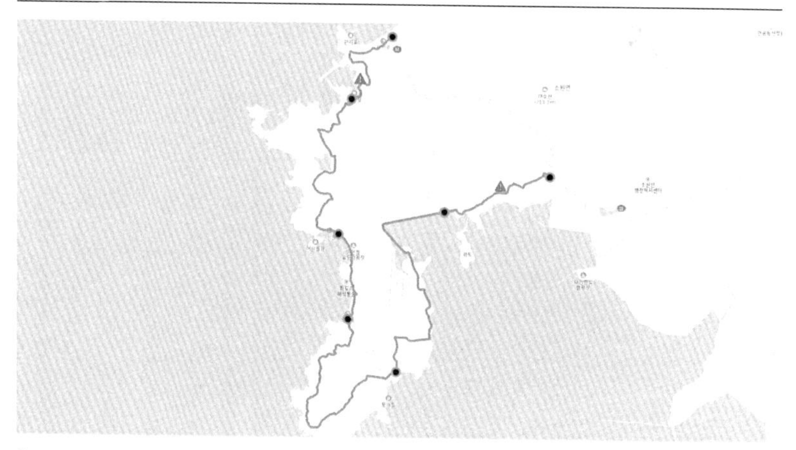

송현1리버스정류장 > 파도2리마을회관 > 어은돌해수욕장 > 모항항 > 만리포해변노래비

9시 40분, 송현1리버스정류장에서 68코스를 시작한다. 68코스는 변덕스러운 모양의 서해의 해변을 따라 이어지는 통개해변, 파도리해변, 어은돌해변을 지나서 모항리 만리포해변까지 가는 구간이다. 1,100km를 돌파하는 구간이다.

한적한 시골길, 서서히 구름이 몰려오고 태양은 어디론가 숨어 버렸다. 오늘은 비가 온다는 일기 예보도 있었다. 바람이 점점 거칠어진다. 구름 낀 하늘 높이 새들이 무리를 지어 날아가고 또 날아간다. 어디를 가는 걸까.

길을 안내해 주는 두루누비앱은 여전히 고장이다. 모르는 길을 걷는다는 것은 모르는 만큼 새로움으로 가득하다는 뜻이기도 한다. 인생은 지도에 가두기에는 너무나도 변화무쌍하다.

영화 〈그리스인 조르바〉에서 모범생처럼 반듯한 작가 바질에게 넉살 좋고 즉흥적이지만 삶의 지혜를 갖춘 중년 남자 조르바(안소니 퀸)가 말한다.

"사람에게는 어느 정도 광기가 필요해요."

이성적으로 생각하고 행동하는 바질에게 조르바는 '자신을 옭아매는 굴레를 과감히 벗어던지라고, 그래야 자유로워질 수 있다'고 말한다. 주로 책을 통해 인생을 접하던 바질은 조르바를 통해 참삶에 대해 깨치게 된다.

그리스인 조르바처럼 불광불급(不狂不及)이라는 광기 어린 슬로건을 가지고 자유로운 영혼의 나그네가 서해랑길을 걸어간다.

자유란 개인의 삶에 있어서나 인류의 역사 발전에 있어서 참으로 소중한 가치다. 근대 민주주의의 핵심은 자유이고, 이 자유는 이성과 지성에 의해 담보된다고 많은 철학자들은 주장해 왔다. 그러나 〈그리스인 조르바〉에서는 감성이 극대화된 '광기'야말로 사람을 자유롭게 한다는 메시지를 던진다.

광기란 자신을 옭아매는 관습과 도덕, 나아가 사회적 제도까지 깰 수 있는 용기를 말하는 것, 때로는 돈과 권력 앞에서 적당히 오만할 수 있는 삶의 자세라고 생각할 수 있다. 원작자 카잔자키스는 삶 전체에서도 자유라는 가치를 중시한 그리스의 대표 작가다. 크레타섬에 있는 그의 묘비에도 새겨져 있다.

"나는 아무것도 바라지 않는다. 나는 아무것도 두렵지 않다. 나는 자유다."

카잔자키스의 자유가, 조르바의 광기가 그리워 떠난 길, 나그네는 길 위에서 자유를 만끽한다. 불광불급(不狂不及), 미치지 않고서는 미칠 수 없는 길, 미쳐야 미치는 광기의 길에서 자유로워질 수 있는 용기를 가지고 자유인으로 자유롭게 길을 걸어간다.

붕장어요리로 유명하다는 통개해변을 지나서 '노을이 아름다운 파도리' 표석을 지나간다. 드디어 대한민국 최서단 땅끝마을 파도리다. 아치내 버스정류장을 지나서 서해 땅끝 아치내 캠핑장이 나타난다. 캠핑장 그네에 앉아서 휴식을 갖는다. 남파랑길 종주 후인 지난봄에 다녀갔을 때는 캠핑장이 온통 북새통이었는데, 오늘은 고요하다. 당시에는 승용차로 코리아둘레길을 종주했다. 분당의 자택에서 광화문으로, 광화문에서 고성 통일전망대로, 통일전망대에서 U자형으로 동해안, 남해안, 서해안으로 달려서 강화도 평화전망대까지 8박 9일간 2,800km를 여행을 했다. 이제 서해랑길을 걸어서 종주하고 나면, 다음에는 배를 타고 U자형으로 여행할 꿈을 꾸고 있다.

육당 최남선은 해남 땅끝에서 한양까지 천 리, 한양에서 함경북도 온성까지 이천 리, 그래서 삼천리금수강산이라고 하였다. 걸어서 갈 수 있는 대한민국 육지의 최남단은 해남 갈두리 땅끝탑이고, 최북단은 고성 명파리 통일전망대이며, 최서단은 태안군 파도리의 땅끝마을이고, 최동단은 포항 구룡포읍 석병리이다. 대한민국 최남단의 섬은 마라도이고, 최북단의 섬은 백령도, 최서남단의 섬은 가거도, 최동단의 섬은 독도이다. 내 나라 내 국토 구석구석을 다녀보고 그곳의 역사와 문화를 아는 것이야말로 진정한 나라 사랑의 시작이다.

지적재조사

아치내는 파도1리 남서쪽에 있는 마을이다. 아치내라 함은 꿩이 알을 품는다 해서 부르며 웅치 또는 수치라고 부른다. 파도리는 소원면 서남쪽에 위치하며 삼면이 바다로 둘러싸여 있다. 자연경관이 아름답고 인적이 드물어 원시림 상태로 보존되어 오다가 2007년 12월 7일에 허베이 스피리트호의 유류 사고로 130만 명의 자원봉사자들이 함께한 곳이다. 마을주민들이 5km에 이르는 산책로를 다시 보완 정비하였다.

파도리라는 지명은 남쪽 꼬창섬(화창도) 앞의 관장항이 파도가 심하여 세곡선이 다니기 어려움에 따라 자연적으로 붙여졌다.

고려 문종 때 이곳은 '파도가 거칠어 지나가기 어려운 곳'이란 뜻의 '난행량(難行梁)'이란 지명에 연유하여 '파도리'라 부르게 되었다. 파도리는 갯바위와 자갈이 많아 거센 파도 소리가 그치지 않는다. 파도가 아름답고 예쁜 해변이다.

파도리 산책로를 걸어간다. 파도리해변에서 천혜의 자연이 살아 숨쉬는 '태안해변길 3코스 파도길'을 따라간다. 파도길은 파도리해변에서 만리포해변까지 9km이다.

파도리해변은 검은 갯바위와 해옥으로 드넓게 덮인 해변으로 맑고 깨끗한 피서지다. 해식동굴 따라 길을 간다. 과연 길이 연결되어 있을까. 바닷물이 차서 되돌아와야 하지 않을까, 하면서 전진 또 전진이다. 커브를 틀자 멀리 어은돌해변이 나타난다. 다행히 바닷물은 없었고, 모험은 성공했다.

작은 모래사장과 소박한 항구가 있는 어은돌해변을 걸어간다. 어은돌(魚隱乭)은 '모항과 파도리 사이를 이어 주는 돌'이라는 뜻으로 '이은돌'로 불리다가 '고기가 숨을 돌이 많은 마을'이라는 뜻의 '어은돌'로 표기하게 되었다.

모항저수지로 나아간다. 고개를 들어 하늘을 바라본다. 비가 올 것 같은 잔뜩 흐린 하늘, 저수지에 구름이 가득하다. 바람으로 일렁이는 저수지의 구름이 하늘의 구름보다 더욱 심하게 요동을 친다. 갑자기 심장도 뜨겁게 요동을 친다. 나는 지금 도대체 무엇을 하고 있는가. 나는 지금 왜 여기에서 이러고 있는가. 이러고 있는 자신이 꿈인지 생시인지 저절로 웃음이 난다.

'장주지몽'은 나비가 되어 훨훨 나는 꿈을 꾸던 장자가 꿈에서 깨어나 문득 나비였던 꿈이 생시인지, 사람인 지금이 꿈인지 헷갈리게 된다. 결국 삶이란 나비의 꿈속에 깃든 로망에 불과하니 집착을 버리고 평온하고 꾸밈없는 자기성찰을 하라는 메시지다. 일장춘몽 같은 인생 소풍길, 무욕과 겸허로 한 판 신명 나게 놀다가 갈 일이다. 서해랑길의 꿈이 구름 속에서 깃발처럼 펄럭인다.

파도길 3코스를 따라 산길로 접어들어 행금이쉼터를 지나간다. 옛날 사금이 많이 나왔던 곳이라 하여 '생금말'이라 하다가, 다시 '생금(生金)'으로 불리다가 지금은 생금이 혹은 행금이라 불리고 있다.

산길에서 내려오니 모항항이 모습을 드러낸다. 수산물 직판장과 맛집이 즐비한 식도락 여행지 모항항은 태안지역 어업의 주요 거점 역할을 하는 항구이다. 과거 파도리와 연결되는 길목으로 잡초가 무성한 불모지였으나, 지금은 연근해에서 잡은 물고기와 양식으로 생산한 각종 어패류가 이 항구를 통하여 유통된다.

오후 1시가 넘었으니 배꼽시계가 소리를 친다. 아침 식사 겸 김치찌

만리포해변 2.3km
Mallipo Beach
모항항
만리포사랑 노래비
만리포 사랑 노래
1994년 8월15일
정서진

개에 막걸리 한 통을 곁들여 행복을 느낀다. '임금의 하늘은 백성이요, 백성의 하늘은 밥'이고, '금강산도 식후경'이라 했거늘 어느 누가 '의식주(衣食住)'라 했던가, 의당 '식의주'로 바꾸어야 하리라. '염라대왕도 먹어야 대왕'이다. 배고픈 것보다 더 큰 설움은 없다. 집 나오면 등 따뜻하고 배불러야 한다. '사람은 똥 힘으로 산다.'고 사흘 굶으면 못할 노릇이 없다.

19세기를 통틀어 음식에 대한 가장 유명한 베스트셀러는 단연 '규합총서'다. 지은이는 '빙허각'이라는 이름을 가진 여성인데, 그 시동생은 '임원경제지'라는 조선 팔도의 농학 기술을 수집한 서유구다. 형수와 시동생이 19세기 백과사전계의 양대 산맥을 이룬 것이다. '규합총서'에는 식시오계(食時五戒)라 하여 음식을 먹는 데 있어서 다섯 가지 도를 논하고 있다.

동백꽃이 예쁘게 핀 산길을 따라 걸어간다. 국립공원 표석이 반갑게 길을 안내한다. 드디어 백사장이 시야에 들어오고 만리포해변이 펼쳐진다. 바람이 거칠게 불어온다. 몸을 가누기 힘들 정도로 세차게 불어온다. 먹구름이 하늘을 덮었건만 비가 오지 않아서 다행이다. 태안의 바다를 한눈에 바라볼 수 있는 37.5m 높이의 만리포전망타워를 지나서 만리포사랑노래비 앞에서 만리포 사랑을 노래한다.

똑딱선 기적소리 젊은 꿈을 싣고서
갈매기 노래하는 만리포라 내 사랑
그립고 안타까워 울던 밤아 안녕히
희망에 꽃구름도 둥실 둥실 춤춘다.

노래비 옆에 '정서진 대한민국 서쪽 땅끝' 표석이 서 있다. 왜 정서진, 땅끝이라 했을까? 태안군청에 전화를 해서 담당자에게 물으니, 자기도 모르겠다고 한다. 한반도에는 서울 광화문을 기점으로 동서남북 네 방향으로 진(津)이 정해져 있는데, 이를 사방진(四方津)이라 한다. 서울의 광화문을 기준으로 정(正) 동쪽에는 정동진, 정(正) 북쪽에는 중강진, 정(正) 서쪽에는 정서진, 그리고 정(正) 남쪽에는 정남진이 있다. 정서진은 인천의 오류동에 있고, 정남진은 전남 장흥에 있다.

14시 16분, 세찬 바람이 불어오는 태안8경 중 제4경 만리포해변에서 드디어 68코스를 마친다. 밤 깊은 만리포의 파도 소리를 들으며, 주안상 차려 놓고 나 홀로 만찬을 즐긴다. 어디선가 이태백의 장진주(將進酒)가 들려온다.

> 그대는 보지 못했는가. / 황하의 물이 하늘에서 내려와 힘차게 흘러 바다에 이르면 다시 오지 못하는 것을. / 그대는 보지 못했는가. / 귀한 집사람이 거울을 보며 백발을 서러워하는 것을. / 아침에 푸른 실 갈던 머리칼이 저녁에는 눈같이 세어졌네. / 인생이란 때를 만났을 때 즐거움을 다 누려야 하니, / 금 술잔이 빈 채로 달을 맞게 하지 마시게. / 하늘이 내게 주신 재주 반드시 쓰일 곳이 있으니, / 천금을 다 써 버려도 다시 생겨나리라.

중국 청해성의 다섯 샘에서 발원한 황하는 졸졸 시냇물을 이루다가 감숙성의 성도인 란주에 이르면 커다란 강을 이룬다. 현장법사는 인도에서 불경을 가져올 때 란주를 거쳐 장안으로 돌아갔다. 실크로드를 탐사할 때 란주의 황하에서 유람선을 탔던 기억, 토사의 흐름이 많아서 항상 짙은 황토빛을 띠는 황하를 바라보았던 황하제일교가 스쳐 간다.

황하의 물이 머나먼 길을 흘러내려 서해바다 만리포에서 춤을 춘다. 창문을 열고 비 오는 바다의 노래를 듣는다. 밀려왔다 밀려가는 춤추는 파도의 교향악이 밤새도록 울려 퍼진다.

"아아, 파도야! 어쩌란 말인가. 나그네의 이 고적함을 어찌하란 말인가."

69코스

이태백이 조선 땅에 왔다니!

만리포해변노래비에서 의항출장소 13.4km

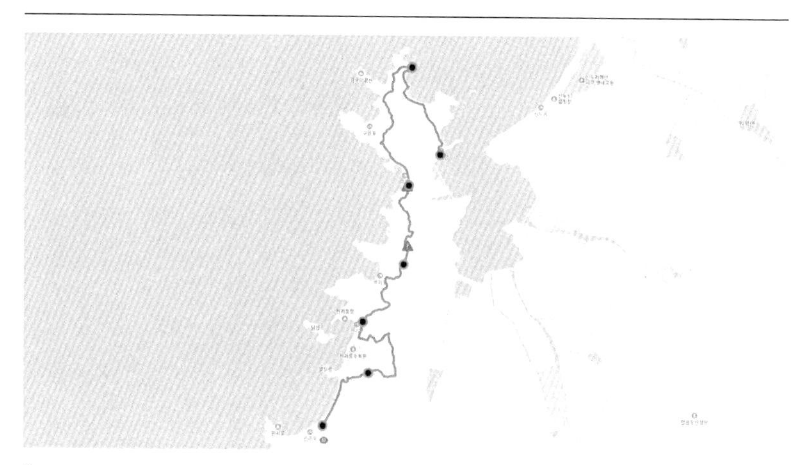

만리포해변노래비 > 망산고개 > 의항해수욕장 > 태배전망대 > 의항출장소

11월 29일 화요일 7시 40분, 69코스를 시작한다. 69코스는 만리포해변에서 천리포수목원과 자연의 신비로운 절경을 선사하는 서해의 해변이 이어지는 코스로 태배전망대를 지나서 의항리 의항출장소에 이르는 구간이다.

잔뜩 흐린 추운 날씨, 내리는 비가 만리포해변을 적신다. 찬바람이 세차게 불어오고 파도가 하얀 거품을 물고 춤을 추며 달려드는 해변을 나 홀로 걸어간다. 어느 날, 중국의 선사 동산(洞山 807~869)에게 제자가 물었다.

"추위와 더위가 찾아오면 이를 어떻게 피해야 합니까?"

"추위와 더위가 없는 곳으로 가면 되지."

"추위와 더위가 없는 곳이 도대체 어디에 있단 말입니까?"

"추울 때는 그대를 더욱 춥게 하고 더울 때는 그대를 더욱 덥게 하는 곳이다."

고통에서 벗어나기 위해 잊으려고 노력하면 고통은 더욱 찾아온다. 피한다고 소멸하지 않는 고통, 오히려 고통의 심연에 들어가서 '고통아, 놀자!'라며 더불어 즐겨야 한다. 이열치열, 이독제독이다. 더위가 찾아오면 더위 속으로, 추위가 찾아오면 추위 속으로, 고통이 찾아오면 고통 속으로 들어가라.

니체는 '불안의 공포든 죽음의 공포든 삶의 허무든', '나를 죽이지 않는 한 모든 것은 나를 더욱 강하게 한다고 한다.'고 말한다. 대장부가 조롱박처럼 한곳에 머물지 않고 천하를 다니며 큰 뜻을 펴야 한다는 사상은 동양의 유구한 전통이다.

"청산은 도처에 있다!"

모택동은 고향을 떠나면서 이 시로 아버지에게 자신의 뜻을 밝혔다. 안중근은 "남아가 6대주에 뜻을 세웠으니, 일을 이루지 않으면 죽어도 돌아가지 않으리"라는 시를 남겼다.

용감무쌍한 고독한 나그네가 그 누구도 상상하지 못할 나만의 길을 간다. 용기 있는 자, 그 이름은 자유인이다. 어찌 좋은 날씨에만 여행을 할 수 있겠는가. 이래서 좋고 저래서 좋은 여행길이다.

만리포(萬里浦)는 옛날 명나라의 사신을 환송할 때 수중만리 무사 항해를 기원하는 전별식을 행했던 곳이다. 이 전별식을 가졌던 해변을 수중만리의 '만리'란 말을 따 '만리장별'이라 하다가 현재는 '만리포'라 부

만리포해변
국 사 봉
국사봉

르게 되었다.

태안 해변길 2코스 소원길을 걸어간다. 소원길은 만리포해변에서 천리포수목원-소근진성-신두리해변으로 이어지는 22km이다. 해변길을 벗어나 산길로 들어서서 국사봉(해발 160m)에 도착한다. 비는 그치고, 하늘이 흐리고, 산이 흐리고, 바다가 흐리고, 온 세상이 흐리다. 흐린 세상 속에서 천리포수목원과 닭섬, 천리포항, 천리포해변을 내려다본다.

산길을 내려간다. '어서 오세유', '반가워유' 두 장승의 환영을 받으며 천리포수목원으로 나아간다. 다양한 수종과 희귀 식물이 어우러진 천리포수목원은 국내 최초의 민간 수목원이다. 아시아 최초 '세계의 아름다운 수목원' 인증 등의 화려한 타이틀을 가지고 있는 천리포수목원은 푸른 눈의 한국인 민병갈(Carl FerrisMiller)에 의해 설립되었다. 2009년부터 일반인에게 공개되었으며, 전 세계 60여 개국에서 들여온 도입종까지 약 15,894종의 식물을 보유하고 있다.

백리포로 나아가서 백리포전망대에서 백리포를 내려다본다. 천리포해변에서 북쪽으로 1km 떨어진 곳에 있는 백리포는 '방주골'이라고도 불리는데, 옛날 베 짜는 소리가 그치질 않았다 하여 '방직골'이라 불리다가 그 이름이 방주골로 바뀌었다. 백리포는 병풍처럼 펼쳐진 송림 사이에 위치한 곳으로, 마치 아담한 비밀 요새와 같은 느낌을 주며 맑은 바다와 고운 모래로 많은 사람들에게 사랑을 받고 있는 해변이다.

서해랑길은 백리포로 내려가지 않고 수망산을 지나서 망산고개에 이른다. 소원면 의항리 수망산(140m)에 위치한 망산고개는 넓은 만(灣)이 한눈에 내려다보이는 곳으로, 시원한 바다를 조망하는 뷰 포인트이다.

멀리 신두리사구와 신두리 해변 일대의 모습이 보인다.

산에서 내려와 조약돌 백사장으로 이루어진 의항해변으로 나아간다. 파도가 밀려오고 몽돌이 울음을 운다. 차르르르 차르르르, 둥글둥글 보배로운 몸매가 되기까지 모난 몸을 깎아 온 어둠 속의 긴 세월을 생각하면서 몽돌이 울고 있다. 차르르르 차르르르, 밤이 가고 아침이 오자 울음이 웃음으로 바뀐다. 몽돌이 웃고 있다. 차르르르 차르르르, 밀려오는 파도와 몽돌이 한낮의 애무를 하고 있다. 차르르르 차르르르, 몽돌의 애무는 황혼에도 밤중에도 끝없이 이어진다. 몽돌의 사랑은 끝없이, 끝없이 이어진다.

돌고 도는 세상은 끊임없이 굴러가는 바퀴처럼 오늘도 내일도 영원히 돌아간다. 느리지만 여유를 부리며 달팽이처럼 느린 속도로 한 걸음 또 한 걸음, 흰 양파의 껍질을 까듯 생의 껍질을 깐다. 미움과 원망, 모난 마음 버리고 마음을 청정히 하고 마음을 잘 살핀다.

해초바다숲을 지나서 화영섬(또랑섬)에 이른다. 화영섬은 의항해변을 감싸고 의연하게 서풍을 막아 주는 파수꾼 역할을 한다. 조선시대 안흥항으로 들어오던 사신이 풍랑으로 표류하다 이 섬에 상륙하였다. 사신들을 환영하였다는 섬으로 '환영섬'이라 하다가 세월이 지난 지금 '화영섬'으로 부르고 있다.

조용하고 수심이 얕은 구름포해변을 지나간다. 구름포는 모래 해변과 좌우의 기암절벽이 조화를 이뤄 빼어난 경관을 자랑하는 곳이다. 지형이 반달처럼 둥글게 구부러진 아랫부분을 구름이라고 부르는 데서 연유하여 구름언덕 끝자락이라는 뜻의 '구름미(雲山尾)'라고 불린 지역이다. 이후 운산을 운포(雲浦)로, 다시 1996년 구름포구로 바꾸어 부르게 되었다.

임도를 따라 산길로 올라간다. 2010년 국토해양부 해안경관 조망정 조성사업에 선정된 태안 해변길 2코스 바라길 구간(태배길)이다. 태안 해변길 2코스에 포함되는 태배길 6.4km는 숨겨진 태안의 보석을 만날 수 있으며, 자연의 아름다움을 그대로 담고 있는 곳이다.

이태백포토존에 이태백의 5언시와 인물상이 서 있으며, '태배는 소원면 북쪽에 위치한 곳으로 빼어난 경치로 유명한 곳이다. 옛적 중국의 시성 이태백이 조선 땅에 왔다가 빼어난 절경에 빠져 수많은 날을 경치에 도취하여 지내다가 해안가 육중한 바위에 붓으로 시를 적으니, 그 후부터 주변 일대를 태배라 불리우게 되었다.'고 기록되어 있다.

그런데 '중국의 시성 이태백이 조선 땅에 왔다'니, 이 무슨 말인가. 당나라의 시선 이태백(701~762)이 살았던 시기는 우리나라 통일신라시대이다. 시성(詩聖)은 두보를 일컬으며 이태백은 시선(詩仙)이다. 조선 땅은 신라 땅으로 바꿀 일이다. 걸려 있는 이태백의 오언시다.

先生何日去(선생하일거) 선생은 어느 날에 다녀갔는지
後輩探景還(후배탐경환) 문생이 절경을 찾아 돌아오니
三月鵑花笑(삼월견화소) 삼월의 진달래꽃 활짝 웃고
春風滿雲山(춘풍만운산) 봄바람이 운산에 가득하구나

과연 이태백이 지었을까. 경치에 반한 누군가가 지어 놓고 이름을 빌린 건지도 모를 일이다. 중국 최고의 방랑자는 이태백이다. 시선 이백은 백제와 고구려를 멸망시켰던 당 고종의 황후이자 중국 최초의 여황제가 된 측천무후 치세 말엽에 출생했다. 부유한 가정에서 태어나 소년 시절부터 탁월한 문재를 발휘한 이백은 의협심이 강한 호방한 성격

의항해수욕장
구름포
태배길
태안
先生何日去
後輩探景還
三月鵑花笑
春風滿雲山

"꽃게야~ 게 섰거라"
개목주민일동

에 뛰어난 검술도 익히고 있어, 문무를 겸비한 사나이였다. 이백은 거의 평생을 방랑하며 살았다. 하지만 이는 단순한 방랑이 아닌 대붕의 비상, 정신의 자유를 찾기 위한 방랑이었다.

장자의 「소요유」의 첫 이야기는 대붕(大鵬)이란 새의 탄생에서 시작된다. 어느 북쪽 바닷속에 있던 조그마한 물고기 알이 어느 날 갑자기 붕새로 변하여 구만리 창천을 날아올라 남쪽으로 날아간다는 다소 황당한 이야기다. 붕정만리(鵬程萬里), 그 붕새는 한번 날면 만 리를 간다. 붕새가 되기 전에 북쪽 바다 깊은 곳에 있었던 물고기의 이름은 곤(鯤)이다. 곤은 '물고기의 알'이란 뜻으로, 가장 작은 존재를 의미한다. 그런 물고기 알이 변해서 새가 된다. 그 이름이 붕(鵬)이다.

나그네가 붕새가 되어 서해랑길 만 리를 걸어간다. 갈매기나 작은 새들은 붕새가 왜 그토록 높이 멀리 날려 하는지 이해하지 못한다. 그들이 상상할 수 없는 높이와 거리, 크기를 갖고 있는 붕새는 그들의 인식 속에서는 이해할 수 없는 존재일 뿐이다. 장자는 말한다.

"지극히 높은 경지에 이른 사람은 자기의 껍질을 벗고 나온 사람이다!"라고. 장자의 소요유(逍遙遊)는 아무런 의도나 생각 없이 노니는 것, 절대 자유의 경지에서 노니는 것이다. 얼마나 성취하려고 노력하면서 살아왔던가. 이제는 그저 노니는 소요유의 삶을 살고 싶어 떠나온 대붕의 길이다. 목표의 굴레에서 벗어나 그저 아무런 의도 없이, 지금 여기, 이 순간을 충분히 즐기며 소요하는 길, 나의 자유를 만끽한다. 남의 시선에서 벗어나 온전하게 내 가치와 방식으로 살아가는 삶이 진정 소요유의 삶이다. 머리에 긴장을 늦추고 어깨에 힘을 빼고, 마음을 비우고 영혼의 끌림으로 그저 물 흐르듯 소요하며 걸어간다. 유유자적, 마음이 시키는 대로 발걸음이 가는 대로 걸어간다.

구름포해변과 출렁이는 바다를 내려다보며 산길을 걸어 태배전망대에 도착한다. 바람이 거칠게 불어 전망대에 서 있기조차 힘이 든다. 바다에는 파도가 하얀 거품을 물고 술잔이 넘치듯 출렁인다. 폐기된 군막사를 개조하여 만든 전망대 1층에는 2007년 태안 앞바다 원유유출사고 '유류피해역사전시관'이 있다.

태배전망대에 선 나그네가 '저 바다가 술이라면 이태백과 한 잔 나누련만' 하면서 이태백의 독작(獨酌)을 노래한다.

하늘이 술을 사랑하지 않았다면
주성(酒星)이란 별 이름이 하늘에 있지 않았을 것이고
땅이 술을 사랑하지 않았다면
땅에도 주천(酒泉)이란 마을 이름이 없었을 것이다.
하늘과 땅이 이미 술을 이렇게 사랑하는데
내가 술을 사랑하는 것은 하늘에 부끄럽지 않은 일이다.
이미 청주를 성인에 비유한다고 들었고
탁주를 현인과 같다고 말하였다.
내가 성현(청주와 탁주)를 이미 조금 전에 마셨으니
어찌 다른 곳에서 신선되는 방법을 구하려 하겠는가.
세 잔 술에 대도에 통하고
한 말 술에 자연에 합하니
이런 흥취는 취한 가운데서 얻는 것이니
술 깬 사람을 위하여 이 이야기를 전하지 말라!

실크로드를 탐사하면서 중국 감숙성의 주천(酒泉)을 다녀온 적이 있다. 술의 샘인 주천은 실크로드로 들어가는 첫 길목에 있는 인구 30만의 도시로, 한나라 무제 때 서역 정벌을 가던 장군 곽거병의 고사가 있다. 한 무제로부터 술 한 병을 하사받은 곽거병은 오아시스에 술을 붓고 병사들과 나눠 마시면서 지친 병사들을 위로하고 용기를 고취시켰다. 이태백은 그의 시 독작에서 이 아름다운 도시 주천을 등장시켜 노래했던 것이다.

전망대에서 내려와 백사장을 걸어간다. 거친 날씨에도 어촌 사람 다섯 명이 바위틈에서 열심히 일을 하고 있는 중이다. 해변 길 전망대를 지나고 신너루해변을 지나간다.

"토끼야, 나와라~"

'용궁이 가까운 개목마을'에 도착한다. 개목마을은 원래 마을의 지형이 개미의 목처럼 잘록하게 생겼다 하여 개미목마을로 불리다가 개목으로 줄여 부르고 있다.

"싸랑합니다~"

'연애밀당1번지개목마을'에서 "꽃게야 게 섰거라" 하는 목소리가 들려온다.

11시 정각, 서해랑길 69코스, 태안해변길 2코스 소원길 종점 의항출장소에 도착했다.

70코스

사막을 걷는 나그네

의항출장소에서 학암포해변 19.2km

의항출장소 › 신두리해수욕장 › 구례포해수욕장 › 학암포해변

11시 10분, 의항출장소에서 70코스를 시작한다. 70코스는 소근진성, 신두리해안사구, 두웅습지를 지나고 구례포해변을 지나서 원북면 방갈리 학암포해변에 이르는 구간이다.

10분간의 달콤한 휴식을 하는 사이에 찬바람에 몸의 열기가 식어 싸늘한 기운이 느껴진다. 다시 추위 사이로 나아간다. 그곳이 추위를 피하는 곳이다. 썰물로 넓은 갯벌에 고깃배들이 덩그러니 자리하고 있는 조용한 바닷가 마을의 풍경을 바라보면서 걸어간다. 배들도 갈매기도 바닷가에서 한가로이 쉬고 있다. 그때 리빙스턴 조나단이 하늘로 날아오른다. 높이 나는 새가 멀리 본다. 먹기 위해서가 아니라 살기 위해 날아야 한다. 더 높이 더 멀리, 더 빠르게, 더 멋있게, 더 자유롭게 날기 위해 피와 땀과 눈물을 흘려야 한다. 그러면 꿈꾸었던 새로운 하늘, 새로운 땅을 볼 수 있다.

인생은 꿈에서 시작된다. 꿈을 가져야 한다. 사람은 자신이 그리는 꿈을 닮아 간다. 누구나 꿈꾸고 희망하는 것은 천국이다. 하지만 천국으로 가는 길은 고난과 고통의 가시밭길이다. 자기 십자가를 지고 걸어가는 십자가의 길은 천국행 티켓이다.

방파제 같은 둑길을 지나서 뒷동산 같은 수망산으로 올라간다. 궂은 날씨에 외로운 짐승처럼 나 홀로 산길을 걸어간다. 그 누가 알겠는가. 이 멋과 낭만, 풍류를.

태안해변길 1코스 바라길 이정표가 나타난다. 신두리해변과 구례포해변을 지나서 학암포해변까지 12km이다. 의항2리 명품녹색길 서들산 산책로를 지나서 방근제에 도착한다. 이곳에서는 자염(煮鹽)을 생산한다. 자염은 끓일 자(煮), 소금 염(鹽) 자란 글자에서 보듯이 갯벌에서 염도를 높인 바닷물을 가마솥에 끓여 만든 서·남해안의 전통적인 소금이다. 태안지역은 넓은 갯벌과 풍부한 땔감 등 자연적인 조건이 좋아 충청지역 제일의 자염 생산지였다.

세찬 바람이 불어오고, 이 추위 속에 피어난 꽃들이 바람결에 한들거린다.

"니는 떨고 있니? 나는 떨고 있다!"

동병상련의 마음을 전하고 왜구를 대비해 만든 소근진성 인근을 지나간다. 소근진성은 조선시대 읍성으로 서해의 방어에 중요한 전략적 요충지였다. 중종 9년(1514) 축조한 소근진성은 소원면 소근리 해안에

16.4km 만리포해변
신두리해변 4.4km
소근진성

태안
페스티벌

위치한 외침 방어용 성으로, 19세기 말엽까지 군대가 주둔했으나 임오 군란 이후 폐지되었다.

철새들이 떼를 지어 날아간다. 이 바람 속에 어디로 가는지, 한 무리가 날아가고 또 한 무리가 날아온다. 바람 소리에 리듬을 맞춰 소리를 내며 날아간다. '철새는 날아가고(엘 콘도 파사)'가 들려온다.

길거리가 되기보다는 숲이 되고 싶어요
맞아요 할 수만 있다면 정말 그렇게 되고 싶어요
차라리 내 발밑에 있는 대지를 느끼겠어요
맞아요 할 수만 있다면 정말 그렇게 되고 싶어요

순간, 희미하게 그림자가 나타난다.

"우와, 그림자, 반가워! 오늘은 못 만나는 줄 알았는데……."

다시 그림자를 벗 삼아 걸어간다. 인근에는 2007년 람사르습지에 등록된 생태 습지인 두웅습지가 있다. 약 7000년 전에 생긴 습지로 원래 바닷가였는데, 해안에 사구가 생기고 배후산지 골짜기의 경계 부분에 담수가 고이면서 습지가 형성되기 시작했다. 두웅습지는 천연기념물 동식물이 서식하는 자연이 그대로 살아 있는 생태계의 보고라 할 수 있다. 약 65,000㎡의 면적으로 작은 습지지만, 우리나라에서 6번째 람사르습지로 등록된 곳이다.

멀리 신두리해수욕장이 점점 가까워진다. 신두리 입구에 있는 깔끔한 신두리식당에 도착하여 점심 식사를 한다. 사진작가들로 보이는 사람들이 단체로 시끌시끌 식사를 마치고 나간다. 따뜻한 국물로 식사를 하고 나니 독수리가 하늘로 치솟듯 새 힘이 솟는다. 먹기 위해 사는 게 아니라 걷기 위해 먹는다.

수천만 년 전 자연의 신비를 느낄 수 있는 해양보호구역 신두리해안사구로 나아간다. 태안 8경 중 제5경인 신두리해안사구는 태안반도 서북부에 자리 잡은 해안을 따라 약 3.4km에 걸쳐 있다. 폭은 약 500m에서 1.3km에 달하며, 그중 비교적 원형이 잘 보존된 북쪽 지역 일부가 천연기념물로 지정되어 있다. 우리나라 최대 규모의 해안사구 지역으로, 2001년에 천연기념물 제431호로 지정되어 보호받고 있는 국내 최대의 모래 언덕이다. 빙하기 이후 약 1만5천 년의 오랜 세월을 그대로 말해 주는 듯 다양하고 특이한 생태계가 형성되어 있는데, 사구 환경에서 자라는 동·식물은 흔하게 볼 수 없는 것들이라 더욱 특별하다. 연분홍의 해당화 군락과 모래 언덕의 바람 자국 등 사막 지역이 아니고서는 볼 수 없는 경관과 염생식물 서식지, 조류의 산란 장소 등으로 생태적 가치와 경관적 가치가 뛰어나다.

사막의 정취를 느낄 수 있는 해안사구 탐방로를 따라 걸어간다. 세찬 바람이 불어온다. 그 뜨겁고 황홀했던 아프리카 나미비아 서해안에 위치한 나미브 사막의 추억이 스쳐 간다.

생텍쥐페리는 "사막이 아름다운 것은 어딘가에 오아시스가 있기 때문이다."라고 했다. 고통은 인간의 넋을 슬기롭게 하는 위대한 스승이다. 고난이 클수록 더 큰 영광이 다가온다. 역경은 진리로 통하는 으뜸가는 길, 훌륭한 인간의 두드러진 특징은 쓰라린 환경을 이겼다는 것이다. 고통도 지나고 나면 달콤하다. 고통은 인간을 생각하게 만든다. 고통은 참된 인간이 되어 가는 과정이다. 사나이는 황량한 사막이나 거친 풍랑 앞에서 굴하지 않는 용기가 필요하다. 공자는 "물에서 용을 만나 두려워하지 않는 것은 어부의 용기요, 산에서 호랑이를 만나 두려워하지 않는 것은 사냥꾼의 용기요, 시련이 와도 흔들리지 않는 것은 군자의 용기"라고 했다.

사막을 걷는 나그네가 몰아치는 추위를 안고 용기 있게 나아간다. 대개 사막에는 체온계가 없다. 체온보다 뜨거운 사막이기 때문이다. 하지만 신두리해안사구에는 강력한 바람이 불어와 추위로 몸을 가눌 수가 없다. 구름이 많은 하늘, 태양이 힘을 쓰지 못한다. 거친 바람을 헤치고 새 한 마리가 날아간다. 다른 새들은 모두 어디에 갔을까.

'태안국제모래조각페스티벌' 조각 작품이 웅장하게 서 있다. 작품명은 '슬로시티 태안'으로, 슬로시티 로고를 토대로 만들어졌다. 슬로시티란 '느린 도시 만들기 운동'이다. 달팽이 상이 의연하다.

바람이 엄청나고 세찬 파도가 거품을 물고 달려든다. 탐방로 주변의 바람개비들이 신명 나게 돌아간다. 식당에서 만난 사람들이 걸어간다. '해남 땅끝마을에서부터 걸어왔다'는 수염 텁수룩한 사내의 말에 모두들 놀라며 '엄지 척'을 한다.

서해랑길 완주라는 이상을 지닌 이상한 사람이 걸어간다. 갈대들이 연신 몸을 굽신굽신하면서 나그네에게 경의를 표한다. 사막을 걷는 나그네가 해안사구를 지나서 활처럼 뭍으로 길게 휘어진 아름다운 신두리해변을 바라보면서 소나무 숲길을 걸어간다. 아름다운 세상, 아름다운 경관이다.

원북면 황촌리 능파사를 지나간다. 거북이 조각상 입에서 물이 흘러내린다. 낙조가 아름다운 먼동해변을 걸어서 먼동전망대에 도착한다. 저 멀리 태배전망대가 보이고 푸른빛의 먼동해변 해안선과 갯바위가 아름답게 어우러진 멋진 경관을 바라본다. 이곳에서는 드라마 〈장길산〉, 〈용의 눈물〉, 〈불멸의 이순신〉 등 여러 드라마가 촬영되었다. 거북바위를 지나서 산길을 걸어 구례포해변에 이른다. 구례포해변은 넓고 고운 백사장과 푸른 송림이 어우러져 마치 그림 속 풍경을 보는 듯한 착각에 빠지게 만드는 빼어난 경관을 자랑한다. '구례'라는 뜻은 넓다는 의미를 갖고 있는데, 옛날에는 번창했던 포구였으나 지금은 한산한 포구로 변해 바다 본연의 아름다움을 전해 준다. '새뱅이', '울도', '수리뱅이', '굴뚝뱅이' 등 재미있는 이름을 가진 열 개의 크고 작은 섬들이 보인다.

파도가 춤을 추고 세찬 바람이 불어오는 백사장에 발자국을 남기면서 걸어간다. 이 넓은 백사장에 유일한 사람, 우주의 주인공이 가지런히 발자국을 남기면서 걸어간다. 넓은 백사장과 암벽, 갯벌이 어우러진 학암포해변이 다가온다. 해변에 물이 빠졌을 때 드러나는 바위의 형상이 마치 학의 모습처럼 보인다 하여 학이 노니는 해변이라는 뜻이다. 넓고 고운 백사장, 기암괴석으로 단장된 해안이 어우러져 있다.

학암포해변은 에메랄드빛 바다, 넓은 해변 지역 및 해당화로 유명하다. 해변은 W자 모양이며, 학바위(鶴岩)를 둘러싸고 있다. 태안해안국립공원 최북단에 위치한 이 지역은 대뱅이와 거먹뱅이같이 고유한 이름을 가진 섬들과 마주하고 있다.

바람이 거세게 불고 파도가 거칠다. 모래가 날리고 파도가 비가 되어 내린다. 문이 닫혀있는 태안해안국립공원사무소 학암포탐방지원센터를 지나간다. 학의 날개를 펼친 학암포 표석에 한 마리 학이 날아갈 듯하다. 대신 나그네가 학이 되어 훨훨 날아간다. 학을 좋아했던 백거이(772~846)가 '학(鶴)'을 노래한다.

사람마다 각자 좋아하는 바가 있고

사물에는 원래 항상 옳은 것은 없느니라
누가 학 네게 춤 잘 춘다고 일컫느냐
한가롭게 서 있는 때만 못한 것을

백거이는 이백과 두보, 같은 시대의 한유와 더불어 '이두한백'으로 병칭된다. 젊은 시절 거침없이 자신의 소신을 펼쳤던 백거이는 정치적 풍파를 거치면서 점차 현실에 순응해 갔다. '벼슬에 나아가되 요직을 향하진 않고 물러나되 깊은 산에는 들지 않는다'는 시구처럼 관직을 유지하면서도 삶의 여유도 놓지 않았다. 이때 그의 곁을 지켜 주었던 벗 중의 하나가 학이었다. '한가로움을 함께할 친구로는 학만 한 게 없다'거나 '새장 열어 학을 보니 군자를 만난 듯하다' 할 정도로 학을 가까이했다.

옛날부터 학은 이상 세계와 현실 세계를 이어 주는 신비로운 새로서 유유자적한 탈속의 경지에 이른 신선을 상징했다. 특히 백의민족인 우리 조상들은 학을 대단히 좋아하고 신성시했다. 그래서 선비들은 학을 부르는 악기인 거문고를 사랑방에 두고 즐겨 연주했다. 거문고는 고구려의 왕산악이 만들었는데, 처음에는 현학금이라고 불렀다. 현학금은 '검은 학을 부르는 악기'라는 뜻이다.

또한 선비들은 학의 형상을 닮은 '학창의'라는 옷을 입었고, 검은 갓에 하얀 두루마리를 입은 모습으로 학춤을 즐겨 추었다. 이를 부산에서는 '동래학춤'이라고 하고 양산과 울산에서는 각각 '양산사찰학춤', '울산학춤'이라고 한다.

선비들은 사람의 키만큼이나 되는 학을 새끼 때부터 키워서 다 자라면 자신의 학을 데리고 나와 서로 키운 학들을 비교하면서 시를 짓는

모임을 했는데, 이것을 '학시사'라고 한다. 이 세상에서 새와 인간과 예술이 함께하는 품격 높은 이러한 풍류를 즐긴 민족이 또 어디에 있단 말인가?

학암포 표석 위의 학 조각상이 찬바람에도 굴하지 않고 고고하게 서서 나그네를 바라보고 있다.

16시 정각, 거친 바람이 불어오는 노을의 명소 학암포에서 70코스를 마무리한다.

71코스

오늘은 무엇을 기도할까

학암포해변에서 꾸지나무골해변 20.6km

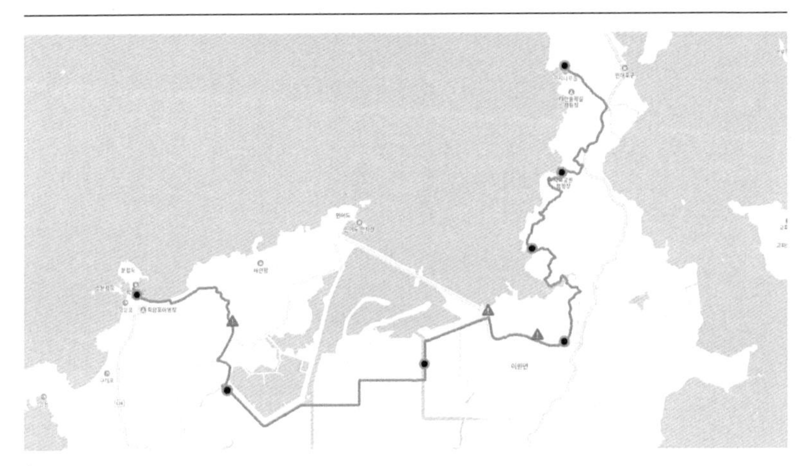

학암포해변 > 방갈리버스정류장 > 이원방조제 > 음포해수욕장 > 꾸지나무골해변

11월 30일 수요일 아침 8시, 학암포해변에서 71코스를 시작한다. 71코스는 이원방조제를 지나고 음포해수욕장을 지나서 이원면 내리 꾸지나무골해변까지 걸어가는 구간이다.

삼일수하(三日樹下)라, 수행자는 한 나무 아래에서 삼 일 이상 머물러서는 안 되기에 3일간 묵었던 만리포해변과 이별을 하고, 승용차로 달려서 도착한 태안군 원북면 방갈리 학암포 해변의 아침, 아아, 춥다 추워! 너무 춥다. 금년 겨울 들어 오늘이 가장 추운 날이다. 말이 얼어붙는다. 마음이 얼어붙는다. 바다가 얼어붙고 파도가 얼어붙는다. 날아갈 것만 같은 세찬 바람이 불어온다. 혼자 말로 중얼거린다.

"네가 봐도 미쳤지?"

"그래, 내가 봐도 미쳤다!"

"아아, 신난다! 눈보라가 몰아친다. 신난다!"

미쳐야 미치지, 미치지 않으면 미칠 수 없는 불광불급(不狂不及)의 서해랑길, 강력한 추위가 맹위를 떨친다. 시커먼 먹구름, 몸을 가누기도 힘들 정도로 세찬 바람과 거친 파도, 금방이라도 폭설이 쏟아져 내릴 것만 같다. 대지가 내쉬는 숨소리가 바다를 노하게 하여 거센 파도가 거품을 물고 달려든다. 파도의 하얀 거품이 허공에서 얼어붙고 백사장에서 얼어붙는다. 이럴 수가, 쉽게 볼 수 없는 기이한 현상이다.

폴란드에는 사계절을 여인에 비유하여 봄은 처녀, 여름은 어머니, 가을은 미망인, 겨울은 계모라고 한다. 계모처럼 차가운 겨울 아침, 한파주의보가 내린 학암포 해변에서 나그네가 학춤을 추면서 걸어간다.

송강 정철은 "내가 만약 하늘을 가르는 학이 된다면 / 대궐로 날아가서 한 소리 외쳐 보련만"이라고 했다. 하지만 나그네는 "내가 만약 하늘을 가르는 학이 된다면 / 청산에서 유유자적 학춤을 추리라."고 노래한다.

구만리장천을 유유히 날아오르는 자유로운 학이 되고 싶다는 열망으로 나그네가 학춤을 추면서 서해랑길을 걸어간다.

11월의 마지막 날, 겨울이다. 겨울로 가는 길, 더욱 옷깃을 여미는 겨울이 깊어간다. 겨울에는 계절성 우울증이 심해진다고 한다. 사람도 사랑도 인간의 근원적 고독을 없애지는 못한다. 진한 고독이 찾아와도 그 또한 내 삶이다. 고독의 시간을 성장과 성숙의 시간으로 만들어 가야 한다. 인디언 쇼니족 푸른 윗도리의 소리가 들려온다.

10.6km 신두리해변
버스정류장 0.2km
Bus Stop
0.6km 학암포탐방지원센터
학암포

"우리 인디언 부족은 추운 겨울을 마다하지 않았다. 추운 겨울 역시 봄이나 여름과 마찬가지로 만물의 존재에 꼭 필요한 것임을 깨닫고 있었기 때문이다. 강이나 나무들도 자신들을 얼어붙은 침묵과 고요 속으로 데리고 가는 겨울이 없다면 눈부신 봄의 탄생도 없다는 것을 잘 알고 있다. 하물며 인간의 삶에 그러한 과정이 없을 리 있겠는가."

인디언 다코다족의 인사말은 '미타쿠예 오야신!'이다. 그것은 '모든 것이 하나로 연결되어 있다!'는 뜻이다. 미타쿠예 오야신은 매우 간결하면서도 우주에 대한 이해를 심오하게 표현하고 있다. 그 안에 생명 가진 모든 존재가 다 담겨 있다. 눈에 보이는 것과 보이지 않는 것, 존재하는 모든 것들이 그 인사말 속에 포함되어 있다. 또한 그 안에는 모든 것 속에 있고 모든 것 위에 있는 위대한 정령까지도 포함되어 있다. 그들은 기도를 드릴 때 항상 '미타쿠예 오야신!'이라는 말로 끝을 맺는다. 추위도 더위도 모든 것은 하나로 연결되어 있다.

숲속으로 들어간다. 고요하다. 거짓말같이 바람이 없다. 터벅터벅, 나그네의 발소리만이 들려온다. 숲속의 은자(隱者)가 되어 나 홀로 걸어간다. '바다에 숨어야 할까, 산에 숨어야 할까. 시장통에 숨어야 할까. 길 위에 숨어야 할까.' 산에서 만나는 고독과 악수하며 그대로 산이 된들 또 어떠리. 속세를 떠난 나그네가 선인(仙人)이 되어 걸어간다. 먹이를 찾아 산기슭을 어슬렁거리는 킬리만자로의 표범처럼 걸어간다.

농로를 따라 허허 들판을 걸어간다. 갑자기 수십 마리, 수백 마리의 새들이 떼를 지어 솟아올라 시커먼 하늘을 날아간다. 바람 소리보다 더 커다란 목소리로 소리를 내며 날아간다. 장관이다. 누가 이런 아침을 선물로 받을 수 있단 말인가. 감사의 기도가 저절로 나온다. '그래,

오늘 하루는 무엇을 기도할까?'

진실한 기도의 제목을 탐색한다. 기도가 주는 혜택의 절반은 기도하는 자체에, 분명하면서도 충분한 의도를 전달하는 데 있다. 어제의 기도가 늘 오늘로 통하는 것은 아니다. 어제의 기도는 어제의 기도, 오늘의 기도는 오늘의 기도다. 매일 매일 새로워야 한다. 정신이 고여 있으면 기도는 지루하고 익숙한 상태로 썩게 된다. 한 가난한 남자가 성당에 가서 예수의 십자가상 앞에서 매일 기도하며 애걸복걸했다.

"성자님, 제발, 제발, 제발…… 복권에 당첨되는 은총을 베풀어 주소서."

이 탄원은 몇 달간 계속되었고, 마침내 예수 십자가상이 응답을 주었다.

"아들아, 제발, 제발…… 복권이나 사거라."

먹구름 사이로 간간이 눈부시게 파란 하늘이 모습을 드러낸다. 이윽고 태양이 한 줄기 빛줄기를 내려 쏟고는 다시 구름 뒤로 사라진다.

'솟아라, 태양아! 나와라, 태양아!'

고독한 나그네를 위하여 태양이 모습을 드러내기를 바라지만 심술궂은 구름이 모른 체하며 태양을 숨기고 흘러간다. 텅 빈 들판, 추위에도 아랑곳없이 수많은 새들이 장관을 이루며 하늘을 가로질러 날아간다. 어디를 가는 걸까. 새들은 어디로 날아가는 걸까. 외로운 나그네의 심사에 김영동의 '어디로 갈거나'가 들려온다.

어디로 갈거나 어디로 갈거나
내 님을 찾아서 어디로 갈거나
이 강을 건너도 내 쉴 곳 아니요

저 산을 넘어도 머물 곳은 없어라
어디에 있을까 어디에 있을까
내 님은 어디에 어디에 있을까.
흰 구름 따라 내일은 어디로
저 별빛을 따라 내님을 따라
어디로 갈거나

'어디로 갈거나'를 부르는 나그네가 하늘을 바라본다. 하루에도 수없이 바라보는 하늘, 나그네는 왜 매일 하늘을 바라보며 걸어가는 걸까. 거기에는 세상을 비추는 태양이 있기 때문이다.

나그네가 매일 하늘을 바라보며 걸어가는 까닭은
거기에는 유유히 흘러가는 흰 구름이 있기 때문이다.
나그네가 매일 하늘을 바라보며 걸어가는 까닭은
거기에는 자유로운 영혼의 새들이 있기 때문이다.
나그네가 매일 하늘을 바라보며 걸어가는 까닭은
거기에는 사랑하는 사람들의 얼굴이 있기 때문이다.
나그네가 매일 하늘을 바라보며 걸어가는 까닭은
거기에는 도착해야 할 꿈속의 고향이 있기 때문이다.

하늘을 날고 싶은 나그네가 하늘을 바라보며 나아간다. 겨울을 좋아해서 겨울이면 길을 떠나는 나그네, 겨울은 걷기에 좋은 계절이다. 사람들은 묻는다.

"좋은 계절 다 두고 하필이면 겨울이면 길 떠나는가?"

그러면 씩 웃음으로 대답을 대신한다. 누가 알겠는가. 그 추운 겨울에 경험했던 길 위의 멋과 맛을!

한파주의보가 내렸던 새해 벽두에 용인에서 문경새재를 넘어 안동을 향해 걸어갔던, 그리고 다시 안동에서 죽령고개를 넘어 용인으로 걸어왔던 그 추웠던 겨울의 경험이 아름다운 추억으로 밀려온다. 그것은 도보여행 첫 경험이었다. 경험이 경험으로만 그친다면 별 의미가 없다. 경험이 값지려면 경험을 통한 성찰이 있어야 한다. 경험을 긍정적으로 소화해 내기 위해서는 경험한 것에 만족하지 않고 경험을 곱씹는 시간을 가져야 한다. 아무리 재미있는 책을 읽어도 그 이야기에 대해 다시 생각해 보지 않으면 쉽게 내용을 잊어버리듯 경험을 성찰하기 위한 시간을 가지지 않으면 경험의 효용은 쉽게 휘발되어 버린다. 미국의 철학자이자 교육학자인 존 듀이는 "사고(思考)라는 요소를 전혀 내포하지 않고 의미를 가진 경험이란 있을 수 없다."고 말한 이유가 바로 이 때문이다.

'경험에 투자하라!'

이는 내 삶의 좋은 습관이다.

들판을 지나서 이원면 볏가리길, 볏가리마을을 지나간다. 볏가릿대 세우기가 전통문화인 마을이다. 음력 1월 14일이면 마을 사람들이 모두 모여 논둑 밭둑에 쥐불을 놓으면서 한해 농사의 풍년을 기린다.

바다 건너 한국서부발전소를 바라보면서 걸어간다. 발전소의 하얀 연기가 시커먼 구름과 대비되어 묘한 분위기를 연출한다.

음포해수욕장에 도착한다. 청일전쟁 당시 청나라 함정이 패하여 도주하다가 이곳으로 들어와 군막을 치고 숨어 있다가 돌아갔다고 하여 '숨은개'라 하였고, 숨은개는 한자로 '숨을 은(隱)'자와 '개 포(浦)' 자를 써서 '은포'라고 하였는데, 오랜 세월이 지나서 '음포'라고 한단다. 사적비

가 세워져 있다.

바닷가 솔향기길을 걸어간다. 솔숲 사이로 보이는 바다 경관이 아름답다. 전망 좋은 곳에 평상이 놓여 나그네를 기다리지만 나그네는 스쳐 지나간다. 어제의 온갖 어지럽던 흔적이 오늘의 밀물로 말끔히 씻겨 간 바닷가를 걸어간다. 마음 또한 깨끗이 씻겨 나가 아무런 꾸밈도 없고 탁 트이고 텅 빈 마음이 된다. 한가하게 일렁이는 무념(無念)의 파도가 바다가 주는 선물로 다가온다. 가장 낮은 곳에 있어서 모든 물을 받아들이는 바다. 바다는 '낮아져라! 낮아져라! 낮아져라!'고 끝없이 외친다. 겸손, 겸손, 겸손, 이것이 바다의 가르침이다. 참을성, 참을성, 참을성, 이것이 바다의 교훈이다.

두터운 모래밭이 형성되어 있는 사목해변을 지나서 꾸지나무골해수욕장을 향하여 고개를 넘어간다. 솔향기길 안내판이 길을 소개한다.

"2007년 12월 7일 허베이 스피릿호와 중공업 바지선이 충돌하면서 원유가 인근 해역으로 유출되는 사고가 발생했습니다. 이러한 비보가 보도되자 전국에서 120여만 명의 자원봉사자가 모여들었고, 원유가 뒤집혔던 바위, 자갈, 모래를 하나하나 정성으로 닦아 주었습니다. 그리고 태안의 해역은 다시 자연의 색을 되찾을 수 있었습니다."

꾸지나무골해수욕장에서 만대항까지 솔향기길은 이때 이용하던 오솔길을 연결한 길이며, 자원봉사자들을 위한 보은의 길이라는 감동적인 내용이다.

12시 정각, 꾸지나무골해수욕장에서 71코스를 마무리한다.

72코스

솔향기길

꾸지나무골해변에서 만대항까지 8.4km

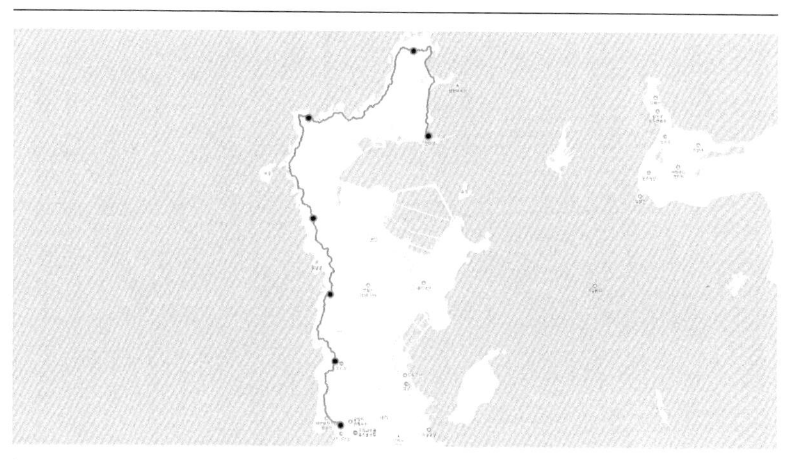

꾸지나무골해변 > 용난굴 > 여섬 > 만대항

오후 2시, 꾸지나무골해변에서 72코스를 시작한다. 72코스는 서해랑길에서 가장 짧은 구간이다. 용난굴을 지나고 노을 명소인 여섬을 지나는 작고 아름다운 해변과 조용한 숲길, 바닷바람을 즐기며 이원면 내리 만대항까지 가는 구간이다.

텅 빈 백사장, 꾸지나무골해수욕장에서 형제들을 기다린다. 변산반도국립공원에 이어서 서해랑길의 태안해상국립공원을 탐방하기 위해서 용인에서 찾아온다. 승용차가 고개를 넘어온다. 먼 길 찾아온 광섭 형님과 준규 아우를 격하게 포옹한다. 태양이 구름 속에서 환한 모습을 드러낸다.

간간이 드러나는 파란 하늘을 배경으로 시커먼 먹구름이 흘러간다. 바다는 하얀 거품을 물고 출렁인다. 태양이 수줍은 듯 구름 속에서 살며시 고개를 내민다. 아무래도 태양의 힘이 추위와 바람을 이기지 못하는 것 같다.

인디언 카이오와족은 11월을 '기러기 날아가는 달'이라 부르고, 풍카족은 12월을 '무소유의 달'이라고 부른다. 앨곤킨족은 1월을 '해에게 눈 녹일 힘이 없는 달'이라 불렀다. 인디언들은 그들 주위에 있는 풍경의 변화나 마음의 움직임을 주제로 그달의 명칭을 정했다.

기러기 날아가는 달인 11월의 마지막 날, 태안 북쪽 끝자락에 위치한 작고 아담한 꾸지나무꼴해변을 걸어간다. 인적이 드물어 자연 그대로의 모습을 간직하고 있고 해변을 감싸고 있는 소나무 숲은 한여름에도 선선한 그늘을 선물한다. 꾸지나무골해수욕장은 만대항에서 출발하는 솔향기길 1코스 10.2km 종점이다.

잘 정비된 숲길을 따라 걸어간다. 멋진 경관이 펼쳐진다. 뱃면이다. 이 지역은 고사리와 약초가 많고 바닷가에는 굴, 바지락, 해삼, 전복이 많은 주민들의 삶의 터전이다. 뱃면에 있는 와랑창은 바위 틈새로 깊은 굴이 있는데, 파도가 조금만 쳐도 와랑와랑 소리가 요란하게 들려서 와랑창이라 불린다.

차돌백이를 지나서 용난굴·별쌍금약수터에 도착한다. 옛날에 용이 나와 승천한 곳이라 하여 용난굴(용이 나온 굴)이라 전해 내려오고 있다. 조수간만의 차에 따라 바닷물이 빠지면 동굴이 드러나는 바위굴이다.

광섭 형님과 준규 아우가 가벼운 걸음걸음으로 산길을 걸어간다. 용인의 테니스협회 회장까지 역임한 운동선수였지만 산에는 다니지 않던 형이 용인시 240km 둘레길 조성 탐방대를 시작하면서부터 동네 뒷산

과 전국의 명산을 다니며 산행을 즐기고 있다. 특히 국립공원탐방대를 시작하면서는 산에 대한 열정이 아주 뜨겁다. 준규 아우는 국립공원탐방대의 첫 탐방인 지리산 천왕봉 산행에서 처음 등산을 시작하여 죽을 고생을 하였다. '산에 다니는 사람들은 미친 X'라고 하였는데, 이제는 빠지지 않는 열성 대원이 되었다.

2009년 백두대간을 종주할 때 팀의 명칭이 '백두대간의 꿈'이었다. 백두대간의 꿈은 백두대간을 종주하는 것이었고, 그 꿈은 백두산 트레킹에서 완성했다.

용인국립공원탐방대의 꿈은 23개 국립공원을 한 달에 한 번씩 사계절로 나누어 92번을 탐방하는 것이다. 8년 가까이 걸리는 장엄한 프로

젝트다.

인생은 꿈이 있어야 한다. 꿈이 있다는 것은 정열의 샘이 솟고 희망의 태양이 빛나는 것이다. 아름다운 꿈은 삶을 즐겁게 한다. 사람들의 마음에 있는 꿈은 제각기 다르다. 가는 길이 다르고 걷는 걸음걸이가 다르기 때문이다. 꿈속에는 기쁨도 슬픔도, 즐거움도 걱정도 있다. 꿈이 차야 삶이 아름답다. 가슴에 꿈이 차야 역동적인 삶을 살 수 있다. 영혼에 꿈을 채워야 진정한 삶의 의미를 알 수 있다. 꿈을 채우기 위해, 가슴과 영혼에 꿈을 가득 채우기 위해 낯선 거리를 오늘도 걷고 또 걸어간다. 주어진 오늘 하루도 치열하게 걸어간다.

인생의 가장 큰 위험은 모험의 배짱이 없는 것이다. 배짱으로 살아야 한다. 모험을 떠나야 한다. 풍랑을 두려워 말아야 한다. 낯선 시간과 공간의 세계를 경험해야 한다. 주위를 밝히는 촛불이 되려면 제 몸을 녹여야 한다.

2015년에 92세로 세계 최고령 여성 마라톤 완주자가 된 미국 샌디에고의 톰프슨 할머니는 76세 때 처음 마라톤을 시작했다. 이후 매년 마라톤에 출전했다. 그녀는 말했다.

"내가 할 수 있으면 모든 사람이 다 할 수 있다고 생각합니다. 나는 한 번도 달리기 트레이닝을 받아 본 적이 없거든요."

평화와 행복을 자급자족하기 위해서 가장 우선적으로 챙겨야 할 것은 건강이다. 건강은 평화와 행복을 위한 기본적인 발판이자 지름길이다. 체력은 자신의 생명력과 비례한다. 체력을 다지는 것이야말로 자신의 생명력을 연장하는 최고의 방법이다. 운동은 강력한 효과를 가진 보약이다. 운동하는 습관은 조금이라도 젊었을 때 기르는 것이 좋지만 늦은 때는 없다. 사람은 이르면 30대부터 근육이 감퇴하기 시작하는데, 40대, 50대에서 가장 큰 변화가 일어난다. 노년에는 관절이나 근육의 퇴행, 균형 감각의 저하로 고통을 겪는다. 이러한 증상을 호전시킬 수 있는 최고의 보약은 운동이다.

그중에서도 걷기는 살아 있는 존재의 특권이다. 걷기라는 숭고한 예술의 특권을 실천에 옮기는 사람은 신의 은총을 받은 존재다. 광활한 바다를 바라보며 바람과 파도를 벗 삼아 걸을 수 있는 사람, 새들의 흥겨운 노랫소리 들려오는 숲속을 걸을 수 있는 사람은 분명 축복받은 존재다. 자연 속에서 만끽할 수 있는 자유, 걸어서 바다와 들판을 지나 야생 속으로, 야생의 삶을 살 수 있다면 그 자체가 하루의 모험이자 탐험이다. 해가 떠오르면 걷고 해가 지면 걸음을 멈추는 것은 살아가는 지혜로운 방법이다. 예로부터 우리 조상들은 역마살(驛馬煞)을 최악의 팔자라 여겼다. 정착하지 못하고 부평초처럼 떠도는 삶은 신산하다. 혹시 점집에 가서 "역마살이 끼었어!"라는 말을 들으면 당장 얼굴이 일그러졌다. 하지만 21세기는 노마디즘이 새로운 코드로 떠올랐다. 유목민, 유랑자는 필연적으로 가난할 수밖에 없었지만 따뜻하고 낙천적인 삶, 버리고 비울수록 풍요로워진다는 역설이 있었다. 코앞에 놓인 이익에 눈멀지 말고 한 수 접고 넓게 보면 비로소 눈앞에 펼쳐진 광활한 평원을 볼 수 있다.

인생의 길이는 여행의 길이와 같다. 인생의 끝은 여행의 끝이고 최후의 여행은 인생 여정의 끝이다. 여행에는 낭만이 있다. 현실주의자는 결코 로맨티스트가 될 수 없다. 로맨티스트로 살고자 하면 현실을 박차고 여행의 길을 떠나야 한다. 나는 죽는 날까지 영원한 로맨티스트로 살고 싶다. 오쇼 라즈니쉬(1931~1990)의 말이다.

"여행은 당신에게 적어도 세 가지의 유익함을 줄 것이다. 첫째는 세상에 대한 지식이고, 둘째는 집에 대한 애정이고, 셋째는 자신에 대한 발견이다."

1960년대 라즈니쉬는 철학 교수로서 인도를 돌아다니며 대중 강연 활동을 폈다. 마하트마 간디 및 기성 종교에 반대하고 성에 대한 개방적 태도를 지지하여 논란을 일으켰던 라즈니쉬는 1970년경부터는 성령 지도자로서의 활동을 시작했으며 성경, 불경, 코란, 우파니샤드, 노자, 장자 등 동서양의 경전 및 성자들의 가르침을 재해석하는 설법이나 출판 활동을 하였다. 그의 묘비명이다.

"나는 이 세상에 태어나지도 않았다. 죽지도 않았다. 지구라는 행성에 잠시 왔다 갔을 뿐이다."

솔향기 물씬 나는 솔향기길을 걸어간다. '추운 겨울이 되고 나서야 소나무와 잣나무가 푸르게 남아 있음을 안다'는 추사 김정희의 세한도(歲寒圖)가 스쳐 간다. 솔향기길은 천혜의 해양경관을 감상하며 피톤치드 그윽한 솔향과 바다 내음, 숲 소리와 파도 소리를 들으며 자연에 흠뻑 매료되어 걷는 길이다. 소나무가 우거진 산길을 따라 '솔아 솔아 푸르른 솔아'를 노래하며 길을 간다.

소나무는 원래 솔나무라 불리었다. 솔(率: 거느릴 솔) 자는 으뜸이란 뜻이며, 나무 중의 으뜸 되는 나무가 바로 소나무란 의미다. 예전에 아기가 태어나면 솔가지를 끼워 대문에 금줄을 달았고, 솔잎으로 송편을 쪄먹거나 송진 또한 기름으로 썼으며, 산간초막 기둥과 대들보가 되어 우리 민족과 같이한 나무다. 소나무는 우리나라 어디에서나 잘 자라며, 줄기 윗부분의 나무껍질은 적갈색이며, 잎은 2개씩 짧은 가지에 붙는다.

곰솔(흑송, 해송)은 중부 이남의 해안가에서 주로 자란다. 잎이 2개이고, 소나무 잎보다 굵다. 나무껍질이 검은 것이 특징이다. 리기다소나무는 북아메리카가 원산지이다. 잎이 3개이며 큰 줄기에서도 잎이 나오는 것이 특징이다. 백송은 중국이 원산지이다. 나무껍질의 흰 얼룩이 특징이며 잎은 3개씩 모여난다.

푸른 바다에 간간이 햇살이 반짝인다. 아름다운 세상, 아름다운 여행, 아름다운 인생이다. 아름다움은 한자로 미(美) 자라고 쓴다. 착할 선(善) 자와 양(羊) 자와도 닮았다. 아름다움은 양처럼 온순하고 착하다. 한 걸음 한 걸음, 걸음마다 육신의 정욕, 안목의 정욕, 이생의 자랑을 버리고 착하고 순결해지고 영혼이 아름다워진다.

형과 아우는 멋진 경관에 연신 환호를 한다. 여섬해변에 작고 아담한 여섬(餘島)이 보인다. 솔향기길의 노을 명소로, 꽤갈섬이라고도 부른다. 여섬은 이원방조제 축조로 제방 안에 있는 섬은 육지화되고 단 하나 남은 섬이 되었다. 먼 옛날 선인들이 지명을 지을 때 이 섬이 유일하게 하나만 남게 될 것을 예견하고 남을 여(餘)자를 붙여서 여섬이라고 이름을 지었다고 한다.

솔향기길에서 전망이 가장 좋기로 유명한 가마봉전망대에 도착한다. 가마봉은 썰물일 때 배를 타고 파도가 넘실대는 갯바위를 바라보면 갯바위의 모양이 가마와 같다고 해서 가마봉이라고 붙여진 지명이다. 새색시가 가마를 타고 가마봉에서 결혼하면 행복하게 잘 산다고 전해진다. 가마봉에서 날씨가 좋은 날은 인천대교가 보인다는데, 우와! 인천대교가 보인다.

앞에 보이는 선갑도는 우리나라에서 제일 큰 무인도이다. 선갑도 주변에 덕적도, 자월도, 승봉도, 울도, 백아도, 굴업도가 병풍처럼 펼쳐져

있다. 아름다운 경관에 취해 물아일여의 상태가 된 나그네가 바다를 향해 '미타쿠에 오야신!'이라며 인사를 한다. 바다는 '하쿠나 마타타!(다 잘될 거야!)'라면서 하얀 이를 드러내며 웃는다.

가마봉에서 내려와 칠자화동산을 지나간다. 꽃이 한 줄기에 일곱 송이가 핀다 하여 칠자화라고 한다. 늦여름부터 초겨울까지 흰색 꽃이 진 후 붉은색 꽃이 피어난다. 태안절경천삼백리 솔향기길에서 어느 시인이 '솔향기길' 노래를 부른다.

가을빛 짙게 물든 날 / 숨 몰아쉬며 / 만대길을 찾는다. / 그리도 멀다던 / 천년을 숨어 / 자태를 감추었던 / 만대 솔향기길 사이로 / 솔바람 정겹고 / 갯바람 추억 만든다. / 하늘 가려 울창한 곰솔나무 / 낯설은 이 맞이하는 파도 소리 / 굽이돌아 절경이라 흐르는 / 꾸지봉보다 더 진한 / 감동의 빛깔이여 / 오늘 / 가슴 어린 추억과/ 그리운 정들 / 소용돌이치는 만대항에서 / 배낭 속에 담아 온 그리움 / 다 쏟아 놓고 / 하늘, 바다 빛 고운 날 / 수억 동 마을 꿈이 있는 / 만대, 솔향기길 걷는다.

솔향기길은 이원면 만대항에서 시작해 태안읍의 백화산에 이르는 총 51.4km, 5개의 코스로 조성된 해안 탐방길이다. 해안선과 소나무 숲을 따라 걸으며 태안의 아름다운 자연경관과 역사 문화를 만날 수 있다. 매년 10월이면 자연과 예술이 조화를 이루는 만대마을에서 솔향기길 축제가 열린다.

매년 1월 1일이면 새해 해맞이축제가 열리는 당봉전망대를 지나서 드디어 남쪽으로 커브를 틀어 만대항으로 향한다. 수인등대와 삼형제바위를 바라보면서 산길을 내려가서 잘 단장된 나무 데크를 따라 걸어간다.

16시 54분, 드디어 만대항에 도착했다.

73코스

용인국립공원탐방대

만대항에서 누리재버스정류장 11.7km

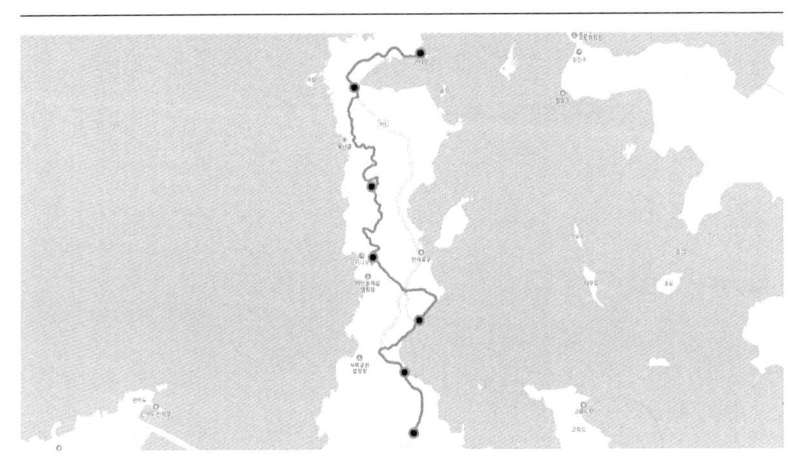

만대항 > 모째골버스정류장 > 후망산 > 솔향기길캠핑장 > 누리재버스정류장

12월 1일 목요일 9시 30분, 만대항에서 73코스, 솔향기길 2코스를 시작한다. 73코스는 백화염전저수지, 만대어촌체험마을, 장구도를 지나서 누리재버스정류장에 이르는 구간이다.

12월의 첫날, 걷기 39일째다. 어제보다 기온은 내려갔지만 바람이 없어서 걷기에 좋다. 맑고 푸른 하늘과 바다가 펼쳐진다.

태안 이원반도 최북단 항구 만대항에서 용인국립공원탐방대 6명이 보무도 당당하게 걸어간다. 아침에 용인에서 찾아온 세원, 봉현, 정화 아우가 함께 걸어간다. 출발부터 웃음꽃이 활짝 피었다.

태안의 땅끝마을로도 불리는 만대항은 태안의 푸근한 정취가 고스

란히 느껴지는 지방 어항이다. 솔향기길의 시작점으로 선상 낚시의 명소이다. 예전에는 작은 배 몇 척이 있는 포구였으나, 배들이 점점 많아지다 보니 2004년 어촌 정주항으로 지정되었고, 2010년에는 지방 어항으로 승격되었다. 가로림만을 사이에 두고 바다 건너편에는 서산 벌천포와 마주 보고 있고, 거리가 가까워서 벌천포와 대산산업단지, 독곶리 황금산이 보인다.

갈대잎이 햇살에 반짝이며 빛을 발한다. 시원한 공기가 폐부를 찌르며 기분도 상큼하다. 이 좋은 날, 마음을 열고 열린 세상을 즐겁게 걸어간다. 살아 있다는 것, 그것은 하나의 기적이다. 행복은 살아 있음을 느끼는 것이다. 진정한 행복은 먼 훗날에 이룰 목표가 아니라 지금 이 순간 존재하는 것, 그럼에도 누군가는 행복을 찾아 과거로 달려간다.

'왕년에 이렇게 잘나갔는데…….'

누구는 미래로 달려간다.

'이다음에 이렇게 살 것이다!'

하지만 과거는 지나간 세월, 미래는 오지 않는 내일이다. 행복은 언제나 오늘, 이 순간에 있다. 행복은 미래의 목표가 아니라 현재의 선택이다. 지금 이 순간 여기에서 행복하기로 선택한다면 나는 행복하다. 일체유심조라, 모든 것은 마음먹기에 달려 있다. 순간순간 어떤 마음으로 어떻게 살아야 할지 한눈팔지 말고 똑바로 살아야 한다. 한눈팔지 말고 똑바로 걸어야 한다.

인생 후반전을 유유자적, 멋과 낭만을 추구하는 용인국립공원탐방대와 동행하니 기쁘기 그지없다. 단풍을 보고 두근거린다는 건 마음에 단풍이 든다는 말이다. 단풍을 바라보면서 마음에도 단풍이 드니 단풍

과 마음이 하나의 단풍이 된다. 단풍 든 마음끼리 마음이 맞아 함께 길을 간다. 사마천은 말한다.

"한 번 죽었다가 살아나 보면 친구의 우정을 알 수 있고, 한 번 가난했다 한 번 부해지면 사귀는 태도를 알 수 있고, 한 번 귀해졌다가 한 번 천해지면 사귀는 진심이 드러난다네."

질풍경초(疾風勁草)라, '금은 불로써 시험되고, 우정은 곤경에서 시험된다'는 속담이 있다. 세찬 바람이 불어야 강한 풀을 알 수 있다. 모진 바람이 불어야 억센 풀인지 아닌지를 알 수 있다. 시련은 진정한 우정을 가르는 리트머스 시험지와도 같다. 사람은 역경에 처하면 진짜 자신의 모습이 나타난다. 진정한 친구가 곁에 있다면 인생의 모든 것을 잃는다 해도 아직 잃은 게 아니다. 잃은 것이 있다면 그것은 원래 내 것이 아닌 쭉정이였을 뿐이다.

산길은 사람들이 다니지 않으면 잡초가 무성해진다. 우정은 자주 오가지 않으면 없어져 버리는 산길과 같다. 우정은 식물과 같아서 정성들여 가꾸어주어야 한다. 우정은 천천히 자란다. 연애가 한순간 뜨거워진다면 그런 우정은 뿌리가 없다. 사랑이 한여름의 장대비라면 우정은 봄날의 이슬비나 가을날의 가랑비와 같다. 내가 먼저 주어야 받을 수 있는 것, 우정은 먼저 내가 좋은 친구가 되어야 좋은 친구를 얻을 수 있다. 관포지교, 빈천지교, 간담상조, 문경지교, 백아절현, 지음(知音), 금란지교, 지어지교, 수어지교, 단금지계, 교칠지교, 죽마고우, 죽마지우, 막역지우 등 우정을 나타내는 말도 많지만, '백두여신(白頭如新)'처럼 머리가 희어질 때까지 사귀었으나 여전히 낯섦으로 마음을 터놓고 서로 이해하지 못하는 만남도 있다.

후망낙조로 유명한 후망산(145m) 산길을 걸어간다. 어느덧 뒤에 오는 일행들은 보이지 않는다. 나 홀로 내 속도대로 걸어온 것이다. 후미가 보일 때까지 나무 아래에서 잠시 기다린다. 나무의 고마움이 밀려온다. 나무는 산소를 만들어 낸다. 나무가 없으면 숨을 쉴 수 없다. 나무는 새들의 집이다. 나무가 없으면 동물뿐 아니라 인간도 살 수 없다. 나무 그늘 아래에서 사랑을 속삭이고 친구를 만난다. 어떤 이는 나무 아래에서 우주의 실체를 깨닫는다. 부처는 사라수나무 아래에서 태어나서 보리수나무 아래에서 '깨친이', 곧 부처가 되었다.

'함께, 따로!', '혼자, 같이!' 걸어가는 길, 인생은 속도가 아니라 방향이다. '명성은 조정에서 다투고 이익은 저잣거리에서 다툰다', '명성을 얻으려면 벼슬로 가고 이익을 얻으려면 장사로 가라'고 하지 않던가. 인생은 내 발걸음대로 걸어야 한다. 생각하면서, 내 생각대로 살아야 한다. 생각하면서 살지 않으면 남의 생각에 휘둘리며 살아야 한다. 현인들은 '내 머릿속에 남의 생각들로 가득 차 있다'고 탄식한다. 사람들은 자기가 누구인지를 모른다. 제 생각이 아니라 남의 생각대로 살아가고 있다. 나의 인생을 남의 생각대로 살아서는 안 된다. 내 생각대로 내가 재미있고 의미 있어야 한다. 사람들은 묻는다.

"어디 가면 재미있어요?"

나그네는 되묻는다.

"무엇을 재미있어하세요?"

세상은 놀이터, 사소한 재미가 진짜다. 소확행, 아주 사소하게 즐길 줄 아는 사람이 진짜 행복하다.

월요일에는 달(月)이 떴으니 달빛기행을 하고,

화요일에는 불(火)이 났으니 불꽃놀이를 하고,

수요일에는 물(水)이 흐르니 바다나 강으로 가고,
목요일에는 나무(木) 우거진 숲길을 걷는다.
금요일에는 돈(金)이 있으니 복을 쌓고,
토요일에는 흙(土)을 밟으며 왔던 길을 생각하고,
일요일에는 해(日)를 바라보며 안식을 누린다.

일행들이 다가온다. 보이지 않는다고 없는 것이 아니다. 나는 외롭지 않다. 나는 결코 외롭지 않다. 세상에 버림받아서 홀로인 것이 아니라 내가 잠시 세상을 떠나온 것이다. 성철 스님의 동자승이 푸념을 했다.

"스님, 왜 우리는 울타리를 쳐 놓고 갇혀서 둘이서만 산속에 사는 겁니까?"

스님은 대답했다.

"이놈아, 우리가 울타리 안에 갇혀 있는 것이 아니라 우리가 세상을 울타리 안에 가두어 놓고 둘이서만 밖에서 자유롭게 사는 것이니라."

방랑의 멋이 깊어 간다. 평생을 두고 하고 싶은 것이 방랑이다. 걸을 수 있는 그날까지 대한민국 구석구석을 걸어 다니리라 생각하니 생각만 해도 즐거움이 밀려온다. 방랑과 풍자의 시심으로 한평생을 살아간 김삿갓, 새도 짐승도 제집이 있는데 하루하루 떠돌다가 낯선 곳에서 하룻밤 머리 누일 잠자리가 있을까 찾아다니며 술 한 잔에 시 한 수를 읊으며 떠다니던 김삿갓도 세상을 벗으로 살았다.

역사 속의 나그네 중에는 아주 드물게 여성도 있다. 바로 황진이다. 본명은 황진(黃眞, 1511?~1551?), 기명은 명월(明月), 화담 서경덕과 박연폭포와 더불어 송도삼절이다. 절색에 명창, 시재에도 능해 당대 최고의 명기, 조선 최고의 예술혼으로 평가받는 황진이는 수많은 기행과 파격

을 만들어 낸 전설적인 인물이지만 직접 사료는 전무하고 오직 야사로만 전해진다.

황진이는 말년에 모든 것을 버리고 금강산을 비롯하여 전국 방방곡곡을 만행(萬行)하며 세상을 둘러보았다. 비록 기적에 몸을 담고 있었지만, 다른 기생들처럼 화려한 치장을 좋아하지 않았던 황진이는 관아의 주석에 나갈 때도 머리를 단아하게 빗는 게 고작일 뿐, 옷도 갈아입지 않았다. 이러한 황진이의 정신세계는 금강산 풍류기행을 통해서도 잘 나타난다.

황진이는 재상의 아들이라는 이생(李生)으로 하여금 시종도 없이 포의와 초립 차림에 행탁을 친히 메게 하고, 자신은 송낙을 쓴 채 갈삼(葛衫)을 입고 베치마에 짚신을 끌며 대지팡이를 짚고 금강산 유람을 떠났다. 나중에 노자가 떨어지자 모르는 선비들의 술판에서 노래와 춤을 팔아 술과 고기를 얻어다 이생을 먹이기도 하고, 절에서 동냥을 하거나 중들에게 자신의 몸까지 팔아 양식을 얻기도 했다. 황진이의 이런 기행(奇行)을 허균은 이렇게 기록했다.

"성격이 활달하여 남자 같았으며, 거문고를 타고 노래를 잘 불렀다. 일찍이 산천을 유람하다 풍악산, 태백산, 지리산을 거쳐 나주에 이르렀을 때, 고을 원님이 베푼 잔치에서 황진이는 떨어진 옷에 때 묻은 얼굴로 상석에 올라 이를 잡으면서 노래하고 거문고를 타면서도 부끄러운 기색이 전혀 없어 다른 기생들이 모두 기가 질렸다."

황진이는 평생 자신이 선택할지인정 선택 당하는 삶을 살지 않았다. 조선 여성들로는 상상도 할 수 없는 계약 동거도 했다. 선전관 이사종과의 6년간의 계약 동거가 그것이다. 첫 3년은 이사종의 집에서, 나중 3년은 황진이의 집에서 살다가, 약속한 6년이 되자 미련 없이 이별을 고

했다는 일화다. 대제학을 지낸 양곡 소세양은 황진이와 한 달 동거를 시작하며 호언장담했다.

"남자가 여색에 혹함은 남자가 아니다."

"제아무리 천하절색 황진이라 할지라도 딱 30일간만 동숙하면 터럭만큼의 미련도 없이 헤어질 수 있다."

하지만 한 달 동거 마지막 날, 소세양은 대장부의 체면을 헌신짝처럼 버리고 동거 기간을 며칠간 연장하고 말았다.

사람의 자취는 대개 길가에 남는다. 길에는 사람의 흔적이 있다. 길을 떠날 때면 마음이 설렌다. 가지 않은 길, 미지의 세상, 새로운 풍경이 기다린다는 사실에 가벼운 흥분과 기대감이 있다. 눈과 귀를 열고 세상을 호흡하면서 아직 가 보지 않은 저 길을 가면 신명이 난다. 더 빨리 더 멀리 더 좋은 것을 더 많이 차지하기 위해서가 아니라 길 위에와 저기 저 길 끝에 놓여 있는 새로운 세상을 더 많이 보고 듣고 느끼고 배우기 위해 낯선 길을 걸어간다. 삶의 쉼표를 즐기며 새로운 느낌표를 맛보는 도보여행, 길 위에서 삶을 현미경으로 확대도 해 보고 망원경으로 당겨 보기도 한다. 일상에서 탈출한 깨달음의 전율이 바람을 타고 뇌리를 스쳐 간다.

다시 꾸지나무골해수욕장을 지나서 도로를 건너 농촌을 지나간다. 추수가 끝난 빈 겨울 들판, 새들이 흩어진 낟알을 주워 먹다가 나그네의 눈치를 살핀다. 추수가 끝난 빈 들판은 아무도 찾지 않는다. 겨울 햇살만이 쏟아져 내릴 뿐이다. 다시 바닷가, 구름 한 점 없는 파란 하늘과 파란 바다가 어우러져 온 세상을 파랗게 물들인다. 물 위에 떠 있는 장구도를 바라보며 걸어간다.

11시 24분, 두 시간 만에 72코스를 마쳤다. 그때 들려오는 소리다.

"이게 뭐야, 난이도 보통, 거리 8.4km, 소요 시간 3시간이잖아!"

"그럼 세 시간인데, 두 시간 만에 한번도 쉬지도 않고 온 거야?"

"형님, 이거 너무하잖아요?"

항의가 빗발친다. 못 들은 척 고개를 들어 하늘을 바라본다. 맑은 하늘에 몇 조각 흰 구름이 나그네와 용인국립공원탐방대 일행들을 내려다보며 소리 없이 웃는다. 석양이 아름다운 것은 노을이 있기 때문이고, 인생이 아름다운 것은 추억이 있기 때문이다.

74코스

청산으로 가는 길

누리재버스정류장에서 청산리나루터 16.2km

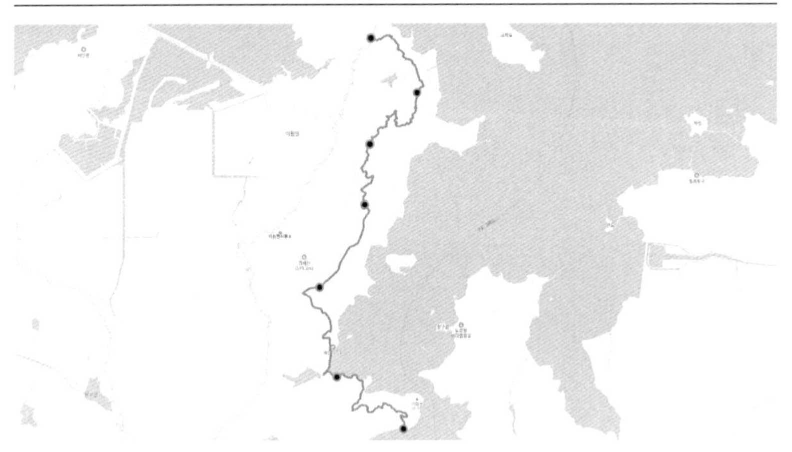

누리재버스정류장 > 노인봉 > 당산3리버스정류장 > 청산리나루터

11시 25분, 74코스를 시작한다. 74코스는 바다가 내려다보이는 노인봉, 국사봉, 마봉산을 지나는 고즈넉한 숲길을 걸어가는 코스로, 봉우리가 높지는 않으나 계속해서 산길을 걸어서 청산리나루터에 이르는 구간이다.

구름 낀 하늘, 임도를 따라 산길을 올라간다. 낙엽을 밟으며 걸어간다. 일행을 뒤에 두고 앞서서 나 홀로 걸어간다. 야생마처럼 빠른 걸음으로 나아간다. 험하고 거친 세상을 살아가기 위해서는 야생의 기질이 있어야 한다. 길들지 않은 야생마의 기질, 험하고 거친 산과 정글에서도 살아남을 수 있는 도전적이고 창의적인 정신, 기존의 질서와 가치를 넘어서 상황에 맞는 새로운 용기와 혁신이 있어야 한다. 길을 가며 노래한다. 이 길의 행복이 꿈이기를 노래한다.

꿈이기를
오늘 이 하늘 아래
길 위에 가득한 이 행복이
모두 꿈이기를

꽃이 핀 자리에 다시 꽃이 피고
낙엽이 진 자리에 다시 낙엽이 지는
자연의 섭리를 보고 깨닫는
이 지혜의 길이
꿈속의 꿈이기를

인생의 계절이 흘러가는
가을의 끝에서 겨울로 가는
아름다운 계절의 노래가
선율로 울려 퍼지는 이 길이
진정 꿈속의 꿈이기를

눈이 내리기 시작한다. 하얀 눈이 내린다. 우와! 모두들 함성을 지른다. 어제도 살짝 눈이 내렸는데 오늘은 눈발이 조금 더 굵다.

솔향기길 3코스, 노인봉 능선의 해맞이터에 이르러 바다를 바라보며 풍광을 감상한다. 이제는 하산길이다. 오늘의 목적지는 청산리나루터다. 청산(靑山)은 말만 들어도 가슴 설레는 정든 고향집 뒷산의 이름이다. 내 인생의 성지요 추억의 본거지다.

오늘은 어제의 미래다. 오늘은 내일의 과거다. 역사는 시간과 공간, 인간이라는 세 사이(間)의 조화 과정에서 전개되고, 인간의 삶은 시간과 공간을 종횡으로 교차하는 지점에서 움직인다. 생물학적 사람은 세상이란 공간에 태어나는 순간 시간의 길, 공간의 길, 인간의 길을 간다. 그 길 끝에는 청산이 있다. 청산은 시작이고 마지막이다. 청산은 고향

이고 어머니다. 청산은 삶이고 죽음이다. 산다는 것은 청산으로 가는 길이다.

2007년 1월 2일, 한파주의보가 내린 날씨에 '청산으로 가는 길' 260km 첫 도보여행을 시작했다. 그리고 8박 9일간 걸어서 청산에 도착했다. 도착하기 전 모교인 안동고등학교에 들렀다. 걸어서 교문을 들어섰을 때, 수많은 후배 학생들이 '김명돌 선배님 환영'이란 피켓을 들고 기다리고 있었다. 모교에는 내가 기증한 '청산학습실'이 있었고, 당시 나는 모교의 유명 인사였다. 교장실에서 '학생 1인당 책 한 권'에 해당하는 장학금을 기부하기로 하고 다시 청산으로 걸어갔다. 그리고 그 해 말 나는 『청산으로 가는 길』 첫 도보여행 책을 출간했다.

2008년 1월 1일, 청산 마당바위에서 새해 일출을 감상하고 회사가 있는 용인으로 가는 도보여행, 청산으로 가는 길을 다시 시작했다. 회사명은 세무법인청산(靑山)이었고, 청산은 고향만이 아니라 내가 살고 내가 걸어가는 도처가 청산이었다. 7박 8일간 걸어서 용인의 세무법인청산에 도착했다. 그리고 그날 저녁, '청산으로 가는 길'이란 상호를 가진 채식 요리 전문점에서 많은 지인들과 함께 축하연을 베풀었다.

청산으로 가는 길은 방랑자의 길이요 유목민의 길이다. 현실에서 벗어나 자유를 만끽하는 자유인의 길이다. 청산으로 가는 길은 자신의 역사를 돌아보는 길이다. 이미 쓰인 과거의 책을 보면서 미래의 책을 구상하며 현재의 책을 쓰는 여정이다. 청산으로 가는 길은 고향으로 가는 길이다. 새는 옛 숲을 그리워하고 고기는 옛 못을 생각한다. 고향은 영원한 힘의 샘이다. 청산으로 가는 길은 따뜻한 어머니의 품으로 가는 길이다. 청산은 이상향이고 무릉도원이다. 별유천지비인간의 유토피아다. 마음의 문을 열면 도처에 청산이 있다. 마음의 문을 여는 손잡이는 마음 안에 있다. 마음을 활짝 열면 닫혔던 세상의 문도 활짝 열리게 된다. 옛 스님의 글이다.

옳거니 그르거니 상관 말고
산이든 물이든 그대로 두라.
하필이면 서쪽에만 극락세계랴.
흰 구름 걷히면 그곳이 청산인 것을.

이원면 당산리, 갯벌이 펼쳐진다. 하늘은 점점 흐려지고 기온은 쌀쌀하다. 눈발이 간간이 내린다. 모두가 신명이 나서 웃음꽃이 만발한다. 입에 곰팡이가 생길 정도로 나 홀로 걷던 침묵의 서해랑길이 오늘은 시끌벅적하다. 내가 걷고 있는 곳이 교실이며 내가 보고 있는 자연이 서재이고 내가 지금 이야기를 나누는 사람이 도반이다. 바람의 철학이다. '예언자'가 노래한다.

함께 서 있으라, 허나 너무 가까이 서 있지는 말라.
고슴도치의 사랑처럼 적당히 거리를 유지하고
영혼의 기슭 사이에 출렁이는 바다를 놓아두라.
함께 노래하고 춤추며 걸어가되, 각자는 고독하라.
비록 하나의 음악을 연주할지라도 외로운 기타 줄들처럼.

용인국립공원탐방대 총무인 막내 정화가 미리 농촌 아주머니의 허락으로 비닐하우스에서 라면을 끓이고 점심을 준비했다. 따끈따끈한 난로 옆에서 막걸리를 곁들여 국물로 속을 데운다. 신선놀음이 따로 없

다. 시골 아주머니 두 분이 매일 같이 걷기 운동을 한다며 지나가는 길에 비닐하우스로 찾아왔다. 마음씨 고운 주인이었다.

점심 식사를 하고 세 사람이 걸어간다. 나머지는 포기하고 승용차로 먼저 숙소로 갔다. 반대편에서 비슷한 행색의 두 사람이 걸어온다. 서해랑길을 걷고 있다는 말에 동지애를 느껴서 반갑게 이야기를 나누다가 사진 촬영을 하고 다시 길을 간다. 해남 땅끝에서부터 쉬지 않고 걸어왔다는 말에 놀라더니 며칠 후에는 유튜브에 글을 올렸다. 만나고 헤어지는 길 위의 인연들, 모두가 각자의 길을 걸어간다. 새섬리조트를 지나고 서해랑길 쉼터에 도착한다. 황진이가 벽계수를 유혹하며 노래한다.

청산리 벽계수야 수이감을 자랑 마라
일도창해하면 다시 오기 어려우니
명월이 만건곤할 제 쉬어 간들 어떠리

청산으로 가는 길, 김삿갓이 어느 고을을 지나다가 그 지방 태수가 매를 잡았다가 놓치고 아랫것들에게 다시 매를 잡아 오라고 호통치는 것을 보고 태수를 희롱하며 청산을 노래한다.

청산에서 얻어(得於靑山) 청산에서 잃었으니(失於靑山)
청산에게 물어볼 일(問於靑山) 청산이 대답하지 않거든(靑山不答)
청산이 죄가 있으니(靑山有罪) 청산을 잡아 대령하렷다.(捕來靑山)

김삿갓이 날이 저물어 하룻밤 신세를 질까 하고 가난한 시골집 문을 두드렸다. 주인 남자는 "묵으실 수는 있겠으나 누추하여 모시기가 부끄럽습니다." 하면서 들어오라고 했다. 그리고 내어 온 밥상은 멀건 죽 한 그릇에 김치 한 조각이었다. 금실 좋은 부부는 연신 웃으며 행복해했다. 다음 날 김삿갓은 떠나며 시 한 수를 남겼다.

네 다리 소반 위에 멀건 죽 한 그릇
하늘에 뜬 구름 그림자가 그 속에 함께 떠도네.
주인이여, 면목 없다 말하지 마오.
나는 물속에 비치는 청산을 좋아한다오.

난고 김병연, 김삿갓은 시인이다. 시인은 시인이되 방랑시인이요 천재 시인이다. 그는 전국 팔도를 떠돌며 접했던 사람이나 자연에 대해 노래했다. 역적의 죄를 범했던 할아버지 김익순을 향해 과거시험장에서 성토를 했기 때문에 하늘을 보고 살 수가 없어 큰 삿갓으로 얼굴을 가린 채 그는 홀연히 집을 떠났다. 노모와 처자식까지 있었지만 모든 것을 뒤로하고 길을 떠났다. 김삿갓은 모든 욕망을 떨쳐버린 사람은 과연 어떤 생각을 갖고 평생을 살았는가, 하는 본보기가 되어 준다.

영원한 삶을 사는 사람은 아무도 없다. 누구나 죽는다. 그러므로 인간은 이 세상에 잠시 왔다 가는 나그네와 같다. 십 년을 산 사람도 백 년을 산 사람도 우주의 영겁에 비하면 한순간에 지나지 않는다. 그러나 사람들은 그 사실을 쉽게 깨우치지 못한다.

멀리 청산나루터가 보인다. 세상살이에 초탈하는 길은 세상 속에 있고 마음을 깨닫는 길은 마음속에 있다고 하지 않는가. 청산에서 청산으로 가는 길을 바라본다. 마음속의 청산이 손을 들어 반긴다. 청산의 나무가, 청산의 하늘이, 청산의 추억이 보인다. 방랑의 여정이 아름다운 추억으로 다가온다. 충주 목계나루터의 표석에 새겨진 신경림 시인의 「목계장터」가 스쳐 간다.

> 하늘은 날더러 구름이 되라 하고 / 땅은 날더러 바람이 되라 하네 / 청룡 흑룡 흩어져 비 개인 나루 / 잡초나 일깨우는 잔바람이 되라네.
> (후략)

15시 25분, 드디어 가로림만 원북면 청산리 청산나루터에 도착했다. 청산나루터에서 숙소까지 거리는 약 2km. 다시 숙소를 향해 걷기 시작한다. 태우기 위해 온 차를 돌려보내고 계속해서 걸어간다. 광섭 형님의 멋진 도전, 평생 처음 '30km, 4만 보 걷기'에 도전이다. 숙소 앞을 지나쳐서 계속해서 걸어간다. 드디어 목표 완수, 69세의 나이로 생애 최초로 '30km 4만 보 걷기'에 성공했다. 생애 최고의 날, 케이크 대신에 초코파이에 성냥불을 꽂아서 함께 축하 노래를 부르며 기뻐했다. 청산나루터에 '청산별곡'이 울려 퍼진다.

75코스

청산별곡

청산리나루터에서 구도항 20.8km

청산리나루터 › 반계저수지 › 용주사 › 어은리마을회관 › 구도항

12월 2일 금요일 7시 30분, 74코스를 시작한다. 74코스는 청산리나루터에서 시작하여 반계저수지, 용주사 등을 지나서 서산 팔봉면 구도항에 이르는 한적한 구간이다. 걷기 40일째, 1,200km를 돌파하는 날이다. 태안의 서해랑길 열한 개 구간을 모두 걷고 서산으로 들어간다.

여명이 밝아 오는 아침, 모두 다 떠나가고 다시 나 홀로 길을 나선다. 고요하다. 적막감이 스쳐 간다. 오늘도 기적 같은 하루가 시작된다. 내가 일으키고 싶은 기적은, 하늘을 나는 것도 물 위를 걷는 것도 아니다. 오늘은 동쪽으로 내일은 서쪽으로, 그리고 남쪽으로 북쪽으로 바람이 부는 대로 하루하루 유유자적 길 위를 걸어갈 수 있다면 그것이 바라는 바, 기적이다. 오늘 또 하루 멋진 기적이 시작된다. 즐거운 인생이다. 청산나루터에서 청산별곡이 흘러나온다.

살어리 살어리랏다. 청산에 살어리랏다.
머루랑 달래랑 먹고 청산에 살어리랏다.
얄리 얄리 얄랑셩 얄라리 얄라.

우러라 우러라 새여 자고 니러나 우러라 새여
널라와 시름한 나도 자고 니러 우리노라.
얄리 얄리 얄랑셩 얄라리 얄라.

자고 일어나 우는 새처럼 나그네도 또 한날의 시름 대신 기쁨에 젖어 운다. '얄리 얄리 얄랑셩 얄라리 얄라' 흥겹게 노래를 부르며 걸어간다. 새는 우는 걸까, 웃는 걸까. 울면서 노래하는 걸까. 웃으면서 노래하는 걸까.

장자가 혜시와 함께 물고기가 즐거운가, 아닌가를 논하는 '어락(魚樂)' 이야기가 스쳐 간다. 중요한 것은 우주의 주인공인 내가 웃고 내가 즐겁다는 것, 나그네가 오늘은 청산에서 청산으로 가는 서해랑길을 시작한다. 나옹선사의 노래를 부르며 길을 간다.

청산은 나를 보고 말없이 살라 하고
창공은 나를 보고 티 없이 살라 하네
탐욕도 벗어놓고 성냄도 벗어 놓고
물같이 바람같이 살다가 가라 하네

원북면 청산리에서 홀로 걷는 기쁨을 누린다. 사람 '인(人)' 자는 홀로 살 수 없기에 서로 기대 있는 형상이다. 어질 '인(仁)' 자는 두 사람이 나란히 걸어가고 있는 형상이다. 더불어 살아가는 기쁨은 나 자신이 있어 가능하다. 내가 평화로워야 남에게 평화를 나눠 줄 수 있다. 우주의 중심은 바로 '나', 나 자신이다.

허전함이 밀려온다. 있는 자리는 표시 안 나도 없는 자리는 표시가 난다고 하던가. 있다가 없으니 공허함이 밀려온다. 만남은 기쁨이고 이별은 슬픔이다. 기쁨이란 가면 뒤에는 언제나 슬픔이 있다. 존재 내부로 슬픔이 깊이 파고들면 들수록 기쁨은 더욱 커진다. 도공의 가마 속에서 뜨겁게 구워진 그 잔이 바로 포도주를 담는 잔이고, 칼로 후벼 파낸 바로 그 나무가 영혼을 달래는 소리를 내는 그 피리가 아닌가. 기쁠 때 가슴을 깊이 들여다본다. 그래, 그 가슴이 슬픔을 주었던 바로 그 가슴이다. 슬플 때 가슴을 깊이 들여다본다. 그래, 그 가슴이 기쁨을 주었던 바로 그 가슴이다. 기쁨과 슬픔은 함께 오는 것, 한편이 홀로 식탁 곁에 앉을 때면 다른 한편은 침대 위에 잠들어 있다. 몸에게 물어본다. 세포 속에 있는 DNA에게 물어본다.

"이봐, 지금 어떻게 느끼고 있나?"

"어떻게 생각해?"

"이봐, 괜찮아?"

고요한 영혼으로 살며시 기도한다. 탄생과 죽음, 그사이에 일어나는 생의 일들 위에 신의 축복이 함께하기를.

'이슬이 모여 숲을 이루는 만' 가로림만(加露林灣) 바다 건너 멀리 산 너머에 붉은 기운이 감돌더니 태양이 모습을 드러낸다. 세상이 환하게 밝아 온다. 구름이 아름답게 물들고 농촌 지붕과 들녘에 평화가 찾아든다. 태양과 구름과 바다와 산과 하얀 갈대가 신묘한 아침을 연출한다.

여명이 아름다운 것은 하루를 시작하는 미지의 싱그러움이 있기 때문이고, 황혼이 아름다운 것은 하루의 세상을 두루두루 돌아본 완숙함에 비롯된다. 태양이 이글이글거리는 한낮의 아름다움은 불타오르는 열정이 있어서다. 아침노을이 빛깔 곱듯이 저녁노을 고운 빛깔은 얼마나 아름다운가.

외로운 방랑자는 하루하루 광야에 상상의 초당을 짓고 황혼이면 날마다 새로운 초당에서 잠을 청한다. 잠 속에서도 잠들지 못하는 나그네가 안식이라는 닻에 걸리지도, 길들여지지도 않고 휴식의 돛대를 삼아 새로운 바다로 항해한다. 안락에의 열망은 영혼의 정열을 죽이는 것, 죽음의 길로 이죽이며 걸어가는 것, 나그네는 안락 지대에서 불편지대로 나아간다.

세계 최초로 코리아둘레길 만 리길을 완주하려는 나그네가 서해랑길을 걸어간다. 『서유기』에는 "산이 높다 하여도 그 산을 넘어가는 사람이 있고, 강물이 깊어도 배로 그 강을 건너는 사람이 있다."고 한다. 아무리 길이 험하고 멀어도 그 길을 걸어가야 하는 숙명을 지닌 사람들이 있다.

당나라 때 현장은 627년에 실크로드 출발지인 장안을 출발하여 645년 1월 귀환하기까지 17년 동안 서역, 인도 등 1백여 나라를 온갖 고난을 겪으며 경유하고, 마침내는 불교경전 600여 부를 가지고 돌아왔다.

신라의 승려 혜초는 723년부터 727년까지 4년 동안 인도 지역 다섯 천축국을 순례하고 당나라로 돌아와서 『왕오천축국전』을 기록했다. 실크로드 탐방에서 만난 우리 역사 최초의 세계인 혜초와 함께했던 추억이 스쳐 간다.

등 뒤에 깃발이 세찬 바람에 펄럭인다. 깃발이 날리며 소리 내어 귓전을 때린다. 여섯 개의 깃발이 아우성을 친다. 태극기, 코리아둘레길, 해파랑길, 남파랑길, 서해랑길, 평화누리길 깃발이다. 4,500km 코리아둘레길의 깃발이다.

깃발은 상징이다. 『청산으로 가는 길』의 삼각형 깃발은 나그네의 최초의 깃발이다. 나그네에게 배낭은 소중하다. 배낭이 없다면 깃발을 꽂을 수 없다. 배낭에는 음료와 간식 외에도 여행에 필요한 물품들이 들어있다. 나그네에게 배낭은 짐이지만, 없어서는 안 될 소중한 짐이다.

등에 무거운 짐을 짊어지지 않고 살아가는 사람은 없다. 누구에게나 짊어지고 가야 할 인생의 짐이 있다. 벗어 놓고 싶어도 살아 있을 동안 벗어 놓을 수 없는 운명이다. 그래서 짐을 가볍게 해 달라고 기도하지 않고 양어깨를 더욱 튼튼하게 해 달라고 기도한다. 산을 오를 때 등에 진 배낭은 몸의 중심을 잡아 준다. 삶의 짐은 인생을 바르게 살도록 하는 귀한 선물이다. 짐이 있기에 인생은 더욱 성숙해진다.

배낭에 꽂힌 깃발이 펄럭펄럭 바람에 휘날린다. 나그네는 신들린 듯 즐겁게 걸어간다. 손이 시리다. 추위가 여전하지만 걷기 좋은 날씨다. 햇빛과 구름이 어우러져 계속해서 환상적인 풍경을 연출한다. 갈대들도 좋아서 춤을 춘다. 바람이 폐부를 시원하게 적신다. 옷을 좀 덜 입으면 육신이 태양과 바람을 만날 수 있다. 삶의 숨결은 태양 속에 있고, 삶의 손길은 바람 속에 있다. 바람이 숲속에서 상쾌하게 웃는다. 태양이 하늘에서 싱긋이 미소를 짓는다. 하나의 단풍도 온 나무의 이해 없이는 붉게 변하지 않고 하나의 낙엽도 온 나무의 말 없는 이해 없이는 떨어지지 않는다고 하지 않는가. 나그네의 발걸음 하나도 자연의 섭리, 신의 섭리 없이는 나아갈 수 없다. 나그네의 한 걸음 한 걸음도 온 우주의 이해 없이는 앞으로 나아갈 수 없다.

반계저수지를 지나서 이화산(171.7m)을 바라보며 선돌바위를 지나간다. 아직도 원북면 청산리, 태안절경천삼백리 솔향기길 5코스다. 가로림만 바다에 떠 있는 선돌바위는 본래 지금보다 크기가 훨씬 큰 형태이고, 신성시 여기는 바위였다. 그런데 일제강점기에 일본인들이 바위를 깨트려 배에 실어 어디론가 나르기 시작했다. 뒤늦게 이 사실을 알게 된 마을 주민들이 더 이상 바위를 깨트리지 못하게 힘을 합쳐 막아 내어 지금의 형태로 남아 있다. 선돌바위가 고마움을 표현하는 듯 마을을 바라보고 서 있다.

청산리오토캠핑장을 지나고 태안읍 석산리 백화산 흥주사를 지나고 삭선리생태공원을 지나서 갯벌이 드넓게 펼쳐져 있는 '한눈에 보고 느끼는 해안생태계' 가로림만 자연관찰로를 걸어간다.

'갯벌'의 '갯'은 바다이고, '벌'은 벌판을 뜻한다. 갯벌은 곧 바다가 썰물일 때 드러나는 모래, 진흙 등으로 이루어진 넓고 평평한 땅이다. 갯벌은 풍부한 생물자원의 요람이다. 다양한 생물이 서식하고, 바다 새의 중요한 산란지이자 서식지이다. 갯벌은 육상에서 유입된 각종 오염물질을 자연 정화 한다. 500마리의 갯지렁이는 하루에 한 사람의 배설물(2kg)을 정화하고, 바지락 1마리는 약 1.8리터의 물을 여과한다. 우리나라 갯벌은 1㎡당 평균 약 4천 원의 경제적 가치가 있는 것으로 추산된다. 가로림만 갯벌에 사는 생물에는 개불, 밤고둥, 낙지, 농게 등이 있다.

파란 하늘, 새 떼가 V자형으로 날아간다. 새들은 공기의 저항을 줄이기 위해 V자로 날아가면서 힘찬 응원가로 '꽁꽁꽁꽁' 소리를 낸다. 선두가 지치면 교대를 한다.

새들은 거친 바람을 안고 하늘을 날고, 나그네는 대지를 걸어간다. 나 홀로 여행은 나 자신을 용기 있게 만든다. 그 누구를 의지하지도 않고 오직 내 어깨에 짐을 지고 내 발길로 걸어가야 한다는 사실을 잊지 않는다. 없는 것을 욕심내지 않고, 소유한 것으로 만족하며 묵묵히 걸어간다. 나 홀로 여행은 자신이 행복해지는 길을 찾아 나아가는 구도자의 길이다. 여행의 길 위에서 어리석은 사람은 방황하고 현명한 사람은 방랑한다. 방황과 방랑은 다르다. 방황(彷徨)이 분명한 목표를 정하지 못하고 이리저리 갈팡질팡하는 것이면, 방랑(放浪)은 정한 곳이 없이 물 흘러가듯이 떠돌아다니는 것이다. 방황이 헤매는 것이면 방랑은 그때그때마다 스스로 목적지를 향해 나아간다.

드디어 '서산시 팔봉면' 이정표가 나타난다. 이제는 서산이다. 서산 아라메길을 걸어간다. 가로림만 바다 건너 청산나루터를 바라보며 걸어간다. 저기도 청산, 여기도 청산, 나그네 마음에도 청산이 있으니 처처에 청산이 아닌 곳이 없다. 나그네가 즐겁게 노래를 부르면서 걸어간다.

나는 꿈꾸었네. / 환희와 행복을 꿈꾸었네. / 청산에서 청산을 꿈꾸었네. / 언제나 내 그리움의 중심에 있는 / 청산을 꿈꾸었네. / 청산은 나의 동반자, / 나는 언제나 청산을 꿈꾼다네.

키르케고르는 "돈 5달란트를 잃어버렸다고 심각해지는 이들도 정작 자기를 잃어버린 데 대해서는 조금도 걱정하지 않는다."라고 한탄했으

태안절경
천삼백리
솔향기길

니, 청산으로 가는 길은 나를 찾아가는 길, 가는 곳마다 청산별곡을 노래하며 걸어간다.

파란 하늘과 파란 바다가 밝고 환하게 조화를 이룬다. 바다는 탁한 강물이라고 따지지도, 거절하지도 않는다. 태산은 한 줌의 흙도 사양하지 않는다. 해불양수요, 태산불사토양이다. 산고수장이다. 골이 깊으면 짐승이 모이고, 물이 깊으면 물고기가 노닌다.

노자는 '큰 나라는 강의 하류와 같다'고 했다. 강과 바다는 가장 낮은 곳에 있기에 모든 골짜기의 왕이 될 수 있다는 것이다. 천하를 안고자 하는 사람은 따지려는 마음을 갓끈처럼 끊어 버려야 한다. 품을 수 없는 것을 품는 사람은 모든 것을 품을 수 있다. 품을 수 없는 것을 품어야 진정한 승자가 된다. 넓은 도량을 지닌 지도자에게 천하는 스스로 품에 안긴다. 강인함은 나라를 반듯하게 세우지만 따뜻함은 사람들을 끈끈하게 결집시킨다. 충무공 이순신처럼 한 시대를 이끈 영웅들은 대부분 강하면서 부드럽다.

본시 '무(武)'라는 글자는 '창(戈을) 멈춘다(止)'는 뜻이다. 무(武)를 파자한 지과지무(止戈之武)는 후세 무인들의 거울이 되고 있다. 참을 수 없는 것을 참아 내는 용기, 초 장왕의 절영지연(絶纓之宴)을 어찌 잊을 수 있겠는가. 서해랑길 서산아라메길에서 가로림만의 푸른 바다를 바라보며 바다를 노래한다.

바다여! / 어찌하여 그대는 / 그리운 어머니처럼 / 그리도 가슴이 넓은가.
바다여! / 어찌하여 그대는 / 외로운 나그네처럼 / 그리도 왔다가 가는가.
바다여! / 어찌하여 그대는 / 성난 야수처럼 / 그리도 분노하는가.

바다여! / 어찌하여 그대는 / 고운 새색시처럼 / 그리도 얌전한가.
바다여! / 어찌하여 그대는 / 수십억 년을 살고도 / 싱그러운 청춘처럼 / 그리도 푸르른가.

11시 27분, 길에서 도(道)를 구하는 나그네가 드디어 구도항에 도착했다. 언제 식사를 할지 알 수 없는 서해랑길, 때마침 식당이 있다. 육신의 양식을 섭취하는 구도자에게 기쁨이 충만하고, 수염 긴 나그네의 행색에 주인 부부의 궁금증이 쉴 새가 없다.

14 서산~당진 구간 (76~83코스) 117.9km

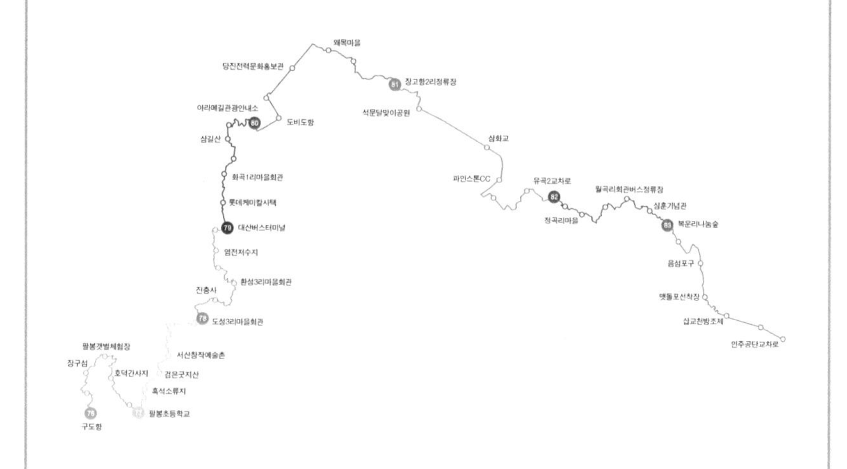

76코스

가로림만 범머리길

구도항에서 팔봉초등학교 12.9km

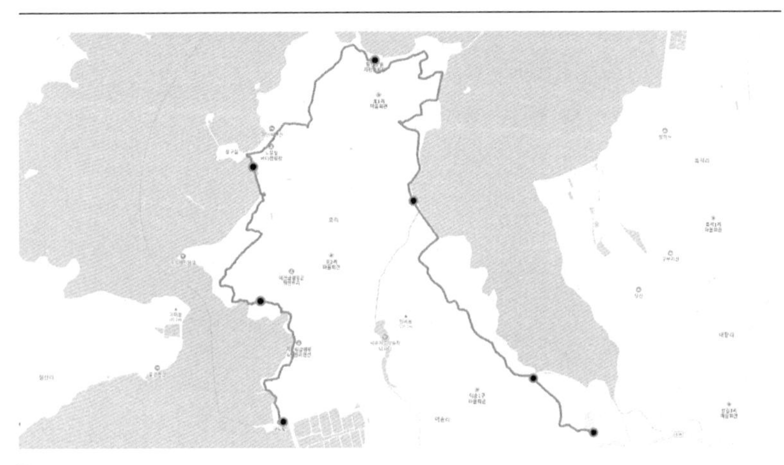

구도항 > 장구섬 > 팔봉갯벌체험장 > 호덕간사지 > 팔봉초등학교

정각 12시, 76코스를 시작한다. 76코스는 구도항에서 출발하여 장구섬, 팔봉갯벌체험장, 호덕간사지를 지나서 팔봉초등학교까지 걸어가는 어촌마을길, 갯벌, 숲길 등 다양한 길을 만나는 구간이다.

서산·당진 구간은 76~83코스로 118.2km이다. 서해안 바닷길과 산줄기 따라 굽이굽이 숨겨진 보물찾기를 하는 서산·당진 구간 해안선은 탁 트인 시원함을 내보이다가도 수줍게 숨어드는 변덕스러움이 있다. 이곳은 내륙 방향으로 서해랑길 지선을 품고 있다. 산길과 마을길이 이어지는 지선은 서해로 떨어지는 석양을 품은 부석사, 천주교 순교성지와 해미읍성, 삼국시대의 보물인 개심사와 마애삼존불상까지, 오천 년을 거슬러 오르는 시간을 따라가면서 잠시 마음을 내려

놓을 수 있는 순례의 길이다.

구도항이 조용하다. 예전에는 인천으로 가는 뱃길이 있었다고 하는데, 지금은 가로림만을 대표하는 섬인 고파도를 운행하는 배편이 하루 3번 운행되는 항구다.

그림자가 느릿느릿 여유 있게 앞장을 선다. 본격적으로 서산으로 접어들어 탐방을 시작한다. 구도자의 마음으로 구도항을 걸어간다.

석가는 보리수나무 아래에서 인생과 우주의 대 진리를 깨달았다. 29세에 출가하여 6년이 지난 35세 때였다. 그리고 열반에 드는 80세 때까지 45년 동안 주유천하하면서 진리의 말씀을 설했다.

유랑하는 군자인 공자는 35세에 자신의 뜻을 펼치고자 고국인 노나라를 떠났다가 돌아온 후, 55세에 황급히 다시 14년간의 주유천하를 떠났다. 68세에 돌아오기까지 공자는 좌절과 고통 속에서 고난과 위험에 처해서 상갓집 개처럼 한없이 떠돌아 다녔다.

선한 목자인 유목민 예수는 30세에 공생애를 시작하여 "다 이루었다!"는 말을 남기고 십자가에 못 박혀 죽기까지, 3년간 온 유대와 사마리아를 다니며 복음의 기쁜 소식을 전했다. 위대한 성인들의 공통점은 유랑자라는 사실이었다.

공사 중인 가로림만 범머리길 입구에 호랑이가 서 있다. 서산아라메길 4구간, 돌출된 산 모양이 제비부리(燕頭)를 닮았다고 해서 이름 붙여진 연두곶이를 지나간다.

아라메길은 노을이 머무는 바다와 바람이 쉬어가는 산이 어우러진 길이다. 자연이 주는 쉼표를 맛보며 아늑함과 포근함을 느끼는 길이다.

구도성 터를 지나간다. 가로림만으로 들어오던 해로를 관할했던 옛 성으로, 1516년경 높이 약 2.5m, 둘레 약 600m의 석성을 축성했다고 전해지는데, 지금은 그 흔적만 약간 남아 있다.

바다에서 바라보면 산의 모양이 마치 산양과 같다 하여 이름 붙여진 '산양포'를 지나서 옻샘에 도착한다. 백사장 모래밭에서 맑은 물이 사시사철 뽀글뽀글 솟아나는데, 바다 중간에 나는 물이 짜지도 않고, 여름에는 차갑고, 겨울에는 따뜻한 물이 항상 바다로 흐르고 있다.

전래동화 해님 달님이 된 남매 이야기를 스토리텔링 한 범머리길을 걸어간다.

"떡 하나 주면 안 잡아먹지!"라고 하는 호랑이와 "하느님, 저희를 살려 주시려거든 새 동아줄을 내려 주시고, 죽이시려거든 헌 동아줄을 내려 주세요!"라고 하는 어린 남매의 이야기가 들려오는 듯하다.

정채봉의 「바다가 주는 말」이 눈길을 끈다.

"인간사 섬 바위 같은 거야. 빗금 없는 섬 바위가 어디 있겠니. 우두커니 서서 어린 상처가 덧나지 않게 소금물에 씻으면서 살 수밖에."

별유천지비인간이라, 아름다운 경관이다. 정조 때 좌의정을 지냈던 유언호는 기복이 많은 삶을 살았다. 벼슬길의 잦은 부침은 진작부터 전원의 삶을 꿈꾸게 하였고, 어버이의 봉양을 핑계로 결국 사직했다. 그리고 한동안 조용히 묻혀 지내며 옛사람의 맑은 이야기를 뽑아 『임거사결(林居四訣)』, 곧 전원에 사는 네 가지 비결이란 책을 엮었다. 그가 꼽은 네 가지는 달(達)·지(止)·일(逸)·적(適)이다.

달(達)은 툭 터져 달관하는 마음이요, 지(止)는 그쳐 멈추는 것이다.

일(逸)은 은일(隱逸)이니 새가 새장을 벗어나 창공을 얻듯 틀틀 털고 숨는 것이고, 적(適)은 마음의 소리에 귀를 기울여 편안히 내맡기는 것이다.

도시에 지친 사람들은 늘 전원을 꿈꾼다. 하지만 그마저도 마음의 준비가 없으면 견디기가 어렵다. 유언호의 전원생활도 막상 그리 오래가지는 못했다. 그 마음속에 맑은 바람이 부는 한, 도시와 전원의 구획을 나누는 것은 의미 없는 일이 아닐까? 속계(俗界)에서 신선처럼, 선계(仙界)에서 속인처럼 사는 것은 그리도 어려울까? 오늘 나의 가는 길은 속계인가, 선계인가? 느림의 여유는 깊은 산속에 있는 것이 아니라 내 마음속에 있다. 마음이 고요하면 티끌세상도 푸른 산속이다.

한 걸음 한 걸음이 천 리를 이루는 사천 리 길을 걸어간다. 작은 물방울이 모여 소나기가 된다. 프랑스에는 "작은 물방울들이 사라져 바다를 비울 수 있다."는 격언이 있고 "작은 나뭇가지가 모여 새의 둥지가 된다"는 속담도 있다. 영국 사람들도 '티끌 모아 태산'이라는 속담을 쓴다. '낙숫물이 바위를 뚫는다'도 비슷한 속담이다. 닭은 한 알 한 알 쪼아 먹어 배를 채운다.

한적한 가로림만 아라메길에 세워져 있는 시들이 발걸음을 잡는다. 박목월의 「나그네」와 나태주의 「행복」이다.

강나루 건너서 / 밀밭 길을 / 구름에 달 가듯이 / 가는 나그네
길은 외줄기 / 남도 삼백 리 / 술 익은 마을마다 / 타는 저녁놀
구름에 달 가듯이 / 가는 나그네.

저녁때 / 돌아갈 집이 있다는 것
힘들 때 / 마음속으로 생각할 사람이 있다는 것

외로울 때 / 혼자서 부를 노래 있다는 것

아리스토텔레스처럼 인간은 자신의 행복을 위해 존재하는 걸까. 아니면 토마스 아퀴나스처럼 인간은 신을 위해 존재하는 걸까. 인간의 행복은 칸트처럼 도덕적 의무의 준수에 있는 걸까, 벤담처럼 쾌락의 증대에 있는 걸까.

행복은 자신이 찾는 것이고 자신이 누리는 것이다. 토머스 모어는 유토피아에서 각자는 자신의 정신세계를 계발하는 활동에 힘쓰는 것, 이렇게 사는 것이 행복한 생활의 비결이라고 한다. 유토피아의 목적은 모든 시민이 행복하게 살 수 있는 조건을 보장하는 데 있으며, 노동 시간을 줄이고 자유 시간을 늘리는 데 있다.

유토피아는 섬이다. 초승달 모양의 섬이다. 어디에도 없는 섬 유토피아로 가는 항구는 어디일까? 유토피아에서는 오전 3시간, 오후 3시간, 하루 6시간의 노동을 한다. 토마스 모어는 500년 전 하루 6시간 노동을 주장했다. 도시 사람은 2년간 농업에 종사한 뒤 2년 동안 도농 간 순환 살림살이를 한다. 사유 재산은 폐지되고 생산 대중이 유토피아의 주인이다. 매일 아침 공개 강좌에서 저마다 자기 취향에 맞는 교육을 받는다. 유토피아인들은 귀금속을 보물로 여기지 않는다. 은이나 금에 가치를 부여하는 사람은 단 한 사람도 없다. 은이나 금을 경멸한다. 하늘에 빛나는 별들과 태양이 있음에도 불구하고 작은 돌조각의 희미한 빛에 매혹되는 사람들을 이해하지 못한다. 그들은 덕과 쾌락에 대해 사유한다. 그들은 인간의 행복이 어디에 있는지 토론한다. 그들은 쾌락을 옹호하고, 인간의 행복이 쾌락에 있다는 견해에 기운다. 하지만 모든 쾌락에 행복이 있다고 믿지는 않는다. 오직 좋고 정직한 쾌락에만 행복이 있다고 생각한다. 여자는 18세가 되어야 결혼할 수 있고, 남자는 4년을 더 기다려야 한다. 혼전 성교가 밝혀진 남녀는 가혹한 처벌을 받으며, 영원히 결혼 자격을 박탈당할 수 있다. 사람들은 자신이 필요한 물품을 상점에 가서 청구하기만 하면 된다. 필요한 것은 무엇이든지 값을 치르지 않고 가져올 수 있다. 토머스 모어는 화폐 없는 세상을 꿈꾸었다.

유토피아! 그런 곳은 없다. 하지만 21세기는 주민자치제, 남녀평등을 시행하고 있다. 스웨덴, 네덜란드 등에는 하루 6시간 근무가 시행되었다. 유토피아가 다가오는 것일까.

가로림만 범머리길 돌이산을 걸어간다. 세상을 만든 마귀할멈 신화가 깃든 산이다. 유난히 돌이 많아서 돌이산이라 했다고 하며, 빙 돌아간다고 해서 붙여진 이름이라고도 한다. 돌이산 아래 바다에는 울얼목이 있고, 마귀할멈 바위가 있다. 마귀할미터를 지나간다. 창세 신화가 마구 흩어져 있는 신화적 공간이다. 마을에 전해 오는 오랜 창세 신화에 따르면 거인인 마귀할머니가 가로림만의 울얼목을 건너다 수심이 하도 깊고 물결이 너무 세차서 속옷이 젖게 되자 놀란 나머지, 소변이 급해서 쪼그려 앉았던 자리로, 쪼그려 앉는 힘이 얼마나 세던지 바위에 엉덩이 자국과 오줌물이 흐른 흔적이 남아 있다. 그 오줌물이 흘러 가로림만 바다를 이루었다고 하며, 젖은 속옷을 벗어 말렸다는 하얀 마귀할미 바위도 있다. 제주도 창조의 여신인 설문대할망 이야기가 스쳐 간다.

고요하고 잔잔한 가로림만 하늘과 바다에 흰 구름이 펼쳐진다. 정겨운 정경이다. 생태계의 보고이자 서해안에서 유일하게 원형을 유지하고 있는 가로림만은 태안군과 서산시의 해안으로 둘러싸인 호리병 모양의 만이다. 국내 유일의 해양생물보호구역으로 지정된 가로림만은 점막이 물범을 비롯하여 다양한 해양생물의 서식 및 산란지이다. 현재 가로림만은 해양 생태 관광 거점으로 조성하기 위한 국가해양정원 사업이 진행 중이다.

덕골방조제를 걸어간다. 하늘에는 구름이 가득하다. 바다에는 생명이 가득하다. 발걸음에는 사연이 가득하다. 마음에는 그리움이 가득하다. 머리에는 좋은 생각이 스쳐 간다. 삶은 생각이 만들어 내는 것이니 오늘은 어제의 생각에서 비롯되었고, 현재의 생각은 내일의 삶을 만들어 간다.

좋은 생각은 좋은 말을, 좋은 말은 좋은 행동을, 좋은 행동은 좋은 습관을, 좋은 습관은 좋은 신념을, 좋은 신념은 좋은 운명을 만들어 가나니, 행운이든 불운이든 운명이란 결국 작은 생각에서 비롯된다. 자신의 인생은 자신이 생각한 그 생각의 결과물이다. 자신의 모든 것은 생각 속에서 발견되고, 그 생각이 만들어 낸다.

팔봉면(八峯面) 중앙에 우뚝 솟은 팔봉산(361.5m)이 보인다. 여덟 봉우리가 산 위에 바둑돌처럼 줄지어 있는 데서 유래되었다고 한다.

15시, 팔봉면 팔봉초등학교에 도착했다. 승용차가 보인다. 아침에 가는 아우들이 승용차를 여기에다 갖다 놓았다. 서산시 대산읍으로 숙소를 찾아서 이동한다.

늦은 밤, 불을 끄고 어둠 속에 앉아 있는 시간은 혼자만의 절대 행복이다. 평화롭다. 아무것도 보이지 않음으로 해서 오히려 충만하고, 보이지 않던 저 모든 외계의 사물들이 보이기도 한다. 대 그림자가 섬돌 위를 쓸어도 티끌은 움직이지 않고, 달빛이 못을 뚫어도 물에는 자취가 없다. 자족의 삶을 가꾸어 가려는 자신을 바라보며 칭찬을 아끼지 않는다. 달빛 어린 낯선 서해랑길을 거닐며 밤이 연출하는 심연 속으로 빠져든다. 한 치 앞을 내다보지 못하는 인생사가 아니던가. 즐겁게 살아가자.

77코스

백제의 검, 칠지도

팔봉초등학교에서 도성3리마을회관 12.2km

팔봉초등학교 > 흑석소류지 > 검은굿지산 > 서산창작예술촌 > 도성3리마을회관

12월 3일 토요일 아침 8시 30분, 팔봉초등학교에서 77코스를 시작한다. 77코스는 서산창작예술촌을 지나서 지곡면 도성리 도성3리마을회관에 이르는 마을과 마을을 잇는 농촌 풍경을 엿볼 수 있는 구간이다. 오늘은 79코스 삼길포항까지 3개 코스를 걷는 날, 강행군이다.

'얼마를 걸었을까?
잠시 멈춰 사방을 둘러본다.
나는 어디에 있는가?
내가 왜 여기에 있지?
아아, 그렇지. 나는 길을 가는 나그네지. 서해랑길을 가는 나그네지.

혼자 씩 웃고 만다. 그리고 다시 길을 간다.

가자! 가자! 가자! 힘차게 외치며 걸어간다.'

눈을 뜨니 꿈이다. 꿈속에서도 나그네는 걷고 있었다. 일어나서 씻고 길을 나설 채비를 한다. 비가 온다고 했는데, 일기 예보가 생각난다. 대산읍 내의 숙소에서 출발점까지 택시를 타고 간다. 비슷한 나이 또래의

택시 기사가 "귀한 손님 태워서 행복합니다!", "존경합니다!"를 연발한다. 칭찬은 고래도 춤추게 한다고 하던가. 자신에 대한 타인의 평가에 어느 정도 귀를 기울여야 할까? 타인의 평가는 한 사람의 평가일 뿐 모두의 의견이 아니다. 같은 '나'라도 상대방에 따라 다르게 해석된다. 개개인의 관점이 다르기 때문이다.

'진심으로 무사히 완주하기를 기원한다!'는 기사의 고마운 인사를 뒤로하고 비를 맞으며 시작한다. 가라고 내리는 가랑비인가, 있으라고 내리는 이슬비인가.

한적한 농촌 들길을 따라 걸어간다. 들판에는 볏짚을 쌓아 놓은 풍경이 정겹고 하늘에는 수심이 가득하다. 나그네의 심사에는 '울까, 말까.' 망설여진다. 내리는 비에 영혼이 촉촉이 젖는다. 비 오는 날을 좋아하는 비의 나그네가 감상에 젖는다. 그런 나그네에게 자신이 명령한다.

"오늘 하루도 즐겁게 걸어라. 길 위에서 행복하라!"

김삿갓은 방랑을 하면서 나름대로 다섯 가지 원칙을 세워 두었다. 첫째는 유랑을 하면서 김병연이라는 이름은 잊어버리고 오로지 김삿갓으로 행세한다. 또한, 어떠한 경우에도 신분을 밝히지 않고 끝까지 유랑객으로 행세한다. 둘째는 누구에게 무슨 일을 당해도 절대 시비를 가리지 않는다. 셋째는 물욕을 떨쳐 버린다. 넷째는 정에 흔들리지 않는다. 마지막으로 언제나 선(善)의 편에서 말하고 행동한다.

나그네에게도 몇 가지 방랑의 원칙이 있으니, 첫째는 끝날 때까지 부득이한 경우가 아니면 절대 돌아가지 않는다. 둘째는 가능하면 끼니를 거르지 않는다. 셋째는 언제나 즐거운 마음을 잃지 않는다. 넷째는 계구신독(戒懼愼獨)이라 했으니, 경계하고 두려워하며 혼자 있을 때도 몸과 마음을 삼간다.

홀로 걷는 나그네가 신독을 생각할 때 비 그친 하늘에 새들이 날아간다. 먹구름을 배경으로 그림 같은 풍경을 연출한다. 갑자기 어디서 나타났는지 수많은 새들이 시끄럽게 소리를 내면서 연이어 날아가고, 넓고 넓은 들판에는 나그네 홀로 걸어간다. 나를 찾고 행복을 찾아서 나 홀로 길을 간다. 하늘에서 '법구경'이 들려온다.

멀고 먼 인생의 여행길에서
현명하고 조심성 있는 사람을 만나거든
함께 벗하여 가라.
그러면 이 모든 위험에서
벗어날 수 있다.

그러나 이런 벗을 만나지 못하거든
외롭고 고되지만 차라리 혼자 가거라.
왕이 정복했던 나라를 버리고 돌아가듯.
또 홀로 숲속을 가는 저 코끼리처럼

어리석은 자들과 무리 지어 가는 것보다는
차라리 혼자가 되어 가는 것이 낫나니
더 이상의 잘못을 저지르지 말고
저 숲속의 코끼리처럼
외로이 혼자가 되어 길을 가라.

사람들은 혼자가 된다는 것에 격심한 소외감을 느낀다. 혼자가 된다는 것은 대단한 용기를 필요로 한다. 그러나 폐쇄적인 것과 홀로인 것은 다르다. 폐쇄적인 것은 자기 자신을 꽝 닫아 버리는 것이요 혼자가 되는 것은 철저히 독립적이다.

용기 있는 사람들은 잠시 족쇄를 끊어 버리고 세상을 떠나서, 쾌락의 삶을 떠나서 서해랑길, 순례자의 길, 구도자의 길을 홀로 걸어간다. 하지만 욕망의 노예가 된 사람은 거미가 자신이 뽑아낸 거미줄에 얽혀 버리듯 욕망의 물살에 휩쓸려 어디론지 가 버리고 만다.

인간의 일생은 원숭이와 같다. 욕망의 과일을 찾아 이 나무에서 저 나뭇가지로 옮겨 다니는 원숭이와 같다. 불경에서는 인간의 마음을 '심원(心猿)'이라고 한다. 욕망이 넝쿨처럼 자라면 비를 맞은 잡풀이 무성하듯 고통도 따라 증가한다. 잡초를 뿌리째 뽑아 버리듯 욕망을 뿌리째 뽑아 버려야 한다. 속박과 집착의 덫에 걸려 욕망에 쫓기고 있는 인생, 욕망의 숲에서 해방되어 자유로이 훨훨 날아가고 싶어 나선 길, 나그네는 과거에 대한 집착도 미래에 대한 집착도 현재에 대한 집착도 버리고 모든 속박에서 벗어나 자유의 길, 평안의 길을 걸어간다.

고타마 싯다르타는 한밤중에 궁궐을 뛰쳐나갔다. 아내와 어린아이를 버리고 야반도주했다. 서양인들은 무책임한 이 야반도주를 '위대한 포기'라 부른다. 구도자는 결코 책임 회피를 해서는 안 된다.

지곡면 중왕리 중왕저수지를 따라 걸어가다가 산길을 올라간다. 폐교된 분교에 자리한 현대 서예의 메카라는 '서산창작예술촌'에 도착하여 농촌 풍경을 내려다본다.

'free'라는 작품이 눈길을 끈다. 자유를 향한 고래에게 수만 개의 병뚜껑을 모아 만든 날개가 생겼다. '고래에게 날개라', 대양에서 헤엄치게 될 힘찬 고래의 날갯짓을 상상하며 하늘을 날아가는 나그네의 날갯짓을 그려 본다.

도성3리 마을회관
서산창작예술촌
Seosan Creative Art Village

창작예술촌 건물 안으로 들어서서 갑골문자의 대가인 시몽 황석봉의 전시실을 둘러본다. 서산창작예술촌 황석봉 관장의 작가 노트이다.

세상의 모든 것은 끊임없이 변한다.
그 변화와 생명의 원동력이 기(氣)이다.
서예도 변했고 그림도 변했다.
서예의 예술적 가치가 뛰어나다고,
단 한 번의 붓질만 허락한다고,
그리려는 대상을 의식하지 않고 하나가 되어야 한다고,
추사가 말했고, 피카소도 그랬다.
(하략)

전시실 뒷문으로 나와서 다시 산길로 올라간다. 바람이 불어 낙엽이 휘날리며 풀 바닥에 내려앉는다. 풀들이 '아프지 않니?' 하고 낙엽에게 묻는다. '아니!'라고 대답한 낙엽은 다시 길 위를 뒹굴며 걸어간다. 흐르다 흐르다 어둠이 오고, 길을 멈춘 낙엽이 피곤한 몸을 길바닥에 누인다. 빗물이 다가와 '피곤하지 않니?'라고 위로한다. 낙엽은 '운명인걸' 하면서 엷은 미소를 짓는다. 산 중 외딴집 벽에 쓰인 글이 고단한 나그네를 미소 짓게 한다.

"고마워요!", "웃어요!", "사랑해요!"

다시 바닷가로 내려와서 중리어촌체험마을 어민행복관을 지나간다. 잘 단장된 해안 산책로를 따라 가로림만의 갯벌과 작은 섬들을 바라보며 걸어간다.

가로림만을 뒤로하고 한적한 시골 들판을 걸어간다. 칠지도 제작야철지라는 지곡리 도성리 마을이 다가온다. 새들이 떼를 지어 날아가고

'철새는 날아가고(엘 콘도 파사)'가 들려온다.

달팽이가 되기보다는 참새가 되고 싶어요
맞아요 할 수만 있다면 정말 그렇게 되고 싶어요
못이 되기보다는 망치가 되고 싶어요
맞아요 할 수만 있다면 정말 그렇게 되고 싶어요

11시 5분, 종점인 지곡면 도성리 도성3리마을회관에 도착했다. 인근 마을 입구에는 '백제의 상징 칠지도 제작문화마을 도성리'라 새겨진 기념비석이 웅장하다. 심청, 홍길동 등 유명인을 지역 단체가 선점하는데, 신검 칠지도는 서산의 도성리가 선점했다. 예로부터 쇠가 많이 나와 쇠팽이(冶鐵址) 마을이라 불렸는데, 지금도 마을회관 옆에는 대장간 우물이 남아 있다.

기원전 1세기경, 중국의 철기문화가 백제로 처음 전래됐다. 철기 기술을 바탕으로 다양한 농기구 생산이 확대되자 수확량이 늘었고, 고대국가 백제는 나라의 근간인 경제적 안정을 찾게 된다. 이어서 백제는 각종 무기류 생산에 주력해 전투력을 증강시키며 고대국가로의 발전을 거듭해 간다.

백제의 명검, 칠지도는 천오백 년 세월을 넘어 일본 열도에 건너가 있다. 칠지도는 백제 제철제강기술의 척도다. 전체 길이 약 75cm, 양옆에 3개씩, 6개의 작은 칼이 붙어 있는 칠지도는 무기라기보다는 특별한 신분을 나타내거나 악귀를 쫓는 의미의 검이었던 것으로 추정한다.

일본 나라현 덴리시, 세계에서 가장 큰 청동대불이 있는 동대사에는 관광객이 끊이지 않는다. 그 동대사 뒤편에는 일본의 국가 보물을 모아 놓은 정창원이 있다. 이 일본 왕실 보물창고에 일본 국보가 된 칠지도가 있다.

백제왕이 칠지도를 왜왕에게 선물로 보냈다는 것은 그만큼 백제와 일본이 긴밀한 관계를 맺고 있었다는 사실을 짐작할 수 있다. 칠지도 뒷면에는 1500년 전 백제가 새겨 넣은 문장이 있다. 칠지도 명문 속에는 칠지도가 일본에 간 이유가 담겨 있다. 하지만 글자가 훼손돼 명확한 해석이 어렵다. 해석을 두고 한일 간의 논란이 일고 있지만 '백제왕이 왜왕을 위해 칼을 만드니 후세에 길이 전하라'는 글이 있어 제후국에 내린 하사품이라는 의미가 있다.

칠지도 앞면에는 무쇠를 백 번이나 두드려 만든 칠지도 제작 방법에 대한 설명이 담겨 있다. 칠지도는 백제가 일본에 전해 준 첨단 제철제강기술의 상징이었던 것이다.

78코스

혼밥의 매력

도성3리마을회관에서 대산버스터미널 13.0km

도성3리마을회관 > 진충사 > 환성3리마을회관 > 염전저수지 > 대산버스터미널

78코스를 시작한다. 78코스는 농어촌 마을과 마을을 잇는 구간으로 진충사, 염전저수지를 지나서 대산읍 대산리 대산버스터미널까지 걸어가는 구간이다.

'구석구석 함께 걸어볼까YOU! 서산' 안내판을 따라 시골길을 걸어간다. 날이 개면서 그림자가 나타난다. 길은 가로림만 바닷가를 나아갔다가 다시 들판으로 이어진다. 한 걸음 한 걸음 나아갈 때마다 목적지는 한 걸음 한 걸음 가까워진다. 인생이란 목적지로 가는 길이 한 걸음 한 걸음 가까워지듯이, 모래시계의 모래처럼 하루하루가 끊임없이 빠져나간다. 그러다 언젠가는 마지막 모래알이 떨어지는 것처럼 인생의 마지막 날이 오리라. 그 마지막 날을 나는 어떻게 살아야 할까. 목적지에서 즐거워 환호하는 것처럼 인생의 마지막 날에도 기뻐서 환호할 수 있을까.

한 걸음 한 걸음 과정이 중요하듯, 하루하루의 삶이 소중하다. 하루하루를 의미 있게 살고, 한 걸음 한 걸음을 의미 있게 걸어가자. 인생이란 하루하루가 모여서 된 것이고 목적지는 한 걸음 한 걸음이 모여서 된 것이니까.

진충사가 다가온다. 진충사 현판은 국무총리 김종필의 글씨다. 진충사의 주인공은 정충신(1576~1636)으로, 시호가 이순신과 같은 충무공(忠武公)이다. 충무공은 나라에 무공을 세워 죽은 후 시호를 받은 사람을 높여 부르는 말이다. 이순신, 김시민, 남이, 정충신 등 모두 12명의 충무공이 있다. 선죽교에서 정몽주를 철퇴로 살해한 조영규의 시호도 충무공이다. 자신의 사후에 충무공 시호를 받을 것을 미리 알았을까, 『난중일기』에서 이순신 장군이 기렸던 중국의 제갈공명과 곽자의, 악비장군의 시호도 충무다.

충무공 정충신은 광주에서 태어나 임진왜란 때 17살로 권율 휘하에 있었다. 인조 때의 이괄의 난, 정묘호란 등에서 공을 세웠다. 이괄의 난 때 토벌군을 이끌고 반군을 전멸시켜 진무공신 1등이 되었다. 이때 많은 공신들이 몰수된 전답과 노비를 차지했지만, 정충신은 청렴결백하여 아무것도 얻지 않았기에, 한 신하가 이 사실을 상소하여 인조는 지금의 국사봉 일대의 몰수된 이괄의 토지를 하사했다. 정충신은 봉토로 받은 이곳에서 숨졌다.

서해랑길은 북으로 북으로 위도를 높이고 날씨는 겨울로, 겨울로 가고 있다. 비 오고 난 뒤의 날씨가 쌀쌀하다. 내일은 더 기온이 떨어진다고 한다. 잔뜩 흐린 하늘에는 구름들 사이에 간간이 파란 하늘이 보인다.

서해랑길 위험 구간 안내판이 나타난다. 환경사업소에서 대산지구해안길 구간 '만조 시 이용 불가' 안내다. 만조 시에는 대산읍 마을길 우회 노선으로 가라지만 간조 때라 직행이다. 가로림만의 넓은 청정갯벌이 펼쳐진다. 태안반도 북부에 있는 가로림만의 갯벌은 우리나라에서

가장 큰 규모일 뿐 아니라, 점차 사라져 가는 우리나라 갯벌 중에서도 거의 유일하게 자연 상태가 잘 보존된 곳이다. 각종 보호종이 군락을 이루고 다양한 수산 생물의 산란장인 가로림만은 천연기념물 제331호이자 멸종위기 야생생물 2급인 점박이물범의 서식지이기도 하다. 2016년 해양수산부의 해양보호구역으로 지정되었다.

나그네가 발걸음을 멈추고 잠시 바다와 갯벌을 응시한다. 돌아서서 길을 가는 나그네를 보고 갯벌의 생명체들이 귓속말을 속삭인다.

'저 나그네는 어디로 가는 걸까?'

'해남 땅끝에서부터 여기까지 걸어왔대!'

'뭐라고? 왜 그렇게 먼 길을 걸어와!'

'코리아둘레길 4,500km를 걷는다나 봐!'

'아무래도 저 나그네는 미쳤나 봐!'

'본인도 미쳐야 미친다고, 미치지 않으면 미칠 수 없다고 그런데. 불광불급이라나.'

'우와, 멋있다!'

그 소리를 들은 나그네의 입가에는 미소가 스쳐 간다. 누가 알겠는가. 우물 안 개구리는 동해바다를 헤엄치는 거북이의 세계를 모르고, 여름만을 사는 벌레는 겨울의 추위와 눈과 얼음을 모르지.

날이 점점 개고 구름이 한가롭게 흘러간다. 세상은 언제나 자기 속도로 흘러간다. '나는 누구인가?'

삶의 의미를 찾기 위해서는 먼저 자신에 대해 아는 것이 중요하다. 독일의 철학자 하이데거는 "과거 어느 때에도 오늘날처럼 인간에 대해 다양하고도 많은 지식을 갖고 있었던 적은 없었다. 하지만 과거 어느 때에도 오늘날 사람들처럼 인간이라는 존재에 대해 알지 못했던 적은 없었다."라고 했다. 인간은 사회에 대한 지식과는 별개로 스스로를 탐구하고 자신의 존재에 대해 알아 가야만 한다. 진정한 자신을 찾고 새로운 눈으로 세상을 보기 위해 나 홀로 여행을 떠난 나그네가 터벅터벅 서해랑길을 걸어간다.

사람들은 내게 '주인 잘못 만나서 몸이 고생한다.', '발이 고생한다.'고 말한다. "영혼이 몸 안에 깃들게 하려면 때로는 몸이 원하는 일을 해야 한다."고 윈스턴 처칠은 말한다. 내 몸이 진정 원하는 것은 무엇일까. 도보여행을 원할까, 원하지 않을까. 나는 나를 믿는다. 몸은 영혼을 담는 그릇, 몸을 단련하여 영혼을 정화한다.

환성3리마을회관을 지나고 염전저수지를 지나서 다시 바닷가를 걸어간다. 곰을 닮았다는 웅도를 바라본다. 높은 곳에서 바라보면 곰이 웅크리고 있는 모습이라고 한다. 찾아가고 싶은 여름 섬, 푸른 여름 밤하늘을 보기 좋은 섬으로 선정되었다고 한다.

가로림만 바다를 뒤로하고 이제는 들판길을 걸어간다. 오후가 되자 뱃속에서는 밥을 달라고 아우성이다. 일일부작 일일불식(一日不作 一日不食)이라, 걸을 만큼 걸었으니 실컷 먹을 자격이 있건만 시골길에 식당이 없다. 오늘 점심은 돈 생각하지 말고 뿌듯한 자신에게 기쁘게 투자하자 생각하니 즐겁다.

돈은 이 세상을 살아가는 데 없어서는 안 될 물건이다. 인체에 비견하면 혈액과 같은 존재이다. 혈액이 없으면 어찌 생명을 부지할 수 있겠는가. 그처럼 소중한 것이다. 돈을 버는 것이 기술이면 쓰는 것은 예술이다. 개처럼 벌어서 정승처럼 쓴다고 했던가. 누군가는 개처럼 벌어서 개처럼 쓰고, 개처럼 벌어서 개만도 못하게 쓰는 사람도 있다. 개들은 결코 신의를 배반하지 않는다. 화가 난 개들이 그들의 대표 신문인 '멍

멍일보'에 '인간들이여, 각성하라!'며 분노와 불만이 실린 논설을 실었다고 한다.

드디어 대산 읍내가 가까워지고 식당이 하나둘 보이기 시작한다. 무엇을 먹을까, 무엇을 마실까. 혼자이기에 결국 혼자 먹기 편안한 중화요리, 아점으로 짬뽕밥이다. 손님이 많아서 바쁜 가운데서도 마음씨

좋게 생긴 풍만한 아주머니가 친절하다. 시장이 반찬, 최고의 먹방은 공복이다. 추억과 맛이 있는 한 고독한 식사는 없다. 고독한 식사도 얼마든지 풍요로운 식사가 될 수 있다. 불편한 사람과 식사를 하느니 차라리 혼밥이 낫다. 혼밥의 매력이 느껴지면서 한국에도 이제는 혼밥 문화가 정착되고 있다. 꺼리던 혼밥 문화는 코로나19로 인해 널리 퍼졌다. 나 홀로 식사를 하는 사람들을 위한 식탁, 혼밥에 대한 따뜻한 눈길이 필요하다. 유목민으로 자유롭게 떠돌며 사는 사람들은 남을 의식하지 않고 내 마음대로 사는데, 한곳에 정착해 사는 사람들은 남을 의식하고 내 마음대로가 아닌 남 나름대로 살려고 든다.

한적한 시골 바닷가와 들판을 걸어가는 서해랑길에서 제때에 식사를 하는 것은 특히 쉽지가 않다. 먹는 것이 즐거움의 하나인 식사를 제때 못할 때는 평소 느끼지 못했던 간절함과 고마움이 스쳐 간다. 쓴맛을 알아야 단맛을 안다고 했던가. 단맛을 알려면 쓴맛을 봐야 한다. 배고픔을 알아야 음식의 소중함을 안다. 행중신(幸中辛)이요 인중도(忍中刀)다. 행(幸) 자에는 매울 신(辛) 자가 들어 있고, 참을 인(忍) 자에는 칼 도(刀) 자가 들어 있다.

예전 사람들은 아침과 저녁 두 끼만 먹고도 살았다. 그래서 식사를 조석(朝夕)이라 했다. 본래 '점심(點心)'이란 문자 그대로 '뱃속에 점을 찍는 정도'로 간단히 먹는 음식을 가리키는 말이었다. 궁중에서도 아침저녁에는 '수라'를 올리고 낮에는 국수나 다과로 '낮 것'을 차렸다. 계절에 따라 차이가 나기도 했으니 해가 긴 여름에는 간단한 점심을 포함하여 세끼를 먹고 해가 짧은 겨울에는 두 끼를 먹었다. 물론 농촌에서 한창 바쁜 모내기 때는 새참까지 다섯 끼를 먹기도 했다.

지난 세월 도보여행을 하면서 얼마나 많은 혼밥을 먹었던가. 처음에는 어색하기 그지없었는데, 이제는 자연스럽지만 제때에 음식점을 찾기가 쉽지 않다.

칸트는 "혼자 식사하는 것은 좋지 않다. 생각에 잠겨 고독한 식사를 하다 보면 점점 쾌활함을 잃게 된다."고 했다. 칸트는 거의 매일 점심 사교의 자리를 만들어 서너 시간 넘게 식사를 하였다. 아침 5시에 일어나 독서를 하고 산책 시간도 정해 놓을 정도로 자기 관리에 철저했던 칸트는 점심시간만큼은 각계각층의 다양한 손님을 초대해 와인을 마시며 오랜 시간 지적 교류를 나누었다. 칸트는 자신이 태어난 고향 마을을 평생 떠나지 않고 평생 독신으로 살면서 연구 활동에만 매진했다.

금강산도 식후경이라, 혼밥의 즐거움을 누리고 나니 발걸음이 여유롭다. 고대 그리스의 철학자 디오게네스는 환한 대낮에도 촛불을 들고 다녔다. 사람들이 물으면 정직한 사람을 찾기 위해서라고 대답했다. 그는 집 대신 나무통 하나를 가지고 그 통을 굴리며 다니다가 밤이 되면 적당한데 자리 잡고 잠을 잤다. 어느 날 평소 철학자를 좋아하는 알렉산더 대왕이 그를 만나러 와서 정중하게 인사하고 물었다.

"도와 드릴 일이 없겠습니까?"

"있지요. 햇살을 가리고 있으니 조금만 비켜서 주시오."

함께 왔던 사람들은 철학자의 퉁명스러움을 비웃었지만 알렉산더는 돌아서면서 중얼거렸다.

"내가 만일 알렉산더가 아니라면 디오게네스가 되고 싶다."

BC 323년 6월 13일 알렉산더가 죽는 날, 디오게네스도 죽었다. 다음 세상에서 그들은 같은 날 태어났다. 이 철학자는 사람들의 시선이 있는 곳에서도 수음(手淫)하는 것을 마다하지 않았다. 사람들이 어째서 점잖지 못하게 그런 짓을 하느냐고 하면 태연하게 대답했다.

"가죽만 몇 차례 문질러 주면 성욕이 해결되니 얼마나 손쉽고 빨라? 배고픔도 이것처럼 뱃가죽을 몇 차례 문질러 주는 것으로 해결되면 얼마나 좋을까?"

정복자 알렉산더를 면전에서 비아냥거릴 수 있었던 진정한 자유인 디오게네스도 성욕이나 배고픔의 해결은 쉽지 않았던 모양이다.

디오게네스는 조의조식(粗衣粗食), 즉 거칠게 먹고 험하게 입고 산 사람으로 유명하다. 형편이 구차스러운 디오게네스는 값싼 푸성귀를 구해 깨끗이 씻어 먹고는 했다. 하루는 그가 시냇가에서 푸성귀를 씻고 있는데, 유복한 친구 아리스티포스가 지나가며 이를 보고 안타깝다는 듯이 중얼거렸다.

"고개 숙이는 법을 조금만 알아도 호의호식할 수 있을 것을…."

디오게네스가 돌아보면서 응수했다.

"조의조식 하는 법을 조금만 알면 고개를 숙이고 알랑방귀 뀌지 않아도 되는 것을……."

디오게네스가 부럽지 않은 배부른 나그네가 유유자적 서해랑길을 걸어간다.

78코스 종점인 대산버스터미널이 다가온다.

79코스

삼길포항 가는 길

대산버스터미널에서 아라메길관광안내소 12.2km

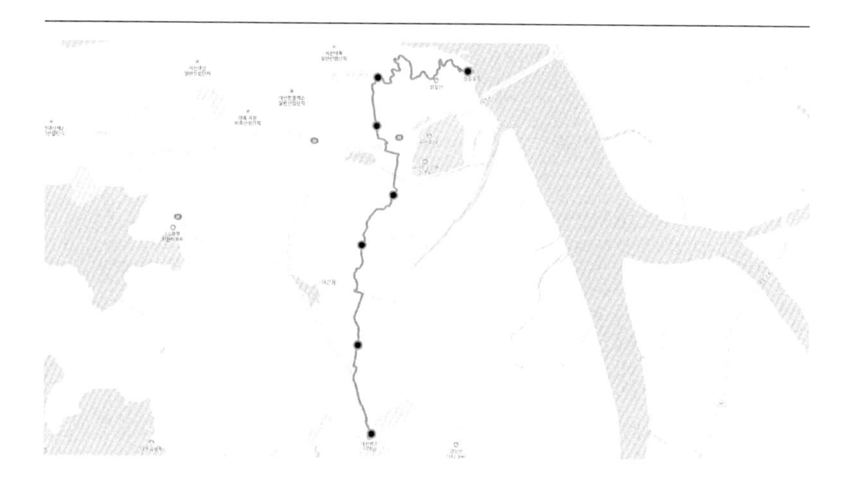

대산버스터미널 > 롯데케미칼 사택 > 화곡1리마을회관 > 삼길산 > 아라메길관광안내소

오후 2시 30분, 79코스를 시작한다. 79코스는 삼길산을 넘어서 삼길포항 대산읍 화곡리 서산아라메길관광안내소에 이르는 조용한 숲길과 고즈넉한 마을 길을 지나 풍부한 서해의 해산물을 만나는 구간이다.

오늘의 세 번째 코스, 충의로 차도를 따라 걸어가다가 대산 읍내를 벗어나서 농로를 걸어간다. 텅 빈 들판에서 놀던 수많은 새들이 나그네를 열렬히 환영한다. 한 무리는 하늘을 날아가고, 한 무리는 땅에서 소리를 지른다. 걸어갈수록 새들의 천국이다. 생각이란 우주를 나는 새, 생각이 발밑의 대지에서 솟아 하늘 높이 날아간다. 하늘에서 '철새는 날아가고(엘 콘도 파사)'가 들려온다.

지금은 멀리 날아가 버린 한 마리의 백조처럼
나도 어디론가 떠나가고 싶어요
땅에 얽매여 있는 사람들은 세상을 향해서
가장 슬픈 신음 소리를 내지요
가장 슬픈 신음 소리를…

새는 공룡의 자손이다? 현재 많은 학자들이 새는 공룡이 진화한 것이라고 한다. 새와 공룡의 공통점은 여럿이다. 가슴에 'U'자형의 차골이라는 뼈가 있고, 수각 공룡의 앞발과 새의 날개는 손목이 상하좌우로 구부러져 접을 수 있고, 가늘고 긴 다리뼈가 모여 하나의 막대로 이루어져 있다. 날개 달린 공룡의 화석도 발견되었고, 가장 오래된 새인 시조새는 작은 육식 공룡과 닮은 뼈를 가졌고, 공룡처럼 꼬리뼈와 이가 있다. 학자들은 공룡은 멸종된 게 아니라 새로운 모습으로 바뀌 살고 있다고 한다.

헤아릴 수 없을 정도로 수많은 새들이 들판에 앉아서 먹이 활동을 한다. 저렇게 작은 새가 공룡의 후손이라니? 불가사의한 일이다.

1억5천만 년 전 전설의 시조새처럼 코리아둘레길의 전설이 되기를 꿈꾸는 나그네가 서해랑길을 걸어간다. 롯데케미칼 사택을 지나서 잘 단장된 문화재인 '김적 및 김홍욱 묘역'을 지나간다. '서산아라메길' 천하대장군과 지하여장군이 웃으며 반겨 준다. 장승과 돌무덤이 있다. 산 너머 바다에서 들어오는 악의 무리들을 물리치려는 천하대장군과 지하여장군이 환한 웃음으로 반긴다. 돌 하나를 주워 돌무덤 위에 얹고는

마음을 모은다. 옛사람들은 산길을 가며 이렇게 돌무덤을 만들고 두 손 모아 기원을 했다. 돌을 치워서 좋은 길을 만드는 한편, 탑을 쌓으면서 평안을 기원하며 험한 세상의 위안을 느꼈다. 소망의 돌탑 위로 시원한 산과 바다의 바람이 스쳐 간다.

화곡1리마을회관을 지나서 서산 아라메길 삼길나루길을 걸어간다. 붉은색과 노란색 서해랑길 리본이 앙상한 나뭇가지에서 나그네를 보고 반긴다. 햇살 비취는 산길에서 자연을 응시하고 고요히 자신을 비춰본다. 계절의 변화도, 하늘의 달라짐도 바라보며 고요히 자기를 비춰본다. 살아가면서 이따금 어디서 와서 어디로 가는지 고요히 자신을 응시해 봐야 한다. 영혼을 찾아 자기를 돌아보는 침묵의 시간이 없다면 어떻게 인간의 삶이라 할 수 있는가. 나 자신을 알고, 나 자신이 되는 법을 배워야 한다. 나 자신과 가장 가까운 친구가 되는 법을 배워야 한다. 그리고 나 자신의 길을 가야 한다. 나는 누구인가. 미국의 시인인 윌리스 스티븐스(1879~1955)는 "나는 다름 아닌 내가 걸어온 세계다."라고 말한다.

나 홀로 산길을 걸어간다. 평소 '산과 책과 술을 좋아한다!'는 나그네가 인적 없는 삼길산을 올라간다. 산은 으뜸가는 신의 창조물이다. 백두대간의 높은 봉우리에서 바라보는 산들의 모습은 울퉁불퉁 우람한 근육 같다. 봉우리가 능선을 허리 삼아 줄기줄기 병풍처럼 뻗쳐 나간 장관은 탄성을 자아내게 한다. 그것은 자연의 장엄무비한 아름다움과 힘의 파노라마다. 산에는 기기괴괴한 바위가 있고, 울울창창한 숲이 있다. 온갖 나무와 풀이 있고, 온갖 새와 짐승들이 있다. 산은 명상의 장소요 수행의 도장이다. 산은 인간의 위대한 스승이다. 산의 맑고 싱싱한 공기는 심신을 강화시키고 영혼을 정화시킨다. 숲이 우거진 산에 있으면 "숲속에서 대지를 잘 돌보라. 우리는 대지를 조상들로부터 물려받은 것이 아니다. 우리의 아이들로부터 잠시 빌린 것이다."라고 하는 오래된 인디언 격언이 들려온다.

공자는 "지자요수(知者樂水), 인자요산(仁者樂山), 지자동(知者動), 인자정(仁者靜), 지자락(知者樂) 인자수(仁者壽)."라고 했다. 그러자 제자가 물었다.

"어진 자는 어찌하여 산을 좋아합니까?"

"산이란 만민이 우러러보는 대상이다. 초목이 나서 자라고, 만물이 뿌리를 내리고 자라며, 새들이 모여들고 짐승이 쉬어 간다. 사방 사람들은 그곳에 가서 이익을 취하며, 구름과 바람이 불어 일고, 천지의 중간에 우뚝 서 있다. 천지는 이로써 이루어지고, 국가는 이로써 안녕을 얻는다. 그래서 어진 사람은 산을 좋아한다."

제자가 다시 물었다.

"지혜로운 자는 어찌하여 물을 좋아하는 것입니까?"

"물이란 순리를 따라 흐르되 작은 빈틈도 놓치지 않고 적셔 드니 이는 마치 지혜를 갖춘 자와 같고, 움직이면서 아래로 흘러가니 이는 예를 갖춘 자와 같으며, 어떤 깊은 곳도 머뭇거림 없이 밟고 들어가니 이는 용기를 가진 자와 같고, 막혀서 갇히게 되면 고요히 맑아지니 이는 천명을 아는 자와 같으며, 험하고 먼 길을 거쳐 흐르면서도 마침내 남을 허물어뜨리는 법이 없으니 이는 덕을 가진 자와 같다. 천지는 이를 통해 이루어지고, 만물은 이로써 살아가며, 나라는 이로써 안녕을 얻고, 만사는 이로써 평안해지며, 품물은 이로써 바르게 되는 것이다. 이 때문에 지혜로운 자는 물을 좋아한다."

산과 물은 정다운 형제자매다. 산은 물을 그리워하고, 물은 산을 사랑한다. 산과 물이 조화를 이루면 자연의 극치를 이룬다. 물이 움직이는 변화와 부드러움의 천재라면 산은 움직이지 않는 굳셈의 상징이다.

산에서 바다가 보인다. 삼길산에서 삼길포항의 바다가 보인다. 우럭이 많이 나는 삼길포항, 오늘 저녁은 우럭회에 소주 한 잔 곁들이자, 생각하니 기운이 불끈 난다. 비를 맞으며 시작했는데 푸른 하늘이 싱그럽게 다가온다. 임도를 따라 올라가는 길, 일출 일몰 명산인 삼길산이 포근하게 다가온다. 대개 산은 늠름한 대장부의 기상을 상징한다. 산은 장엄함을 가르친다. 쩨쩨하게 살지 말라 한다. 그러나 들을 귀가 있는 자만 듣는다. 깊은 산의 봉우리에는 호연지기가 있다. 맹자는 '인간이 가질 수 있는 최고의 경지, 탁 트이고 완전한 자유인의 경지'를 호연지기라고 했다.

삼길산 임도를 산책하듯 걸어간다. 책 중에서 가장 오묘한 책은 산책. 페이지마다 산새소리, 물소리 들려오고, 기쁨과 사랑이 넘쳐흐른다. 내 신발에 날개를 달아 골짜기를 건너고 높은 산을 넘어가고 또 갈 수 있건만, 오늘은 산책하듯 걸어서 삼길산전망대에 도착한다. 대산항이 보이고 난지도가 보이고 비경도가 보이고 도비도가 보인다. 산은 산을 바라보는 위치에 따라서 모습이 다르다. 마찬가지로 산에서 내려다보는 위치에 따라서 세상의 모습이 다르다. 소동파는 불식여산진면목(不識廬山眞面目)이라고 했다.

가로로 보면 고개이고 옆에서 보면 산봉우리라서
멀고 가깝고 높고 낮음에 따라 각기 다르구나.
여산의 참다운 본래 모습을 보지 못하나니
오직 내 몸이 산중에 있기 때문일세.

세상이란 높은 산은 보는 사람에 따라서 다르다. 그 사람의 위치와 관점에 따라 세상은 다르게 보인다. 책은 서재에만 있는 것이 아니다. 자연이 책이다. 서해랑길에서 만나는 세상은 잊지 못할 위대한 스승이다. 나그네는 어차피 떠돌이, 진종일 길에서 길을 찾아 방랑해야 한다. 그러면 눈앞에 펼쳐지는 삼라만상이 스승이요, 벗이요, 포근한 어머니의 품이다. 산은 만고 부동 으뜸가는 스승이다.

하산하는 길, 간간이 바다를 바라보면서 유유자적 내려간다. 물은 위에서 아래로 아래로 흐른다. 노자는 상선약수(上善若水), 최고의 선은 물과 같다고 가르친다. 물은 이 세상에서 으뜸가는 선의 표본으로, 물

삼길산 전망대

처럼 스스로 낮추어 모든 것을 이롭게 하며 살아가라고 한다.

노자(老子)는 공자와 동시대 사람으로 공자의 유가사상과 노자의 도가사상은 오늘날까지 중국 사상에 커다란 분수령을 이루고 있다. 노자의 스승은 상용(商容)이다. 스승이 늙고 병들어 숨을 거두려 하자, 노자가 마지막 가르침을 청했다.

"스승님! 돌아가시기 전에 가르쳐 주실 말씀이 없는지요?"

"고향을 지나갈 때는 수레에서 내려 걸어서 가거라."

"네 어디에 살더라고 고향을 잊지 말고 고향에서 하듯 자신을 낮추고 살아가라는 말씀이시군요."

스승이 또 말한다.

"높은 나무 밑을 걸어갈 때는 종종걸음으로 걸어가거라."

"어른을 공경하라는 말씀이지요?"

이번에는 스승이 입을 크게 벌리며 말한다.

"내 입 속을 보거라. 이가 있느냐?"

"하나도 없습니다."

"그러면 혀가 있느냐?"

"네. 있습니다."

"알겠느냐?"

"네. 이빨처럼 딱딱하고 강한 것은 먼저 없어지고, 혀처럼 약하고 부드러운 것은 오래 남는다는 말씀이군요."

그러자 스승이 돌아누웠다. 노자의 철학은 '물의 철학'이다. 가장 아름다운 인생은 물처럼 아래로 아래로 흘러가면서 사는 것, 삼길산에서 불을 이기는 물의 지혜를 배운다. 길을 가는 나그네는 물 같은 정열이 있고 불같은 열정이 있어야 한다. 정열은 감성이지만 열정은 에너지다. 정말 무서운 것은 정열 다음에 찾아오는 열정이다. 열정이 식지 않는 한 사람은 늙지 않는다. 정열의 아름다움은 물론, 열정의 에너지를 간직하고 살아야 한다. 신명 나게 살아야 한다. 그것은 전적으로 마음에 달려 있다. '그래, 좋다. 자! 신명 나게 살자.' 하고 길을 간다. 정열의 인생길을, 서해랑길을 뜨거운 열정으로 걸어간다.

삼길산에서 내려오니 이내 79코스 종점 아라메길관광안내소가 반겨 준다.

16시 44분 삼길포항 가는 길, 드디어 삼길포항에 도착했다.

'瑞山의 멋 三吉浦! 瑞山의 맛 우럭!', '서산의 멋 삼길포', '회뜨는선상' 이란 글과 함께 커다란 우럭 조각상이 반겨 준다. 수많은 갈매기들이 나그네를 환호한다.

80코스

해가 뜨고 지는 왜목마을

아라메길관광안내소에서 장고항2리버스정류장 17.2km

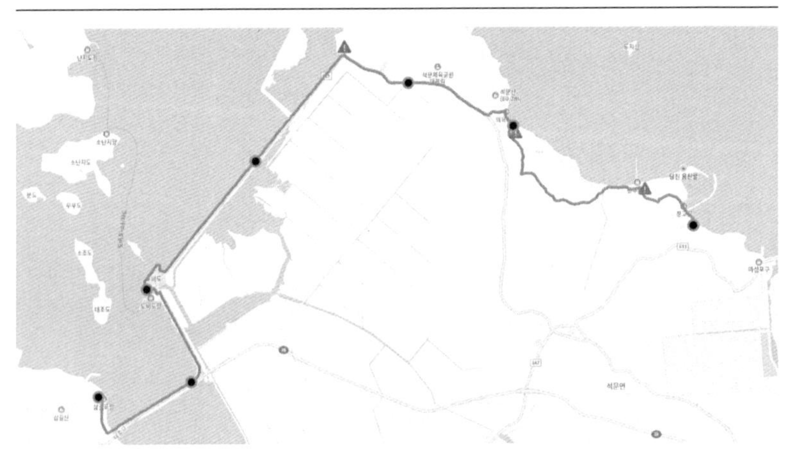

아라메길관광안내소 > 도비도항 > 당진전력문화홍보관 > 왜목마을 > 장고항2리버스정류장

12월 4일 일요일 8시 30분, 대산읍 화곡리 삼길포항에서 80코스를 시작한다. 80코스는 대호방조제를 지나고 왜목마을을 지나서 당진시 석문면 장고항리 장고항2리버스정류장까지 걸어가는 구간이다.

삼길포9경인 '회 뜨는 선상'에서 우럭회를 떠서 지난밤 혼밥과 혼술을 즐겼던 삼길포항을 걸어간다. 사람도 갈매기도 없는 한적한 항구에 칼바람만이 대단하다. 강추위가 몰려온다. 바람에 날려갈 것만 같은 강력한 칼바람이 세차게 몰아친다. 갈매기들은 추위에도 아랑곳없이 유유히 하늘을 날고 있다. '손이 꽁꽁꽁! 발이 꽁꽁꽁! 얼굴이 꽁꽁꽁!' 추위에 떠는 이때, 휴대폰에서 '엘 콘도 파사'가 흘러나온다. 매서운 겨울바람을 타고 걸려 오는 친구의 목소리다.

"많이 힘들지?"

"아니, 괜찮아!"

"엄청 춥지?"

"아냐, 공기가 상쾌해!"

"바람 소리가 보통이 아닌데?"

"응, 바람이 조금 불어!"

전화를 끊고 나니 웃음이 나온다. 사람이 살다 보면 거짓말도 때로는 약이 될 수 있다. 하얀 거짓말, 해학이 담긴 유익한 거짓말은 삶을 보다 윤택하게 해 준다. 옛날 옛적, 한 거짓말 대회가 있었다.

"내 고향 중강진은 얼마나 추운지, 한겨울에 오줌을 누면 오줌 줄기가 음경 끝에서 땅 위까지 고드름처럼 얼어붙는다오."

"함경도 내 고향에서는 겨울이면 무슨 이야기를 지껄여도 알아들을 수가 없소이다. 왜냐하면 너무 추워서 말소리가 입 밖에 나오자마자 꽁꽁 얼어붙기 때문이지. 그러다가 봄이 되면 겨우내 얼어붙었던 말들이 공중에서 전부 쏟아져 나와 왁자지껄 시끄러워진다오."

"내 고향 백두산은 얼마나 추운지 방안에서 촛불을 켜도 그 불꽃이 꽁꽁 얼어붙는다오."

누가 1등일까. 함경도가 1등이었다는 전설 같은 이야기다.

대호방조제 수문을 지난 후 방조제 윗길로 걸어간다. 서산시 대산읍과 당진시 석문면을 연결하는 길이 7.807km의 대호방조제는 대호지구 농업개발사업의 일환으로, 1981년에 착공하여 1984년에 완공되었다.

삼길포 9경
당진시
Dangjin

끝이 보이지 않는 방조제를 걸어간다. 세찬 바람 소리, 파도 소리, 깃발이 펄럭이는 소리가 귓가를 진동한다. '손이 꽁꽁꽁! 발이 꽁꽁꽁! 얼굴이 꽁꽁꽁! 우와, 가자! 가자! 가자!'를 외치며 힘차게 나아간다. 바다에는 묶여 있는 배들이 일렁일렁거리며 춤을 춘다. 세상은 바다와 닮았다. 헤엄치지 못하는 자는 물에 빠진다. 잔잔한 바다에서는 좋은 뱃사공이 만들어지지 않는다. 바람과 파도는 언제나 유능한 뱃사람의 편이다. 니체는 말한다.

"거친 바람과 악천후가 없었다면 하늘에 닿을 듯 키 큰 나무가 그렇게 성장할 수 있었을까? 인생에는 거친 폭우와 강렬한 햇빛, 태풍과 천둥처럼 온갖 악과 독이 있다. 그런 것들이 가급적 없는 게 낫다고 할 수 있을까? 탐욕, 폭력, 증오, 질투, 아집, 불신, 냉대 등 모든 악조건과 장애물들……. 이러한 악과 독이 존재하기에 우리는 그것들을 극복할 기회와 힘을 얻고, 용기를 내어 세상을 살아갈 수 있도록 강하게 단련되는 것이다."

한 번도 패한 적이 없는 일본의 전설적인 검술가 미야모토 무사시는 단련에 대해 이렇게 말했다.

"승리에 우연은 없다. 천(千) 일 연습하는 것을 단(鍛)이라 하고, 만(萬) 일 연습하는 것을 련(鍊)이라고 한다. 이와 같이 단련하고 나서야 싸움에 이길 수 있다."

모든 성장에는 성장통이 있다. 성장통을 앓으면서 일신우일신, 날로 새롭고 나날이 새롭게 성장해간다. 성장한다는 것은 향하(向下)가 아닌 향상(向上)이고, 퇴보(退步)가 아닌 진보(進步)다. 성장에는 도전적 정신과 창의적 정신, 그리고 진취성이 있다. 현 상황에 안주하지 않고 노력하는 자만이 성장할 수 있다.

인생이란 보보시도장(步步是道場), 한 걸음 한 걸음 도를 닦는 것이다. 사람은 늙어서 죽는 것이 아니다. 한 걸음 한 걸음 길을 닦고 스스로 나아가기를 멈출 때 죽음이 시작되는 것이다. 롱펠로우는 나이가 들어 머리카락은 하얗게 세었으나, 얼굴 안색이나 피부는 청년 못지않게 싱그러웠다. 하루는 친구가 롱펠로에게 물었다.

"자넨 여전히 젊군그래. 이렇게 젊게 사는 비결이 대체 뭔가?"

그 말에 롱펠로우는 정원에 서 있는 커다란 나무쪽으로 시선을 돌리며 말했다.

"저 나무를 보게나! 나이가 든 늙은 나무지. 하지만 봄이 오면 저렇게 변함없이 꽃을 피우고 열매를 맺는다네. 그것이 가능한 건 저 늙은 나무가 아직도 매일 성장하고 있기 때문일세. 나도 그렇다네. 나이가 들었어도 매일매일 성장한다는 마음가짐으로 살아가고 있는 것, 그게 내 젊음의 비결인 셈이지!"

'당진시 석문면' 안내판이 나타난다. 드디어 서산을 지나서 당진이다. 석문면 초락도리이다. 바람이 너무나 강해서 방조제 아래로 내려와서 차도 옆으로 걸어간다.

도비도를 향해 좌측으로 다시 방조제를 걸어간다. 도비도항에서는 많은 사람들이 낚시나 관광을 위해 난지도로 가는 배를 탄다. 오늘은 텅 빈 도비도항을 걸어간다. 도비도를 감싸고 있는 방조제 주위에 바다와 갯벌이 펼쳐져 있다. 방조제를 따라가다가 한반도 모양 같기도 한 '대호간척친환경농업시범지구' 도비도 상징 탑을 마주한다.

드넓은 갯벌이 펼쳐진 바닷가를 걸어간다. 이럴 수가! 갯벌에 사람이 있다. 이 추운 날씨에도 갯벌에서 일을 하고 있는 한 사람, 두 사람이다. 아아, 이제는 더 이상 추워도 춥다고 하지 말자!

바다 건너 난지도를 바라보면서 걸어간다. 대호방조제가 끝난 지점에 에너지 캠퍼스가 있다. 당진 발전본부에서 전력 문화를 알리기 위해 운영하는 홍보관이다. 이제는 대호만로를 따라 걸어간다. 석문면에 위치한 왜목마을로 나아간다. '해 뜨고 지는 왜목마을' 사랑의 하트가 다가오고, 왜목의 지형이 '왜가리의 목처럼 생겼다'는 유래에서 착안하여 꿈을 향해 비상하는 왜가리의 모습을 표현한 작품이 있는 '새빛왜목포토존'을 지나간다.

왜목마을 해수욕장은 땅의 모양이 가느다란 '왜가리 목'을 닮았다고 하여 왜목마을이라 불린다. 왜목마을은 서해에서 북쪽으로 반도처럼 솟아 나와 있는데, 솟아 나온 부분의 해안이 동쪽을 향하고 있어 일출과 일몰을 볼 수 있는 곳이다. 해안선을 따라 이어지는 1.2km의 수변 데크는 낭만적 정취를 더해 준다. 모래사장과 갯바위 덕분에 해변에는 많은 사람들이 찾아와 해수욕과 갯바위 낚시를 즐긴다.

마을 주민인 것 같은 아저씨가 행색이 이상한 나그네를 한참이나 쳐다본다. 궁금증을 풀어 주려는 듯 나그네가 웃으며 말을 건넨다.

"땅끝 해남에서부터 걸어왔어요!"

"에엣! 뭐라고요?"

"해남에서 걸어왔다니까요?"

"우와, 정말 대단하십니다. 얼마나 걸리셨어요?"

"한 40일 걸렸네요."

"우와, 정말 대단합니다. 존경스럽습니다."

손을 흔들며 길을 재촉하는 나그네, 어깨가 으쓱해진다. 칭찬은 고래도 춤추게 하지만, 돌도 춤추게 한다. 명돌의 발걸음이 춤을 추듯 가볍

해 뜨고 지는
왜목마을
당진시
장고항국가어항

게 나아간다. 니체는 "신은 죽었다"고 선언하며 "신은 인간에 의해 창조된 허상"이라고 믿었다. 인간은 허무를 극복하고 자기 자신이 주인이 됨으로써 알을 깨고 나와서 새로운 세계를 만들어 나가야 한다. 강한 나로 변신하기 위해서는 과거의 나에 집착하지 말고, 과거의 나를 과감히 버려야 한다. 어떤 챔피언에게도 무명 시절은 있었다.

시골 교회를 지나간다. 오늘은 일요일, 주일날이다. 교회 안의 주님이 아닌 무소부재 하신 길 위의 주님에게 감사의 기도를 올린다.

오늘날 종교계는 기복신앙과 기적신앙이 난무한다. 기복신앙을 주로 내세우는 종교는 존재할 필요가 없을 뿐 아니라 존재해서도 안 된다. 차라리 신앙 없이 드러내 놓고 세속적 가치를 추구하는 것만 못하다. 비신앙인들은 적어도 초자연적인 무기까지 동원해서 자기 욕망을 채우려 하지 않는다.

무욕과 무소유를 가르치는 부처님의 말씀, 마음이 가난하고 온유한 자가 복이 있다는 예수님의 산상보훈을 한 번이라도 진지하게 생각해 본 사람이라면 기복신앙이 얼마나 종교의 본질과 어긋나는 것인지 알 만도 한데, 어찌 된 일인지 이해할 수 없다. 나아가 신앙의 이름으로 세속적 욕망을 더 부추기고 확대 재생산 하는 것이 오늘날 종교계의 일반적 모습이다.

기복신앙은 기적신앙과 직결된다. 자신의 노력으로 복을 얻으려는 것이 아니라 초자연적인 힘을 빌려 복을 얻으려 하는 것이 기적신앙이다. 기적신앙보다 더 깊은 신앙은 아무런 가시적 징표 없이도 보이지 않는 하느님을 믿는다. 예수님은 의심하는 도마에게 "보지 않고 믿는 신앙이 더 위대하다."고 하셨다. 신앙이 기적을 만들지 기적이 신앙을 만들지 않는다. 신앙이 깊은 사람들은 한결같이 세상에 기적 아닌 것이 없다고 말한다. 숨 쉬며 밥 먹고 하늘을 우러러볼 수 있고 걸어갈 수 있는 모든 것이 기적이라는 것이다. 예수님은 들에 핀 백합화, 공중에 나는 새 한 마리에서도 하느님의 손길을 느꼈다. 옛날 사람들이 하늘을 나는 비행기를 보았다면 분명 기절초풍하고, 사회는 온통 난리가 났을 것이다.

왜목마을을 빠져나와 석문해안로를 따라가다가 언덕 위의 통나무집 쪽으로 우회전하여 언덕 너머 평화로운 농촌 마을을 걸어간다. 이제는 정말 먼 길을 걸어왔다. 링컨은 "나는 천천히 가는 사람입니다. 하지만 뒤로 가지는 않습니다."라고 했다. 인생은 돌아갈 수는 없지만 새로 시작할 수는 있다. 어느 누구도 과거로 돌아가서 새롭게 시작할 수는 없지만 지금부터 시작해서 새로운 결실을 맺을 수는 있다.

용무치항을 지나서 다시 해안가로 가서 장고항으로 향한다. 드디어 장고항에 도착했다. 장고항은 포구를 둘러싼 육지의 모습이 장구를 닮았다고 해서 북 고(鼓) 자를 쓰는 장고항이 되었다.

조선말 인천 제물포까지 뱃길이 열렸고 이때부터 포구로서의 역할을 한 것으로 보인다. 1980년대 초부터 실치, 뱅어포로 유명해지기 시작했으며, 현재는 전국에서 유일하게 실치회를 맛볼 수 있는 곳으로, 3월 중순에서 5월 초 사이 전국에서 많은 관광객이 몰려들고, 매년 대규모 실치축제 행사를 하고 있다. 여러 번 다녀가 익숙한 장고항에서 오늘은 숙소를 잡기로 하고 전망 좋은 곳을 살피며 걸어간다.

11시 38분, 80코스 종점 해양파출소 옆 장고항2리버시정류장에 도착했다. 오늘은 한 코스만 걷고 편안한 휴식을 가졌다.

81코스

엄마라면 어떻게 할까

장고항2리버스정류장에서 유곡2교차로 21.2km

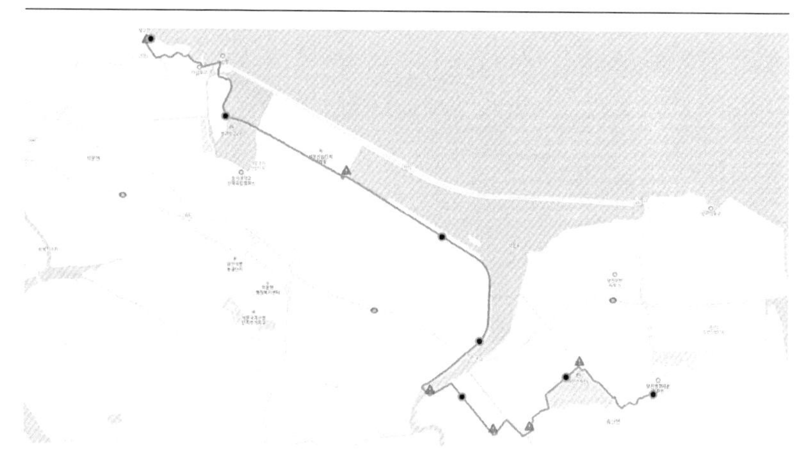

장고항2리버스정류장 > 석문달맞이공원 > 삼화교 > 파인스톤CC > 유곡2교차로

12월 5일 12시 15분, 81코스 종점 유곡2교차로에서 역방향으로 출발한다. 81코스는 송산면 유곡리 유곡2교차로에서 출발하여 석문달맞이공원을 지나서 장고항2리버스정류장까지 걸어가는 구간이다. 간척지를 개발하여 농경지를 늘려 식량 증산을 이루고자 추진된 개발 사업의 현장을 마주할 수 있는 코스다.

걷기 43일째, 1,300km를 돌파하는 날이다. 멀고 먼 길을 걸어왔다. 기념으로 오늘도 한 코스만 걷기로 한다. 구름 한 점 없는 파란 하늘, 행복한 아침이다.

내 인생에서 가장 아름답고 행복한 시간은 언제였던가. 사람마다 계

절이 다르기에 꽃이 피는 시기도 다르다. 내 인생의 화양연화는? 그렇다. 바로 지금이다. 그때도 좋았지만 바로 지금이다. 지금이 인생의 꽃피는 시절, 지금 여기가 내 인생의 황금기, 꽃자리다. 그때 그 시절은 지나갔다. 최고의 시절은 바로 지금, 지금이 화양연화다. 세상만사 흩어지는 꽃과 같으니 일생을 어둠을 헤치는 밝은 달처럼 하루하루를 즐겁게 살아야 한다.

당진시 송산면 당산리 들판을 걸어간다. 파인스톤CC를 지나서 끝없는 들판길이다. 수많은 새들이 하늘을 시커멓게 덮고, 들판에도 새들이 먹이 활동을 하고 있다. 뭐라 형용할 수 없는 장관이 펼쳐진다. 겨울 진객들이 나그네를 위한 쇼를 하고 있다.

외로운 나그네가 들판을 걸어간다. 갈대가 바람에 걸려 떨고 있다. 불안한 희망처럼 겨울바람에 흔들거린다. 바람의 연주에 맞춰 길 위에서 춤을 춘다. 나그네는 괴나리봇짐 등에 지고 적막한 겨울의 이 삭막한 길에서 내일의 희망을 찾아간다. 희망이 있는 사람은 음악이 없어도 춤을 춘다. 젊은이는 희망에 살고 노인은 회상에 산다. 희망이 있는 한 아직 젊은이다. 진정한 개혁은 사회 개혁이 아니라 사람 개혁이다. 타인의 개혁이 아니라 자신의 개혁이다.

자조의 정신, 자주의 정신, 자립의 정신, 자쾌의 정신, 자유의 정신으로 걸어간다. 아침이 오지 않을 만큼 긴 밤은 없다. '나중에'라고 하는 길을 통해서는 이르고자 하는 곳에 결코 이를 수 없다. '지금 여기'에서 자신의 길을 직시하고 나아가야 한다. 아랍 속담에 '까마귀에게 길을 안내해 달라고 하면 개가 죽어 있는 곳으로 안내한다.'고 한다. 나의 가는 길은 오직 내가 안다. 나의 희망의 길은 내가 안다. 나에게 편지를 쓴다.

"엄벙덤벙 살지 말자."

"대충 그럭저럭 살지 말자."

그러자 답장이 왔다.

"그래, 알았어."

삼화교를 지나서 끝없이 평탄한 길, 낯선 서해랑길을 걸어가는 나그네가 독백을 한다.

'왜 걸어가? 무엇 하러? 사람을 찾으러. 누구를? 그곳에 살던 옛사람들을. 또 누구를? 오늘을 사는 사람들을. 또? 미래를 살 사람들을. 그게 다야? 아니, 그 사람들을 만나고 있는 나 자신을.'

나그네가 종종걸음으로 누군가를 찾아 길을 간다. 나 홀로 걸어가는 서해랑길, 길에서 길을 찾는 자신을 찾아간다.

갑자기 소변이 보고 싶어진다. 주위를 둘러본다. 아무도 없다. 태양을 향해 발사를 한다. 아아, 배설의 기쁨! 시원하다. 나그네는 야생이다. 산길을 홀로 걸을 때면 한 마리 짐승이나 다름없다고 생각하지 않았던가. 신독이 스쳐 간다. 신독(愼獨)은 남이 보지 않고 혼자(獨) 있을 때 가장 경계하고 신중하게(愼) 처신하라는 『중용』의 개념이다. 남들이 보지 않는 곳, 혼자 있을 때 가장 조심해야 한다는 개념이다. 옛 선비들은 중용의 도가 잠시라도 내 곁에서 떨어진다면 그것은 중용의 도가 아니라고 생각하였다. 남이 보든 안 보든 상관이 없었다. 그것은 나 자신의 문제이지 남의 평가나 시선에 연연해야 할 문제가 아니었기 때문이다. 이것이 옛사람들이 지향한 삶의 방식이다. 그것은 오늘을 살아가는 데도 중요한 가르침이다. 우암 송시열의 스승이자 김장생의 아들 김집의 호가 신독재(愼獨齋)이다.

"중용의 도라고 하는 것은 인간의 삶과 잠깐이라도 유리되어서는 안 되는 것이다. 중용적 삶이 나에게 잠깐이라도 분리된다면 그것은 진정한 중용의 도가 아니다. 그렇기에 군자는 남이 보지 않는 곳에서 경계하고 삼가야 하며, 남이 듣지 않는 곳을 더욱 두려워해야 한다. 은밀한 것보다 더 잘 드러나는 것이 없고, 미세한 것보다 더 잘 드러나는 것이 없으니 군자는 늘 혼자 있을 때를 더욱 삼가야 한다."

중용이 가장 무너지기 쉬운 순간 신독이다. 남이 보지 않을 때 인간은 자주 중용적 삶을 포기하게 된다. 다른 사람의 시선과 평가가 있으면 그래도 나를 돌아보며 삼가며 살아간다. 그러나 남이 보지 않는 곳에서 중용적 삶이 무너지기도 한다.

하늘의 그물망은 마치 CCTV처럼 세상의 모든 일을 다 잡아낸다. 하늘과 우주의 그물망이다. 천의무봉(天衣無縫)이다. 배설의 기쁨 다음에 찾아오는 쑥스러운 오줌의 철학이 장황하다. 나그네의 분신인 그림자가 앞서서 걸어간다.

'그림자! 오랜만이다. 걷기 43일째, 오늘 무슨 날인지 알아? 오늘 돌아가신 엄마 생신이야! 생신! 동짓달 열이틀, 음력으로 11월 12일이야. 벌써 돌아가신 지 10주년이 지났네.'

석문호를 끼고 걸어간다. 추운 겨울, 길을 걷는 나그네는 더욱 추위를 느낀다. 힘 있는 자들은 아무 계절이든 화려하게 사는 동안 힘없는 사람들은 모든 계절을 힘겹게 살아간다. 자발적으로 선택한 고독한 나그네가 거센 바람 몰아치는 추위를 안고 터벅터벅 길을 걸어간다.

구름 한 점 없이 맑은 날씨, 허허벌판 까마득히 먼 평탄한 길, 산티아고 순례길의 나무 그늘 하나 없는 끝없는 메세타평원이 스쳐 간다. 파란 하늘, 태양이 앞에서 길을 안내한다. 용감한 전사가 야생의 길을 간다.

어제는 이때까지 동행하던 승용차 벤츠 S63 AMG가 갑자기 고장이 났다. 서산에서는 고칠 수가 없다고 해서 레카에 실어서 수원 사업소로 보냈는데, 아직 연락이 없다. 서해랑길을 끝까지 함께하고 난 후에 아름다운 이별을 하려고 했는데, 헤어져야 할 것만 같아서 몹시 아쉽다.

어찌할 것인가. 지붕에 올라간 다음에는 사다리를 치워야 한다. 유용한 진리는 언젠가는 버려야 한다. 불가에서는 사벌등안(捨筏登岸), 언덕을 오르려면 뗏목을 버리라고 말한다. 장자는 득어망전(得魚忘筌), 고기를 얻었거든 통발을 잊으라고 한다. 득의망언(得意妄言), 뜻을 얻었거든 말을 잊어야 한다. 골리앗을 때려 넘긴 다윗의 조약돌을 비단에 싸서 제단에 둘 거야 없다. 위대한 것은 다윗이지 돌이 아니다. 다윗 또한 하나님의 조약돌에 지나지 않는다.

6년간의 소중한 인연이었지만 이별은 정해진 이치, 서로의 갈 길을 갈 일이다. 세상이 어찌 내 원하는 대로 내 뜻대로 된단 말인가. 승용차가 갑작스럽게 고장이 나듯이 언제 어디서 불시에 불의에 무슨 일들이 일어날지 알 수 없다. 그러니 겸손해야 한다. 끝없이 낮아지고 겸손해야 한다.

저 푸른 하늘을 바라보면서 지구별에 나그네로 살아가는 자긍심을 갖는 것도 좋지만, 저 하늘을 두려워하고 대지를 두려워하면서 세상 모든 사람들과 자연과 더불어 살아가야 하는 마음속 깊은 생각을 가져야 한다. 불의를 멀리하고 사랑의 눈으로 세상을 바라보아야 한다.

아아, 엄마가 생각이 난다. 엄마가 이 세상에 태어난 날, 엄마가 이 세상에 태어났기에 나도 이 세상에 태어났다. 엄마가 주신 생명, 사람으로 살다가 사람으로 갈 수 있다는 것은 축복이다. 아름다운 사람의 길을 걸어가자. 바람이 불어온다. 바람아, 나랑 같이 가자! 엄마 생각이 나고 이슬이 맺힌다. 어릴 적 보았던 엄마의 눈물은 나의 눈물이 되었다. 내 생애 팔 할이 엄마의 눈물에 있었다면 이 할은 방랑의 길 위에 있다. 엄마는 1992년에 뇌졸중으로 쓰러져서 2012년에 돌아가셨다. 64세에 쓰러져서 84세에 돌아가셨다. 고향의 엄마의 친구들은 "제일 고생 많이 한 돌네 엄마가 제일 부러운 돌네 엄마로 살다가 돌아가셨다"고 했다.

엄마가 안 계신 지금도 여전히 엄마는 내 가슴에 살아 있다. 아들의 인생길에 언제나 함께 걸어간다. 중요한 결정을 해야 할 때면 '엄마라면

어떻게 할까' 하고 물어본다. 삶에서도 길 위에서도 엄마는 최초의 최고의 스승이었다. 눈물이 뺨을 타고 흘러내리고, 목구멍을 밀고 터져 나오는 흐느낌을 멈출 수가 없다.

눈물은 모든 감정의 중심이다. 좋아도 울음이 나고, 슬퍼도 울음이 나고, 너무 웃어도 눈물이 난다. 인간은 울음을 통해 모든 감정을 정화한다. 연암 박지원이 『열하일기』에서 망망한 만주 땅을 바라보며 '참 울기 좋은 곳'이라고 했다. 막막한 만주 땅에서 울면 누구도 신경 쓰지 않고 울 수 있으니, 평소에 울음을 참고 살았던 사람이 참으로 울기 좋은 곳이라 한 것이다. 이때 같이 동행했던 정진사가 물었다.

"아니, 저 넓은 땅을 보고 하필이면 울기 좋은 땅이라는 이유는 뭡니까?"

이에 연암이 대답했다.

"인생을 살면서 기뻐도 그 기쁨이 극에 달하면 울음으로 변하고, 슬퍼도 슬픔이 극에 이르면 울음으로 변하고, 화가 나도 그 극에 이르면 울음으로 변한다. 울음은 모든 감정의 가장 귀한 근본이다. 그런데 우리는 울어 볼 데가 없다. 하지만 이런 곳이라면 내가 울어도 뭐라 그럴 사람이 없을 것이다. 영웅은 울기를 잘하고, 미인은 눈물이 많다(英雄善泣 美人多淚)."

박지원은 "영웅은 잘 울고 미인은 눈물이 많다."고 했다. 세상 사람들이 고통에 시달리면 함께 울어 주고, 힘들고 고달픈 삶을 위로하며 우는 지도자는 아름답다. 정유재란 후 셋째 아들 면의 죽음을 듣고 흘리는 이순신의 눈물, 백의종군 길에 갑작스럽게 맞이하는 어머니의 죽음 앞에서 흘리는 이순신의 눈물이 스쳐 간다.

울기 좋은 넓은 들판을 지나고 석문달맞이공원을 지나간다. 오른쪽 너머에 석문방조제가 보인다. 석문방조제로를 걸어간다. 석문방조제는 송산면 가곡리에서 석문면 장고항리를 연결하는 길이 10.6km 방조제이다. 석문지구 간척농지 종합개발사업의 일환으로 조성되었으며, 1987년 착공하여 1995년에 완공되었다. 석문방조제가 축조되면서 거대한 담수호인 석문호가 생겨났다.

밀물이 들어와 푸른 바다가 넘실거린다. 바다 건너편 평택이 보인다. 해그림자 길게 누운 포구, 바다에는 아무도 없다. 바다 냄새 맡으며 나그네 홀로 길을 간다. 거칠고 막막한 바다가 대지를 걷는 대신 자신과 놀자고 추파를 던진다. 바다에 마음의 쪽배를 만들어 희망의 돛을 달고 나아간다.

파란 하늘 파란 바다에 하얀 달이 떠 있다. 작은 섬 위로 달이 떠 있다. 아름다운 풍경이다. 마섬포구를 지나간다. 장고항으로 들어선다. '장고항 국가어항'이란 시설물이 장고항의 위용을 더한다.

16시 26분, 목적지인 해양파출소 옆 장고항2리버스정류장에 도착했다. 장고항의 저녁 시간, 용인에서 변호사와 세무사를 하고 있는 아들과 직원이 와서 함께 식사를 했다. 집에서 타던 중고차를 가지고 왔다. 다시 홀로 있는 밤, 쏟아지는 달빛을 안고 꿈속에서 엄마에게로 달려간다.

82코스

세상은 나의 거울

유곡2교차로에서 복운리나눔숲 14.3km

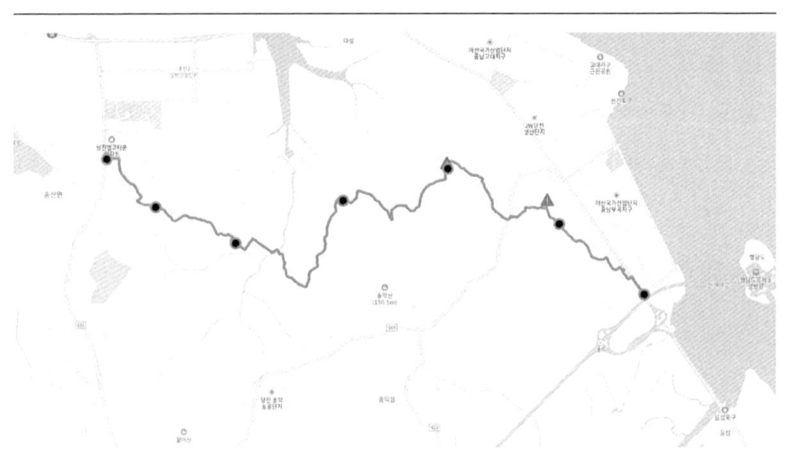

유곡2교차로 › 정곡리마을 › 월곡리회관버스정류장 › 심훈기념관 › 복운리나눔숲

12월 6일 이른 새벽, 창문을 여니 폭설이 내리고 있다. 온 세상이 설국이다. 날이 밝자 승용차를 몰고 출발점으로 엉금엉금 기어간다.

8시가 지나서 송산면 유곡리 유곡2교차로에서 82코스를 시작한다. 82코스는 정곡리마을, 심훈기념관을 거쳐서 복운리나눔숲까지 걸어가는 구간이다.

지난밤 맑은 하늘에 달이 휘영청 밝았는데, 하얀 설경이 펼쳐진 평화로운 아침이다. 밤새 날씨가 돌변해서 폭설이 내렸다. 눈 같은 눈, 제대로 첫눈이 내려 온 세상이 하얗게 변했다. 미끄러운 차도를 따라 걸어가다가 앞에서 차가 오면 눈을 밟으며 걸어간다. 한적한 언덕길, 농로를 따라간다. 두 개의 무덤이 하얗게 눈으로 덮여 있다. 김삿갓이 노래한다.

천황씨가 죽었나 인황씨가 죽었나
나무와 청산이 모두 상복을 입었구나
밝은 날에 해가 찾아와 조문한다면
집집마다 처마 끝에서는 눈물 뚝뚝 흘리겠네

정곡리 들판을 걸어간다. 구름 낀 하늘에 간간이 파란 하늘이 나타나고 태양이 고개를 내밀었다가는 다시 숨는다. 아직 아무도 가지 않은 눈으로 덮인 들길, 눈길에 발자국을 남기며 걸어간다. 날마다 하얀 백지에 하루의 인생길을 써 내려가듯 하얀 눈 위에 오늘 하루를 걸어간다. 하늘에는 새들이 유유히 날아간다. 눈 덮인 들판에도 새들이 아침 식사에 여념이 없다. 조심성이 있는 수많은 새들이 나그네의 인기척에 놀라 하늘로 날아오른다. 용기 있는 새들은 눈치를 살피며 그대로 자리를 지킨다. 나그네가 자신에게 명령한다.

"조심해라!"

"지유조심(只有操心)."

"다만 네 마음을 붙들어라!"

"결코 마음을 놓친 허깨비 인생으로 살지 마라!"

조심해야 한다. 마음이 달아난 사람은 그날로 비천해진다. 조심은 두리번거리며 살피는 것이 아니라 내가 마음의 주인이 된다는 말이다. 마음을 놓아 버려 외물이 그 자리를 차지해 버리면 나는 그로부터 얼빠진 허깨비 인생이 된다. 문제에 질질 끌려다니면 문제만 일으키는 문제아가 된다. 세상살이에 문제가 떠날 날이 없다. 정작 문제는 문제 그 자체가 아니라 문제가 무엇인지 모르는 것에 있다. 고슴도치의 가시처럼 들고 일어나는 문제 속에 허우적대다가 몸과 마음을 상하고 인생을 망치는 경우가 수없이 많다. 전갈에 쏘인 원숭이가 가려운 데를 긁느라 원인을 제거할 생각을 못 하다 결국 죽어서야 끝을 낸다. 전갈을 잡거나 피해야 한다. 사람이 한번 세상에 나면 부귀빈천을 떠나 뜻 같지 않은 일이 열에 여덟아홉이다. 오늘은 나에게 과연 무엇이 문제인가? 조심조심 하루를 걸어간다.

하늘이 어두워지고 다시 눈이 내린다. 눈 내리는 소리가 들린다. 나그네가 온 세상이 하얗게 눈 덮인 길을 걸어간다. 소동파가 노래한다.

인생 도달하는 곳 무엇과 같을까
기러기가 질척거리는 눈밭을 밟는 것과 같으리
진흙 위에 어쩌다 발자국 남긴대도
기러기 날아가면 어찌 동서쪽을 가늠하랴

인생살이 분주하게 뛰어 봐야 다 부질없는 노릇, 기러기가 우연히 눈밭에 남긴 발자국이나 다름없다. 인생의 모든 것, 결국 눈밭에 기러기 발자국 같은 것, 해가 뜨면 녹아 없어질 것, 설니홍조(雪泥鴻爪)다. 기러기 떠난 후 그 방향을 따진들 무슨 의미가 있는가. 삶의 노심초사 같은 건 훌훌 털고 느긋하게 소탈하게 세상을 만나자. 서해랑길에서 내 마음을 찾고 마음의 진면목을 바라본다.

'송악읍 마중길' 월곡리를 걸어간다. 길가에 장승 4기가 하얀 이빨을 드러내고 나그네를 보고 웃는다. 나그네도 저절로 웃음이 난다. 두 놈은 화를 내고 있다. 나그네도 인상을 쓰면서 화답을 한다. 내가 거울을

보고 웃으면 거울 속의 나도 웃고 내가 세상을 보고 웃으면 세상도 나를 보고 웃는다. 세상은 나의 거울, 세상을 향해 외친다.

"세상아!

너는 내 친구, 우리 사이좋게 잘 지내자!"

세상이 메아리로 대답한다.

"친구야!

그래, 좋아. 우리 오늘도 웃자!"

천하의 색골 옹녀가 천하의 오입쟁이 변강쇠에게 투정을 부렸다.

"건장한 저 신체에 밤낮 하는 것이 잠자기와 그 노릇뿐, 굶어 죽기 고사하고 우선 얼어 죽을 테니 오늘부터 지게 지고 나무나 하여옵소."

옹녀의 투정을 받고서 강쇠가 나무를 하러 갔다. 그런데 하라는 나무는 안 하고 장승을 빼내어 지게에 지고 왔다. 이를 보고 깜짝 놀란 옹녀가 말했다.

"에그, 이게 웬일인가, 나무하러 간다더니 장승 빼어 왔네그려. 나무 암만 귀타하되 장승 빼어 땐단 말은 듣도 보도 못했소. 만일 패어 때었으면 목신동증(木神動症) 조왕동증 목숨 보전 못 할 테니 어서 급히 지고 가서 전 자리에 도로 세우고 왼발 굴러 진언(眞言) 치고 달음질로 돌아옵소."

그러나 강쇠는 도끼 들고 달려들어 장승을 패어 군불을 지핀다. 이에 함양장승 대방이 발론하여 통문을 보내 조선팔도 장승을 모두 소집하여 장승동증을 발동하여 강쇠를 공격한다.

<변강쇠전>의 한 대목이다. 장승 동티 난 변강쇠 이야기가 소설과

판소리로 두루 전해지는 것이나 장승이 대체로 험악한 인상을 하고 있는 것으로 보아 예전 사람들은 장승은 함부로 건드려서는 안 되는 영물로 인식했다. 장승은 마을을 수호하고 때로는 이정표 기능을 한다. 사계절 비바람과 눈보라를 맞으면서 마을을 지켜 주는 장승은 무섭고도 친근한 벗이었다.

송악읍 부곡리 얕은 산길을 넘어간다. 하얀 눈을 밟으며 걸어간다. 눈은 그치고 다시 햇살이 비친다. 뽀드득 뽀드득, 농로의 눈길을 걸어서 당진시 상록수길 필경사에 도착한다. 쇠 나무가 서 있고 '그날, 쇠가 흙으로 돌아가기 전에 오라'고 새겨져 있다.

필경사는 심훈(1901~1936)이 1932년 서울에서 그의 아버지가 살고 있는 당진 부곡리로 내려와 작품 활동을 하던 중 1934년에 직접 설계하여 지은 집이다. '필경(筆耕)'은 심훈의 1930년 7월 작품으로, 조선인들의 마음을 붓으로 논밭 일구듯 표현하고자 하는 의지와 함께 자신의 집을 필경사라 명명한 것으로 보인다.

심훈은 민족의식과 일제에 대한 저항의식을 지닌 당대의 지식인으로서 필경사에서 1935년 농촌계몽소설의 대표작이라 할 수 있는 『상록수』를 집필하였다.

1930년대 전반기에는 농촌계몽운동이 절정에 달하여 당시 문학운동의 주류로 부각되었다. 농촌계몽운동은 전국적으로 확산되어 깊은 산골에서도 한글을 익히며 민족의 운명을 토론하는 소리가 드높아갔다. 농촌에서 지식 청년과 학생, 농민, 농촌의 어린이가 민족의 공감대를 통해 독립운동을 고조시켜 갔던 것이다.

심훈의 『상록수』는 이러한 농촌 광경을 묘사한 작품이다. 심훈은 심재영(『상록수』에 나오는 박동혁의 실제 인물)과 공동경작회원들의 활동과 최

그날이 오면
심훈

용신(채영신의 실제 인물)의 활동을 기사로 접하며 작가적 상상력을 통하여 『상록수』를 집필하였던 것이다.

심훈기념관 앞에는 심훈의 시들이 새겨져 있다. 「눈밤」이다.

소리 없이 내리는 눈, 눈
한 치 두 치 마당 가득 쌓이는 밤엔
생각이 길어서 한 자(尺) 외다, 한 길(丈) 이외다
편편(片片)이 흩날리는 저 눈송이처럼
편지나 써서 온 세상에 뿌렸으면 합니다.

커다란 표석에는 「그날이 오면」이 새겨져 있다.

그날이 오면 그날이 오면은
삼각산이 일어나 더덩실 춤이라도 추고
한강 물이 뒤집혀 용솟음칠 그날이
이 목숨이 끊치기 전에 와 주기만 하량이면
나는 밤하늘에 나는 까마귀와 같이
종로의 인경을 머리로 들이받아 올리오리다.
두개골은 깨어져 산산조각이 나도
기뻐서 죽사오매 오히려 무슨 한이 남으오리까.

그날이 와서 오오 그날이 와서
육조(六曹) 앞 넓은 길을 울며 뛰며 뒹굴어도
그래도 넘치는 기쁨에 가슴이 미어질 듯하거든
드는 칼로 이 몸의 가죽이라도 벗겨서

커다란 북을 만들어 둘러메고는
여러분의 행렬에 앞장을 서오리다.
우렁찬 그 소리를 한 번이라도 듣기만 하면
그 자리에 꺼꾸러져도 눈을 감겠소이다.

심훈기념관으로 들어선다. 경성고등보통학교 3학년이었던 심훈은 맨 앞에서 만세운동에 참여했다가 일경에게 체포되고 학교로부터 퇴학 조치를 당했다. 당시에 회유정책으로 20세 미만의 학생들에게는 "다시 독립운동을 할 터인가?" 물어보아서 안 하겠다고 하면 석방할 방침이었다. 그러나 심훈은 자신의 목을 자르는 시늉을 하면서 "일본이 내 목을 이렇게 잘라도 죽기까지는 독립운동을 하겠오."라고 하였다. 결국 징역 6월에 집행유예 3년을 받고 옥고를 치렀으나, 옥중에서도 민족 독립을 향한 결의가 조금도 변하지 않았다.

"도망을 치면 희망이 없다. 부딪쳐 싸워 이겨야 한다."라고 하면서 독립운동에 대한 굳은 의지를 가진 심훈은 당진 농촌에서 희망을 찾았다.

1936년 8월 10일 새벽 베를린올림픽 마라톤에서 손기정·남승룡 선수의 기쁜 소식을 듣고 즉흥시를 썼다.

(전략)

오오, 나는 외치고 싶다! 마이크를 쥐고
전 세계의 인류를 향해서 외치고 싶다!
인제도 인제도 너희들은 우리를
약한 족속이라고 부를 터이냐!

이 시는 심훈의 마지막 유작이 되었다. 장티푸스로 그해 사망했다. 심훈은 늘 푸르고자 했던 민족 문학의 영원한 청년이다.

심훈기념관에서 나와 다시 길을 간다. 파란 하늘에 흰 구름이 흘러간다. 저 구름은 어디로 흘러가는 것일까. '멀리도 가까이도 아닌 저만큼에서 고향의 흙냄새는 나를 부르네. ~' 나훈아의 '흰 구름 가는 길'을 노래 부르며 나그네가 서해랑길을 걸어간다. 서해안 시대의 관문 서해대교를 바라보면서 걸어간다.

송악읍 복운리 대로에는 언제 눈이 왔느냐는 듯 깨끗한 6차선 도로에 차량들이 쌩쌩 달려가고 있다.

12시 28분, 82코스 종점 복운리 나눔숲에 도착했다.

83코스

내 무덤에 침을 뱉어라!

복운리나눔숲에서 인주공단교차로 14.9km

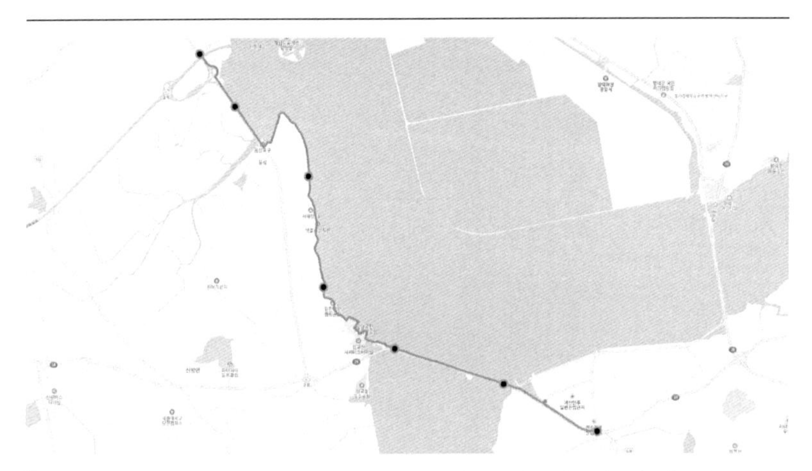

복운리나눔숲 > 음섬포구 > 맷돌포선착장 > 삽교천방조제 > 안주공단교차로

12시 30분, 83코스를 시작한다. 83코스는 복운리나눔숲에서 시작하여 서해대교를 바라보며 음섬포구, 맷돌포선착장을 지나고 삽교천방조제를 지나서 아산시 인주면 걸매리 인주공단교차로에 이르는 구간이다. 아름다운 서해바다와 서해대교를 바라보며 걸어가는 코스다.

산업 도로를 걸어서 음섬포구로 나아간다. 길을 간다. 서해랑길을 걸어간다. '걸음아 날 살려라!' 하면서 걸어간다. 처음부터 길이었던 길은 없다. 내가 걸으면서 길이 열린다. 걸어야 한다. 무조건 걸어야 한다. 세상에는 이론가가 있고 실천가가 있다. 행동으로 옮겨야 새로운 세계의 문이 열린다. 걷기와 자연 속에 기적이 있다.

오스트랄로피테쿠스는 300만 년 전에 직립 보행을 하고, 인간의 조상인 호모사피엔스는 50만 년 전에 지구에 나타나고 12,000년 전에 농경 생활을 시작했다. 뼈 빠지게 일하고 움직이는 게 인간의 정체성이다. 인간의 몸은 10조 개의 세포, 1,000조 개의 미생물로 구성된 집단이다. 이 집단은 50만 년 동안 진화했다. 현대문명은 길어야 100년이다. 현대인은 50만 년 전 조상과 별 차이가 없다. 그들이 했던 것처럼 걷고 움직이면 병은 저절로 사라진다. '아하, 태양이 떠오르고 지는 것이 아니라 지구가 도는 것, 바로 내가 걸어가는 것이었구나!'라고 하면서 걸어야 한다. 고대 그리스의 헤라클레이토스(BC 540~480)는 말했다.

"지금 이 순간은 다시 오지 않는다."

"같은 강물에 두 번 발을 담글 수는 없다."

바다 건너 멀리 서해대교를 바라본다. 오전과 오후의 날씨가 완전히 달라졌다. 먹구름은 걷히고 파란 하늘이 싱그럽다. 가벼운 걸음걸이로 나아간다. 오늘 저녁에는 충무공 이순신이 머물었던 해미읍성에서 숙소를 잡기로 계획했다. 남파랑길을 걷고 출간했던 『충무공과 함께 걷는 남파랑길이야기』에서 그토록 함께했던 충무공을 다시 만나는 밤이다.

나 홀로 걷는 서해랑길은 나를 찾아 떠나는 여행, 나의 삶과 사랑을 찾아 떠나는 여행, 온전히 자기 자신에게 귀를 기울이는 여행이다. 자신만의 리듬과 속도를 의식하고 즐기고 춤추는 여행이다. '나는 어떤 사람인가. 어떤 삶을 살기를 원하는가. 나를 행복하게 하는 것은 무엇인가?'를 생각하며 스스로 자신의 내면을 들여다본다.

어리석은 사람은 방황하고 현명한 사람은 방랑한다. 진정 나를 행복하게 하는 것이 무엇인지를 알려면 나 홀로 방랑의 길을 떠나야 한다. 나 홀로 도보여행은 용기 있는 자의 도전이다. 자신이 진정으로 원하는

대산 Daesan
송악 Songak
38
77
송악IC
Songak IC
1km

삶이 무엇인지를 알려면 길을 나서야 한다. 길 위에서 길을 보고 길 위에 홀로 서 있는 고독한 자신을 보아야 한다. 어디로 가야 할지, 어떻게 살아야 할지 막막하다면 용기를 내어 홀로 길을 떠나야 한다. 여행을 하면서 현실에서 한 발짝 떨어져서 자신의 삶을 돌아보아야 진정한 자신의 모습이 보인다.

신평면 매산리 매산해양공원 표석이 위용을 자랑한다. 서해대교와 바다 건너 평택을 바라보면서 걸어가는 발걸음이 가볍다. 드디어 경기도가 지척에 다가왔다. 서해대교를 건너가면 바다 건너 바로 경기도 평택인데 길은 돌아서 간다. 눈이 녹지 않은 해안 길을 걸어간다. 바다에는 물새들이 유영을 하고 있다. 평화로운 정경이다.

행복한 사람은 자기 자신이라는 친구가 있다. 스스로를 대접할 줄 알 때 세상도 대접한다. 나 홀로 여행을 떠날 용기가 있는 자신에게 찬사를 보낸다. 나 홀로 도보여행은 내공을 쌓는 길이다. 살아가면서 지혜로운 사람은 남에게 보여 준 것보다는 더 많이 갖고 있어야 하고, 아는 것보다는 덜 말해야 하고, 지니고 있는 것보다는 덜 빌려주어야 한다. 그릇이 크면 클수록 더 많은 것을 나눌 수 있다.

맷돌포구를 지나간다. 며칠 후(12월 8일) 보름달이 뜨는 밤 맷돌포구의 '바다다' 펜션에서 이틀간의 환상적인 달빛기행을 하면서 묵게 되고, '어민횟집'의 파장어탕 맛에 반하여 자주 찾을 줄 이때는 미처 몰랐다. 젊은 주인의 서글서글한 인상이 한결 맛을 북돋운다.

'호수와 바다를 한눈에 즐길 수 있는 곳', '삽교호해안탐방로' 안내판을 지나서 2.25km 거리의 삽교호관광지를 향해 걸어간다. 하늘에는 철새들이 떼를 지어 V자형을 그리며 날아가고 바다에는 물새들이 한가롭게 노닐고 있다. 구름 위를 걷는 기분, 홀가분하고 평안하다. 순간순간 기쁨과 행복이라는 감정을 만끽한다.

세상에는 가지각색의 삶이 있다. 변화를 위해서는 새로운 자극이 필요하다. "여행을 떠날 각오가 되어 있는 자만이 자기를 묶고 있는 속박에서 벗어나리라."라고 헤르만 헤세는 말한다. 여행은 인생을 바꾼다. 모든 여행은 하나의 새로운 출발을 의미한다. 홀로 여행을 떠나 내 삶의 의미를 찾아보지 않는다는 것은 자신에 대해 얼마나 불성실한 것인가. 혼자 여행할 때 자신에 대해 더 진지하고 객관적으로 생각할 수 있다. 마치 높은 산 위에 올라 산 아래를 내려다보는 것처럼 일상에서 한 발짝 떨어져서 일상을 바라본다. 최치원이 노래한다.

道不遠人人遠道(도불원인인원도)
山非離俗俗離山(산비이속속리산)
도는 사람을 멀리하지 않는데 사람은 도를 멀리하고
산은 속세를 떠나지 아니하나 속세는 산을 떠나는구나.

길 위에서 순례자는 길에서 돌아와 일상에서도 순례자처럼 살아간다. 여행자들은 일상에서도 여행자처럼 자유롭게 살아야 한다. 세상에서 가장 큰 선물은 자기 자신에게 기회를 주는 삶이다. 나는 길 위의 여행자로서 비록 홈리스(Homeless)이지만, 결코 호프리스(Hopeless)는 아니다. 희망을 찾는 여러 가지 방법 가운데 최고의 방법은 도보여행이다. 여행을 하면서 자신에게 귀를 기울이고 자신과 많은 시간을 보내다 보면 숨겨진 자신의 모습을 발견하게 된다. 도보여행은 걸어서 길을 떠나고, 하루하루 앞으로 나아가고, 마침내 도착하는 것으로 이루어진다. 도보여행을 되풀이할수록 자신이 좀 더 멋있고 괜찮은 사람이 되는 것 같다고 느낀다. 좋은 느낌을 느낀다는 것은 좋은 것이다. 그럼 계속해서 반복하고 싶고 나중에는 습관이 되어 일신우일신, 업그레이드가 된다. 이 순간이 지나가고 있다는 사실이 아쉬울 정도로 황홀하고 즐겁다. '내가 여기를 왜 왔지?', '내가 이곳에서 무엇을 하고 있지?'라고 생각했던 순간들이 가장 의미 있는 순간들로 다가온다.

'낭만과 사랑이 넘치는 삽교호' 반달 모형의 조각상이 반겨 준다. 삽교호관광지에 도착했다. 수십 마리의 갈매기들이 줄을 지어 난간에 앉아서 바다를 바라본다. 삽교호관광지는 다양한 테마공원 및 공연장, 수변 테크, 수산물시장, 전망대 등의 다채로운 시설물을 갖추고 있으며 서해대교, 바다와 호수를 한눈에 조망할 수 있다. 삽교호함상공원을 둘러보고 '삽교천유역농업개발기념탑' 앞에 섰다. 역사의 현장이다.

1979년 10월 26일 삽교천방조제 준공식에 참석했던 박정희대통령은 이 행사를 마지막으로 그날 밤 서거했다. 박정희 대통령에 대한 평가는 엇갈린다. 누구나 그러하듯 나는 세종대왕과 충무공 이순신을 좋아한다. 나아가 박정희 대통령을 좋아하고 존경한다. 박정희 대통령이 살아 있을 때인 1979년까지 나는 가난했고, 내 가족도 가난했고, 내 이웃도 가난했다. 나의 중학교 시절의 소원은 가난에서 탈출하는 것이었고, 그 방법은 열심히 공부하는 것이라고 생각했다.

세월이 지나서 나는 더 이상 가난하지 않다. 박정희 대통령은 '하면 된다!'는 불굴의 신념을 주었고, 나는 나름대로 치열하게 열심히 공부하고 일했다. 결과의 평등이 아닌 기회의 평등은 부지런한 자들에게 더욱 큰 희망을 주었다.

민주화와 산업화, 박정희 대통령은 빵과 자유를 바꾼 근대화의 혁명가였다. 한강의 기적을 이루고 산업화를 이룬 오늘날 지나칠 정도로

자유가 넘쳐흘러 방종에 가까운 행태들이 판치는 나라가 되었다. 히말라야 안나푸르나 트레킹 당시 한국에서 10년간 일을 한 적이 있는 셰르파는 말했다.

"네팔에도 박정희 대통령 같은 분이 필요합니다!"

유신 말기 박정희 대통령은 청와대 출입 기자들에게 "내 무덤에 침을 뱉어라!"고 말했다. 과연 누가 '한강의 기적, 위대한 대한민국의 새 역사'를 창조한 그의 무덤에 침을 뱉을 것인가.

삽교호방조제 수문을 지나서 길고 긴 삽교천방조제를 걸어간다. 삽교천방조제는 당진시 신평면 운정리와 아산시 인주면 문방리 사이로 흘러드는 삽교천 하구를 가로막은 둑으로, 길이가 3,360m이다.

'아산시 인주면'을 알리는 안내판이 기다린다. 드디어 당진시 신평면 운정리에서 아산시 인주면 문방리로 들어선다. 당진에서 아산으로 가는 길, 새로운 길이 열린다.

서해랑길, 이 길은 나의 길이고 나 홀로 걸어가야 하는 길이다. 다른 이와 함께 걸을 수는 있으나, 어느 누구도 나를 대신하여 걸을 수는 없다. 1959년 티베트에서 중국의 침략을 피해 80이 넘은 노스님이 히말라야를 넘어 인도에 왔다. 그때 기자들이 놀라서 노스님에게 물었다.

"어떻게 그 나이에 그토록 험준한 히말라야를 아무 장비도 없이 맨몸으로 넘어올 수 있었습니까?"

"한 걸음, 한 걸음, 걸어서 왔지요."

그 노스님의 대답이었다. 우공이산(愚公移山)의 고사는 90세 노인의 이야기다. 산을 가면 한 걸음 한 걸음 내디디면서 눈은 언제나 정상을 향해 있다. 그리고 걸어가는 그곳만 바라볼 것이 아니라 자신의 내면을 바라본다.

삽교천방조제에 시원한 바람이 불어온다. 스피노자는 "내일 죽는다 해도 나는 오늘 한 그루의 나무를 심겠다."라고 했던가. 만약 내일 죽어야 한다면 나는 오늘 무엇을 하겠는가? 걸을 것이다. 산다는 것은 걷는 것이다. 산다는 것은 사랑하는 것이다.

'사랑하다'와 '살다'라는 동사는 어원을 좇아가면 결국 같은 말에서 유래한다. 영어에서도 '살다(live)'와 '사랑하다(love)'는 철자 하나 차이일 뿐이다. 살아가는 일은 사랑의 연속이다. 사랑하기 때문에 끝없이 아파하고 눈물 흘리지만 살아가는 데에 사랑을 빼면 삶은 허망한 그림자에 불과하다. '남'에서 점 하나를 빼면 '님'이 된다. 받침 하나를 빼면 '나'가 된다. '나'에서 점 하나 옮기면 '너'가 된다. '남'의 받침과 획을 잘못 갖다 붙이면 '놈'이 된다. 나, 너, 남, 놈도 결국 받침 하나, 점 하나 차이일 뿐이다. 그러니 '나'와 '남' 사이에 골을 깊게 파고 살아갈 일이 아니다. 나아가 길 위에서 사랑하며 살 일이다.

종점에는 좋아하는 아우 허용래세무사가 기다리고 있다. "형님에게 배웠습니다!"라면서 걷기에 미쳐서 수시로 길을 떠나는 길 위의 사나이다.

삽교천방조제를 건너서 계속하여 직진에 직진을 하여 인주산업단지를 지나고 인주보건지소에 도착했다.

오후 3시, 오늘 하루의 길을 마무리를 했다. 아우와 제수씨를 만나서 해미의 파장어집으로 향한다. 화향백리, 주향천리, 인향만리라, 꽃의 향기는 백 리를 가고 술의 향기는 천 리를 가고, 사람의 향기는 만 리를 간다. 모처럼 사람의 향기를 진하게 느끼는 유쾌한 밤이었다. 내일은 경기도로 넘어갈까, 생각도 했지만 서산과 당진의 서해랑길 지선을 걷기로 하고 충청도의 도보여행은 계속된다.

15 서산~당진 지선 구간 (64-1에서 64-6코스) 109km

64-1코스

진흙이 없으면 연꽃이 없다

창리포구에서 부석버스정류장 11.9km

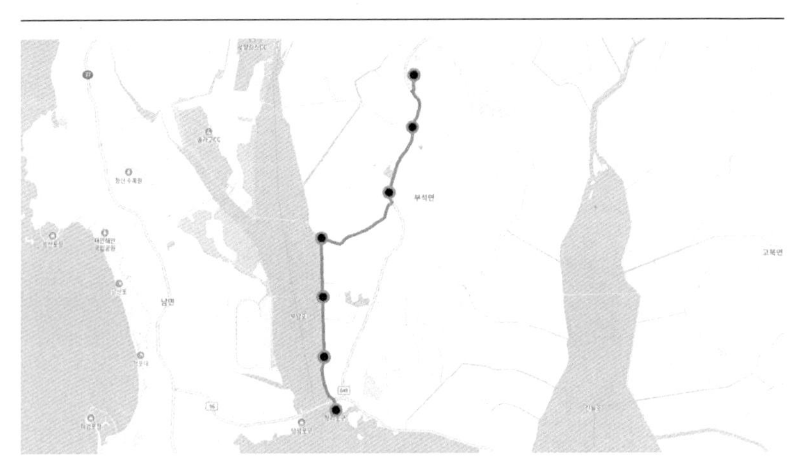

창리포구 > 부남호 > 옻밭2교차로 > 부석버스정류장

12월 7일 수요일 7시 46분, 64-1코스(서해랑길 지선 1코스)를 시작한다. 64-1코스는 서산시 부석면 창리포구에서 천수만에 도래하는 철새들의 군무와 생태 환경을 감상하면서 내륙으로 부석면 취평리 부석버스정류장까지 걸어가는 구간이다.

걷기 45일째, 먹구름으로 덮인 잔뜩 흐린 날씨, 다시 창리포구에 섰다. 고요한 바닷가, 천수만에 적막함이 감돈다. 창리포구에서 현대서산농장 앞 신호등에서 도로를 건너 서산 농장 입구를 통과하여 좌측으로 부남호를 끼고 걸어간다. 부남호 너머 천수만의 철새를 주제로 한 생태공원 서산버드랜드가 보인다. 부남호를 왼쪽에 두고 비포장도로를

부석버스정류장
Buseok Bus Station
11.6km
창리포구
Changri Port
0.3km
부남호
Bunamho Lake
4.8km

걸어간다.

부남호는 서산시 부석면과 태안군 태안읍 남면에 있는 담수호다. 1980년 현대건설이 서산A·B지구 매립 공사를 착공하여 1982년 태안군 남면 당암리와 부석면 창리를 잇는 서산B지구 방조제 최종 물막이 공사가 완료되면서 담수호인 부남호가 형성되었다. 부남호 철새도래지는 민가와 격리되어 있고, 담수호의 물고기, 주변의 조개류와 벼와 억새 등 조류들이 좋아하는 먹잇감이 풍부하여 기러기, 청둥오리 등 60여 종에 달하는 수많은 철새들이 찾아오는 곳이다.

오늘은 날씨가 조금 풀렸다. 구름을 뚫고 태양이 눈부시게 빛을 발한다. '서산아라메길 6코스 17.4km' 안내판이 이 길도 아라메길이라고 한다. 그림자가 옆에서 동행을 하고 햇살이 구름과 대지를 빛나게 한다. 신비로운 세상, 걷기 좋은 신선한 아침이다. 갈대들은 바람에 살랑살랑거리고, 철새들은 한가로이 하늘을 날아간다. 저 철새들의 고향은 어디일까. 고향이 그리워진다. 어디선가 '철새는 날아가고(엘 콘도 파사)'가 들려온다.

구름도 잃어버린 작은 새야
고향도 잃었나 가여운 새야
친구도 멀리 떠나 버리고
혼자만 남았다 가여운 새야
저 멀리 훨훨 날아가거라 고향을 찾아서
보고픈 친구 찾아 날라라
저 멀리 저 멀리
날아가거라

호수와 허허벌판 사이를 우주의 주인공인 한 나그네가 걸어가고 있다. 중얼중얼 독백을 한다.

'길 위에서 지나온 길 돌아보고 나아갈 길 바라본다. 과거는 히스토리(history), 미래는 미스테리(mystery), 현재는 프레젠트(present), 선물이다. 수만 가지 갈래에서 지나온 길, 소중한 발판으로 어디로 가야 할지 현재를 사색하고 미래를 추구한다. 인생은 언제나 현재의 연속이다. 살아야 할 때는 지금밖에 없다. 인생이란 마음속으로 그리는 미래의 삶을 사는 것이 아니라 현재의 삶으로 진정한 미래의 삶을 사는 것이다. 현재는 선물, 언제나 오늘을 살면서 즐겁고 명랑한 서해랑길도, 인생길도 걸어가리라.'

직진으로만 걷던 길이 부남호에서 벗어나 물줄기를 따라 우회를 한다. 수많은 철새들이 떼를 지어 하늘을 날아가고 들판에 모여 먹이 활동에 여념이 없다. 눈치 있는 놈들은 나그네가 지나가면 힐끗힐끗 경계를 한다. 들판에 앉아서 먹이 잔치를 벌이던 새들이 갑자기 하늘을 비행하며 장관을 연출한다. 덴마크의 실존주의 철학자 키르케고르의 '오리 이야기'가 스쳐 간다.

어느 늦가을, 야생 오리들이 어느 집 농장에서 큰 잔치를 벌였다. 혹한을 피해 멀리 남쪽으로 날아가기 전에 마음껏 곡식을 먹고 힘을 축적하려는 것이었다.

이튿날, 출발할 시간에 다른 오리들은 출발하는데 한 오리가 그대로 농장에 남아 있었다.

'이 곡식들이 너무 맛있군. 나는 조금 더 먹고 떠나야지.'

그 오리는 그런 생각을 하며 홀로 남았다. 처음에는 딱 하루만 더 있으려고 했으나 곡식이 너무 맛있어 그만 시간 가는 줄 몰랐다.

'조금만 더 있다가 따뜻한 남쪽으로 떠나야지. 조금만 더, 조금만 더…….'

오리는 그런 생각을 하며 곡식 먹기에 정신이 없었다. 곧 차가운 겨울바람이 불어왔다.

'이제 떠날 때가 되었군. 추위를 견딜 수 없군.'

오리는 그제야 날개를 펼치고 힘껏 날아올랐다. 그러나 살이 너무 쪄서 날아오를 수가 없었다. 오리는 하는 수 없이 평생 집오리로 살아갈 수밖에 없었다.

목표가 있는 삶과 그렇지 않은 삶이 어떻게 다른가를 보여 준다. 인생에서 뚜렷한 목표를 가지고 사는 것은 참 아름다운 일이다. 인생에는 전반전과 후반전이 있다. 후반전에는 전반전과 다른 모습으로 살아야 한다. 전반전에는 성취 욕구를 가지고 살다가 후반전에는 재미와 의미를 찾아야 한다. 전반전의 그 뚜렷한 목표의식이 나를 괴롭히고 나의 자유를 저당 잡히게 한다면 후반전에는 그 목표의 굴레에서 벗어나야 한다. 목표를 좋아하고 즐기면서 소요유 해야 한다.

부석면 봉락리 들판을 지나간다. 부석면은 서산시에도 있지만 경북 영주시에도 있다. 영주의 부석면 북지리 봉황산 중턱에도 부석사가 있고 서산의 부석면 취평리 도비산 중턱에도 부석사가 있다. 두 사찰 모두 의상대사가 화엄의 큰 가르침을 폈던 곳으로, 창건에 얽힌 의상과 선묘아가씨의 애틋한 사랑의 설화는 유명하다.

부석사 옆이 고향인 벗 석윤이 있어 해마다 송이버섯 철이 되면 찾아간다. 수많은 별들이 반짝거리는 새벽녘, 무량수전 앞 안양루에서 김삿갓의 시를 읊던 추억이 스쳐 간다. 천하의 방랑시인 김삿갓이 안양루에서 멀리 바라보이는 경관에 취해 읊은 시다.

평생에 여가 없어 이름난 곳 못 왔더니
백발이 다 된 오늘에야 안양루에 올랐구나
그림 같은 강산은 동남으로 벌려 있고
천지는 부평같이 밤낮으로 떠 있구나.
지나간 모든 일이 말 타고 달려오듯
우주 간에 내 한 몸이 오리마냥 헤엄치네.
인간 백세에 몇 번이나 이런 경관 보겠는가.
세월이 무정하네 나는 벌써 늙어 있네.

이중환은 택리지에서 1723년 가을 어느 날, 부석사를 답사했던 기록을 남겼다.

“불전 뒤에 한 큰 바위가 가로질러 서 있고, 그 위에 또 하나의 큰 돌이 내려 덮여 있다. 언뜻 보아 위아래가 서로 이어 붙은 것 같으나, 자세히 살펴보면 두 돌 사이가 서로 붙어 있지 않고 약간의 틈이 있다. 노끈을 넣어 보면 거침없이 드나들어 비로소 그것이 뜬 돌인 줄 알 수 있다. 절은 이것으로써 이름을 얻었는데, 그 이치는 전혀 이해할 수 없다.”

간간이 빨간 리본과 노란 리본이 눈길을 끄는 허허벌판이 끝없이 펼쳐진다. 햇살이 대지를 비추고 지평선 위 하늘에는 자유, 평화, 행복, 사랑이 스쳐 간다. 내 마음이 평안하니 정토가 따로 없다. 아아, 인간 백세에 몇 번이나 이런 경관을 보겠는가. 이 황홀한 풍광은 진정 지상에 펼쳐 놓은 하늘나라요 아미타불이 사는 안양(安養), 곧 극락정토다. 무량수경(無量壽經)에 따르면 극락(極樂)에는 보석이란 보석은 모두 동원하여 전각을 지었다. 꽃이란 꽃은 사시사철 피어 있고, 자태 있는 새들이 날아다니며 꽃과 전각 주위를 즐겁게 하고, 많이 먹지 않아도 배가 부르는 향기로운 음식과 차가 늘 마련되어 있고, 이따금 울려 대는 천녀(天女)들의 음악은 모든 번뇌를 잊게 해 준다. 그리하여 극락은 인간이 도달할 수 있는 최상의 복지(福地), 최상의 낙토(樂土)라 했다. 아미타불이 주석하고 있는 그곳은 온갖 낙(樂)이 모두 모여 있는 극치(極致)의 땅이라 해서 극락이라 이름하였다.

극락과 반대되는 또 하나의 세계, 그것은 지옥이다. 도산지옥은 늘 칼이 꼿꼿이 서 있는 칼의 숲으로 떨어지고 또 떨어지곤 한다. 화탕지옥은 용암이 들끓는 곳이고, 독사지옥은 우글거리는 독사들 속에서 살아야 한다.

극락은 깨끗한 몸과 마음으로 즐거움의 전체를 즐기고, 지옥은 고통 속에서, 끝없는 혼돈 속에서 나날을 보내야 한다. 극락과 지옥은 종이 한 장 차이, 동전의 앞뒤 면 같은 것, 지옥과 극락은 마음 씀씀이에 달려 있다. 심즉시불(心卽是佛), 스스로의 마음속에 부처가 있다고 하던가. 마음속에 있는 부처를 찾으면서 나그네는 오늘도 극락의 길을 가고 있다.

진흙이 없으면 연꽃이 없다. 고통이 없으면 기쁨과 행복이 없다. 연꽃은 고통 속에 피어나는 기쁨과 행복이다. 진정한 행복은 내 마음 안에 있는 것, 이왕에 이 풍진 세상을 만났으니 인생을 놀이처럼 즐겁게 살아야 하지 않겠는가. 도연명은 『귀거래사』에서 "어찌 마음 따라가고 머무름을 맡기지 않고 무얼 위해 어디로 허겁지겁 가려 하는가?"라고 말한다. 한 걸음 늦추어 삶의 좌표를 살펴보면서 한가로이 길을 간다. 들판의 오아시스 봉락저수지를 지나가는 나그네가 심심풀이로 독백을 한다.

'인생은 나그네 길, 먼 길 가는 나그네가 날 저물어 이 세상이라는 여

서해랑길

인숙에서 하룻밤 묵는 것, 여인숙을 영원히 살 집으로 착각하지 말지니, 불행과 고뇌는 여기서부터 시작된다. 세상은 물거품 같다고, 신기루 같다고, 그림자 같다고, 아침 이슬 같다고 말하며 그렇게 지혜롭게 살리라. 구름을 헤치고 나오는 저 달처럼 자유의 하늘로 날아가는 저 새처럼 그렇게 살리라. 자유인은 흰 새가 태양을 향해 날아가듯 이 세상을 멀리 벗어나 영혼의 하늘을 날아간다. 욕망의 그물에 걸려들지 않고 이 세상 어디에도 흔적을 남기지 않는다. 물은 쓰지 않으면 썩고 마는 법, 샘물은 퍼서 쓸수록 맑은 물이 솟고, 현명한 이는 베푸는 걸 좋아하나니 그 선행으로 하여 보다 높은 세상에서 축복을 누리게 된다. 인간으로 태어났다는 것은 굉장한 행운이니 살아 있는 날 동안 즐겁고 행복하리라.'

셰익스피어는 '끝이 좋아야 다 좋다!'고 했으니 처음도 중요하고 과정도 중요하지만, 끝이 가장 중요하다. 젊은 날 잘 나가다가 죽음에 임박해서 처참하다면 그 말로가 얼마나 비참한가. 마라톤의 출발점이 아니라 골인점이다. 연극의 시작이 아니라 끝장이다. 서해랑길의 해남 땅끝탑이 아니라 강화도 평화전망대다.

길을 간다. 백척간두에서 화두의 끈을 놓지 않고 서 있는 옛 선사들의 기개를 떠올리며 아무도 모르는 세계의 저쪽을 향해 걸어간다. 부석면 칠전리를 지나서 대두리에서 차도를 걸어간다.

9시 50분, 취평리 마늘공원에 도착해서 64-1코스를 마치고 마트에서 따뜻한 음료를 마신다. 추위와 한기가 물러간다. 극락이 따로 없다.

64-2코스
화엄의 세계

부석버스정류장에서 해미읍성 22.7km

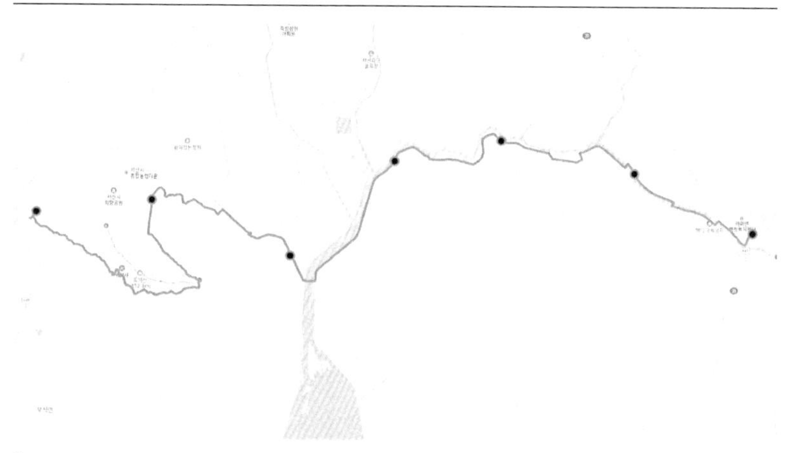

부석버스정류장 > 모월저수지 > 해미순교성지 > 해미읍성

9시 50분, 부석버스정류장에서 64-2코스를 시작한다. 64-2코스는 도비마루길 부석사와 동사를 지나고 모월저수지와 와당교를 지나서 해미면 읍내리 해미읍성까지 걸어가는 구간이다. 서산아라메길 도비마루길과 겹치는 코스다.

추운 날씨에 들판을 걸어온 나그네가 따뜻한 두유 한 병에 몸과 마음이 편안히 녹아든다. 집에 가만히 있었으면 이렇게 맛있는 음료를 과연 마실 수 있었을까. 가시밭길을 걷더라도 그렇게 집에 돌아온 사람은 그냥 집에 남아 있던 사람과는 다르다.

사람이 인생길에서 배울 수 있는 가장 큰 교훈은 이 세상에는 고통만이 있는 것이 아니라 그 고통을 극복하여 승리를 거두는 것이 자신에게 달려 있다는 사실이다. 나아가 그 고통을 참 기쁨으로 승화시킬 수 있는 능력 또한 자신 속에 있다는 것이다.

'도비산 부석사 2.4km' 이정표를 보고 부석사를 향하여 걸어간다. 번잡한 도로에서 한적한 길로 접어든다. 부석사 가는 길이다. '태종대왕 강무기념지'가 세워져 있다. 대략적인 내용이다.

'1416년 2월 16일 태종은 충녕대군과 7,000여 명의 군사를 데리고 서산 도비산으로 사냥을 왔다. 이 사냥은 단순한 사냥몰이가 아니라 조선시대 임금이 참여하는 군사훈련의 일종으로 강무(講武)라고 부른다.'

서산 지역에서 이곳 도비산을 택한 이유는 고려 말부터 조선 초까지 부석면 창리 지방에 왜군의 침입이 잦았으므로 도비산에 올라 이를 살펴보기 위한 일이었을 것이다. 이때 해미에서 하루를 머물며 주변 지역을 둘러보고 해미읍성의 축조를 구상하여 총제(摠制) 이지실을 충청도로 보내 물색하여 해미를 충청병영 대상지로 정해지게 되었다.

島飛山浮石寺(도비산부석사) 일주문(一株門)을 지나간다. 일주문은 사찰의 정문이다. 사찰로 들어서는 산문 가운데 첫 번째 문으로 기둥이 일렬로 서 있는 문이다. 일주문은 중요한 상징적 의미를 지닌다. 일주문부터는 부처의 세계이다. 중생의 생각이 이 문턱을 넘으면서 사라지고 오직 보살의 대승(大乘)의 마음만 지니라는 뜻으로 일심(一心)의 일주문이다.

절로 가는 길, 호젓한 산길을 따라서 올라간다. 새소리가 들린다. 철새가 아닌 산새소리다. 부석사에 들어선다. 부석사는 신라의 고승 의상대사가 문무왕 17년에 창건했다고 전해진다. 근대에 들어서는 고승 만공이 머무르면서 선풍(仙風)을 크게 떨치기도 하였다. 산신각에는 선묘

낭자와 용왕을 모셨으며, 산신각에서 산 위로 좀 더 올라가면 만공이 수행하던 토굴이 있다. 의상과 선묘낭자의 전설이다.

의상과 원효가 유학길에 올랐다가 원효는 깨친 바 있어 되돌아오고 의상은 당주(唐州, 지금의 낭양·아산)에서 배를 타고 바다를 건너 등주(登州)에 닿았다.

의상은 한 신도 집에 머물렀는데 그 집의 선묘라는 딸이 의상에게 반했으나 의상의 마음을 일으킬 수 없자 "세세생생(世世生生)에 스님께 귀명(歸命)하여 스님이 필요로 하는 모든 것을 바치겠다"는 소원을 말했다.

의상이 종남산의 지엄에게 화엄학을 배우고 돌아오는 길에 그 신도 집에 들렀다. 이때 선묘는 밖에 있다가 의상을 선창가에서 보았다는 말을 듣고 달려왔으나, 의상의 배는 이미 떠났다. 선묘는 '내 몸이 용이 되어 저 배를 무사히 귀국케 해 달라'며 바다에 몸을 던졌다.

선묘의 도움으로 무사히 서해안에 도착한 의상은 가장 먼저 선묘의 넋을 위로하기 위해 도비산에 절을 짓고자 하였다. 그러나 이곳은 백제 멸망 후 민심이 흉흉하던 지역이라 일부 백성들은 반대를 하였다. 이에 용이 된 선묘가 커다란 바위를 하늘에 띄워 반대하는 무리들을 물리쳤고, 절을 지을 수 있었다고 한다. 선묘가 하늘로 들어 올렸던 부석은 현재 부석사 앞 10km 지점의 바다의 섬이 되었다. 부석사는 그렇게 자리를 잡았다.

영주 부석사에도 이와 비슷한 창건설화가 있고, 선묘아가씨의 사당인 선묘각이 있다. 영주 부석사의 전설에는, 귀국 후 의상은 산천을 섭렵하며 고구려의 먼지나 백제의 바람이 미치지 못하고, 말이나 소도 접근할 수 없는 곳을 찾아 여기야말로 법륜을 굴릴 만한 곳이라고 생각했다. 그러나 사교(邪敎)의 무리 500명이 자리 잡고 있었다. 항상 의상을 따라다니던 선묘는 의상의 뜻을 알아채고 허공중에 사방 1리나 되는 큰 바위가 되어 사교 무리들의 가람 위로 떨어질까 말까 하는 모양으로 떠 있었다. 사교 무리들은 이에 놀라 사방으로 흩어지고, 의상은 이 절에 들어가 화엄경을 강의했다.

의상대사가 꿈꾸었던 화엄의 세계, 화엄은 세상의 모든 존재가 그 존재만으로 아름답고 의미 있는 세상이다. 세상에 존재하는 어떤 사람도 존재 자체로 존엄하고 아름답다는 생각, 그리하여 자신이 생긴 모습에 감사하고, 자신의 향기를 사랑하고 자신만의 고유한 색깔을 사랑하고, 자신의 삶에 경의를 표해야 한다는 생각이다.

나는 우주 속에 피어 있는 나처럼 생긴 꽃이고, 내 향기와 내 색깔을 가지고 있는 나다. 세상의 어느 누구도 나를 대신할 수 없고, 나의 삶은 오로지 나의 희망과 선택에 의해 결정된다.

부석사 도비산다원으로 들어간다. 보살에게 쌍화차 한 잔을 주문하고 둘러보니 '몸에 병 없기를 바라지 마라. 세상살이에 곤란 없기를 바라지 마라. ~'라고 쓰인 보왕삼매론이 눈에 들어온다. 그런 중에 행색이 남루하고 50일 가까이 수염을 자르지 않은 나그네에게 관심을 보이던 비구니처럼 단아한 보살이 자비심이 발동하여 쌍화차를 추가해줄 뿐만이 아니라 따뜻한 호빵을 두 개나 가져다준다. 나서는 길, 방명록에 글을 남겨 달라고 한다.

동해안 해파랑길 770km를 걷고
남해안 남파랑길 1,470km를 걷고
서해안 서해랑길 1,800km 중 1,300km를
지나가는 나그네가
부석사 도비산다원에서 쌍화차 한 잔과 보살의 정성에 몸과 마음을 녹이네.
길 위에 존재하는 모든 만물에게 자유와 평화가 있기를.
2022. 12. 7.
青山 金明亞

이 절이 좋다, 저 절이 좋다 해도 이 세상에서 가장 좋은 절은? 친절이다. 호젓한 산사에서 친절한 보살의 정성을 맛보고 도비산으로 올라간다. '산길에서 만든 튼튼한 허벅지가 연금보다 낫다!'고 했으니, 씩씩하게 올라간다. 도비산에 올라 내려다보이는 부석사 뒷모습이 아늑하고 포근하게 다가온다.

하산하는 길, 잘 단장된 공동묘지가 기다린다. 죽음은 다음 세상으로 가는 통로, 죽은 자는 죽은 자의 길을 가고 산 자는 산 자의 길을 간다. 어제 죽은 자들이 부러워하는 산자의 오늘, 살아 있다는 기쁨을 즐기며 걸어간다.

인지면 산동리 마을을 지나고 들판을 걸어간다. 하늘에는 시커먼 먹구름이 몰려온다. 발걸음이 빨라진다. 간월호 상류, 간월호 1로 도당천을 따라 걸어간다. 들판에도 물에도 새들의 천국, 철새들이 노니는 모습이 아름답다. 걸음을 멈추고 넋이 나간 듯 바라본다. 구름 사이로 다

시 간간이 햇살이 비치다가 난데없이 하늘이 잔뜩 흐려지고 빗방울이 떨어진다. 가야 할 길이 먼데 준비해야 할 우의나 우산이 없으니 대신 낭패감을 준비했다.

발걸음을 재촉하다가 축지법으로 달려가니 '일기예보와 다른데.'라는 변명은 필요 없다.

단지 대가를 치러야 한다.

비 맞은 나그네 중얼거리며 야당천을 지나는데 햇살이 밝아온다.

'아아, 날씨 한번 참 좋다!'

간월호 1로를 따라 걸어가니 계속해서 물새들의 천국이다. 화엄의 세계가 펼쳐지고 극락의 문이 열린다.

서산시 해미면 석포리를 걸어간다. 바람이 불어오고 새들이 무리를 지어 날아간다.

들판을 지나서 문명의 세계로 나아간다. 진둠벙교를 지나서 해미국제성지에 도착한다. 해미국제성지는 천주교 박해로 처형된 순교자들을 기리는 성지다. 서해랑길 노선을 벗어나서 성지 내부를 돌아본다. 기념관과 순교탑, 십자가의 길을 걸어간다.

해미에는 순교의 길을 택한 천주교인들이 많다. 조선 후기에 전래된 천주교는 사학(邪學)으로 규정되면서 대대적인 탄압이 시작됐다. 충청도 내포 지역의 천주교 신자들은 토포사를 겸하는 영장이 있는 해미진영으로 끌려와 처결되었다.

정사박해(1797)부터 병인박해(1866~1872)에 이르기까지 해미에서 죽은 평신도들은 대부분 이름을 모르는 무명 순교자들이었고, 최근까지도 이름이 확인된 사람은 132명에 불과하다.

해미읍성의 벌판 가운데 홀로 서 있는 호야나무(회화나무)에 철사로

묶인 채 죽거나, 서문 밖 자리개돌(순교성지 소재)에 메어치는 '자리개질'이란 방법으로 사형을 당하기도 하였다. 읍성에서 가까운 조산리 진둠벙에서는 생매장당해 죽어 가는 이들이 '예수 마리아'를 외치는 소리가 울려 퍼져 마을 이름이 '여숫골'이 되었다고 한다. 이런 연유로 2014년 8월 프란치스코 교황이 한국을 찾았을 때 해미읍성과 해미순교성지를 방문하였다.

15시 10분, 드디어 64-2코스 종점 해미면 읍내리 해미읍성에 도착했다. 해미읍성 수문장과 통성명을 하고 대화를 나누다가 해미읍성에 들어간다.

해미읍성은 우리나라에서 가장 완전한 형태로 남아 있는 성곽이다. 시간이 멈춰 버린 듯한 성벽과 크고 작은 돌들과 아름다운 누각, 선조들의 숨결을 느낄 수 있고 천주교 박해의 아픔도 간직하고 있다.

해미(海美)는 1407년(태종 7) 정해현과 여미현을 합쳐 부르게 된 지명이다. 읍성(邑城)은 지방의 관청과 사람들이 사는 곳을 둘러쌓은 성으로 읍(邑)이라는 말은 성으로 둘러싸인 마을을 의미한다. 해미읍성은 일반적인 행정 기능의 '읍성(邑城)'이 아닌 조선 전기 충청병마절도사의 병영성이다.

충무공 이순신은 1576년(선조 9)에 무과에 급제하고 권관과 훈련원 봉사를 거쳐 세 번째 관직으로 1579년(선조 12)에 충청병마절도사의 군관으로 부임하여 해미에서 10개월간 근무하였다. 군관은 당시 병영에 다섯 명이 배치되어 있었는데, 병마절도사가 직접 천거하면 병조에서 조사하여 확인한 후 임명하도록 되어 있었다. 병마절도사를 수행하면서 군사를 지휘하였기에 '비장(裨將)'이라 불리기도 하였다.

당시의 자세한 행적은 알려지지 않고 있지만 택당 이식(1584~1647)이 쓴 이순신의 행장(行狀)에 '공은 구차하게 낮고 고달픈 자리에 있으면서도 자신의 뜻을 꺾고서 남을 따른 적이 한 번도 없었다. 그리고 상관인 주장(主將)에게 부정한 사실이 있으면 극진하게 말하여 이를 바로잡았고, 청렴한 자세로 자신의 몸을 단속하면서 털끝만큼도 사적인 감정을

개입시키는 법이 없었다.'라고 하급직이었던 군관 시절을 평가하였다.

'해미읍성에 근무하는 동안 방에는 옷과 이부자리만을 두어 청렴하게 생활하였고, 자신의 상관이라 하더라도 그릇된 행동에 대해서는 분명히 지적하였다'고 전한다.

한편, 임진왜란이 일어난 후 전라좌수사 이순신이 삼도수군통제사로 임명되자 경상우수사 원균이 이에 불복하여 충청병마절도사로 좌천된 일이 있었다. 이때의 충청병영이 해미에 있었다. 1595년(선조 28) 선조실록에 의하면 충청병마절도사 원균이 군사를 방면한 대가를 챙기거나 무리하게 형벌을 시행하다 죽은 자가 많아 충청도 백성들이 원망하고 울부짖는 소리가 온 도에 가득하다는 보고가 있었고, 이에 관리를 감찰하는 사헌부에서 파직을 건의했지만 선조는 그가 명장이라는 이유로 불허하였다.

오후 4시, 햇살의 기운이 약해지고 날씨가 싸늘해진다. 손님이 없어서 장사 끝내려고 하는 전통 주막에서 아침 겸 점심으로 추어탕에 식은 밥, 파전에 막걸리 한 통으로 나그네 회포를 달랜다.

진남문으로 다시 나와서 숙소로 가는 길, 냄새에 이끌려 호떡 2개를 사서 숙소로 간다.

"아아, 누가 알랴! 엄마의 호떡을 이토록 그리워하는 줄을. 진정 꿀맛이다!"

64-3코스

백제의 미소

해미읍성에서 운산교 17.8km

해미읍성 > 개심사 > 고풍저수지 > 운산교

12월 8일 목요일 8시 8분, 64-3코스를 걸어간다. 64-3코스는 해미읍성에서 서산시 운산면 용장리 운산교까지 걸어가는 구간이다. '서산아라메길 천년미소길'과 '내포문화숲길 원효깨달음길'과 겹친다.

쾌청한 날씨, 다시 해미읍성 앞에 섰다. 어제의 먹구름은 깨끗이 걷혔다. 햇살이 조용히 나그네를 감싼다. 이 따뜻함, 나그네가 길에서만 맛볼 수 있는 이 햇살, 어느 날엔가 그리워지리라. 그 햇살이.

해미는 가야산이 병풍처럼 둘러싼 천수만 깊숙한 안쪽 바닷가에 있다. 이름처럼 '바다가 아름다운' 해미(海美)는 갯벌이 발달한 바다와 뭍에서 나는 산물이 풍부하고, 서해 바닷길 교통의 편리함으로 인해 사람들이 살기에 더없이 좋은 땅이다. 그리하여 일찍부터 사람들이 모여 살았고, 역사와 다양한 문화 유적이 전해지고 있다.

해미가 역사 속에서 새롭게 주목을 받은 것은 조선 초에 충청병영이 들어서면서였지만 그 훨씬 이전부터 서해 바닷길과 관련하여 매우 중요한 곳이었다. 현재 해미의 주변 지형이나 해안선 모습은 불과 100~150년 전후로 진행된 개발 과정에서 만들어진 것이다. 이와 같은 사실은 조선 후기에 그려진 대동여지도 등 고지도를 통해서 확인할 수 있다.

1790년(정조 14) 다산 정약용은 국방의 요충지였지만 서울에서 멀리 떨어진 변방이었던 해미로 유배를 왔다. 다산은 모두 세 번의 유배를 당했다. 해미는 첫 번째 유배지이며, 두 번째는 정조 승하 후 셋째 형 정약종의 책롱사건에 연루되어 유배된 포항시 장기이다. 유배 중 황사영백서사건으로 다산은 다시 의금부로 압송되어 문초를 당한 후 강진으로 유배를 갔다.

매화꽃이 피기 시작하던 1790년 2월, 우의정 채제공이 임금의 최측근 관직인 예문관 검열에 정약용을 포함하여 6명을 추천하였다. 그런데 노론에서 사사로운 감정으로 후보자를 선발하였다는 소문을 퍼트렸다. 이에 격분한 6명은 시험을 거부하게 되고, 이를 보고 받은 정조는 응시생 모두를 시험 장소에 가두고 강제로 시험을 보게 했다. 우여곡절 끝에 예문관 검열에 단독으로 임명된 정약용은 두 번이나 사직상소를 올려 어명을 거부하였다. 여러 차례 달랬으나 따르지 않은 정약용에게 화가 난 정조는 3월 7일 서산 해미현으로 유배를 명했다.

해미읍성에 도착하자마자 다산의 눈에 들어온 것은 탱자꽃으로 둘러싸인 외로운 성과 읍성 옥사 앞을 지키고 있는 70년 된 울창한 회화나무였다. 탱자나무는 하얀색 꽃을 피우고 회화나무는 이제 겨우 잎이 나오는 계절이었다.

읍성 밖에서 다산을 맞이한 해미현감 이한주는 진남문을 통해 동헌으로 다산을 안내하고 한양에서 해미까지 긴 여행을 위로하며 피로를 풀어 주었다. 귀양 온 죄인의 몸이긴 하나 임금의 총애를 받는 다산이었다. 잠시 후 다산은 읍성의 동쪽 가장 높은 곳에 자리한 청허정의 긴 갯벌을 바라보며 깊은 생각에 잠기었다. 죄인이기에 읍성 내에 거처하지 못한 다산은 읍성 밖 보수주인의 집에서 잠을 청하였으나 쉽게 잠들지 못하였다.

다산이 해미에 도착한 이틀 후 태안현감 유회(1739~?)가 찾아왔다. 유회는 다산보다 나이가 23살이나 많았다. 그는 1775년 문과에 급제하여 3년 후에 사도세자 묘인 영우원을 지키는 수봉관을 역임한 인물이다. 정조가 부친 사도세자 묘의 수봉관으로 임명하였으니 임금의 두터운 신임을 받은 것이다.

다산은 유회와 해미읍성에서 8km 떨어진 곳에 있는 천년 고찰 인상왕산 개심사를 유람하고 하룻밤을 지냈다. 개심사를 다녀온 다산은 기회가 되면 호우(湖右, 현 충남)에서 가장 빼어난 정자로 알려진 영보정 유람 계획을 세웠다. 영보정은 오천항에 위치한 충청수영성에 있는 정자다. 가히 천하제일의 경치를 품고 있는 정자다.

정조의 총애로 다산의 귀양살이는 길지 않았다. 열흘 만에 특별사면이 내려져 상경길에 오르게 된 것이다. 그 후 다산은 유배 생활 중에 만났던 백성들의 고단한 삶을 가슴에 새겼고, 자신의 경험을 되살려 유배 죄인의 관리 문제를 바로잡기 위해서도 노력했다. 다산은 해미읍성과 개심사를 유람하는 특별휴가 같은 유배 시절을 보냈다.

인생의 특별 휴가를 나선 나그네가 해미읍성 성벽을 따라 걸어간다. 북문을 지나고 역사 캠핑장을 지나자 장승이 길을 막는다. 장승에게 미소 지으며 인사를 하고 산길을 올라간다. 뒤돌아서서 해미읍성을 바라본다.

'개심사 5.1km' 이정표를 따라 오르고 내리고를 반복하며 걸어간다. 산을 오르기 위해서는 내려가는 법을 배워야 한다. 마냥 오르기만 해서는 정상에 다다를 수 없다. 때로는 능선을 따라 걸어야 하고 가파른 바위를 타고 넘어야 할 때도 있다. 올라가고 싶어도 어쩔 수 없이 내려가야만 하는 때도 있다. 그렇게 오르내리다 보면 저만치에서 정상이 보인다.

장승들이 곳곳에 세워져 있다. 산과 바다, 미소를 품은 느린 산책길, 서산 아라메길 가야산(678.2m)을 걸어간다. 많은 수행처가 있고, 많은 수행인들이 머물다 가는 곳, 지금도 많은 사람들의 발길과 정신이 머물다 가는 곳, 시간과 공간을 넘나드는 신성한 가야산이다. 아라메길 쉼터 정자에서 휴식을 취하고 수행자가 되어 나 홀로 산길을 걸어간다.

드디어 인가가 나타나고 '개심사 0.5km', 큰 도로변으로 나아간다. 개심사 입구에서 내포문화숲길 원효깨달음길 4코스가 시작된다. 상왕산 개심사로 들어선다. 상왕산(象王山) 개심사(開心寺)는 백제 의자왕 14년에 혜감국사가 창건하였다고 전하며, 고려 충정왕 때 처능대사가 중창하고 조선 성종 15년에 화재로 소실된 것을 중건하였다. '코끼리의 왕'이란 뜻의 상왕산은 부처님을 상징하며, 무아경(無我境)을 설한 인도의 산 이름이기도 하다. 개심사는 닭이 알을 품고 있는 형상(金鷄抱卵形)으로 오랜 세월 동안 수행자들의 사랑을 받아왔고, 대웅보전 등의 보물 14종과 도지정문화재 명부전, 안양루, 심검당 등이 있다. 봄이면 기와집을 배경으로 청벚꽃, 왕벚꽃이 화사하게 피어나고, 여름에는 백일홍, 가을에는 화려한 단풍이 방문객을 불러 모으고 있다.

인적 없는 고요한 개심사에 들어선다. 하얀 머리칼이 신비로운 고운 보살이 방에서 나와 인사를 한다. 길 가는 나그네에게 따뜻한 커피와 물 한 잔을 건네주는 자애로운 보살의 마음, 일만 원의 기와불사로 고마움을 대신한다.

일반적으로 대웅전에는 석가모니불을 모시지만, 개심사 대웅전에는 아미타불과 그 양옆에 관음보살과 지장보살을 함께 모셨다. 심검당(尋劍堂)은 스님들이 생활하며 수행하는 건물로, '참선을 통해 문수보살이 들고 있는 지혜의 칼을 찾는 집'이란 뜻이다.

경허와 만공이 수행했던 개심사는 조계종 수덕사의 말사로 건축학적 가치가 높은 사찰이다. 경허(1849~1912)는 한국 근현대 불교를 개창한 대선사이다. 1879년 11월 15일, 동학사 밑에 살고 있는 이처사(李處士)의 한마디, '소가 되더라도 콧구멍 없는 소가 되어야지' 이 한마디를 전해 듣고는 바로 깨달았다. 경허가 치열하게 용맹 정진 했던 연암산 천장암을 들렀던 기억이 스쳐 간다.

1880년 경허는 어머니와 속가 형님이 주지로 있는 서산시 연암산 천장암으로 거처를 옮겨 작은 방에서 1년 반 동안 치열한 참선을 한 끝에 확철대오 하게 되고, "사방을 둘러보아도 사람이 없구나!" 하는 오도송을 짓는다. 천장암에서 경허의 삼월(三月)로 불리는 제자 수월과 혜월, 만공이 출가하여 함께 수행하게 된다. 경허는 제자들과 함께 개심사, 부석사, 간월암 등지를 오갔는데, 이때 많은 일화들이 전해진다. 경허는 '만공은 복이 많아 대중을 거느릴 테고, 정진력은 수월을 능가할 자가 없고, 지혜는 혜월을 당할 자가 없다'고 했다. 삼월 역시 근현대 불교계를 대표하는 선승들이다.

경허는 1904년 만공에게 전법서를 주고서 천장암을 떠났다. 돌연 환속하여 박난주라 개명한 경허는 서당 훈장이 되어 아이들을 가르치다가 함경도 갑산에서 1912년 4월 25일 임종게를 남긴 뒤 입적하였다.

경허의 가르침을 받은 조계종 초대 종정 한암 스님은 경허를 '산과 같은 인물'이라 존경했고, 만해 한용운이 『경허집』에서 조명했으며, 그의 이야기를 쓴 최인호의 소설 『길 없는 길』은 150여만 권 팔린 베스트셀러가 되기도 했다.

경허 스님의 깨달은 후의 삶은 주색잡기도 가리지 않는 파격으로 논란을 일으켰다. 경허 스님의 주색잡기는 불교 사학자 이능화(1869~1943)도 『조선불교통사』에서 언급할 정도였다. 『조선불교통사』는 "경허 화상은 … 음행과 투도를 범하는 일조차 꺼리지 않았다. 세상의 남자들은 다투어 이를 본받아 심지어는 음주식육이 깨달음과 무관하고, 행음행도(行淫行盜)가 반야에 방해되지 않는다고 외치며 이를 대승선이라 한다"고 적고 있다. 실제 1970~1980년대 너도나도 경허 스님을 흉내 내어 주색을 일삼는 스님들이 적지 않았다.

놀라운 사실은 불세출의 고승이자 근대 선불교의 초조인 경허와 한국 근대 민주화의 첫 새벽 녹두장군 전봉준과는 처남·매부지간이었다. 경허의 부친과 전봉준의 부친은 죽마고우여서 일찍부터 자식들의 혼인을 약속했고, 실제로 경허의 여동생과 전봉준이 결혼해 4남매를 두었다. 따라서 경허가 전봉준의 처남이고, 전봉준이 경허의 매제였다.

동학농민혁명으로 교수형을 당한 전봉준의 주검을 부대 자루에 넣어 도망친 것도 경허였다. 전봉준이 순교한 뒤 오갈 데 없는 전봉준의 딸

전옥련을 독립투사 김대완이 주지로 있는 진안 마이산 고금당에 8년간 숨겨 돌보고, 전봉준의 아들 전용현을 동학도들이 많았던 전남 무안 배씨 집성촌에 보내 살게 한 것도 경허였다.

전봉준과의 관계 때문에 경허선사마저 3족을 멸하는 역적의 몸이 되어 일본 경찰의 추적을 피해 쫓기는 신세가 되었다. 그러니 대도인이었지만 시대적 울분을 갖지 않을 수 없었고, 때로는 취하고 미친 중이 되어 세상의 눈을 피하고자 삼수갑산까지 가서 살다가 입적했다.

"내 마음이 부처이니 마음을 닦고 마음을 다스리라"는 경허 스님의 말씀에 따라 내 마음을 닦고 다스리는 길, 서해랑길을 걸어간다. 명부전을 지나고 산신각을 지나면서 개심사를 뒤로하고 산길로 올라간다. 급격한 오르막길을 걸어서 능선에 다다른다. 능선 따라 여유 있는 산길이 진행된다. '가야산 옛 절터 이야기길'을 따라 동행한다.

이윽고 급격한 내리막길을 따라 내려가니 보물로 지정된 4m 높이의 당간지주와 오층석탑 등이 있는 '서산 보원사지'에 도착한다. 오층석탑은 통일 신라에서 고려 초의 전형적인 석탑 양식이다. 천 년 전에 세워진 당간지주가 의연하게 서 있다. 대웅전과 요사체가 사라진 적막한 빈 터에서 외로이 절터를 지키고 있다. 보원사지를 뒤로하고 용현계곡의 물소리를 들으면서 도로를 따라 내려간다.

서해랑길에서 벗어나 마애삼존불상을 만나기 위해 산길을 올라간다. '백제의 미소'로 잘 알려진 서산마애삼존불앞에 도착한다. 서산마애삼존불은 일반적으로 사찰에서 볼 수 있는 불상과 달리 깨달은 자의 위엄이 가득한 얼굴이라기보다는 따스한 인간의 숨결이 느껴지는 평범한 인간의 모습을 보여 주고 있다.

마애여래삼존상이 자리한 이곳 서산시 운산면은 중국의 불교문화가 태안반도를 거쳐 백제의 수도 부여로 가던 길목이었다. 6세기 당시 불교문화가 크게 융성하던 곳으로 서산 마애여래삼존상이 그 증거라고 볼 수 있다. 보통 백제의 불상은 균형미가 뛰어나고 단아한 느낌이 드는 귀족 성향의 불상과 온화하면서도 위엄을 잃지 않는 서민적인 불상으로 나눌 수 있는데, 서민적인 불상의 대표적인 예가 서산마애여래삼존상이다.

빛에 따라 표정이 바뀌는 백제시대 불교예술의 정수 국보 제84호 마애삼존불상은 장쾌하고 넉넉한 미소를 머금은 석가여래 입상, 따뜻하고 부드러운 미소를 간직한 제화갈라보살 입상, 천진난만한 소년의 미소를 품은 미륵반가사유상이다. 모두 백제 특유의 자비로움과 여유를 느끼게 해준다. 이들 불상의 미소는 빛이 비치는 방향에 따라 다르게 표현된다. 아침에는 밝고 평화로운 미소를, 저녁에는 은은하고 자비로운 미소를 볼 수 있다. 동동남 30도, 동짓날 해 뜨는 방향으로 서 있어 햇볕을 풍부하게 받아들이고, 마애불이 새겨진 돌이 80도로 기울어져 있어 비바람이 정면으로 들이치지 않아 미학적 우수함은 물론 과학적 치밀함도 감탄을 자아낸다.

돌아서 나오는 길, 관리사무소 문 앞에서 들어오던 어여쁜 비구니 두 스님이 탁발승 같은 행색의 나그네에게 호기심을 보인다. 이런저런 대화를 나누다가 '스님의 미소가 백제의 미소 같다!'는 나그네의 거짓말에 스님은 미소를 지으며 나그네에게도 '부처님 같다!'고 하얀 거짓말을 한다.

향기 나는 피차간의 하얀 거짓말을 생각하며 미소를 지으면서 강댕

이 미륵불을 지나간다. 도로를 따라 내려가다가 운산면 고풍리, 고풍저수지를 지나간다. 갈대꽃이 하얀 손을 흔든다. 잘 가라고, 마치 다시 못 볼 임과 이별하듯 바람결에 세차게 손을 흔들어 댄다. 아아, 갈대꽃! 연약한 듯하면서도 거친 생명력으로 피어나는 그대, 다시 만나자고 손을 흔든다.

12시 45분, 운산면 용장리의 지방하천인 역천이 흐르는 운산교에서 꼭 다시 걷고 싶은 코스 64-3코스를 마무리한다.

18시 12분, 당진의 맷돌포구에 보름달이 떴다. 83코스를 걸으면서 눈여겨 보아 둔 곳이다. 서해대교와 평택호의 환상적인 야경이 밤을 수놓는다. 낮에는 서해랑길, 밤에는 달빛기행, 어차피 인생은 길 위에서 펼쳐진다. 아름다운 나그네 인생이다.

64-4코스

원효깨달음길

운산교에서 내포문화숲길방문자센터 20.1km

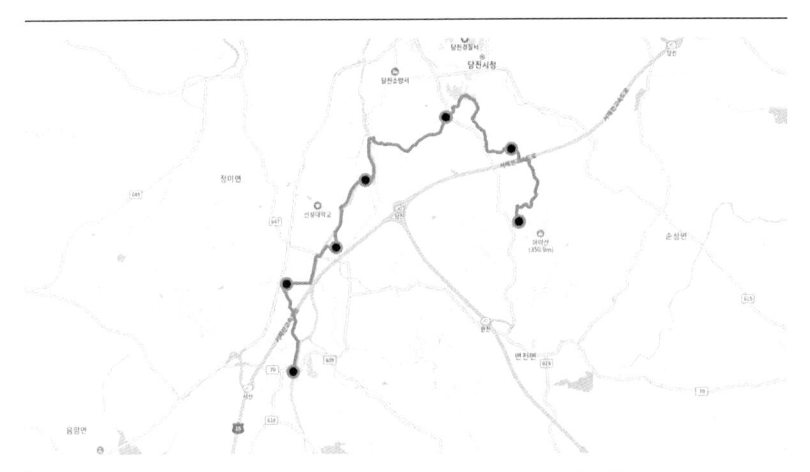

운산교 › 수당2교 › 용천교 › 대덕공원 › 내포문화숲길방문자센터

12월 9일 금요일 8시 31분, 64-4코스를 시작한다. 64-4코스는 운산교에서 당진시 면천면 죽동리 내포문화숲길방문자센터까지 내포문화숲길의 원효깨달음길과 백제부흥군길을 걷는 구간이다.

걷기 47일째, 1400km를 통과하는 날이다. 하루 평균 30km를 걷기로 한 당초 계획대로 순조로이 나아가고 있다. 하루살이가 촛불로 뛰어들며 외친다.

"축복하자, 이 불길을!"

지친 나그네가 소리 높여 외친다.

"불태우라, 이 정열을!"

오늘도 몸과 마음을 촛불처럼 불태우며 열정의 길을 간다. '문화재의 보고 청정 운산' 안내판이 운산면(雲山面) 일원에 대한 안내를 한다. 관광 명소의 고장으로 국보인 용현리 마애여래삼존상을 비롯하여 명종대왕 태실 등 보물 20여 점, 사적으로 보원사지 등이 있으며, 운산팔경이 있다. 일개 면 지역으로서 해미면과 더불어 유서 깊은 곳이라 할 수 있다. 고향이 경북 안동시 일직면 운산리(雲山里)인 나그네에게 더욱 정감이 가는 고장이다.

프랑스 속담에는 '모든 새에게 자기 둥지보다 나은 둥지는 없다.'고 하고, 라틴 속담에는 '집 떠나온 소는 자주 문 쪽을 바라본다.'고 한다. 지금 머물고 있는 곳에서 고향으로 언제든 돌아가고 싶어서다. 호마의북풍(胡馬依北風) 월조소남지(越鳥巢南枝)다.

고향인 안동 낙동강의 지류인 미천의 운산교를 떠올리며 아산만으로 흐르는 서산 역천의 운산교에서 서해랑길의 하루를 시작한다. 멀리 산 너머에서 태양이 솟아오른다. 하늘은 맑고 바람이 없어 고요하다. 역천의 갈대들이 햇살에 빛나고 맑은 물에는 하늘이 담겨 있다. 마치 여기가 고향인 듯 정겹다. 인간은 자기 인생의 자리가 정해져 있다. 인간이라면 그 자리를 소중히 여기고 제대로 지킬 줄 알아야 한다. 내가 '나'라는 마음속에 있어야지 다른 인간이나 짐승의 마음속에 있으면 내가 아니다.

운산면 안호리 원효깨달음길 7코스와 8코스의 갈림길에서 '내포문화숲길 원효깨달음길' 8코스를 걸어간다. 내포문화숲길은 2021년 11월 1일 전국 지자체 최초로 산림청이 지정하는 '국가숲길'로 선정됐다. 가야산 주변의 4개 시군(서산시, 당진시, 홍성군, 예산군)이 내포 지역에 남아 있는 많은 불교성지들과 내포 천주교 성지, 내포 지역의 역사 인물 및 백제부흥운동의 흔적들이 남아 있는 지점들을 옛길과 마을길, 숲길과 임도, 들길, 하천길을 따라서 연결한 충청남도 최초, 최대의 장거리 도보트레일로 약 320km이다.

내포(內浦)는 바다가 육지로 만입(灣入)한 부분으로서 충남 서북부지역인 태안, 서산, 당진, 홍성, 보령, 아산을 비롯하여 평택지역까지를 내포 지역이라고 한다. 조선시대 내포를 관장하는 해미현감은 행정상으로는 해미현에 불과하나 군사, 치안상으로는 내포 지역 전체를 통관하는 겸영장(兼營長)으로서 막강한 권한을 행사하였다.

원효깨달음길은 내포 가야산을 중심으로 산재한 불교 유적들과 원효대사의 전설에 얽힌 이야기를 소재로 만들어진 길이다. 원효깨달음길 8코스는 안국사지에서 영랑사까지 14.9km이다. 안국사지에서 역천 제방길을 따라 걷다 보면 영랑사에 도착한다. 영랑사는 백제 위덕왕 11년(564) 창건하였고, 통일 신라 말 도선국사가 중창하였다. 원효대사 깨달음의 전설을 간직한 영랑사는 원효깨달음길의 마지막 사찰이다.

달도 없는 캄캄한 밤, 두 승려가 길을 갔다. 밤은 깊어가고 갈 길은 아직 멀었지만 이제 잠자리를 찾아 잠을 청해야 했다. 적당한 곳을 골라 몸을 눕힌 두 사람은 지쳐서 이내 깊은 잠 속으로 빠져들었다. 때가 얼마나 흘렀을까. 잠에서 깬 한 승려가 몹시 목이 말라 캄캄한 주변을 더듬었다. 그 순간 손에 물이 담긴 표주박이 잡혀 단숨에 마셔 버린 그는 다시 잠이 들었다.

다음 날 아침, 두 사람은 그들이 잠든 곳이 옛 무덤 자리였다는 것을 알고 깜짝 놀란다. 여기저기 사람의 뼈가 널려 있고 해골에는 송장 썩은 물이 담겨 있었다. 그때 그 물을 마셨던 승려가 낯을 찌푸리며 토악

11.14km 영탑사
원효 깨달음길 7코스
안국사지 2.46km
12.45km 영랑사
원효 깨달음길 8코스
내포문화숲길
원효깨달음길

질을 하였다. 한참을 그렇게 하더니 갑자기 일어나 덩실덩실 춤을 추었다. 그리고 말했다.

"소승은 이제 돌아가야겠습니다."

"……."

"똑같이 해골바가지에 고인 물인데 왜 어젯밤에는 달고 시원했으며, 오늘은 토악질을 하게 되는 것일까요?"

"……."

다른 승려가 말이 없자 춤을 추던 승려가 큰 소리로 웃어 제쳤다.

"마음입니다, 마음. 모든 것이 다 마음으로 지어내는 것이지요."

바로 저 유명한 일체유심조(一切唯心造), 의상과 함께 당나라로 가던 원효의 이야기다. 세상사가 다 마음먹기에 달려 있다는 말이다.

원효가 45세 때 당나라로 가던 길에 해골에 괴인 물을 마시고 크게 깨달은 바가 있어 가던 길을 되돌아왔다는 일화는 유명하다. 해골에 고인 물은 그 물 그대로이되 마음의 바다에 헛된 무명의 바람이 불어 파도가 일렁이며 번뇌와 망상이 생긴 것이다. 똑같은 물인데도 해골에 고인 물인 줄 모르고 마셨을 때는 달콤한 감로수가 되었으나, 썩은 물인 줄 알고 나니 속이 뒤틀린 것, 이것이 바로 마음의 움직임이다. 모든 일은 마음먹기에 달려 있다. 모든 일이 한마음에서 시작된다. 천당도 지옥도 마음에서 이루어진다. 한마음을 일으키지 않으면 일이 시작되지 않는다.

원효의 화쟁사상(和諍思想)은 불교 각 종파의 다른 이론을 인정하면서도 이들을 하나로 통합, 어느 한쪽으로 치우치지 않고 객관적 논리에 근거하여 화해와 회통(會通)을 추구하는 것이다. 〈대승기신론소〉는 번뇌와 망상에 뒤덮여 있는 마음에 대하여 서술했다.

"마음은 원래 하나이지만 번뇌와 망상에 의하여 여러 가지 마음이 겹쳐서 나타나는 것처럼 느껴진다. 그것은 물과 얼음이 다르게 느껴지지만 그 원천은 하나요, 마치 바람에 의해 고요한 바다에 파도가 일어나지만 실은 바다와 파도가 다르지 않고 하나인 것과 같다. 마찬가지로 한 가지 마음에도 깨달음의 경지인 진여(眞如)와 진리에 이르지 못한 마음의 상태인 무명(無明)이 동시에 있을 수 있으나 이 역시 둘이 아닌 하나다."

원효는 진여와 무명에 대해 <대승기신론소>에서 '마음은 마음을 보지 못한다.', '자기의 마음을 취하여 스스로 볼 수 없는 것은 마치 칼은 스스로를 자르지 못하고, 손가락은 스스로를 가리키지 못함과 같기 때문에 마음은 마음을 보지 못한다.'고 한다.

코리아둘레길, 해파랑길을 걷고 남파랑길을 걸어서 서해랑길을 걷는 나그네의 마음도 진여와 무명, 한마음에서 시작되었다. 언제 어디서든 한순간을 놓치지 말아야 한다. 매 순간을 마음을 밝히는 일로 이어져야 한다. 그 한순간이 바로 생과 사의 갈림길이다.

원효깨달음길 8코스에서 벗어나 8-1코스 용천교를 지나 당진 대덕산으로 걸어간다. 대덕산에 올라 어름수변공원을 지나고 아미산을 향해 백제부흥군길 8코스를 걸어간다.

내포문화숲길 백제부흥군길은 무너진 조국을 위해 마지막까지 몸을 던진 백제 민초들의 항쟁 역사가 숨 쉬는 백제의 성들을 돌아보며 선조의 저항정신을 체험하는 길이다. 진정한 백제의 멸망은 660년이 아니고 663년이다. 660년, 황산벌 싸움에서 나당연합군에게 패배하고 의자왕은 부여의 사비성을 버리고 공주의 공산성으로 갔다가 그곳에서 항복했다. 의자왕이 항복한 후, 백제의 장군 복신·도침의 부흥운동으로 일본에서 돌아온 부여 풍이 왕으로 추대되었다. 그리고 치열하게 부흥운동을 펼쳤다.

663년 8월, 백강전투가 벌어졌다. 지금의 동진강인 백강, 백제 부흥군과 왜 구원군, 이를 저지하려는 나당연합군, 네 나라가 맞섰다. 당나라 전선 170척이 백강에 집결했고, 왜선 1,000척과 3만2천 명의 병력이 대치가 이루어졌다. 수적으로는 백제 부흥군과 왜군이 우세했다. 치열한 전투가 벌어졌고, 백제 부흥군 쪽을 향하기 시작한 바람, 당나라는 때를 놓치지 않고 불화살로 공격했다. 백제 부흥과 왜 구원군은 무참히 패배했다. 전선은 불탔고 거의 모든 병력을 잃었다.

주류성을 근거로 적에게 많은 피해를 주었던 백제 부흥군, 주류성 안에 부여 풍이 주둔하고 있었지만 백제군은 동진강에서 모두 전멸한 상태였다. 내분으로 도침이 복신에게 피살되자 부여 풍은 복신을 살해하고 고구려로 피신했다. 668년 고구려가 망하자 부여 풍은 당나라 군사에게 붙잡혀 유배를 갔다.

백강전투에서 패한 백제는 역사에서 완전히 사라졌다. 그런데 왜는 그러한 대병력을 왜 보냈는가? 백제와 왜의 관계, 왜는 백제의 분국이었다. 왜의 정권을 '백제파'로 굳힌 여풍장, 의자왕의 아들인 부여 풍은 의자왕의 명으로 일본에 사신으로 갔다가 백제 멸망 후 부흥백제국의 왕으로 추대되어 돌아온 것이다.

백강전투 후 왜로 건너간 백제 귀족들은 20만 명이나 되었다. 백제에 대한 그리움과 한을 품고 일본으로 망명했던 백제인들은 '일본서기'를 기록했다. 백제는 큰 나라, 왜는 작은 나라였는데, 이제 큰 나라 백제가 없어졌기에 왜라는 이름을 버리고 '일본'으로 국호를 바꾸었다. 일본서기 663년의 기록이다.

"오늘로서 백제의 이름은 끝났다."

"고향 땅 곰나루에 있는 조상의 묘를 언제 다시 찾을까."

변산반도가 한눈에 보이는 주류성에는 지금도 백제의 부흥을 꿈꿨던 백제인들의 함성과 용맹스러운 기개가 들려온다.

대덕공원을 지나고 눈티고개 서낭당 터에 이른다. 면천현과 당진현을 오가는 가장 큰길 고개마루에 있었던 당진에서 가장 컸던 서낭당이

다. 눈이 오면 통행에 어려움이 많았고, 매년 관아에서 길을 닦는 부역에 주민들이 동원되어 고충과 애환이 서려 있는 고개이다. 이 고개에 그들의 삶의 흔적과 염원이 깃든 돌탑이 있었다고 전한다. 길가 '야외교실'에 윤동주의 「서시序詩」, 조지훈의 「마을」, 박목월의 「나그네」 등 시들이 전시되어 있다.

> 죽는 날까지 하늘을 우러러 / 한 점 부끄럼이 없기를 / 잎새에 이는 바람에도 / 나는 괴로워했다. / 별을 노래하는 마음으로 / 모든 죽어 가는 것들을 사랑해야지 / 그리고 나한테 주어진 길을 걸어가야겠다. // 오늘 밤에도 / 별이 바람에 스치운다.

나그네가 '별을 노래하는 마음'으로 '모든 죽어 가는 것들을 사랑하며', '나한테 주어진 길을 가야겠다.'라고 속삭이며 걸어간다. 만사무여위선락(萬事無如爲善樂), 모든 일은 즐겁게 하는 것이 제일이다. 힘들고 어려워도 즐겁고 기쁜 마음으로 걸어간다.

봄이면 진달래가, 가을에는 단풍이 아름다운 둘레길이 있는 아미산 쉼터를 지나간다. 당나라의 백낙천은 아미산을 다녀와서 '강남을 그리며'를 노래했다.

> 아침 햇살이 좋아라. / 눈부신 빛 / 활짝 웃는 얼굴 드러내고 / 일출 강산은 불꽃보다 붉도다. / 만경의 구름파도 / 겹겹이 잔물결 감아올리니 / 아미는 좋은 산이자 강이로구나.

12시 38분, 당진시 죽동면 면천리 산 57, 아미산 삼림욕장 입구의 내포문화숲길방문자세터에 도착해서 64-4코스를 마무리한다.

64-5코스

가는 데까지 가거라!

내포문화숲길방문자센터에서 합덕수리민속박물관 19.3km

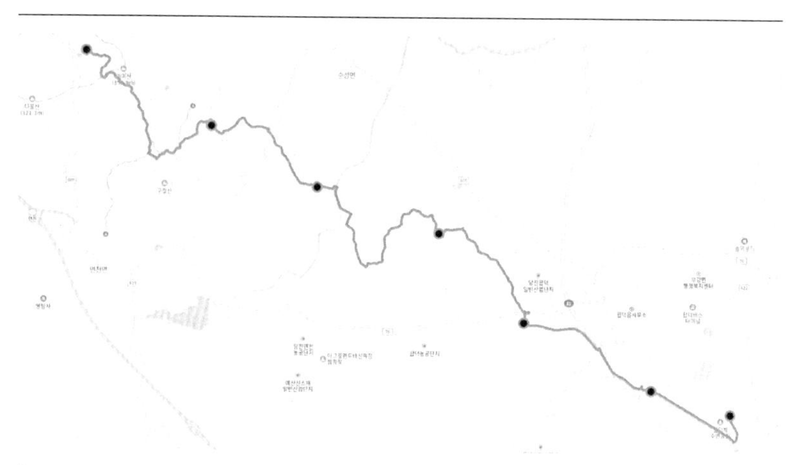

내포문화숲길방문자센터 > 몽산 > 둔군봉 > 석우리마을회관 > 합덕수리민속박물관

12시 42분, 내포문화숲길방문자센터에서 64-5코스를 시작한다. 64-5코스는 몽산을 지나고 둔군봉을 지나서 당진시 합덕읍 합덕리 합덕수리민속박물관까지 걸어가는 구간이다.

삼림욕장 입구에서 그대로 산길로 나아간다. 백제부흥군길 8코스, 임도를 따라 아미산을 걸어간다. 강행군, 선택의 여지가 없다. 인간이란 지구 위에 발바닥을 딱 붙이고 서 있는 것만으로도 충분히 행복하지만, 걸어가는 순간 새로운 세상이 펼쳐진다. 삶은 작은 이야기의 연속이다. 작은 이야기들이 모여 인생의 큰 무늬를 이룬다. 좋은 기억을 많이 만들면서 살아가야 한다. 삶의 좋은 기억은 자신의 선택으로 만들어진다. 좋은 기억이란 무엇인가? 기쁜 일이나 성공, 행운뿐만 아니라 순간순간 만나는 어떤 상황에서 좋은 쪽, 긍정적인 쪽으로 선택하려는 노력이다. 자식에게 물려줄 진정한 유산은 '내 부모는 정말로 행복하고 즐거운 삶을 살았다'고 느끼는 것이다.

훌륭하지는 않더라도 즐겁고 행복한 아버지로 기억되고 싶다. 훗날 세상을 떠난 뒤에도 아들과 며느리가 손자 손녀들과 기일에 아버지이자 할아버지인 내 이야기를 즐겁게 나눌 수 있다면 얼마나 좋을까. 너무 큰 욕심인가.

길을 걸으면서 과거는 수시로 뇌리에 스쳐 간다. 그때마다 과거를 갖고 논다. 심심할 때마다 한 번씩 불러내어 함께 걷는다. 과거는 과거다. 그 과거가 오늘을 만들었지만 강을 건넜으면 뗏목을 두고 가야 한다. 과거는 강을 건너가게 해준 뗏목이니 감사할 뿐 두고 가야 한다. 서해랑길에서 오늘의 이야기를 창조한다.

서해랑길은 아미산 정상을 오르지 않고 중턱에서 우회한다. 길가에 김규동의 시 「당부」가 걸려 있다.

가는 데까지 가거라
가다 막히면
앉아서 쉬거라
쉬다 보면
새로운 길이
보이리…

'가는 데까지 가거라!'라는 당부를 안고 '가는 데까지 가리라!' 생각하며 아미산 자작나무 길을 걸어간다. 박하 향 내뿜는 순백의 자작나무로 조성된 길이다. 25년 전 심었던 자작나무가 세월이 지나 키가 쭉쭉 자라서 한 폭의 아름다운 숲길을 보여 준다. 마르나 젖으나 '자작자작' 소리를 내며 탄다고 해서 자작나무다. 하늘을 향해 쭉쭉 시원스럽게 뻗은 자작나무의 기상처럼 자작나무 숲길을 힘차게 걸어간다.

길을 간다. 세상 밖에서 기다리고 있는 길을 걸어간다. 내가 가는 길은 산골짜기인가, 중턱인가. 능선인가, 봉우리인가. 내가 가는 길은 내 안으로 가는 길이다.

'나는 스스로에 대해 잘 알고 있는가?'

'내가 원하는 삶이 무엇인가.'

'내가 잘하는 일은 무엇인가.'

'내가 하고 싶은 일은 무엇인가.

'나는 중요한 삶의 갈림길에서 후회 없는 선택을 하였는가.'

'삶이 하나의 여행이라면 내 삶의 종착역은 어디일까.'

'그곳에서는 누가 기다리고 있을까.'

생각이 생각의 꼬리를 문다. 누구나 자기만의 삶의 방식이 있다. 고목을 옮겨 심어서는 줄기가 자라고 잎이 무성하고 열매를 맺기가 쉽지 않다. 묘목은 가능하다. 나는 묘목인가, 고목인가. 그것은 마음먹기 나름, 하던 일을 하면 고목이지만 새로운 도전을 하면 묘목이다. 희망으로 새 출발을 한다. 아메리카 인디언의 윤리 규범이다.

"스스로의 힘으로 자신의 진정한 자아를 탐구하라. 다른 누군가가 당신의 길을 대신 만들도록 허락하지 마라. 이 길은 당신의 길이자 당신 혼자서 가야 하는 길이다."

자작나무 쉼터를 지나니 '면천읍성 3.64km, 몽산 2.24km,' 이정표가 친절하게 있다. 면천읍성은 면천면사무소, 면천초등학교 등을 둘러싸

몽 산
해발 299m

고 있으며, 당진에서는 가장 뚜렷이 남아 있는 조선 초기의 성이다. 여말선초 왜구의 침입이 잦아지자 이를 방비키 위해 세종 때에 논의가 시작되었으며, 처음에는 몽산성을 쌓다가 평야지의 적극적인 방어를 위해 축조한 것으로 보인다.

낙엽이 수북이 쌓인 산길을 올라 쇠학골삼거리를 지나간다. 여기서부터는 내포동학길 1코스 구간이다. 내포동학길은 동학농민혁명 당시 최초이자 유일하게 일본군과 싸워 승리한 승전목과 무혈입성한 면천읍성의 전승로(戰勝路) 옛길을 걸어 볼 수 있는 내포 동학 역사의 길이다. 1코스는 면천읍성에서 승전목까지 9.4km이다.

승전목은 면천면 사기소리와 당진시 구룡리 사이의 좁고 가파른 계곡으로, 어떤 병력도 통과하기 어려운 군사적 요충지이다. 이곳에서 내포 지역 동학군 2만 명이 일본군 89명을 공격해 승리했는데, 이 전투는 동학군이 일본군을 상대로 유일하게 승리한 전투다. 이후 동학군은 면천읍을 점령하고 예산으로 공격해 나갔다.

몽산 정상으로 가는 등산로를 따라 '몽산, 당산기우제' 안내판을 지나간다. 몽산 아래 기우제를 지내던 작은 당산이다. 몽산(蒙山)은 면천의 진산으로, 면천읍성의 외곽 방어 목적으로 석성인 몽산성이 있고, 주변에 성황사와 석굴이 있었다. 나당연합군에 나라를 빼앗긴 백제부흥군의 전략적 요충지로 백제부흥운동의 중요한 역사와 면천의 유구한 역사와 문화를 올곧이 간직한 유서 깊은 산이다. 몽산성은 정상부와 주변 5개 봉우리의 능선을 둘러싼 길이 5km의 포곡식 토석혼축산성이다.

해발 299m 몽산 정상에 올라섰다. 미세먼지가 있어 뿌연 하늘 사이로 면천읍성이 있는 면천면을 내려다본다.

당진 면천의 면천향교 앞 저수지에는 볏짚으로 지붕을 올린 정자가 하나 있다. 박지원이 면천군수 시절 저수지 한 가운데에 축대를 쌓고 소박한 정자를 지었으며, 이름을 '건곤일초정(乾坤一艸亭)'이라 했다는 정자다. 박지원(1737~1805)이 면천군수로 있을 때 백성들의 고통받는 삶을 보고 이를 해결하기 위해 '과농소초' 등의 책들을 저술하였는데, 당진군에서는 연암의 애민사상을 기리기 위해 이를 복원하였다고 전해진다.

1797년 7월 15일, 연암 박지원이 면천군수로 부임하던 길에 말 위에서 갑자기 아들과 같은 이름을 쓰는 꾀죄한 인상의 싫은 사람이 떠올랐다. 아들도 그런 사람이 될까 봐 걱정이 된 아버지는 아들 이름을 종간에서 종하로 고쳤다가 뒤에 다시 종채로 고쳤다. 그날 편지에 길 가는 도중에도 온통 떠오르는 생각이라곤 손자 얼굴뿐이라고 하여 할아버지의 속내를 슬쩍 비쳤다.

다음날 면천읍성 관아에 도착한 박지원은 다시 아들에게 편지를 보내며 하인 귀봉이가 술주정이 심하니 절대로 손자를 안게 하지 말라고 적었다.

나그네도 이제 돌이 지난 손자가 잘 크고 있는지 생각만 해도 웃음이 나고, 궁금하고, 보고 싶다.

8월 15일, 다시 보낸 편지에서 연암은 "과거시험은 떨어져도 좋으니 들고나는 것을 잘해서 집안일에 먹칠하는 일만 없다면 괜찮다"고 했다. 연암 자신도 과거시험에 응시했다가 백지를 제출하거나, 답안지에 엉뚱하게 그림만 그리다가 나온 일이 있었다. 연암의 생각에 지금은 선비가 과거를 해서 자신의 뜻을 펼 때가 아니라고 생각했던 듯하다.

부모만큼 제 자식에 대해 잘 아는 이가 있을까? 자식은 아버지를 이해할 수 없지만 아버지는 자식의 성품과 장단점을 잘 안다. 옛 선비들은 떨어져 있을 때 편지로 아들에게 아버지의 가르침을 전했다. 퇴계 이황을 비롯하여 박지원, 박제가, 정약용, 김정희 등 쟁쟁한 아버지의 편지에는 아들을 향한 공부 이야기에서부터 시시콜콜 잔소리가 아주 많다. 그런데도 요즘 아버지들은 그런 잔소리를 잘 못하고 살아간다. 왜 그럴까. 젊은 날은 쉬 흘러가 버려 머무는 법이 없다. 학생이었던 아들들과 편지를 주고받았던 시절이 그리움으로 스쳐 간다.

백제부흥군길 7코스를 따라 하산을 한다. 구절산으로 이어지는 길, 잘 단장된 임도를 따라 호젓한 산길을 내려간다.

14시 6분, 아침에 차를 세워 두었던 도로변에 도착한다. '가는 데까지 가거라!'는 당부를 들었으니, 오늘은 여기까지, 64-5코스를 중간에서 마무리한다.

18시 40분 맷돌포구의 펜션, 바다 위에 높이 뜬 둥근 보름달이 운치를 더한다. 심술궂은 구름이 달을 가리면 이내 바람이 불어와 구름을 밀어내면서 바람과 구름이 나그네의 흥취를 희롱한다. 만조 시라 바다에는 배들이 한가로이 떠 있고, 바다 건너편에는 평택의 불빛이 휘황찬란하다. 달빛기행의 운치를 만끽한다.

다음 날인 12월 10일 토요일 아침, 안개가 자욱하다. 오늘은 64-6코스 종점에서부터 역방향으로 시작하여 걸었다. 그리고 점심 식사를 하고 어제 남겨 두었던 64-5코스를 종점인 당진시 합덕읍 합덕리 합덕수리민속박물관에서 역방향으로 시작한다.

합덕수리민속박물관은 조선시대 3대 저수지 중 하나였던 합덕제를 기념하고 농경문화를 보존하기 위하여 설립되었다. 유서 깊은 저수지인

합덕전통시장
어서오세요
농수산물

백제부흥군길
16-1

합덕제를 중심으로 조성된 합덕제수변공원을 둘러 둘러 걸어간다. 합덕제(合德堤)는 2017년 국제관개배수위원회가 지정한 '세계관개시설물 유산'으로 등재되었으며, 멸종 위기종과 천연기념물 등이 서식하고 있는 생태 공간이다. 합덕제는 후삼국시대 견훤이 최초로 축조한 것으로 전한다. 견훤이 왕건과 싸울 때 이곳 합덕에 만 이천의 군대를 주둔하였고, 이들에 의해 저수지가 만들어졌다고 한다. 1960년대 초반 합덕제가 폐지되어 농지로 전용되었으며, 1970년대에만 하더라도 약간의 저수 기능을 하였으나, 지금은 농경지화되었다. 연꽃이 많아서 연지, 연호방죽으로 불리는데, 2005년부터 2014년까지 당진시에서 제방 등을 복원하여 현재의 모습을 갖추게 되었다.

길게 뻗은 합덕방죽을 지나서 '6.62km 둔군봉' 이정표를 보며 백제부흥군길 7코스를 따라 걸어간다. 산길을 올라 둔군봉에 도착했다.

둔군봉은 후백제 때는 면천 쪽을 향하여 후백제 군대가 주둔하였고, 동학혁명 당시에는 관군이 주둔하였다고 하여 둔군봉(屯軍峰)이라 이름이 붙여졌다 하며, 높이는 비록 낮은 산이나, 군사적으로 중요한 위치를 차지한다.

고려시대에 사찰이 있었던 것으로 추정되는 도곡리 절터를 지나서 산길을 내려간다.

오후 4시, 어제 걸음을 멈추었던 중간 지점, 그곳에서 64-5코스를 마무리한다.

64-6코스

버그내 순례길

합덕수리민속박물관에서 삽교호함상공원 17.2km

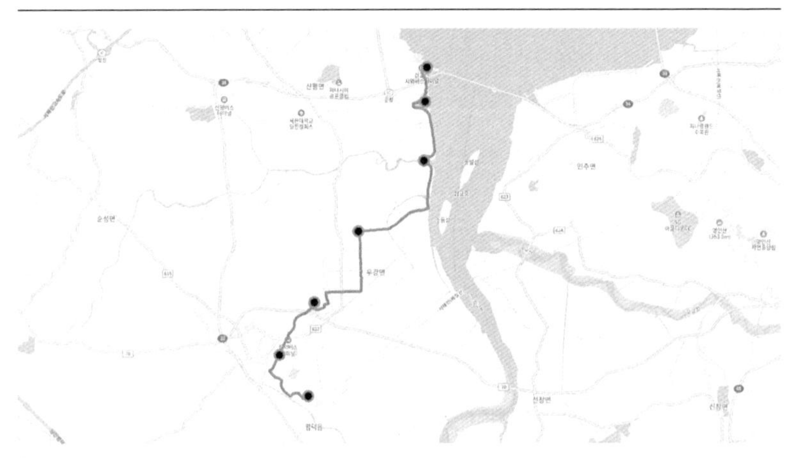

합덕수리민속박물관 > 솔뫼성지 > 소들쉼터 > 삽교호야구장 > 삽교호함상공원

12월 10일 8시, 역주행으로 64-6코스를 시작한다. 64-6코스는 당진시 신평면 운정리 삽교호 함상공원에서 천주교 순례지인 솔뫼성지를 들러서 합덕수리민속박물관까지 걸어가는 구간이다.

삽교호에 안개가 자욱하다. 말 그대로 눈에 보이는 게 없다. 오리무중(五里霧中)의 삽교호공원을 나 홀로 걸어간다.

언제부터인가 혼자 길을 나섰다. 한 치 앞을 볼 수 없을 때, 내일이 캄캄할 때, 고향에서 청산으로 가듯이 혼자 산으로 가는 길을 나섰다. 오늘은 이 산, 내일은 저 산, 걸어서 가고 기차를 타고 버스를 타고 산으로 갔다. 혼자 산에 가면 산은 친구가 되고 위로가 되어 주었다. 지나온 세월, 혼자 산에서, 길에서 행복했다. 어느 때부터인가 혼자이기에 좋았다. 혼자인 것에도 행복할 수 있으니 내 안의 그리움을 안고 오늘도 길에서 길을 간다. 새롭게 펼쳐지는 경이로운 낯선 세계, 길 위에 존재하는 삼라만상, 아아, 혼자이기에 아름다운 서해랑길, 돌아본 길 위에 내 얼굴이, 내 발자국이 가득하다.

1979년 10월 26일, 삽교천방조제 준공식에 참석했던 그날 밤, 박정희 대통령은 궁정동 안가에서 중앙정보부장 김재규에 의해 시해당했다. 한강의 기적을 일으킨 위대한 대통령은 역사 속으로 사라졌다.

독일의 '라인강의 기적'과 우리나라의 '한강의 기적'은 분명 다르다. 독일의 경제 부흥은 우리의 경제 성장과는 질적으로 다르다. 독일은 세계대전을 두 번씩이나 일으킨 저력이 있는 나라다. 비행기, 잠수함, 탱크 등을 만들 수 있었던 엄청난 기술력을 가졌던 나라다. 농사조차 제대로 할 수 없어 매년 보릿고개를 힘겹게 넘었던 우리나라와는 차원이 달랐다. 독일과 우리는 출발점이 전혀 달랐다. 그런 우리나라를 오늘날

위대한 대한민국으로 만들었던 대통령이 박정희다. 쿠데타로 집권했다고 미국의 케네디 대통령은 박정희를 문전박대하면서 모든 원조를 중단할 뿐만 아니라 일본이나 서독도 원조를 못 하도록 방해했다. 그때 하염없이 눈물을 쏟으며 서독의 원조를 받아 낸 대통령이다. 모든 가난한 나라는 하나의 공통적인 요소를 가지고 있다. 바로 부패다.

"가난한 나라는 자원이 없어서 가난한 게 아니라, 효과적인 정치 제도가 없어서 가난하다"는 말은 어느 정치학자가 '정치 질서의 기원'에서 밝힌 통찰이다. 네팔 히말라야 트레킹에서 만난 셰르파는 "썩어 빠진 정치인이 많은 우리나라에도 박정희 대통령 같은 분이 나왔으면 정말 좋겠다!"고 부러워했다. 인간은 짐승의 몸체에 인격을 코팅한 존재다. 코팅에 이상이 생기면 즉시 몸체인 짐승이 나온다. 김재규는 그러한 인물이었다.

'오늘은 무슨 생각을 하면서 걸어갈까. 오늘은 어떤 나로 살아갈까. 어떤 나를 보여 줄까.' 하면서 걸어간다. 아침이면 언제나 새로운 힘이 솟아난다. 힘을 쓰면 또 힘이 샘솟는다. 힘은 힘 있을 때 힘을 길러야 한다. 홀로 서기 위해, 홀로 걷기 위해 힘을 기른다. 그래서 오늘도 어금니를 악문다. 하도 어금니를 물어서인가, 결국 어금니 두 개를 임플란트 해야 했다.

새들쉼터를 지나간다. 새들이 무리를 지어 날아가는 소리는 들리는데 새들이 보이지 않는다. 내 눈에 보이지 않는다고, 내 귀에 들리지 않는다고 존재하지 않는 것이 아니다. 뿌옇게 흩어진 안개 너머, 거친 숨소리의 바람이 일순간 안개를 날려 버린다. 탄성도 잠깐, 다시 안개에 갇힌다. 이대로 안개에 갇혀 걸어야만 하는 것인가.

안개에 갇혀 몽유하듯 걸어간다.

꿈이었을까?

길에서 만난 아름다운 인연들이 정녕 꿈이었을까?

안개처럼 사라져 버렸다.

산으로 들로, 바다로 강으로 홀로 떠다니는 내 인생.

길 위에서 세상과 가슴을 나누며 자유로운 영혼으로 살아가는 내 인생.

죽는 날까지 세상을 향한 내 걸음은 멈추지 않을 것이다.

안개에 가려진 태양이 희미하다.

빛을 잃은 태양이 드러났다 사라졌다가를 반복한다.

그 뒤로 내 인생이 빛난다.

안갯속을 홀로 걷는 나그네가 "나는 떠나고 싶다. 이름 모를 머나먼 곳에 아무런 약속 없이 떠나고픈 마음 따라 나는 가~고 싶다. 나는 떠나가야 해. 가슴에 그리움 갖고서~"라는 '홀로 가는 길'을 노래한다. 만나는 것마다, 헤어지는 것마다 노래가 아닌 것이 없다. 버려진 들에 피어난 풀잎 하나도 내 한 생애만큼이나 뜨거운 목숨의 가락이다.

걸으면서 감사한다. 빈 몸으로 태어나서 가진 것들을 헤아려보면서, 걸으면서 꿈을 꾼다. 아직 남은 인생에 해야 할 일들을 헤아려 보면서, 걸으면서 기도한다. 우주의 중심인 자신으로부터 소중한 이들과 살아있는 모든 것들, 존재하는 모든 것들에게 자유와 행복이 깃들기를, 걸으면서 기도한다.

걷기를 좋아하는 길 위의 사상가 장 자크 루소는 "생명을 지키는 일에 시간을 낭비하면 그만큼 생명을 즐기는 일에 시간이 줄어든다. 그런 시간을 없애야 한다."고 말한다. 나아가 "의사의 치료를 받지 않고 10년을 산 사람은 의사한테 괴로움을 겪으면서 30년을 산 사람에 비해 그만큼 오래 산 사람이다."라고 말한다. 건강한 삶은 수명을 연장하는 것, 건강하게 즐기면서 걸어가는 나그네가 소들쉼터를 지나간다.

소들쉼터는 당진시 우강면 삽교호 수변에 조성한 자연 쉼터다. '소들'은 이 지역에 소머리 모양의 돌 두 개가 솟아올랐다가 가라앉아 넓은 들이 되었다고 하여 지어진 이름이다. 쉼터에서 보이는 호수와 작은 무명 섬에는 해마다 많은 철새가 머물러 쉬어 간다. 지근거리에 있는 삽교호는 보이지 않고 새소리만 들려온다.

9시 반이 지나면서 시야가 조금씩 보이기 시작한다. 하지만 이내 안개 자욱한 황량한 들판을 걸어간다. 이 길에서 갑자기 앞에 사람이 나타난다면 얼마나 신비로울까, 상상을 해 본다. 서해랑길 걷는 중에 가장 특별한 날씨 중 하나다. 10시가 지나서야 태양이 안개를 물리치고 그림자가 나타난다.

무겁고 힘들었던 젊은 날이 안개 속에 지나가고 갈수록 가볍고 유쾌한 삶이 다가온다. 즐거운 뒤에 괴로운 것보다 괴로운 뒤에 즐거움을 추구하는 것이 나의 도(道), 나의 길이다. 고통 끝에 얻은 기쁨이라야 오래간다. 괴롭고 나서 즐거운 것은 장거리 도보여행이나 등산이 그렇고 공부나 독서가 그렇다. 좋은 것만 하려 들면 나쁜 것이 찾아온다. 주색잡기와 도박이 그렇다. 처음에 즐겁다가 뒤에 괴롭게 되는 일이다. 화려했던 한 시절이 일장춘몽이다. 묵자는 말했다.

"힘든 일을 하는 사람은 반드시 하고자 하는 바를 얻는다. 하고 싶은 것만 하면서 하기 싫은 것을 면한 사람을 나는 본 적이 없다."

한나라 때 매승은 『칠발(七發)』에서 말했다.

"달고 무르고 기름지고 맛이 진한 음식은 이름하여 창자를 썩게 만드는 약이라 한다. 잘 꾸민 방과 좋은 집은 질병을 부르는 중매라 이름한다. 나고 들 때 타는 가마와 수레는 걷지 못하게 만드는 기계라 하고, 흰 이와 고운 눈썹의 여인은 목숨을 찍는 도끼라 이른다."

고통 끝에 얻는 즐거움을 버리고 즐거움 끝에 얻는 파멸을 향해 돌진하는 세상이다. 가마와 수레, 자동차와 말 대신에 두 다리 두 발로 걸어가는 서해랑길, 고통과 즐거움이 하나가 되는 인생길 위에서 춤을 춘다.

10.5km를 걸어왔고, 솔뫼성지가 1.2km 남았다. 과연 솔뫼성지에서는 안개가 완전히 걷힐까 하면서 걸었는데, 솔뫼성지가 가까워지자 거짓말같이 안개가 완전히 사라졌다. 10시 30분, 드디어 솔뫼성지에 도착했다. 솔뫼는 '소나무가 우거진 산'이라는 뜻으로, 한국 최초의 사제 김대건 신부가 탄생한 곳이다.

솔뫼성지에는 오랜 세월을 지키고 있는 소나무와 생가, 김대건 신부 동상, 기념관과 김대건 신부 탄생 200주년을 맞이하여 봉헌한 '기억과 희망' 대성전이 있다.

2014년 8월 15일, 김대건 신부와 아시아 청년들의 만남을 위해 프란치스코 교황이 방문하였다. 2021년 김대건 신부 탄생 200주년을 맞이하여 '기억과 희망'의 대성전과 함께 가톨릭 예술 공간을 조성하였다.

솔뫼성지는 1784년 한국천주교회가 창설한 직후부터 김대건 신부의 증조할아버지 김진후(1814년 해미에서 순교), 작은할아버지 김종한(1816년 대구 관덕정에서 순교), 아버지 김재준(1839년 서울 서소문 밖에서 순교), 그리고 김대건 신부(1846년 한강 새남터에서 순교)에 이르기까지 4대에 걸친

솔뫼성지

순교자가 살았던 곳이다.

김대건 신부의 신앙과 삶의 지표가 싹튼 곳으로, '한국의 베들레헴'이라고 불리는 이곳에서 1821년 8월 21일 태어나 1836년부터는 마카오에서 사제수업을 받았으며, 1845년 상해에서 사제 서품을 받고 조선에 입국, 1846년 9월 16일 군문효수형으로 순교하였다. 순교 직전에 한 말이다.

"나는 천주를 위하여 죽는 것입니다. 영원한 생명이 내게 시작되려고 합니다."

김대건 신부는 2019년 11월 14일 유네스코 기념 인물로 최종 선정되었다. 유네스코는 2004년부터 유네스코가 추구하는 이념과 가치와 일치하는 전 세계 역사적 사건 인물을 유네스코 세계기념인물로 선정하여 세계적 중요성을 부여하고 있다. 선정 기준은 UN의 지속가능발전목표와 인물의 생애가 얼마나 부합한지, 현재에도 영향을 끼치는지에 대한 부분이다. 김대건 신부의 삶과 업적은 유네스코에서 인정받아 전 세계인이 사랑하는 인물로, 솔뫼성지는 세계적 천주교 성지로 주목받고 있다.

대성전에 들어가서 기도를 하고 대성전 앞 광장에 나서니 철새들이 줄을 지어 하늘을 날고 있다.

김대건 신부의 생가를 둘러보면서 용인의 은이성지와 안성의 미리내성지, 삼덕의 길을 걸었던 달빛기행의 추억을 생각한다.

솔뫼성지에서 나와 도로를 따라 프란치스코 교황로, 김대건 신부 탄생의 길을 걸어간다. 솔뫼성지에서 신리성지로 이어지는 버그내순례길(13.3km)을 걸어간다. '버그내'는 합덕의 구전지명 가운데 하나로, 조선

시대에는 큰 장이 형성되기도 하였고, 장터를 오가며 삶의 애환을 나누던 이 지역 문화의 거점 역할을 하던 곳이다.

버그내순례길은 솔뫼성지에서 합덕성당, 합덕방죽, 원시장과 원시보 형제의 탄생지에 있는 옛 우물터, 그리고 무명 순교자 묘역을 거쳐 신리 교우촌에 이르는 천주교 순례길이다. 합덕성당은 아산 공세리성당과 더불어 충남에서 가장 오래된 성당으로, 1890년 예산군 양촌성당으로 세워졌다가 1899년 당진시 합덕읍으로 이전하면서 합덕성당으로 바뀌었다.

합덕읍 내에 도착하여 합덕전통시장으로 나아간다. 합덕전통시장에서 용인에서 찾아온 광섭 형님과 정화를 만나서 함께 아구찜 요리로 소문난 맛집에서 점심 식사를 하고 합덕수리민속박물관으로 걸어간다.

13시 20분, 합덕수리민속박물관에서 64-6코스를 마무리한다.

16 아산~평택~화성 구간 (84~88코스) 90.2km

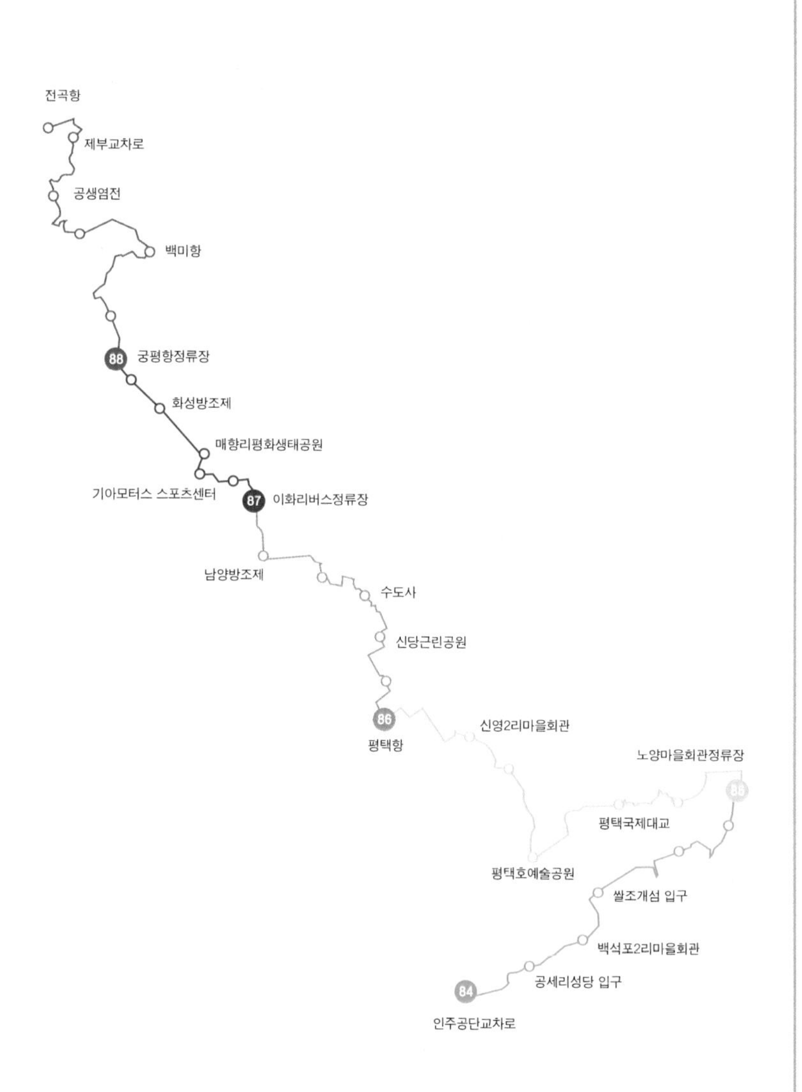

84코스

현충사 가는 길

인주공단교차로에서 구룡교북단 동측 정자 17.7km

인주공단교차로 > 공세리성당입구 > 백석포2리마을회관 > 쌀조개섬입구 > 노양마을회관 정류장

12월 11일 일요일 8시 20분, 인주면 걸매리 인주공단교차로에서 84코스를 시작한다. 84코스는 공세리성당을 지나고 쌀조개섬 입구를 지나서 평택시 팽성읍 노양마을회관정류장까지 걸어가는 구간이다.

아산·평택·화성 구간은 84~88코스로 89.8km이다. 바다로 흐르는 삽교천의 물줄기와 고요한 아산호의 맑은 물에는 사람들의 삶과 문화가 깃들어 있다. 바다향 가득 품고 아산만을 드나들던 만선의 풍요는 이제 전 세계 곳곳에서 들어오는 화물선의 풍요로 대신하여 평택의 국제항으로의 도약을 꿈꾸고 있다. 화성에서는 바닷길이 열리는 작은 섬 제부도를 바라보며 드넓은 갯벌 위로 펼쳐지는 석양의 아름다움을 맛본다.

오늘은 드디어 충청도에서 경기도로 넘어가는 길이다. 일행은 모두 5명, 광섭 형님과 세원, 정화, 인경이가 함께 걸어간다. 교차로를 벗어나자 이내 들판이 펼쳐지고 멀리 산 위로 태양이 솟아오른다.

이곳에서 멀지 않는 곳에 아산 현충사가 있다. 오늘은 음력으로 11월 18일, 충무공 이순신이 전사하기 전날이다. 충무공은 1598년 11월 19일 아침 노량해전에서 전사했다. 삶의 순간순간 충무공을 떠올리며 현충사와 충무공의 무덤을 찾기도 했던 나그네이니 잠시 현충사를 향해 고개를 숙인다. 남파랑길 종주를 끝내고 『충무공과 함께 걷는 남파랑길 이야기』 원고를 탈고하기 직전 현충사를 다시 찾았을 때 고택 옆 두 그루 은행나무는 쏟아지는 비를 맞으며 오래전 떠나간 누군가를 지금도 기다리고 있었다. 자작시 「두 그루 은행나무」다.

한 소년이 이사 오는 것을 보았네.
나무 그늘에서 책 읽고 놀던 소년이
청년이 되어 장가가고,
치마장에서 말 타고 활 쏘며
무예 닦는 모습을 보았네.

회와 울과 면 세 아들을 낳고 기르는
행복한 아버지의 모습도 보았네.
무관이 되어 나라를 지키려 북쪽의 함경도로
남쪽의 전라도 고흥으로 가는 모습도 보고
파직되어 돌아온 실직자의 모습도 보았네.

삼도수군통제사로 23전 전승을 하며
남쪽 바다에서 왜적을 물리치는 줄 알았는데
옥문에서 나와 하얀 옷 입은
실로 오랜만에 찾아온
백의종군 모습도 보았네.

여수에서 아산으로
애끓는 마음으로 아들을 찾아오다가
뱃길에서 세상을 떠난 어머니의 죽음 앞에
통곡하며 슬피 우는
아들의 모습도 보았네.

장례를 다 치르지도 못한 채

금부도사의 재촉에
떨어지지 않는 발걸음을
남쪽으로 옮기던
비탄에 젖은 아들의 모습도 보았네.

"어찌하랴? 어찌하랴?
천지에 나 같은 사정이
또 어디에 있단 말인가
어서 죽느니만 못하구나."
탄식하는 모습도 보았네.

그리고 그날 집을 떠나서
살아서는 다시 돌아오지 못하고
죽어서 돌아온 모습도 보았네.
고금도에서 올라와 장지를 향해 가는 운구가
집 앞을 지나는 애달픈 장면까지도 보았네.

두 그루 은행나무는 보았네.
나라와 백성을 향한 충을 보았고.
아버지와 어머니를 향한 효를 보았고
아내와 아이들 형제들과 조카들을 향한
뜨거운 가족애를 보았네.

현충사에 있는 옛집에서
대대로 살아오면서

'5세 7충 2효'의 정려각을 세우고
해마다 음력 11월 18일 밤
불천위 제사를 지내는 모습도 보았네.

현충사를 세우고
"제 몸 바쳐 충절을 지킨다는 말 예부터 있었지만
목숨 바쳐 나라를 살린 일 이 사람에게 처음 보네"
라면서 편액을 내리는
임금의 찬사도 보았네.

500살 넘은 두 그루 은행나무에는
계절의 노래가 그치지 않고
해와 달과 별, 바람과 구름이 쉬어 가고
온갖 새들과 벌레들이 놀다 가고
누군가는 나무 그늘에서 충무공을 그리워한다네.

가을이 되면 두 그루 은행나무는
노란 은행잎으로
충무공의 마음을 담은 우산이 되어
삶에 지치고 힘든 이들을 위로해 주고
새 힘과 용기와 희망을 준다네.

두 그루 은행나무야,
천년만년 살아서
현충사를 찾는 모든 이들에게

민족의 영웅!

불멸의 이순신을 전해 주렴.

현충사의 추억을 뒤로 하고 '공세리공감마을' 이정표를 지나서 공세리로 들어선다. 순교 성지로 유명한 공세리성당 입구를 지나간다. 1922년 지어진 성당으로 금년이 만 100년의 역사가 된다. 한국천주교회에서 아홉 번째, 대전교구에서 첫 번째로 설립된 성지와 성당이다. 2005년 한국관광공사에서 대한민국을 대표하는 가장 아름다운 성당으로 선정했다. 문화재와 다수의 국가 보호수를 보유하고 있으며, 〈태극기 휘날리며〉, 〈사랑과 야망〉 등 수많은 영화와 드라마의 촬영지다.

사람들의 왕래가 빈번하였던 아산 지방에서 포교 활동을 하였던 에밀 드비즈 신부는 마을의 민가를 교회당으로 사용하다 1897년 옛 곡물창고에 사제관을 세우고 1922년에는 자신이 직접 설계한 본당을 완공하였다. 건축 당시의 성당 건물은 아산 지역의 명물로 전국적 구경꾼들이 몰려왔다. 드비즈 신부가 고약을 만들어 사람들의 상처와 종기를 치료했는데, 이를 옆에서 돕던 이명래 요한이 신부에게 조제 비법을 배워 '이명래고약'을 만들었다고 한다.

공세리성당은 박해시대 때 천주교 신앙의 요충지였던 내포지방이 시작되는 입구에 있어서 행상과 육로를 연결하는 중요한 포구였다. 수많은 신자들이 잡혀 32명의 순교자가 이곳에서 나왔고, 나머지는 각지로 끌려가서 순교를 당했다.

십자가의 길은 인간을 향한 하느님의 크나큰 사랑과 용서를 체험하면서 다가오는 수많은 시련과 고난을 지혜롭게 극복하도록 배운다. 예수는 남을 어느 정도 용서해야 하는 제자들의 질문에 "일흔 번씩 일곱 번을 용서하라"고 말한다. 결국 490번을 용서하라는 말씀이니 인간으로서는 힘든 무조건 무한대로 용서하라는 말씀이다. 누구를 위해서? 그것은 바로 자신을 위해서다. 하지만 용서를 한다고 하더라도 개가 먹은 것을 토하듯 다시 분노가 꿈틀거리며 일어난다. 어쩌면 인간은 완전한 용서를 할 수 없을지도 모른다. 용서는 결국 신의 영역, 신의 도움으로 용서할 수 있는 것이다.

조용하고 단아한 마을을 벗어나 단조로운 길을 걸어간다. 구름을 수레로 삼고 바람의 날개를 타고 쏜 화살처럼 걸어간다. 기운이 발끝에서 발바닥을 거쳐 다리로 허리로 복근의 움직임 따라 머리끝까지 솟구친다.

걷기는 우리 몸을 구성하는 600개 이상의 근육과 그와 함께 움직이는 200여 개의 뼈를 모두 동원하는 운동이다. 걷기는 뇌에 산소를 효과적으로 공급해 준다.

인간은 직립 보행으로 인해 끊임없이 두뇌 용적을 늘렸다. 4백만 년 전 두 발로 걷기 시작한 인간은 400g의 뇌를 1,400g까지 진화시켰다. 직립 보행을 통해 양손을 함께 사용하면서 비약적으로 발달한 것이다. 뇌는 체중의 2% 정도에 불과하지만, 심장에서 나가는 피의 15%를 소비하고 호흡을 통해 들어오는 산소의 25%를 소비한다. 만약 뇌에 혈액이 15초 정도만 공급되지 않아도 사람은 의식 불명 상태에 빠진다. 뇌에 산소를 충분히 공급하려면 혈액 순환이 원활해야 하는데 제2의 심장이라는 발을 움직임으로써 심장의 움직임을 도와줄 수 있다. 이로 인해 전신의 혈액 순환이 원활해지고 산소 공급이 잘되어 머리끝부터 발끝까지 건강을 유지할 수 있다. 건강의 비결은 수승화강, 두한족열이다. 곧 머리는 시원하게 발은 따뜻하게 하는 데 있다.

'걸음아 날 살려라!' 하면서 구름 한 점 없는 파란 하늘, 5명의 일행이 왁자지껄, 시끌시끌 이야기를 나누며 아산만 옆 도로를 따라 걸어간다.

아산호의 푸른 물과 물 위를 유유히 헤엄치는 오리와 물새들을 바라보며 걸어간다.

11시경, 충식 아우가 앞에서 혜성처럼 나타난다. 이제 일행은 모두 6명, 평탄한 길에 여유로움이 넘쳐 모두들 웃음꽃이 만발한다. 이탈리아 사람들은 "친구가 없는 것은 영혼이 없는 육체와 같다."고 말한다. 결실을 맺으면 약해지는 사랑과 달리 우정은 세월이 흐를수록 성장해 번성하므로 즐거움이 배가 된다. 어려울 때 친구가 진짜 친구다. 불행도 함께 겪을 벗이 있으면 위안이 된다. 오랜 친구보다 더 나은 거울은 없다. 와인과 친구는 오래될수록 좋다.

쌀조개섬을 바라보면서 걸어간다. 쌀조개섬은 약 260,000㎡ 가량의 면적으로 안성천 내 하중도다. 섬의 대부분은 지역 주민들의 농경지로 사용 중인데, '안성천 하천환경정지사업'과 연계해서 생태수변공원으로 조성하여 친수시설 설치와 관광지화하려는 계획이 진행 중이다.

파란 하늘, 파란 호수 위에 평택국제대교가 점점 가까이 다가온다. 아산시 신남면 둔포리를 걸어서 드디어 평택시 팽성읍 노양리를 걸어간다. 청풍명월(淸風明月) 충청도에서 드디어 경중미인(鏡中美人) 경기도로 들어섰다. 먼 길 하루하루 열심히 걸어왔다.

11시 45분, 84코스 종점 노양리마을회관버스정류장에 도착했다.

85코스

대장부의 길

노양리마을회관버스정류장에서 평택항 22.7km

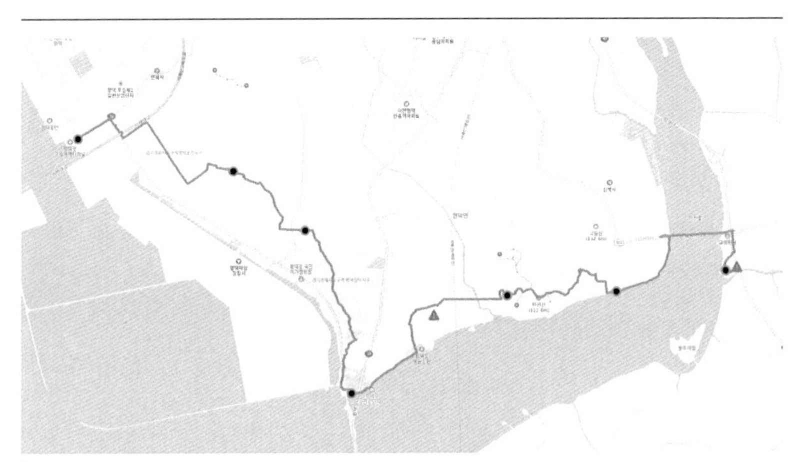

노양리마을회관버스정류장 › 평택국제대교 › 평택호예술공원 › 신영2리마을회관 › 평택항

11시 50분, 노양리마을회관버스정류장에서 85코스를 시작한다. 85코스는 평택국제대교를 건너 평택호예술공원, 평택호관광단지를 지나서 포승읍 만호리 평택항 국제여객터미널에 이르는 구간이다. 걷기 49일째, 1,470km를 돌파하는 구간이다. 남파랑길 총길이가 1.470km이니, 이제부터는 나 자신이 지금까지 걸어 보지 않은 최장거리를 걸어간다는 의미가 있다.

머나먼 서해랑길, 전라도를 걷고 충청도를 걷고 또 걸어서 이제 경기도 평택 땅에서 시작한다. 경기(京畿)라는 이름은 중국 당나라 시대에 왕도와 주변 지역을 경현(京縣)과 기현(畿縣)으로 나누어 관리했던 데서

비롯됐다. 1018년은 경기도 '경기정명 1000년의 해'이니, 경기도가 태어난 지 천 년이 지났다. 고려 현종 9년(1018)에 고려 수도 개성 주변 11개 현을 '경기'라 하고 중앙정부에 직속시킨 것을 말한다.

잠시 휴식을 취하는 출발지 정자에 '山高水長'이 걸려 있다. 산고수장(山高水長), 산은 높고 물은 길다. 오랜 인내와 인고의 한 걸음 한 걸음의 서해랑길을 걸어서 경기도에 들어서서 강화도로 나아간다. 흙 한 줌이라도 헛되이 버리지 않기에 큰 산이 이뤄지듯이 큰 바다는 작은 실개천이라도 모두 받아들이기에 그 큼을 이뤄 낸다. 태산불사토양(泰山不辭土壤)이라, 태양은 흙을 사양하지 않고 해불양수(海不讓水)라, 바다는 물을 사양하지 않는다. 모든 흙과 물을 받아들일 수 있어야 태산이 되고 바다가 될 수 있다. 조조는 '단가행'를 부르며 노래한다.

산은 높음을 마다하지 않고/ 바다는 그 깊이를 꺼려하지 않는데
주공(周公)은 먹은 것을 토해 내며/ 천하의 마음을 얻었네.

난세의 영웅 조조는 공자가 존경했던 주공의 토포악발(吐哺握發)의 고사를 생각하며 천하의 인재를 널리 구했다. 세상에서 가장 낮은 물은 바다다. 맑든 흐리든 사양하지 않고 모든 물을 받아들인다. 바다가 세상의 모든 물을 다 받아들일 수 있는 것은 넓은 가슴으로 가장 낮은 곳에 위치하기 때문이다.

공자는『논어』에서 스스로 군자를 자청하며 어떤 유혹에도 흔들리지 않는 강한 정신적 안정감을 '불혹(不惑)'이라 하였다. 자기 부활에 성공한 위대한 인간은 그 충격에 흔들릴지언정 무너지지는 않는다. 내 시각으로 세상을 보기 때문에 세상 사람들의 관점에 연연하지 않기 때문이다.

공자는 그런 정신적 기반을 만들 수 있는 나이를 사십 대라 하였고, 그 상태를 불혹이라 하였다. 공자 사후 100년 뒤에 맹자는 자신의 나이 사십 대를 부동심(不動心)이라 하였다. 젊은 시절, 성공과 실패, 칭찬과 비난에 흔들리던 자신이 사십 대에는 그 충격을 흡수할 정도의 정신적 완성을 이루었다는 뜻이다.

한 인간이 우주의 중심에서 인생을 살면서 정신적 안정감이야말로 우주적 삶의 기반이다. 인생을 살면서 겪게 되는 수많은 충격에서 얼마나 자신을 완충할 수 있느냐가 결국 공자와 맹자가 고민하던 새로운 인간형, 군자와 대장부의 가장 큰 특징이다. 맹자는 대장부야말로 어떤 파도가 닥쳐도 흔들리지 않는 정신을 소유한 사람이라고 말한다.

나는 천하의 가장 넓은 곳에 거하리라!
나는 천하의 가장 바른 자리에 서리라!
나는 천하의 가장 큰길을 걸어가리라!
내 뜻을 세상이 알아주면 백성들과 함께 그 뜻을 함께 실현할 것이요,
세상이 나를 알아주지 않는다면 나 홀로 나의 길을 걸어가며 살리라!

부귀영화도 나를 속되게 할 수 없고,
가난과 역경 속에서도 내 뜻을 바꾸지 않을 것이며,
어떤 위협과 협박에도 굴복하지 아니하리니,
이렇게 사는 사람의 인생을 대장부라 한다.

이 구절을 보면서 역사 속에 얼마나 많은 사람들이 자신을 돌아보았을까. 충무공 이순신은 1576년 무과에 급제하고 발령을 기다리며 이렇게 자신의 심정을 읊었다.

"장부출세(丈夫出世) 용즉효사이충(用則效死以忠) 불용즉경야족의(不用則耕野足矣)

장부가 세상에 태어나서 나라가 나의 능력을 써 준다면 죽음을 다해 나라를 위해 최선을 다할 것이요, 만약에 나의 능력을 알아주지 않는다면 그저 고향에 돌아가 밭을 갈며 산다 해도 여한이 없다."

다른 급제자들이 좋은 보직을 받기 위해 동분서주하는 동안 대장부를 자처하는 이순신은 초연히 부동심의 삶의 태도를 이렇게 읊었던 것이다. 그리고 1576년 그해 2월, 32세의 이순신은 함경도의 동구비보에 권관으로 첫 벼슬을 발령받았다.

1598년 11월 18일(음력 오늘), 이순신은 고니시가 달아나는 것을 막기 위해 순천왜성 앞바다를 봉쇄하고 있다가 노량해협으로 이동했다. 고니시군의 퇴로를 막은 채 그대로 있다가는 자칫 고니시군과 고니시군을 구하러 오는 시마즈군 사이에 끼어 협공을 당할 수 있다고 판단했기 때문이다. 진린의 명 수군은 노량해협의 서북쪽 하동 쪽에 진을 치고 이순신은 노량해협 서남쪽 남해 쪽에 진을 쳤다.

11월 19일 자정, 노량의 바다는 차가웠다. 자정에 이순신이 배 위에서 하늘에 기도하기를, "이 원수를 제거한다면 죽어도 여한이 없겠습니다." 하자, 홀연히 바다 가운데 큰 별이 떨어졌다.

노량해전에 출전하기 하루 전, 명 도독 진린이 천문을 살폈더니 동방의 대장별이 희미하게 빛이 바래고 있는 것을 보고 이순신에게 제갈량처럼 하늘에 기도할 것을 권하는 편지를 보냈다. 이때 이순신은 웃으며 말했다.

"나는 충성이 무후(제갈량)만 못하고 덕망이 무후만 못하고 재주가 무후만 못하여 세 가지가 다 무후만 못하니 비록 무후의 기도법을 쓴다고 한들 하늘이 어찌 들어줄 리가 있겠습니까?"

충무공 이순신은 그렇게 대장부의 길을 갔다. 세상을 살면서 남의 시선이 아닌 나의 시선으로 세상을 보고, 남의 평가에 연연하지 않고 나의 만족을 추구하며 사는 군자와 대장부의 인생철학의 중심에는 불혹과 부동심이 자리하고 있다.

사람들은 저마다 선택한 마음의 길을 간다. 나그네가 대장부의 길을 간다. 서해랑길에서 호연지기를 길러 불혹과 지천명, 이순을 넘어서 대장부의 길을 간다.

'장서방네노을길' 화살표와 '평택 섶길' 붉은 리본이 전봇대에서 흔들린다. '호수의 미소'라는 이름이 정겹게 다가온다.

평택호를 가로질러 평택국제대교를 건너간다. 붕괴 사고를 일으키는 우여곡절 끝에 2020년 1월 22일 개통된 평택국제대교는 팽성읍과 현덕면을 잇는 1.35km, 왕복 4차선 대교이다.

대교 아래에 고요하게 물이 흐른다. 물은 깊은 호수를 만나면 차곡차곡 남김없이 채운 다음 뒷물을 기다려 비로소 흘러간다. 흐르는 물은 다투지 않는다. 산이 가로막으면 돌아간다. 바위를 만나면 몸을 나누어 비켜 간다. 가파른 계곡을 만나면 숨 가쁘게 달리기도 하고, 깎아지른 절벽을 만나면 용사처럼 뛰어내린다. 너른 평지를 만나면 수평을 이루어 유유히 구름에 달 가듯이 하늘을 담고 흘러간다.

구름 한 점 없는 맑고 푸른 하늘, 시원한 바람이 불어오는 대교를 건너가는 나그네의 발걸음에 유쾌, 상쾌, 통쾌, 경쾌, 자쾌의 기쁨이 밀려온다.

자쾌(自快), 장자는 자쾌를 추구했다. 자쾌는 자신의 쾌락, 곧 나 만의 즐거움이다. 장자는 초 위왕이 재상으로 삼기 위해 사신으로 보냈지만 더러운 진흙구덩이에서 '나 자신만의 즐거움'을 택할지언정 벼슬에 얽매이는 삶을 살지 않겠다고 거절을 한다. 장자는 가난해도 자유를 누리는 것이 좋았다. 누가 재미있게 해주는 게 아닌데 스스로 즐거운 것, 자쾌는 혼자 잘 노는 사람들의 특권이다. 자쾌는 시간이 넉넉한 노년의 필살기다. 도보여행은 나만의 즐거움을 누릴 수 있는 자쾌이며 인생 후반 최고의 필살기다.

인생이 피아노라면 누구나 가장 연주하고 싶고 가장 잘 연주할 수 있는 곡을 연주하고 싶을 것이다. 인생이라는 피아노가 소음 밖에 낼 수 없다면 그것은 피아노한테 잘못이 있는 게 아니라 연주자인 자신에게 잘못이 있다.

나는 내 인생이라는 피아노의 연주자다. 가장 재미있고 의미 있고 보람 있는 곡을 연주해야 한다. 남은 세월 무엇을 연주할까. 길에서 길을 묻는다. 생각하는 대로 살 것인가, 사는 대로 생각할 것인가, 그것이 문제로다.

"행복의 기준을 남에게 두지 말라!"

채근담에서 있는 말씀이다. 천번만번 옳은 말씀이다. 세상에는 정해진 삶의 표준이나 기준은 없다. 행복과 불행의 고정된 유형도 없다. 성철스님은 "사람들은 소중하지 않는 것들에 미쳐 칼날 위에서 춤을 춘다."고 했다.

짧은 인생, 언제까지나 다른 사람의 삶을 흉내 내면서 살 것인가. 남의 삶을 베끼려하지 말고 내 삶을 스스로 만들어가야 한다. 남이 나를 어떻게 생각할까를 먼저 생각하지 말고, 자신의 생각과 뜻을 먼저 생각해야 한다. 나그네가 다짐한다.

"도보여행, 죽는 날까지 걷고 또 걸어서 대지를 여행하리라."

대교를 건너고 신왕포구 나루터 흔적을 지나서 '미래를 생각하는 자

미래를 생각하는 자연과 사람의 가치있는 동행
평택호 횡단도로
평택호에 수를 놓다!
기능개선 手 • 안전확보의 守 • 환경배려의 秀
평택시
마안산

연과 사람의 가치 있는 동행 평택호 횡단도로'를 따라 걸어간다. 평택호 6.3km 화살표를 보면서 마안산으로 올라간다. 등산로를 겸한 새로운 산책로가 동에서 서로 개설되어 마안산 아래 평택호를 바라보면서 걸어간다. 해발 112.8m 마안산 정상에서 늦게 오는 일행을 기다린다. 돌탑에 작은 돌을 얹으며 마음을 모은다. '오늘 내가 돌탑을 쌓기 위해 돌을 하나 던지면 천년 후에 누구가의 이정표가 된다'고 하던가. 수많은 사람이 지나간 흔적은 그대로 역사가 되고, 나그네는 역사의 목격자가 된다. 중앙아시아 속담에는 "열 명의 사람은 발자국을 남기고 백 명의 사람은 오솔길을 내고 천 명의 사람은 길을 만든다."고 했다. 유목민의 인사법에서 중요한 것은 출신과 고향이 아니라 어느 길을 지나 왔는가 하는 것이다. 이들이 지나간 흔적은 그대로 초원의 길이 된다. 중앙아시아 실크로드 탐방의 아름다운 추억이 스쳐 간다.

정상에서 등산로를 따라 정자를 지나고 한적한 숲길을 걸어서 드디어 도로로 내려선다. 현덕면 기산리를 걸어간다. 기산리 마을을 지나고 들판을 지나서 평택호예술공원에 도착했다. '평택시민이 직접 선정한 평택 8경'이 눈길을 끈다. 1경은 평택항과 서해대교, 2경은 소풍정원, 3경은 평택호, 4경은 배다리근린공원, 5경은 농업생태원, 6경은 오성강변, 7경은 진위천유원지, 8경은 원평나루 갈대숲이다.

야외공연장 입구를 지나고 평택호 소리터 입구를 지나서 평택호 따라 데크길로 나아간다. 평택호의 태양이 눈부시다. 구름 한 점 없는 파란 하늘과 파란 호수, 파란색 일색이다. 아산만방조제가 점점 가까워진다. 아산만방조제는 아산만으로 흐르는 안성천 하구에 1974년 준공된 아산과 평택을 연결하는 길이 2,564m의 방조제이다. 원래는 홍수 피해를 줄이려고 만들었는데, 국민관광지로 지정되어 바다와 호수를 동시에 볼 수 있는 관광명소가 되면서 많은 사람들이 찾고 있다. 조석간만의 차가 최대 9.6m까지 나서 썰물 때 넓은 갯벌이 장관을 이루기도 한다. 제방 위로는 도로가 있어서 바닷바람을 만끽하며 달리는 해안도로로 이용된다.

아산호는 아산만방조제가 건설되면서 생긴 인공담수호이다. 평택 지역에 자리 잡은 관광단지 이름을 따서 평택호라고 부르기도 하지만 공식명칭은 아산호이다.

평택호관광안내소를 지나고 충혼탑을 지나서 평택항까지 도로를 따라 걷다가 마을길을 걸어간다. 멀리 평택항이 다가온다. 드디어 85코스 오늘의 종점 평택항에 도착한다.

86코스

경기둘레길

평택항에서 이화리버스정류장 14.1km

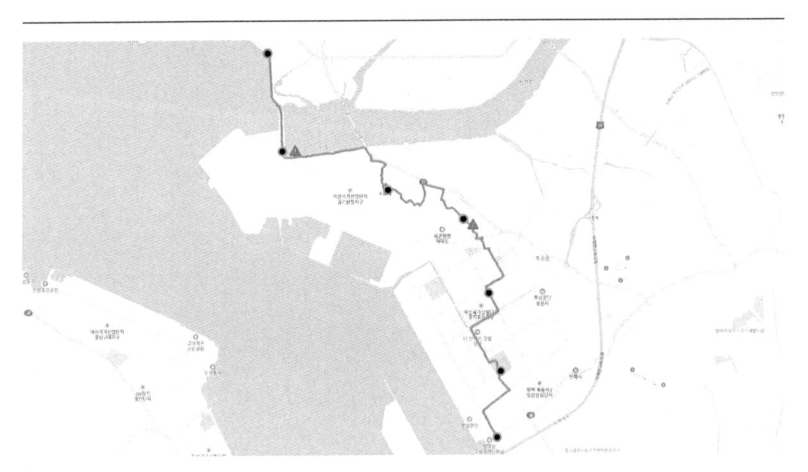

평택항 > 신당근린공원 > 수도사 > 남양방조제 > 이화리버스정류장

12월 12일 월요일 10시, 궁평항에서 87코스를 시작하여 이화리버스정류장까지 걷고 난 후 86코스를 역방향으로 시작한다. 86코스는 화성시 우정읍 이화리버스정류장에서 남양방조제를 지나고 수도사를 지나서 평택항으로 역방향으로 걸어간다. 서해랑길 86코스는 경기둘레길 46코스이며 평택섶길과 겹치는 구간이다.

13시 44분, 기아자동차 사거리에 있는 이화리버스정류장에서 남양만로 남양방조제를 따라 걸어간다. 파란 하늘과 하얀 구름이 정겹게 어우러지고 물 빠진 갯벌은 햇살에 싱그러운 모습이 평화로운 정경이다.

'화성시 우정읍'에서 '평택시 포승읍' 경계를 알리는 이정표를 지나서 평택시를 걸어간다. 전라도를 지나고 충청도를 지나와서 이곳 평택에서 본격적으로 경기도 땅이다. 이중환은 〈택리지〉에서 사람이 살만한 이상적인 곳의 요건으로 지리(地理), 생리(生利), 인심(人心), 산수(山水) 등 네 가지 모두가 충족되는 지역이라 하며 팔도 사람을 평한다.

경기도는 서울 주위 500리 이내의 땅을 일컫는다. 경중미인(鏡中美人)으로 거울 속의 미인처럼 우아하고 단정하다는 의미이다.

함경도는 함흥과 경성에서 유래한 도명이다. 이전투구(泥田鬪狗)라, 진흙밭에서 싸우는 개처럼 맹렬하고 악착같다는 의미로 척박한 산간지방에서 살아온 기질이 나타난다.

평안도는 평양과 안주에서 유래된 도명이다. 맹호출림(猛虎出林)이라, 숲속에서 나온 범처럼 매섭고 사납다는 의미로 씩씩한 기상이 드높았음을 나타낸다.

황해도는 황주와 해주에서 유래한 도명이다. 석전경우(石田耕牛)라, 거친 돌밭을 가는 소처럼 묵묵하고 억세다는 의미로 인내심과 억센 기질을 나타낸다.

강원도는 강릉과 원주에서 유래한 도명이다. 암하노불(巖下老佛)이라, 큰 바위 아래 있는 부처처럼 어질고 인자하다는 의미로 순박함과 어짊이 나타난다.

충청도는 충주와 청주에서 유래한 도명이다. 청풍명월(淸風明月)이라, 맑은 바람과 큰 달처럼 부드럽고 고매하다는 의미로 여유 있게 풍류를 즐기던 충청도인의 성품이 나타난다.

전라도는 전주와 나주에서 유래된 도명이다. 풍전세류(風前細柳)라, 버드나무처럼 멋을 알고 풍류를 즐긴다는 의미로 남도 가락과 더불어 생활하는 전라도인의 멋과 여유가 느껴진다.

경상도는 경주와 상주에서 유래된 도명이다. 태산준령(泰山峻嶺)이라, 큰 산과 험한 고개처럼 선이 굵고 우직하다는 의미로 같은 남도 지방이라도 전라도에 비해 험준한 산이 많은 지역에서 생활해야 했던 경상도인의 기질을 보여준다. 소나무와 대나무와 같은 절개를 가졌다는 뜻의 송죽대절(松竹大節)이라고도 했다.

팔도의 유래와 별칭은 인간과 인간의 삶의 대한 공간에 대한 표현으로, 그 지방의 색깔을 표현하고 있다. 백제의 땅이었던 경기도는 통일신라 이후 신라의 땅이 되었다. 경기도는 원래 도성과 그 주위의 벼슬아치들에게 식읍으로 주던 땅으로, 도성을 중심으로 한 주변의 행정구역을 일컫는다. 지금과 같이 경기도를 하나의 도로 칭하게 된 것은 조선 태종이 8도제를 시행하면서부터였다. 한반도의 중심부에 있으면서 한강 이북과 한강 이남으로 나누어지며, 한강 하류에는 광역시로 거듭난 인천이 자리하고 있다.

경기둘레길 46코스 이정표를 보면서 걸어간다. 경기둘레길은 경기도 외곽을 따라 15개 시군을 경유하며 조성된 길로 총 860km에 이르는 장거리 트레일이다. 새로이 길을 조성하지 않고 기존에 조성되었거나 노선이 확정된 길을 연결하고 단절된 길을 이어 '하나의 경기'를 만든다. 남양호 준공 기념탑 앞에서 걸음을 멈춘다.

"오늘 우리는 대자연과의 대결에서 줄기찬 민족 의지의 또 하나의 위대한 승리를 거두었습니다."

– 1974.5.22.

소금뱃길

화성군 장안면과 평택시 포승읍을 잇는 남양방조제는 간척지 개답과 농업용수 확보를 위해 발안천 하구를 막아 축조된 길이 2,060m 방조제다. 방조제를 지나서 철새도래지로 유명한 남양호(南陽湖)의 평온한 모습을 바라보면서 철책가로 걸어간다. 물새들이 한가로이 놀고 있다.

SK물류단지를 지나고 소금뱃길 화살표를 지나서 원효대사 깨달음 체험관이 있는 수도사에 도착한다. '원효길 종점 소금뱃길 시작점' 화살표와 평택섶길 리본이 반겨 준다. 수도사 입구에 들어서자 '세상에 빛으로 오신 예수 그리스도' 현수막이 걸려 있다. 현수막 아래에는 "네 마음을 다하며 목숨을 다하며 힘을 다하며 뜻을 다하여 주 너의 하나님을 사랑하고 또한 네 이웃을 네 자신과 같이 사랑하라 하였나이다(누가복음 10장 27절)"라고 쓰여 있다.

성탄절이 가까워 오고 있다. 세계적으로 유래가 없는 종교백화점 대한민국에서 볼 수 있는 종교 간의 화합의 모습이다. 세무사인 나그네의 박사학위 논문 제목은 〈우리나라 종교단체의 과세제도〉였으며, 『세무사가 찍어주는 명쾌한 종교인 종교단체 절세비법』을 출간하면서 우리나라 종교 시장에 대하여 깊이 연구한 바가 있다.

'평택원효대사깨달음체험관' 앞, 월요일은 휴관이라 적혀있다. 가는 날이 장날이라던가. 종주가 끝난 후 다시 수도사를 찾아서 해설사의 안내에 따라 토굴에서의 깨달음을 체험했다.

원효대사가 깨달음을 얻은 도량 수도사(修道寺)는 경기도 전통사찰 제28호이며 용주사의 말사다. 신라 문성왕 14년(852) 염거가 창건했으며, 1911년 화재로 폐사가 된 절을 1960년에 중창하였다. 문무왕 1년(661),

원효가 당나라 유학길에 나섰다가 해골에 괸 물을 마시고 크게 깨달았다는 무덤이 있었을 것으로 추정되는 곳이다. 원효의 이야기는 <삼국유사>에 기록되어 있다.

원효가 의상과 의기투합해 함께 당나라로 가기로 했다. 경주에서 당나라로 가는 뱃길이 있는 평택의 남양만으로 가는 길에 원효는 의상과 함께 근처 바위굴에 하룻밤을 묵게 되었다. 원효는 밤에 목이 말라 주변을 더듬어 바가지에 물이 들어있는 것 같아 시원하게 마셨다. 그리고 다음날 눈을 떠보니 물을 마시던 바가지가 해골인 것을 알고 놀라 구토를 했다.

순간, 원효는 깨달았다. 해골물인 줄 모르고 마실 때는 그 물이 그렇게 달았다. 그러나 해골물인 줄 알고 나니 바로 구토가 일어났다. 정녕 이것은 마음의 문제였구나, 생각한 원효는 당나라 유학을 포기했다. 모든 것이 마음에 달려 있는데 공부는 더 해서 뭘 하나….

하지만 의상은 당나라로 가서 유학을 했다. 이후 두 사람의 운명은 극명하게 갈라졌다. 의상은 귀족을 대표하는 스님, 원효는 서민을 대표하는 스님이었다. 원효는 '나무아미타불 관세음보살'만 외우면 극락에 갈 수 있다고 가르쳤다. 일체유심조(一切唯心造), 그러한 원효의 깨달음을 가르쳐 준 장소가 바로 수도사였다.

12세기 초 혜공이 쓴 <임간록>에 따르면, "밤이 되어 황폐한 무덤 속에서 잤다. 갈증이 심해 무덤 속에 고여 있는 물을 손으로 떠 마셨는데, 매우 달고 시원하였다. 새벽에 보니 그것은 해골물이었다."고 기록되어 있다. 그러나 <송고승전>의 이야기는 이와 다르다. 해골물에 대한 언급이 전혀 없이 이렇게 기록되어 있다.

"하룻밤을 그 무덤 속에서 더 묵게 되었는데, 갑자기 귀신이 나타나서 놀라게 했다. 원효가 탄식하며 말했다. 전날 밤에는 토굴에서 잤어도 마음이 편안하더니 오늘 밤은 귀신 굴에 의탁하매 근심이 많구나."

두 기록의 차이는 매우 크다. 두 기록의 공통점은 단지 무덤을 토굴로 알고 하룻밤에 잤다는 것, 그렇다면 해골물 부분은 어떻게 이해해야 할까. 그 어떤 원효에 대한 다른 기록에도 해골물에 대한 기록은 없다. <임간록>의 저자가 현실적인 차원에서 사람들을 이해시키기 위해 그렇게 각색하여 기록했으리라 추정한다. 중요한 것은 원효의 깨달음 그 자체에 있다.

마음이 생기니 온갖 법이 생기고 마음이 사라지면 토굴과 무덤이 다르지 않다. 물은 똑같은 물이요 바가지는 똑같은 바가지인데, 어제는 감로수와 같았는데 지금은 더러워서 토했다는 것, 이는 더럽고 깨끗함이 물에 있거나 바가지에 있는 것이 아니라 마음속에 있다는 것이다.

일체유심조는 '더럽다, 깨끗하다 하는 이런 분별이 마음에 있다.'는 것, 존재 속에 있는 것이 아니라 인식 속에 있다는 것이다.

원효는 깨달음을 얻고 단호히 발걸음을 돌렸다. 10년에 걸친 두 차례의 당나라 유학을 포기한 원효의 삶은 그 뒤 어떻게 달라졌을까. 분황사에 머물던 원효는 집필에 몰두했다. 원효는 저술을 위해 분황사에 머문 것을 제외하고는 평생 이름 있는 사찰에 머물지 않았다. 그리고 어느 날 붓을 던진 원효는 민중 속으로 뛰어들었다. 그들 속에서 노래하며 춤을 추었다. 이제까지와는 전혀 다른 모습이었다. <송고승전>의 기록이다.

"거사와 함께 술집과 기생집에 드나들고 서당에서 거문고를 뜯고 여염집에서 자기도 하며 도무지 일정한 규범이 없었다."

당시의 승려로서는 도저히 용납될 수 없는 파격적인 행동이었다. 원효의 행동은 여기에서 그치지 않았다. 요석공주와의 사이에서 설총이 태어난 후에는 승복마저 벗어 던졌다. 환속한 거사로서 아무런 데도 구속되지 않고 초월하여 자유분방한 삶을 살았다. 바람에 걸리지 않듯이 자유롭게 살았다. 원효는 말했다.

"나는 그대들을 가벼이 여기지 않는다. 그대들은 모두 부처가 될 수 있기에."

원효의 무애행은 민중들에게 불법을 전하기 위해 계율을 어기고 그들과 같은 모습으로 살아갔던 것이다. 불교의 공(空) 사상을 몸소 실천했던 유마거사가 술을 마신 것은 자신이 마시고 싶어서가 아니라 여러 사람들에게 불교를 가르침을 전파하기 위해서였고 원효 또한 유마거사와 같은 삶을 살았다. 계율은 사다리에 불가하다는 것이다. 구한말 많은 비구니들이 경허선사를 흉내 냈던 유행처럼.

원효의 이러한 노력은 훗날 왕실 불교인 신라의 불교가 모든 민중들의 불교가 되는 밑거름이 된다. <삼국유사>는 이렇게 적고 있다.

"무지몽매한 사람들조차 모두 부처의 이름을 알게 되었다. 원효의 교화 덕택이다."

새벽을 뜻하는 그의 이름 원효(元曉)처럼 원효는 어둠에 잠긴 민중들에게 불교의 첫 새벽을 열어 준 것이다.

수도사 뒷산으로 넘어가서 해군사령부의 철조망 옆을 걸어서 서해랑길을 걷고 경기둘레길을 걷는다. 먼 하늘을 바라보며 걷다가 또 발밑을 바라보며 걸어간다.

간각하(看脚下)! '그대 발밑을 보라.' 그리고 영원불멸로 가는 이 순간 순간을 놓치지 말라는 깨우침이 다가온다. '천상의 별을 보기 위해 발밑의 꽃을 짓밟지 말고 행운의 세 잎 클로버를 찾기 위해 행복의 네잎 클로버를 짓밟지 말라'고 한다.

방하착(放下着)! 모든 집착 내려놓고 평화의 길을 간다. 평택항홍보관을 지나고 신당근린공원을 지나간다. 평택지방해양수산청을 지나고 평

택항이 다가온다. 평택항은 1986년 12월에 개항한 국제무역항으로, 중국과의 교역에 중요한 역할을 하는 서해안 시대의 거점 항구로 기대를 받고 있다.

오후 4시 33분, 평택항국제여객터미널 앞에서 마무리를 한다.

택시를 타고 궁평항 숙소로 달려간다. 이내 어둠이 찾아오고 궁평항 수산물시장에서 가지고 온 회 한 접시로 펜션에서 나 홀로 만찬을 즐긴다. 궁평항의 아름다운 야경이 눈을 즐겁게 하고, 잠 못 이루는 나그네가 세찬 바람에 밤새 울음을 그치지 않는 바다를 위로해 준다.

'잘 자라, 바다야! 울지 마라, 바다야!'

내일은 비바람 눈보라가 예보되어 있다. 그 또한 축복이다!

87코스

태산에 오르니 천하가 작구나!

이화리버스정류장에서 궁평항정류장 18.1km

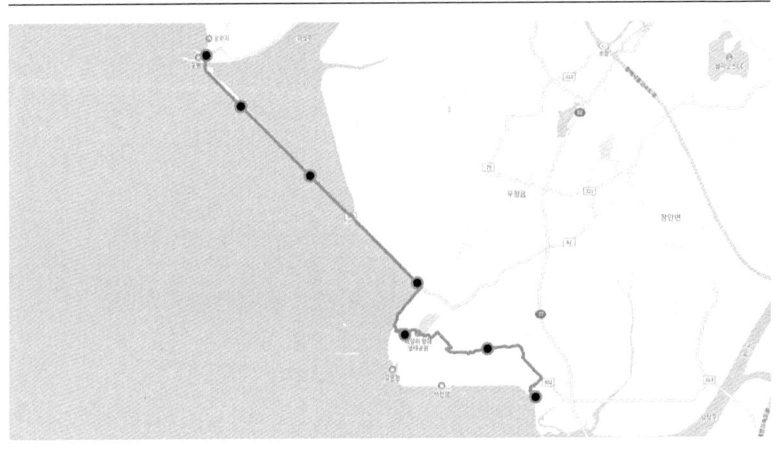

이화리버스정류장 › 기아모터스스포츠센터 › 매향리평화생태공원 › 화성방조제 › 궁평항정류장

12월 12일 오전 10시, 궁평항에서 87코스를 역방향으로 출발한다. 87코스는 궁평항에서 화성방조제를 지나고 매향리평화생태공원을 지나서 이화리버스정류장까지 걸어가는 구간이다. 서해랑길 87코스는 경기둘레길 47코스와 겹친다.

오늘은 걷기 50일째, 1,500km를 돌파한다. 사람들은 묻는다. 걷는 것이 힘들지 않느냐고. 그 힘든 도보여행을 왜 하느냐고! 힘들지 않다면 의미도 감소할 것이니, 힘겨움이 길을 나서게 하는 매력이고 즐거움이다. 산 정상에 오르는 성취감도 즐겁지만 오르는 과정이 소중하듯, 길을 가는 하루하루의 힘겨움 속에 스스로를 발견하고 알아가는 그 순간들이 행복하다. 그렇다. 그래서 나는 길에서 행복하다. 그래서 오늘도 길을 간다.

찬바람이 불어온다. 춥다. 무척이나 추운 날씨다. 하지만 가벼운 마음과 가벼운 몸으로 소풍 가듯 길을 간다. 길은 언제나 지나온 길 위에 가야 할 길이 있다. 길은 내 안에 있다. 지금 내가 걷는 이 길이 내 가슴으로 향하는 마음의 길이다. 걸어온 길은 어떠한 길이라도 다 나의 길이었다. 돌아서 온 길이든 진흙탕의 길이든 그것은 모두 나의 길이었다. 나는 인생길을 걷는 나그네. 나는 오늘도 길 위에서 존재한다. 길을 멈추는 순간 내 삶의 길도 멈춘다. 길을 간다. 길을 가야 한다. 길을 갈 것이다. 더 이상 갈 수 없는 그곳까지 언제나 길을 갈 것이다.

우정교와 화성호 배수갑문을 지나서 화성방조제를 걸어간다. 화성방조제 준공기념탑이 세워져 있다. 화성시 우정면 매향리와 서신면 궁평리 사이를 연결하는 화성방조제는 2022년 화옹지구 우정단지 간척농지 개발로 길이 9.8km로 완공되었다. 화성호는 원래 담수화한 인공호수였으나 수질이 나빠지자 하루 7시간씩 해수를 유통했고, 원래 화옹호였는데 2005년 7월 화성호로 이름을 변경했다.

바다 건너편에는 당진의 왜목마을과 장고항이 보이고 반대편에는 바다처럼 넓은 화성호를 보면서 걸어간다. 물새들이 평화롭게 노닐고 있다. 가끔씩 차량들이 굉음을 내며 쾌속으로 질주한다. 해안 쪽은 썰물로 바닷물이 빠져나가고 갯벌이 벌거벗은 나신을 자랑한다.

화성시 매향리 갯벌은 습지보호지역이다. 칠면초, 지체 군락 등 염생식물과 칠게, 바지락 등 대형저서동물 및 저어새, 알라꼬리마도요 등 국제적 철새 희귀종과 다양한 바닷새의 서식지와 경유지다. 방조제를 막아서 농토를 얻는 것과 자연 상태로 갯벌을 유지하는 것, 어느 쪽이 더 인간에게 유익할까 하는 문제는 더 이상 논란의 대상이 아니다. 자연은 후손들에게 빌려 쓰는 것, 훼손하기보다는 있는 그대로 물려주어야 한다. 자연은 고귀한 것이며, 인간 내면 역시 고귀하다. 자연은 언제 어디서나 존중되어야 한다. 모든 생명, 세상에 살아있는 모든 존재는 존중되어야 한다. 사람들이 이 사실을 깨닫는 것이 무엇보다 중요하다. 지구는 하나의 살아있는 생명체다. 인간과 마찬가지로 그 자체의 의지를 가진 높은 차원의 인격체다. 따라서 지구 역시 육체적으로나 정신적으로 건강할 때가 있고 병들 때가 있다. 사람이 자신의 신체를 존중해야 하듯이 지구도 마찬가지다. 지구에 상처를 주는 것은 곧 자기 자신에게 상처를 주는 일이며, 자기 자신에게 상처를 가하는 것은 곧 지구에게 상처를 가하는 것이다. 하지만 너무도 많은 사람들이 그것을 깨닫지 못하고 있다.

사람들은 자신들의 마음에 들지 않는 식물들을 잡초라고 부르는데, 세상에 잡초라는 건 없다. 이 세상의 풀들은 마땅히 존중되어야 할 목적을 갖고 태어났으며, 쓸모없는 풀이란 존재하지 않는다. 식물들도 인간처럼 가족을 이루며 살고 있고 부족과 추장을 갖고 있다. 따라서 약초를 캐러 가는 사람은 그 약초의 추장에게 선물을 바쳐 존경심을 표해야 한다. 그런 다음 실제로 그 풀에게 꼭 필요한 만큼의 풀만 뜯어갈 것이고, 그것도 좋은 목적에 사용하리라는 것을 밝혀야 한다. 풀을 채취할 때는 그 필요성과 목적을 반드시 생각해야 한다.

음식과 옷을 얻기 위해 동물을 죽일 때는 생명을 빼앗는 것에 대해 그 동물에게 사과하고, 동물의 모든 부분을 잘 사용해야 한다. 인디언들은 아무 이유 없이 동물을 죽이지 않는다.

지상에서 가장 아름다운 영혼을 가졌다는 인디언들의 노래가 들려오는 방조제를 걸어간다. 남양만을 가로지르는 9km가 넘는 일직선상의 화성방조제를 걸어간다. 남파랑길 1,470km를 넘고 오늘은 아직 걸어가 보지 못한 1,500km를 넘어간다. 나그네의 좌우명인 '일신우일신(日新又日新)', 날로 새롭고 나날이 새로운 날을 맞이하기 위해 부지런히 걸어간다.

자기 르네상스, 이것은 나 자신의 문명 전환이다. 나에 대한 성찰과 문제 제기는 내 인생을 전환시키는 계기가 된다. 우주의 위대한 존재로서 존경받아야 할 내가 쩨쩨하게 살아가고 있지는 않은지, 내 잠재력을 다시 깨우고 내 인생의 르네상스를 만드는 계기가 되어야 한다.

조선시대에 과거 공부를 하는 유생들은 〈대학〉을 읽은 다음에 〈논어〉를 읽었다. 〈대학〉이라는 책을 통해 인간이란 어떤 존재이며 인간과 우주는 어떤 맥락을 가지고 있는가? 나아가 나의 목표와 그 목표를 달성하기 위한 방법은 무엇인가를 공부하였다면, 〈논어〉를 통해 우주의 주체자로서의 인간 삶에 대한 다양한 질문과 답을 공부하였다. 공자의 제자들은 훗날 예수의 제자들처럼 그 당시 소외계층이 많았다. 신분적으로 금수저보다는 흙수저 출신이 많았다. 제자들은 공자에게 찾아와 배움으로써 자신의 신분을 벗어나려고 노력했다. 그런 제자들을 데리고 공자는 꿈과 희망 이야기를 했다.

어느 날 공자는, "만약 누군가 너희들을 알아줘서 큰 자리에 등용하려 한다면 어떻게 하겠느냐?"고 질문을 했다. 제자들이 각자의 꿈과 포부를 이야기할 때 전혀 개의치 않고 거문고를 타고 있는 제자가 있었다. 바로 증점이었다. 공자의 제자였던 증자의 아버지로서 부자가 모두 공자의 문하에서 공부하였다.

공자는 거문고를 연주하는 증점에게 꿈을 물었다. 증점은 자신의 꿈이 다른 제자들에 비해서 보잘것없다고 사양했다. 공자가 개의치 말고 말하라고 하자 증점이 말했다.

"저의 꿈은 소박합니다. 어느 저물어 가는 늦봄, 깨끗한 봄옷 갈아입고, 내가 좋아하는 친구 대여섯 명과 어린아이 예닐곱 명과 손잡고 기수 물가에서 멱 감고, 무대 정자에서 바람에 몸 말리고, 저녁에 시 한 수 읊으면서 집으로 돌아가는 것이 저의 꿈입니다."

정말 작고 소박하지만 염라대왕도 부러워할 위대한 꿈이었다. 공자는 증점의 이야기를 듣고 이렇게 말했다.

"내 꿈도 증점과 같다."

공자의 인생 전환점은 태산을 오르고 나서다. 공자는 외쳤다.

"떵(登) 타이샨(泰山) 시아오(小) 티엔시아(天下)!"
"태산에 오르니 천하가 작구나!"

내가 참 좋아하는 구절이다. 태산은 중국의 오악(五嶽) 중 동쪽의 상징적인 산이다. 서쪽의 상징적인 산이 화산(華山), 남쪽이 형산(衡山), 중앙이 숭산(嵩山), 북쪽이 항산(恒山)이다. 이 오악 중 태산은 동쪽에서 해가 가장 먼저 뜨는 산이고 세상을 다스리는 최고 지도자인 천자가 하늘과 접촉하는 지점이기도 하다.

도교의 성지였던 태산의 정상 옥황봉에는 옥황정이라는 사원이 있고, 태산극정이라는 정상석에는 높이가 1,545m로 되어 있다. 하지만 상징성에 있어서는 다른 어떤 산보다도 의미가 있는 산이다. 그런데 공자가 유랑의 과정에서 이 태산에 올라갔다. 공자는 태산에 올라가서 그동안 못 봤던 그 천하를 보았다. 유랑을 통해 태산에 올라가는 순간 자기 인식의 한계를 극복하였다. 그리고 공자는 태산 정상에서 외쳤다.

"태산에 오르니 천하가 작구나!"

중국의 오악을 모두 다녀온 적이 있기에 태산을 두 번이나 오른 나그네의 감흥은 특별했다. 〈장자〉에는 시각과 관점의 높이가 얼마나 중요한지를 말해주는 이야기가 있다.

"우물 안 개구리는 우물 안에서 바라본 하늘이 모두라고 생각하여 더 큰 하늘을 보지 못하고, 여름에만 살다가는 벌레는 자신이 사는 여름이라는 시간에 갇혀 겨울과 얼음이라는 계절과 물질을 상상하지 못하고, 시골 동네 지식인은 자신이 가진 지식의 그물에 걸려 더 큰 지식과 만나지 못한다."고 했다.

공자의 인생은 56세가 전환점이다. 공자는 56세 이전과 이후가 확연히 구분된다. 공자의 인생에 있어서 르네상스는 56세부터이다. 그전까지 공자의 삶은 특별한 것이 전혀 없었다. 이름 없는 집안에서 태어나 대사구라는 법관도 되었지만 대체로 평범하게 살았다. 공자는 56세에 노나라 군주 애공과 갈등하였고, 결국 사표를 던지고 14년 동안 중국 전역을 떠돌아다니면서 제자들과 우여곡절을 겪었다. 그리고 69세에 그의 조국인 노나라에 돌아와 73세에 죽을 때까지 마지막 유랑의 지식과 경험을 정리했다.

공자의 주유천하(周遊天下)는 56세에 길을 떠나 14년간 세상을 만났다. 예수는 광야에서의 40일 기도 끝에 3년간 유랑하다가 십자가에 못 박혀 죽었다. 부처는 29세에 출가하여 35세에 깨달음을 얻고 80세에 열반하기까지 떠돌아다녔다. 사마천은 18세부터 유랑의 길을 떠나 사료를 수집하였으니, 위대한 성인이 되는 조건 중 하나가 떠돌아다니는 것이었다. 떠돌아다니지 않으면 보편적인 진리를 찾아낼 수가 없다.

독만권서 행만리로(讀萬卷書 行萬里路)라, 만 리길, 4천km를 유랑하는 위대한 떠돌이가 되어야 한다. 인생도 방랑과 유랑의 시절을 통해 더욱 성숙해지고 완성된다. 광야에서의 방랑은 위대함을 이루는 전주곡이다. 우주의 어느 별도 정지해 있는 별이 없듯이 인간도 끊임없는 유랑을 통해 진화 발전한다. 사람은 자기가 서 있는 자리, 지평을 중요하게 생각한다. 서 있는 자리가 바뀌는 순간 보는 각도가 달라지고, 보이지 않던 것이 보이기 시작한다. 이것은 한 사람의 인생에 굉장히 중요한 전환점이다.

인간은 바닥을 쳐야 르네상스를 이룰 수 있다. 안락과 평화 속에서는 아무런 변화도 이룰 수 없다. 궁즉변, 변즉통이다. 부서지고 망가지고 궁해져야 변화가 찾아온다. 힘들고 어렵지만 이것은 나를 더욱더 단단하게 해 주려고 하는 전환점이다. 결핍의 미학이다. 환경의 결핍을 이겨 내고 핀 꽃은 더욱 화려하고 향기가 진할 수밖에 없다. 어려움과 역경은 당장은 힘들지만 새로운 답을 찾아 모험을 떠나는 결정을 만든다. 73년 인생을 처절하게 살다 간 공자에게는 절박감이 있었고, 이 절박감이 공자를 만들어 냈다.

[화성시 매향리 갯벌 습지보호지역]
화성시 매향리 갯벌은
[행위제한 · 금지사항]
14.08㎢
화성시

파란 하늘 사이에 구름이 잔뜩 웅크리고 있다. 흰 등대가 있는 매향항 선착장 부두에 이 추운 날씨에도 낚시하는 사람들이 있다. 매향리 평화생태공원으로 들어선다. 매향리는 미군 해상 폭격지로 사용된 아픈 근대사를 가진 마을이다. 2005년 매향리 사격장은 폐쇄되었고, 매향리 생태평화공원과 유소년 야구장이 지어졌다. 런닝맨 촬영 장소인 넓은 평화생태공원에는 잔디마당, 매향정, 파고라, 작가정원, 습지 생태원, 마을 숲 산책로, 평화기념관, 평화의 소녀상 등과 바닷가 산책로가 있다.

매화꽃을 든 평화소녀상이 다가온다. 한반도 지형 잔디밭에 있는 평화의 소녀상이 전쟁 없는 평화를 소망하고 있다. 2022년 4월 2일 건립 및 제막식을 했다. 일본군 위안부 할머니들의 역사를 결코 잊어서는 안 될 것이다. 54년간 이어진 미군의 폭격으로 인해, 매향리 곳곳에 깊은 구덩이가 패였다. 오폭과 불발탄으로 인해 13명이 사망했고, 소음으로 28명이 자살했다. 가끔 쇳덩이 탄피가 슬레이트 지붕을 뚫고 방안으로 떨어지고, 동네 아이들은 자기 팔뚝만 한 탄피를 가지고 놀았다. 54년간의 폭격을 상징하는 구덩이는 이제 푸른 생명을 잉태한 평화의 정원으로 다시 태어났다. 깊게 팬 구덩이에 싱그러운 생명들이 들어서고 있다.

매향리 평화생태공원 정문으로 나와서 들판을 걸어간다. 매향리에서 석천리로 넘어간다. 들판에는 까마귀들이 떼를 지어 먹이활동을 하고 있다. 까마귀는 논밭, 도시, 숲속 등 여러 곳에서 볼 수 있으며 활동 범위는 하루 최대 약 40km 정도다. 까마귀는 해뜨기 전에 보금자리를 벗어나 먹이를 찾으러 떠난다. 잡식성인 까마귀는 배가 부르면 휴식을 취하고, 깃털을 살피거나 몸을 씻으면서 친구들과 시간을 보내다가 해

도로입양
Adopt- a Highway
참여단체 : 사랑한모금회
입양길이 : 2.5 km
입양구간 : 매향리진입로 ~ 매향2리 어촌계
화성시
사랑한모금회
KIA 기아자동차

가 지기 전에 보금자리로 돌아간다.

"혼자 노는 백로보다 함께 노는 까마귀가 낫다."고 했는데, 나그네에게는 함께 놀 까마귀도 돌아갈 보금자리도 없다. 하지만 자쾌, 그 누구도 모를 나 자신만의 즐거움이 있다.

멀리 기아자동차 화성공장이 보인다. 매향4리 마을회관을 지나서 들판을 걷고 이화5리표지석을 지나간다.

1시 44분, 이화리 버스정류장 종점에 도착 87코스를 마치고 중국집 짬뽕밥으로 점심 식사를 한다. 나그네에게 가장 편리한 혼밥집은 중화요리집과 순댓국집이었다.

88코스

삼고초려 양금택목

궁평항정류장에서 전곡항 17.6km

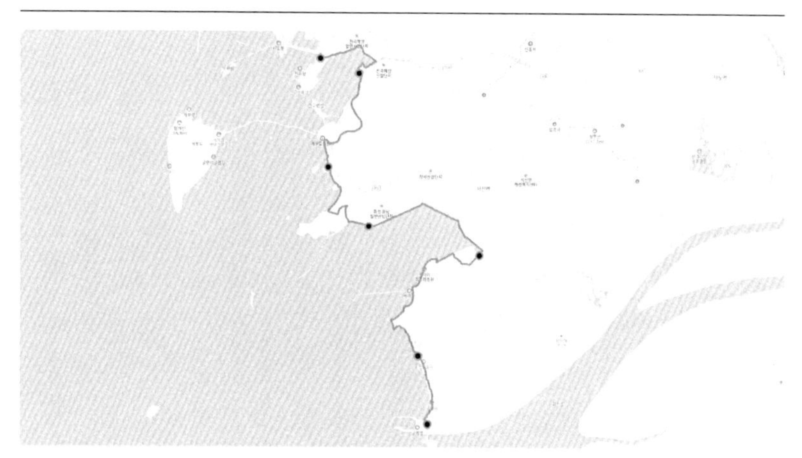

궁평항정류장 > 백미항 > 공생염전 > 제부교차로 > 전곡항

12월 13일 화요일 8시 40분, 궁평항에서 88코스를 시작한다. 88코스는 '모세의 기적'으로 하루 두 번 열리는 제부도로 향하는 바닷길을 마주하면서 서신면 전곡리 전곡항까지 걸어가는 구간이다. 경기둘레길 화성 48코스와 겹친다.

오늘은 걷기 51일째, 1,600km를 돌파하는 날이다. 고지가 점점 가까워진다. 궁평항(宮坪港)에서 선물로 받은 또 한날의 아침이 시작된다. 51일간 면도를 하지 않은 수염이 길게 자라서 세찬 바람에 날리며 얼굴을 가렵게 한다. 아침에 일어나면 두 가지 중 하나를 반드시 선택해야 한다. 하나는 행복해지는 것, 아니면 불행해지는 것이다. 그러면 저절로 미소가 스친다.

인생은 순례자의 여행이다. 인간의 일생은 얼마나 고난이 많은가. 그러나 신은 사자(使者), 사랑의 천사를 보내서 항상 위로한다. 신은 자연을, 평범한 사물을 통해서 보다 높은 것을 가르쳐 준다. 오늘도 길 위에 펼쳐질 신의 축복이 기대가 된다. 어느 인디언의 목소리가 들려온다.

"자연의 목소리에 귀 기울여라. 그것에는 그대를 위한 많은 보물이 담겨 있다."

하늘은 잔뜩 흐리고 거친 바람이 불어온다. 파도가 하얀 이빨을 드러내고 달려온다. 옛사람들은 봄바람을 혜풍(惠風)이라 하고, 여름바람은 훈풍(薰風), 가을바람은 금풍(金風), 겨울바람은 삭풍(朔風)이라 했다. 삭풍이 불어온다. '강 방 왕'은 '가서 보고 와라'의 제주 말이다. 제주의 말은 죄다 짤막한데 그 이유가 순전히 바람 때문이다. 바람에 말이 죄다 날아가 버려서 고독하게 남아 있다. 고독한 존재인 사람은 바람처럼 나타났다가 바람처럼 사라진다. 고독한 나그네가 바람과 함께 파도 소리 들으며 바닷가를 걸어간다.

바다는 이 행성의 피다. 지구의 70%는 바다이고 인체의 70%는 물이다. 어디에 살고 있든지 간에 바다는 사람들 모두의 기에 영향을 끼친다. 바닷물은 이 해안에서 저 해안으로 물리적 정보뿐만 아니라 천상의 정보까지 운반하기 때문이다.

오늘은 평소 바다의 기, 천상의 기를 함께 받는 동행이 있다. 그리스의 아마조네스의 전설적인 여전사들처럼 밝고 활달한 세 여성과 세무법인의 고문으로 함께 있는 순대 형님과 동행하는 길이다. 거친 바람을

KORIYO

궁평해송 군락지 식물 안내

헤치고 궁평낙조길의 바다 위 보행 데크를 걸어간다.

화성시 서신면 궁평리 궁평항은 남양 반도 최남단에 있는 항구로 입파도, 국화도를 오가는 여객선과 많은 어선이 이용하는 곳이다. 남양만 화옹지구 간척사업으로 없어진 주곡, 장덕, 용두항을 대체하기 위해 개발한 항구로 2008년 국가 어항으로 지정되었다. 수산물직판장과 남과 북에 길이 약 800m의 방파제가 있다. 궁평 해안을 따라 긴 모래톱이 있고, 해안에는 아름다운 소나무 숲이 자리 잡고 있어서 늘 많은 사람이 찾아오는 명소다. 궁평항에서 바라보는 낙조는 전국에서도 노을이 아름답기로 유명하다.

궁평항에서 궁평 해변을 연결하는 415m 보행교에는 포토존이 많아서 여전사들이 사진 찍기에 여념이 없어서 시작부터 앞으로 나아가지를 않는다. 계속해서 바람 소리와 파도 소리가 거칠게 들려온다.

인적 없는, 텅 빈 궁평해변 유원지, 18세기경부터 형성되었던 궁평해송군락지 해송숲길을 걸어간다. 꽃잔디 등 초화류와 해당화 등 관목류가 사람들과 어우러지는 생태적 공간이다. 해변가 조형물에는 코끼리 한 쌍이 정겹게 놀고 있다.

뒤돌아보는 궁평 해변에 기운을 잃은 태양이 추위에 하얗게 질려 있다. 하지만 50대 후반의 여전사들이 소녀처럼 신바람이 났다. 오늘 가야 할 예정된 30km, 그 길 위에서 얼마나 오래 저렇게 즐거워할 수 있을까, 은근한 미소가 스쳐 간다.

'인생은 B와 D 사이의 C'라고 사르트르는 말한다. 탄생과 죽음 사이의 만남의 선택, 인생은 스스로 선택해야 한다. 피해의식, 증오심 등의 감정들로 계속 괴로워하며 살 것인가, 아니면 그것을 해소하고 즐겁고 자유로워질 것인가? 영혼의 진정한 자유와 평화를 원한다면 어떻게 해야 할 것인가? 모든 것이 다 내가 선택한 것이고 내가 만는 것이다. 그렇게 마음을 고쳐먹을 때 내 인생의 주인은 나 자신이 된다.

2층 정자를 지나서 백미리어촌체험마을 지나간다. 갯벌을 향해 약 1,800m의 어장 진입로가 설치되어 있어 갯벌체험마을로 유명하다. 백 가지 맛, 백 가지 즐거움이 있는 화성 백미리, 해산물 종류가 많고 그 맛이 다양하다는 뜻에서 백미라 부른다.

감투섬을 바라보며 백미리를 벗어나서 새우양식장과 드넓은 갯벌이 펼쳐진 제방을 걸어간다. 간간이 눈이 내리기 시작한다. 형님과 둘이서 앞서가고 여전사들은 어느덧 뒤로 점점 거리가 느껴진다. 함께 따로 걷는 길, 자기 속도로 걷다가 또 만나면 되기에 자신의 발걸음으로 걸어간다. 걷는 일행 중에는 함께 일하는 사무장이 있다. 창업 공신, 97년 말에 창업했으니, 벌써 25년의 세월을 함께했다. 순대 형님도 벌써 10년 가까운 시간이 지났다. 고마운 인연들이다.

빌 게이츠의 좌우명은 "나와 같은 생각을 가진 사람을 내 주위에 두지 않는다."는 것이다. 공자는 "임금은 임금다워야 하고, 신하는 신하다워야 하고, 아버지는 아버지다워야 하고, 자식은 자식다워야 한다."고 했다. 추사는 스승다웠고, 이상적이 제자다웠듯 세무사는 세무사다웠고, 사무장은 사무장다웠기에, 어느 날 불현듯 길을 떠날 수가 있었고, 지경을 넓힐 수 있었고, 오늘은 함께 길을 걸을 수 있는 것이다.

"우우(翢翢)라는 새는 머리가 무겁고 꽁지는 굽어있다. 냇가에 물을 마시려 고개를 숙이면 무게를 못 이겨 앞으로 고꾸라진다. 다른 놈이 뒤에서 꽁지를 물어주어야 물을 마신다."

〈한비자〉에 나오는 이야기다. 이어서 "사람도 제힘으로 물을 마시기 힘든 사람은 그 깃털을 물어줄 사람을 찾아야 한다."고 했다. 수어지교(水魚之交), 삼고초려(三顧草廬)는 유비가 제갈량을 만나는 고사를 일컫는다. '현명한 새는 나무를 가려서 둥지를 튼다.'고 했으니, 양금택목(良禽擇木)이다. 유비가 삼고초려를 한 것이 아니고 제갈공명이 양금택목을 한 것이라고도 한다.

동행하는 현미옥 님과 이남희 님은 사무장의 오랜 친구로, 남파랑길에서도 나와 함께 걸었던 역전의 용사들이다.

눈앞의 것에 급급하면 구름 위 세상은 눈에 들어오지 않는다. 마음의 눈이 어두우면 인생의 둥지도 어두운 곳에 틀게 된다. 새로운 하늘, 새로운 땅을 보기 위해 끊임없이 새로운 눈으로 세상을 바라본다.

세무법인의 사훈은 일신우일신(日新又日新), 날로 새롭고 나날이 새롭게 진보하고 향상해 왔다. 하늘과 땅은 잠시도 멎을 수 없다. 끝없이 움직이면서 새것을 옛것으로, 옛것을 새것으로 만들어 간다. 해와 달은 잠시도 쉬지 않는다. 청춘의 열정도 끝내 가을의 완숙함으로 만들어 간다. 함께 따로 건강하게 먼 길을 함께 갈 수 있기를 소망한다.

매화리염전을 지나고 넓은 갯벌로 유명한 송교리 살곶이마을을 지나간다. 눈이 비가 되어 빗방울이 간간이 떨어진다. 발가벗은 갯벌이 처연히 비를 맞고 있다. 칠면초 갯벌 너머로 제부도가 보이고 멀리 전곡항이 보인다. 갯벌에 솟아있는 까치섬과 새섬이 스쳐 간다.

제부도를 바라보며 걸어간다. 멈춰 서 있는 케이블카가 점점 다가온다. 제부도는 서신면 송교리와 제부리 사이에 포장길로 연결되어 있다. 제부도 바닷길은 모세의 기적이 일어나는 곳으로 조수간만의 차로 하루 두 번 바닷길이 열린다. 진도의 회동리 앞바다 모도와 서산시의 웅도에서도 모세의 기적이 일어난다. 구약성서 모세의 이야기다.

모세는 애굽(이집트)에서 노예 생활을 하던 이스라엘 백성들을 하나님의 뜻을 받들어 인도해 낸 성경의 최초의 선지자다. 야곱(이스라엘)이 요셉의 권유에 따라 가족을 이끌고 애굽의 고센 지역에 정착한 뒤, 이스라엘 자손 즉 히브리 민족은 날로 번성했다.

시간이 흘러 요셉 시대에 살았던 사람들이 모두 죽고, 요셉을 알지 못하는 이집트 왕 바로가 등극했다. 히브리인들의 수가 늘어나자 바로는 불안했고, 이에 히브리인이 남자아이를 낳으면 나일강에 던지고 여자아이를 낳거든 살리라고 명령했다. 이때 태어난 모세는 갈대 상자에 담겨 강가의 갈대 사이에 있을 때 바로의 딸에게 건져져 기적적으로 살아남았고, 물에서 건져냈다고 하여 이름을 '모세'라고 하였다.

출애굽 당시 모세의 나이는 80세였다. 열 가지 재앙으로 바로를 굴복시키고 애굽을 나온 이스라엘 백성들이 홍해 앞에 도착했을 때 마음이 바뀐 바로는 군대를 거느리고 추격해왔다. 백성들은 겁에 질려 하나님께 울부짖고 모세를 원망했다.

그때 하나님의 명대로 모세가 바다 위로 지팡이를 든 손을 내밀자 물이 갈라져 바다가 마른 땅이 되었다. 백성들은 밤새도록 바다를 건넜다. 다시 지팡이를 흔들자 바다가 합쳐지면서 이집트 병사들이 몰살당했다.

홍해를 건넌 지 40일째 되던 날 모세 일행은 시내 광야에 도착해 시내산 앞에 장막을 쳤다. 모세는 하나님의 부름을 받고 시내산으로 올라가서 하나님으로부터 십계명을 받았다.

모세 일행은 젖과 꿀이 흐르는 땅 가나안을 목전에 둔 가데스 바네

아에 도착하여 진을 쳤다. 이곳에서 모세는 각 지파에서 한 사람씩 12명을 뽑아 가나안 땅을 정탐하러 보냈다. 40일 동안 가나안을 정탐하고 돌아온 정탐꾼 12명 중 10명은 그곳 거민이 너무 강해 그들을 이길 수 없다며 그 땅을 악평했다. 낙심한 백성들은 소리 높여 아우성을 치고 밤새도록 통곡하며 모세를 원망했다. 하지만 정탐꾼 중 여호수아와 갈렙은 '가나안 사람들은 자신들의 밥'이라고 외쳤다. 그러나 두려움에 쌓인 백성들은 여호수아와 갈렙을 돌로 치려 했다.

이때 크게 진노하신 하나님은 백성들을 책망하시며, 여호수아와 갈렙을 제외하고 20세 이상의 모든 남자들은 약속의 땅 가나안에 들어가지 못할 것이라고 하셨다. 이후 이스라엘 백성들은 광야를 40년간 떠돌았다. 그런 중에 신 광야에서 마실 물이 없자 백성들은 모세에게 항의했고, 모세는 백성들을 반석 앞에 불러 모은 뒤 "패역한 백성들이여 들으라. 우리가 너희를 위하여 이 반석에서 물을 내랴." 하면서 지팡이로 바위를 두 번 치자 바위에서 많은 물이 흘러내렸다. 그러나 이 발언은 모세의 실수였다. 물을 내신 분은 하나님이지 모세가 아님에도 마치 자신이 물을 주는 것처럼 말해버린 것이다.

40년의 광야 생활이 지난 후 모세는 하나님의 명에 따라 느보산에 올라가서 약속의 땅 가나안을 바라보았다. 이때 하나님은 모세에게 '신 광야에서 하나님의 거룩함을 나타내지 않았기 때문에 약속의 땅에 들어갈 수 없다'고 하셨다.

애굽에서 나온 지 40년이 되던 해 11월 1일, 모세 일행은 요단강 동쪽 모압평지에 도착했다. 이곳에서 모세는 백성들에게 마지막 설교를 했다.

애굽에서 탈출해 이곳에 오기까지 40년간의 여정을 설명한 후 생사

화복의 근원이 하나님께 있다는 것, 순종하면 복을 받고 불순종하면 저주를 받는다는 사실을 다시 한번 상기시키며 율법을 지키라고 권고했다. 이후 모세는 느보산에 올라가 약속의 땅을 바라보고 죽어 그곳 골짜기에 장사 되었다. 그때 모세의 나이 120세였다.

모세의 행적은 예수 그리스도가 행하실 일을 보여주는 모형이자 그림자였다. 모세가 광야에서 놋뱀을 든 역사는 예수께서 십자가에 들리실 것에 대한 예언이었다.

그런 모세가 젖과 꿀이 흐르는 땅 가나안에 들어가지 못한 이유는? 신 광야에서 말실수 때문이었다. 그토록 충성스러운 모세에게 얼마나 가혹한 진노의 하나님인가.

홍해의 기적이 제부도의 기적이 되어 갈라진 물 사이로 차량들이 제부도로 건너가고 있다. 지난 어느 날 이른 새벽, 제부도에서 잠을 자고 물이 갈라진 약 2.3km의 저 길을 달려서 왔다가 간 기억이 스쳐 간다.

제부도 입구 식당가를 지나서 제부도 교차로에서 해양공단로로 진입한다. 전곡해양산업단지를 지나갈 때 구름 속에 있던 해가 나타나자 그림자도 슬그머니 모습을 드러낸다. 방풍림 소나무가 있는 제방을 걸어간다. 여전사들은 멀리 떨어져서 걸어오고 있다. 전곡산단 인조잔디 구장을 지나고 경기요트보트클럽하우스를 지나간다.

12시 30분, 88코스 종점 전곡항에 도착했다.

요트 마리나 건너편 수산시장에서 오찬을 즐기고 전열을 정비한다.

17 안산~시흥 구간 (89~93코스) 77.9km

89코스

대부해솔길

전곡항에서 남동보건진료소 입구 18.6km

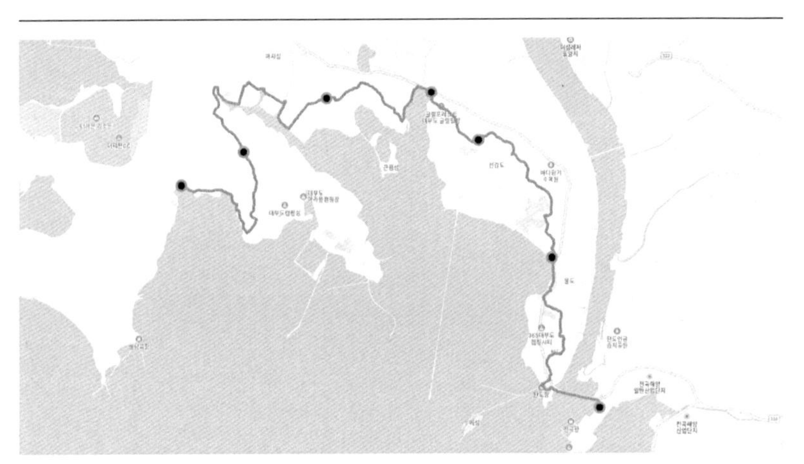

전곡항 > 탄도항 > 상상전망대 > 동주염전 > 남동보건진료소 입구

오후 2시, 눈이 내리는 전곡항에서 89코스를 출발한다. 89코스는 탄도항을 지나고 상상전망대를 지나고 동주염전을 지나서 안산시 단원구 대부남동 남동보건진료소 입구까지 걸어가는 구간이다. 경기둘레길 49코스와 겹친다.

안산·시흥 구간은 89~93코스로 79.9km이다. 바닷길이 열리는 작은 섬들 사이로 돌아가는 풍력발전기 풍경은 지금까지 만나본 서해와는 또 다른 풍경이다. 오랜만에 만난 도시 풍경은 해변과 어우러져 익숙하면서도 낯설다.

눈이 내린다. 하늘에서 축복의 눈이 내린다. 감동이다. 기탄없이, 스스럼없이, 앞뒤 재지 않고 지금 이 순간을 즐긴다. 지금 이 순간에도 감동은 있다. 내 앞에, 내 뒤에, 내 옆에, 내 위에, 사방팔방 감동이 나를 감싸고 있다. 자신이 지금 살아있다는 사실을 느끼는 것, 그 이상의 감동은 없다. 감동! 그렇다. 모든 것을 느낌표(!)로 바라보는 눈이 있다면 그 인생은 감동이다. 즐거운 것에 이유는 없다. 즐겁게 산다는 것에 이유 따위는 필요 없다. 푸른 하늘에 코끼리가 날아다니고 고속도로에 고래가 걸어간다. 상상의 나래가 우주로 펄럭인다. 별들이 소꿉장난을 하고, 해와 달이 숨바꼭질을 한다. 서해랑길에 감동이 파도처럼 밀려온다.

몸을 녹이는 따뜻한 국물로 식사를 하고 눈 내리는 전곡항을 벗어난다. 제부도, 누에섬을 마주하고 있는 전곡항은 2000년대 이후 서해안 개발과 함께 다기능레저 테마어항으로 변모했다. 마리나 시설이 잘 되어 있어 국제 보트쇼와 세계요트대회가 열리고 화성뱃놀이 축제가 매년 열린다.

탄도방조제를 걸어간다. 전곡항과 제부도 바다 위를 왕복하는 2.12km 해상케이블카가 하늘에 멈춰 서 있다. 오후 들어 기온이 내려가면서 비가 눈으로 바뀌었다. 이래저래 감동이 있고 행복한 날이다. 사람들은 누구나 다 건강하기를 원하듯 누구나 다 행복하기를 원한다. 당신은 행복한가? 나는 행복한가? 나는 지금 행복하다. 나는 지금 행복하다고 느끼고 행복해지기 위해 노력하고 있다. 불행의 원인은 환경에 만족하지 못하는 것, 환경의 주인이 돼야한다. 환경 탓만을 할 것이 아니라 스스로 환경을 변화시키고 이끌어가는 주인이 되어야 한다.

눈길을 걸어가는 용맹정진 하는 일당들, 하늘은 온통 먹구름으로 가

득하다. 식사를 하고 몸을 녹여서인지 모두들 즐거운 표정으로 가볍게 걸어간다. 무슨 일이든 즐겁게 해야 한다. 최고의 삶이란 자신의 삶에 온 힘을 쏟아 최대한 능력을 발휘하는 것, 유랑자의 삶을 즐겁게 걸어간다.

동서양의 불멸의 건강 진리는 두한족열 수승화강이다. 두한족열(頭寒足熱)이란 '머리는 시원하고 발은 따뜻하게' 보존하라는 것이고, 수승화강(水升火降)은 물기운은 위로 올라가고 불기운은 아래로 내려간다는 뜻이다. 두한족열은 수승화강이 이루어진 몸 상태를 말한다.

중국의 명의 편작은 죽기 전 유언으로 '두한족열 복불만'의 7자를 남겼다고 전해진다. 머리는 차고 발은 뜨겁게, 그리고 배는 부르지 않게(腹不滿, 소식)이다. 허준은 동의보감에서 약보보다는 식보, 식보보다는 행보라고 해서 걷는 게 최고의 보약이라고 했다. 서양의 의성 히포크라테스는 '걷기는 인간에게 가장 좋은 약'이라는 명언을 남기고 찾아오는 환자들에게 '얼마를 걸으라!'는 처방전을 주었다고 한다. 다리가 바빠야 오래 산다. 그래서 오늘도 '걸음아 날 살려라!' 하면서 걸어간다.

"안녕히 가세요"라면서 화성시가 인사를 한다. 드디어 화성시에서 안산시 단원구 선감동으로 들어선다. 누에섬을 오가는 입구이자 노을 명소로 유명한 탄도항과 누에섬이 다가온다. 서해랑길과 겹치는 경기둘레길 49코스 안내판이 세워져 있다. 먹구름에 잠긴 제부도와 케이블카의 전경이 신비롭게 다가온다.

여전사들의 울긋불긋 우의를 입은 모습이 '우산 셋이 나란히 걸어갑니다!'라는 노래를 연상시킨다. 이제 후반전 시작인데도 여전사들과의 거리는 점점 멀어진다.

갑자기 하늘이 어두워지고 세찬 눈보라가 몰아친다. 나그네가 큰 소리로 외친다.

"우와! 제대로 눈 내리네. 바람개비 잘 돌아간다! 우와, 눈 잘 쏟아진다. 갯벌이 오늘 하얀 눈옷 입는다!"

301번 지방도인 대부황금로를 빠른 걸음으로 걸어간다. 불도마을을 지나고 바람개비 반기는 불도방조제를 지나간다. 산길 입구에서 여전사들을 기다린다. 다가오는 모습에 이상 기류가 감지된다. 한 전사가 상태가 좋지 않다.

선감도 숲속으로 산길을 올라간다. 탄도, 불도, 선감도 모두 한때 섬이었으나 이제는 대부도와 하나가 되었다. 소나무가 하얀 눈꽃을 피운다. 하얀 눈이 덮여 있어 겨울 산행 맛이 제법 난다. 대부해솔길 7-1코스 이정표가 있다. 나 홀로 독백이다.

'아아, 설국이다. 대부해솔길, 바다와 솔이 있는 해솔길이 설국이다. 소나무에 눈이 내렸다. 참나무에도 눈이 내리고 리본에도 눈이 내렸다. 아아, 설경이 차~암 좋다!'

대부해솔길은 안산시 단원구 대부도동 일원에 있는 둘레길로 서해의 아름다운 바다와 갯벌을 체험하며 대부도 전체를 둘러볼 수 있는 해안 산책길이다. 자연 그대로의 길을 유지하는 트레킹 코스로 2015년까지 단계적으로 개통하였다. 대부해솔길은 총 74.2km에 7개 코스가 있다. 1코스는 구봉도 낙조전망대, 개미허리, 2코스는 대부도갯벌, 3코스 아일랜드리조트코리아, 4코스 대부도 유리섬, 5코스 베르아델 승마클럽, 동주염전 6코스 경기도청소년수련원, 대부광산퇴적암층, 7코스는 누에섬 등대전망대다.

탁 트인 전망대에 올라서니 구름 아래 넓은 바다가 시원하게 다가온다. 전곡항과 탄도항, 제부도, 누에섬이 바다에 떠 있다. 태양이 구름 뒤에서 희미하게 모습을 드러낸다. 구름의 장난일 뿐 언제나 한결같은 태양의 멋진 모습이다. 변덕스러운 날씨, 오늘 날씨가 몇 번 바뀌려는지 알 수 없다.

햇살을 머금은 먹구름이 흘러간다. 갯벌이 반짝이고 바다가 반짝인다. 온 누리에 기쁨과 환희가 넘친다. 눈에 덮인 세상이 눈 아래로 보인다. 갈매기가 한 마리 날아간다. 자유의 날개를 활짝 펴고 하늘의 전령사로 날아간다.

눈 덮인 낙엽을 밟고 학 조각상이 고고하게 서 있다. 학은 십장생의 하나로 예로부터 무병장수의 상징이었다. 그래서 병 없이 오래 사는 노인들이 모여 사는 살기 좋은 마을에는 푸른 학이 날아온다고 해서 '청학동'이라고 했다. 특히 지리산에 있는 청학동은 예로부터 유명하다. "백학이 천년을 살면 청학이 되고, 청학이 천년을 살면 황학이 된다."고 했다. 그래서 황학루가 있고, 그만큼 학은 신비로운 하늘이 보낸 진귀한 새로 알려져서 옛사람들은 학을 신성하게 생각했다.

나그네가 학처럼 고고한 은자의 길을 걸어간다. 옛날부터 속세를 떠나 사는 사람을 은자(隱者)라고 한다. 은자에게도 등급이 있다. 소은(小隱)은 산속에 묻혀 사는 사람이다. 중은(中隱)은 저잣거리나 도시에 묻혀 사는 사람이고, 대은(大隱)은 조정에 묻혀 사는 사람이다. 이는 은자가 꼭 산속으로 들어가야 하는 것은 아니라는 뜻이다.

숨는 것은 공간이 아니라 마음이다. 일신의 안위와 세상의 영욕에 초월하여 관직에서 일하고 있다면 진정한 큰 은자이다. 속세에 살면서 무용의 철학을 가지고 사는 것은 산속에 살면서 무위의 삶을 사는 것보다 훨씬 힘이 든다. 그래서 '시은(市隱)이 대은(大隱)', 곧 시장통에 숨는 것이 크게 숨는 것이라고 한다. 대은을 하려면 소은을 알아야 한다. 속세에 숨으려면 세속을 떠날 줄 알아야 한다. 은자의 삶을 추구하는 안동 선비가 안산의 대부도해솔길을 걸어간다.

팔효정(八孝亭) 정자에서 내려오니 '八孝'라 쓰인 검은 돌이 서 있다.

"효로서 자신을 다스리고, 효로서 부모를 공경하고, 효로서 형제의 우애를 다지며, 효로서 이웃을 사랑하고, 효로서 사회에 봉사하고, 효로서 나라에 충성하고, 효로서 인류발전에 기여하며 효로서 자연을 사랑한다."

정자쉼터를 지나서 소원돌탑을 내려서니 '상상전망돼'가 기다린다. '혹시 잘못 쓴 것 아니냐고요? 아니요!'라고 한다. '모든 상상이 전망되는 곳'이란 의미로 '상상전망대가 아니라 상상전망돼'라고 한다. 도자기 파편으로 꾸민 전망대로 올라가는 길은 국내에서 가장 긴 예술언덕으로, 서해안의 파도와 물고기 떼, 구름, 하늘, 태양으로 구성된 길이가 70m에 달한다. 모든 상상을 담아 소원을 빌면 1,004개의 풍경이 달려 있는 '소리 나는 꿈나무'가 바람에 흔들릴 때마다 소원을 하늘까지 전달해 준다.

상상전망돼에서 소원을 빌어 하늘로 날린다. 돌틈정원에는 대부도 능선 중 주로 암석에서 자라는 식물을 전시하였다. 토양이 기름지지 못하거나 물이 부족해도 잘 자라는 노간주나무, 솔새, 억새, 진달래 등을 관찰할 수 있다. 어떤 어려움 속에서도 결코 절망하지 않고 포기하지

LOVE

궁평항
궁평항수산물직판장
궁평리어촌체험마을
대한민국
새만금국
횡단보도

않는 식물의 생존력은 경이로움을 불러일으킨다. 식물들의 생존 투쟁이 얼마나 처절한지 안다면, 아무리 작은 식물이라도 결코 함부로 대할 수 없게 된다.

뒤에 오는 일행들을 기다린다. 시간을 너무 지체했다. 뭔가 잘못되어 가고 있다는 것을 느낄 때는 멈춰 서서 다시 점검해야 한다. 역시나, 일행 중 다리가 아파서 제대로 걷지를 못하는 환자가 발생했다. 긴급 상황이다. 끝나면 궁평항에서 함께 저녁 식사를 할 계획이었지만 용인에서 오는 YMCA 일행들과 시간을 맞출 수가 없다. 의논 끝에 이제 그만 헤어지기로 하고 나 홀로 먼저 출발한다. 다시 혼자가 된 나그네가 속도를 낸다. 빠른 속도로 다시 산길을 올라갈 때 시커먼 먹구름이 세찬 바람에 밀려오고 눈보라가 휘날리기 시작한다. 어찌하나. '그만 하산하는 것이 좋겠다!'고 전화를 한다. 그리고 달려간다. 걷는 것이 아니라 뛰어간다. 여유로운 도보여행의 상황이 급변했다. 내가 아무리 계획해도 세상은 언제나 자기 속도대로 흘러간다.

'I LOVE 대부도'라 쓰인 대선방조제를 지나고 나루터 정류장 앞 바다수산 제방을 걸어서 뛰다가 걷다가를 반복하면서 동주염전을 지나고 대부도펜션시티를 지나서 드디어 89코스 종점인 대부남동보건진료소에 도착했다.

눈보라가 몰아치건만 온몸이 땀에 흠뻑 젖었다. 운 좋게 택시를 타고 궁평항으로 달려간다. 다행히 YMCA 일행은 아직 오지 않았기에 얼어붙은 몸을 따끈한 물로 샤워를 하고 꿀맛 같은 휴식을 취한다.

잠시 후, 눈보라 몰아치는 궁평항에 용인YMCA 김정연 이사장님과 최민열 사무총장, 김양희 자활센터장, 이영림 소비자상담실장 등 간부들이 찾아왔다. 용인YMCA 창립 멤버이자 부이사장인 나그네를 찾아온 것이다. 모처럼 그리운 얼굴들을 만나 즐거운 시간을 가졌다.

식사를 하고 나오니 온 세상을 날려버릴 것만 같은 엄청난 눈보라가 몰아친다. 모두가 무사히 돌아가기를 기도하면서 깊어지는 밤, 밤새 바다가 우는 소리를 들으면서 정작 나그네는 행복한 미소를 지었다.

90코스

운명을 사랑하라!

남동보건진료소 입구에서 바다낚시터 입구 16.0km

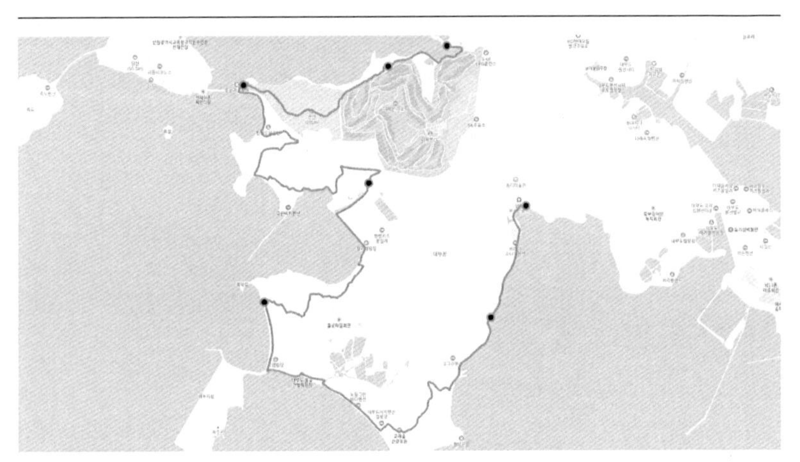

남동보건진료소 입구 > 흘곶갯벌체험장 > 홍성리마을회관 > 홍성리선착장 > 바다낚시터 입구

12월 14일 수요일 이른 아침, 어제저녁 식당에서 가져온 밥과 김치에 라면을 끓여서 식사를 하고 궁평항에서 남동보건진료소까지 아침의 드라이브를 한다.

8시 50분, 남동보건진료소 입구에서 90코스를 시작한다. 90코스는 고래숲을 지나고 홍성리선착장을 지나서 대부북동 바다낚시터 입구까지 걸어가는 구간으로 경기둘레길 50코스와 겹친다.

걷기 52일째, 남해안 남파랑길 1,470km는 52일간에 종주를 마쳤는데, 1800km 서해랑길은 아직도 갈 길이 멀다. 금년 들어 가장 추운 한파주의보가 내린 날, 파란 하늘에 간간이 떠 있는 하얀 구름, 기온은 차갑지만 어제와는 완연히 다른 맑고 쾌청한 날씨다. 바람은 상쾌하고 발걸음은 경쾌하고 기분은 유쾌하다.

세차게 몰아붙이던 바람, 하늘이 바다가 성이 났던 밤, 지난밤이 꿈만 같다. 태양이 환히 웃는다. 어제는 기운을 잃어버렸던 태양, 오늘은 하늘 바다 갯벌을 비추며 눈이 부신다.

겨울은 추워야 제맛이고 여행자는 고난이 있어야 제맛이다. 길을 나서기 전에 검색하는 일기예보는 가끔 긴장하게 만든다. 춥다는데 도대체 얼마나 추울까, 창문을 열어보기도 하고 의지를 다지기도 한다. 하지만 막상 출발을 하고 나면 추위는 어디 가고 얼굴에 닿는 찬바람은 상쾌한 공기로 바뀐다. 일이 닥치기 전에 근심이 더 많지, 막상 일이 벌어진 뒤에는 견딜힘이 솟는다. 어떻게든 견디기 마련이다. 캐나다의 심리학자 어니 젤린스키는 말했다.

> 걱정의 40%는 절대 일어나지 않는다.
> 걱정의 30%는 이미 일어난 일에 대한 것이다.
> 걱정의 22%는 사소한 고민이다.
> 걱정의 4%는 우리 힘으로 어쩔 도리가 없는 일에 대한 것이다.
> 걱정의 4%는 우리가 바꿔 놓을 수 있는 일에 대한 것이다.

그러면 걱정해야 할 일은 도대체 몇 %인가? 걱정의 96%가 부질없는 걱정이란 걸 모르고 살았다는 게 걱정이 아닌가. 니체는 "자기 자신을 사랑하고 존경하라."고 하면서 "자신의 영혼 속에 존재하는 영웅을 외면하지 마라"고 했다. 또한 '아모르 파티(Amor Fati)'라는 말을 즐겨 썼다. 이는 '운명을 사랑하라'는 뜻이지만, 니체는 운명에 순종하기를 바라지는 않았다. 오히려 "운명을 적극적으로 받아들이고 사랑할 때 자기만의 새로운 삶을 이루게 되고, 바로 여기서 창조성이 큰 힘을 발휘하게 되는 것이다."라고 했다.

인간은 빠른 속도로 나란히 달리는 두 말 위에서 균형을 잡으려는 서커스 곡예사처럼 정신없이 살아간다. 한쪽 발은 운명이라는 말 위에, 한쪽 발은 자유의지라는 말 위에 둔 채 달려간다. 운명은 신의 은총과 의식적인 자기 노력 사이의 놀음이다. 인간은 단순한 신의 꼭두각시도, 자기 운명의 완벽한 지휘관도 아니다. 운명은 내가 통제할 수 없는 것들로 가득 차 있기도 하지만 내 안에 속하는 것들도 많다. 힘들고 어려운 환경을 저주로 받아들일지, 기회로 받아들일 것인지 선택할 수 있고, 무엇보다 내 생각을 선택할 수 있다. 오늘은 어제까지의 신의 은총과 내 자유의지의 결과물이다.

니체는 "아침에 눈을 뜨면 무엇보다도 오늘은 한 사람에게만이라도 기쁨을 주어야겠다는 생각으로 하루를 시작하라."고 했다. 모든 것은 자신에게서 출발한다. 나로 인해 한 사람이라도 더 행복하면 좋다. 진정한 성공은 자기가 태어나기 전보다 세상을 조금이라도 살기 좋은 곳으로 만들어 놓고 떠나는 것, 자신이 한때 이곳에 살았음으로써 단 한 사람의 인생이라도 더 행복해지는 것이 아닐까. 그러기 위해서는 무엇보다 자신을 사랑하고 나 자신과 연애하듯 살아야 한다. 쓸데없이 걱정하지 말고 인생 자체를 기쁘게 살아야 한다. 밝은 기분이 일을 풀리게 한다. 통쾌하게 큰 웃음을 웃어야 한다. 크게 웃는 것이 가장 소중하다.

단원구 대부남동, 이 고장의 덕망 높은 재산가요 유지였던 이찬의 자선비를 지나간다. 개화기에서 일제강점기에 가난한 민중의 어려움을 도

와주어 이에 은혜를 입은 마을 사람들이 고마운 마음과 뜻을 기려 세운 자선비다.

세상에 나쁜 기부는 없다. 기부는 자신의 현재가 본인의 노력도 있지만 사회의 도움으로 이루어졌다는 생각, 그래서 사회에 돌려주어야 한다는 생각이 바탕이 된 행위다. 기부란 특별한 사람이 하는 것이 아니라 모든 사람 개개인 각자가 한다. 유대인은 세계의 여러 민족 가운데 자선을 중히 여기는 민족이다. 이스라엘에는 요단강 부근에 큰 호수가 두 개 있다. 하나는 사해(死海)이고, 또 하나는 헤브라이어로 '살아 있는 바다'라고 불리는 갈릴리호수이다. 사해는 사방에서 물이 들어오기만 하고 나가지는 않는다. 그러나 '살아 있는 바다'는 물이 들어오는 한편으로 물이 흘러 나간다. 자선을 베풀지 않는 것은 사해이며, 거기서는 돈이 들어가기만 하고 나오지는 않는다. 자신을 베푸는 것은 살아 있는 바다, 갈릴리호수이며 물이 흘러 들어가고 또 흘러나온다. 살아 있는 바다가 되어야 한다. 예수는 갈릴리호수에서 베드로와 그 제자들을 만났다.

중학교, 고등학교 때 받은 장학금이 마음에 커다란 은혜가 되어 자신이 졸업한 초등학교와 고등학교, 대학교와 보육원, 용인의 저소득층 학생 등에 기부한 금액만 대략 4억 원은 넘을 것이니 자신이 스스로에게 칭찬을 보낸다. 기부에는 낭만이 있으니, 돈을 버는 것이 기술이면 돈을 쓰는 것은 예술이다.

'섬마을선생님 해당화길 4구간 그리움길'을 걸어간다. 어릴 적 이미자의 '섬마을선생님' 노래를 불렀던 아우가 생각이 난다. "해당화 피고 지는 섬마을에 철새 따라 찾아온 총각 선생님~ 그리움이 별처럼 쌓이는 바닷가에~"를 흥얼거리며 포도 향기와 람사르습지 갯벌의 생명 소리를 느끼는 행낭곡마을을 지나간다.

'온마을자연학교 대부도 고랫부리섬 생태관광로'를 따라 걸어간다. 자연을 품은 갯벌과 바다별, 멸종위기 식생물이 살아가는 갯벌습지가 아름다운 2.5km 해안길이다.

갯벌을 따라 태양 아래 갈대가 우거진 바닷가를 걸어간다. 학 모형에 박가을의 '해솔길'이 쓰여 있다.

단원 김홍도 붓끝이/ 은빛 대부도를/ 화폭에 담아 놓았다.
솔향기 그윽한 해솔길/ 아, 내 어머니 품속 같다.

습지보호지역전망대에서 발걸음을 멈춘다. 비록 바쁜 발걸음일지라도 전망 좋은 전망대에서는 전망을 맛보고 가야 한다. 하물며 유유자적 나그네 발걸음에야 서두를 일이 없다. 다시 그림자 벗을 삼아 길을 간다. 환상적인 풍경, 단원 김홍도라 할지라도 어떻게 이보다 더 아름

해솔길

다운 그림을 그릴 수 있겠는가.

바다가 얼었다. 언 바다 위에 하얀 눈이 덮여 있다. 파란 바다에 덮인 하얀 눈이 파란 하늘에 하얀 구름처럼 떠 있다. 완벽한 대칭이다. 하늘과 바다, 구름과 눈, 마치 돌의 본성 위에 착한 생각처럼 아름답다. 새들이 무리를 지어 날아간다. 나그네를 환호하며 열광적으로 반긴다. 한 무리가 지나가면 또 한 무리가 다가오고, 한 무리가 지나가면 또 한 무리가 다가온다.

"새들아, 날아라. 나는 걷는다. 우리 함께, 따로, 날고, 걷자!"

인생은 짧다. 영겁의 세월에 비하면 백 년을 산다 해도 3만 6천 날에도 못 미치는 아침 이슬 같고 새벽안개와 같다. 바다에 배가 지나가도 흔적이 없는 것처럼, 창공에 독수리가 날아가고 바위에 뱀이 지나가도 자취가 없는 것처럼, 해가 뜨면 녹아버릴 눈 위에 남긴 기러기 발자국처럼 잠시 땅 위에 다녀가는 소풍이다. 소풍길의 아름다운 풍경 앞에서 떠오르는 사람은 사랑하는 사람이다. 함께 나누지 못하는 마음은 아쉬움으로 변하고, 아쉬움은 다시 외로움으로, 외로움은 다시 그리움으로 변한다. 그럴 때면 볼을 스쳐 가는 한 줄기 바람이 되고, 바람에 밀려 떠다니는 한 조각 구름이 되고, 천하를 누비는 자유로운 방랑자가 된다.

바다와 산과 바람과 구름과 해와 달과 별은 따로 주인이 있는 것은 아니다. 마음이 여유롭고 한가한 사람이라면 누구나 주인이 될 수 있다. 바라볼 눈이 있고 받아들일 마음이 열린 사람이라면 언제 어디서나 그 주인 노릇을 할 수 있다. 화담 서경덕은 길을 가다가 아름다운 산수를 보면 문득 발걸음을 멈추고 춤을 추었다. 불어오는 세찬 바람에 갈매기가 춤을 추고 하서 김인후의 시를 노래하며 방랑자도 춤을 추듯 걸어간다.

청산도 절로절로 녹수도 절로절로
산 절로 수 절로 산수 간에 나도 절로
그중에 절로 자란 몸이니 늙기도 절로절로

쪽박섬을 바라보며 지나간다. 파란 하늘에 새들이 날아간다. 수많은 새들이 어디서 와서 어디로 날아가는지 창공을 날아간다. 바다에는 하얀 얼음이 여기저기 떠 있다.

해변에도 파도가 밀려왔다가 차갑게 얼어버린 파도의 거품이 얼어 있다.

태양이 비친다. 코끝이 시리고 손이 시리다. 아름다운 해변의 풍경, 날아가는 새들이 날개를 흔들며 반겨준다. 그래, 지금 여기가 바로 내가 있을 자리다. 나비가 나인가 내가 나비인가, 호접몽(胡蝶夢)의 경지다.

바다의 향기가 밀려온다. 눈에는 눈물이 나고 눈물의 짠맛이 여행의 단맛과 뒤섞인다. 혈관에는 소금이 흐르고 땀방울에는 짠맛이 난다. 피와 땀과 눈물에 소금이 흐른다. 혈관에도 눈물샘에도 땀샘에도 소금이 흐른다. 바다는 소금 향기 나는 생명의 샘이다. 짜디짠 소금물이 피 끓는 혈관을 타고, 짜디짠 소금물로 온몸을 적시며, 짜디짠 소금물로 온 얼굴을 적시며, 소금기 어린 눈으로 소금 바다를 본다. 예수는 빛과 소금이 되라 한다. 나를 위해서도 세상을 위해서도.

태극기 모형의 바람개비가 바람에 돌아간다. 한사위방조제를 걸어간다. 옛날 가난한 선비라든가 세도 없는 사람들이 살았다고 하여 한사(寒士)라 했다고 한다. 다른 한편으로는 마을 한쪽에 있어 한사위라는 설도 있다.

선재도를 잇는 선재대교가 다가온다. '어서 오십시오. 인천광역시 옹진군입니다. 영흥도'라는 안내판이 보인다. 선재대교 건너 멀리 선재도 선착장이 보이고 영흥도가 보인다. 선재대교 아래를 지나고 홍성리선착장을 지나서 눈이 덮여있는 산길로 올라간다. 아일랜드CC를 보면서 걸어간다.

12시 30분, 종점인 대부북동 바다낚시터 입구에 도착했다.

91코스

사람의 길

바다낚시터 입구에서 대부도관광안내소 15.2km

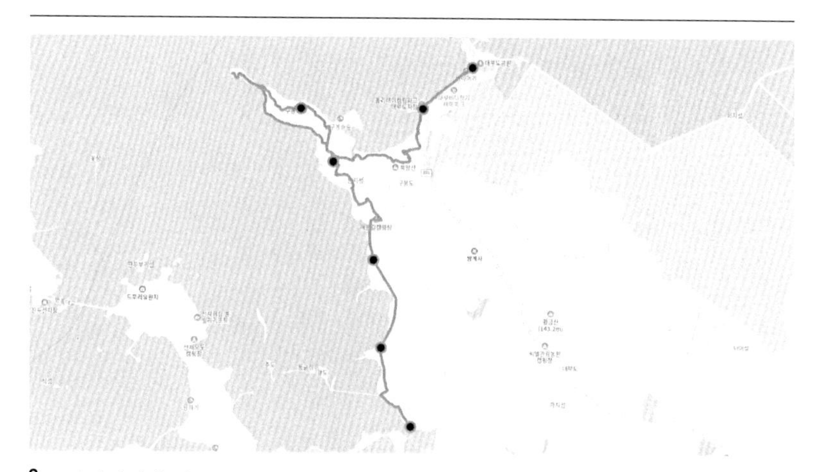

바다낚시터 입구 > 해솔길캠핑장 > 구봉도낙조전망대 > 북망산 > 대부도관광안내소

12시 30분, 바다낚시터 입구에서 91코스를 시작한다. 91코스는 구봉도낙조전망대를 지나고 북망산을 지나서 대부도관광안내소까지 걸어가는 구간이다. 경기둘레길 51코스, 대부해솔길 1코스, 2코스와 동행한다.

91코스 안내판 뒤에서 천하대장군, 지하여장군 두 장승이 웃으며 나그네를 전송한다. 손을 흔들고 독도바다낚시터로 향한다. 파란 하늘에 유유히 흘러가는 하얀 조각구름, 갯골에는 물이 졸졸 흘러가고 대지에는 나그네가 거친 바람을 안고 걸어간다.

삶은 꿈을 이루는 긴 여행이다. 여행을 즐기면 꿈은 이루어진다. 여행은 계획이 있다. 목표지점이 있고 길을 가는 코스와 구체적인 일정이 있다. 일정에 약간의 차이는 있을지라도 일정에 따라 목표를 향해 나아간다. 삶이라는 인생 여정을 가면서 목표도 계획도 없는 사람들이 얼마나 많은가. 구체적인 목표를 가지고, 그 목표를 향한 욕망의 의지를 불태울 때 먼 미래의 삶은 달라진다. 미래는 자신이 현재 생각하고 있는 일에 크게 좌우된다. 행복은 전적으로 자신의 생각 하나로 행복해지기도 하고 불행해지기도 한다. 인생살이 행복하게 살아야 한다. 행복해질 수 있는 시간은 지금이다. 행복해질 수 있는 장소는 여기이다. 행복해지는 방법은 모든 것에 감사하는 것이다.

바다낚시터를 지나고 람사르습지인 상동갯벌전망대에서 썰물로 벌거벗은 갯벌을 바라본다. 오늘은 모처럼 그림자가 동행한다. 반가운 마음에 방랑자가 그림자에게 대화를 시도한다.

방랑자: 우아하다! 대단히 우아하다! 오, 그대 그림자는 나의 진정한 벗이다.

그림자: 내가 그대의 동반자인 것은 사실이다. 그러나 그대의 노예 상태에 있는 것은 아니다. 그대가 빛을 싫어할 때 나는 그대를 싫어한다. 그런 한도 내에서 나는 자유이다.

방랑자: 아아, 빛은 보다 더 자주 인간을 싫어한다. 그때 그대들도 또한 그들을 버리고 가지 않는가.

그림자: 나는 종종 고통스러운 마음으로 그대 곁을 떠났다. 왜냐하면 나는 항상 빛과 함께 있을 수가 없기 때문이다. 진정 나는 그대의 노예가 되고 싶다.

방랑자: 그대와 내가 그것을 향락한 바와 같이 자유로써 만족하자. 나는 내 주위의 어떤 노예도 알기를 원치 않는다.

그림자: 나는 너를 너무나도 오래 따라다니지 않았던가? 바야흐로 조금 있으면 해가 저문다. 잠시만 더 참아라.

방랑자: 벌써 이별할 때인가?

그림자: 개처럼 나는 오늘도 그대의 발밑에 웅크리고 있었다.

방랑자: 그대를 위해서 급히 무엇을 내가 더 할 수 없을까? 그대는 아무런 소원도 없는가?

그림자: 아무것도 없다. 철학하고 있었던 '개(디오게네스)'가 알렉산더 대왕 앞에서 말한 그 소원, 즉 '조금 태양 앞에서 비켜나 주시라. 한기를 느끼노라'고 한 그 소원을 젖혀 놓고는.

방랑자: 나는 무엇을 해야 할 것인가?

그림자: 이 소나무 밑으로 가서 산들을 돌아보라. 서해랑길의 해는 멀지 않아서 질 것이다. 그리고 그대에게 당부하고 싶은 말이 많다. 먼저 항상 자연에게 감사하라. 하늘에게 감사하고 대지

에게 감사하고 바람에게 감사하고 구름에게 감사하라. 심지어 공기를 들이실 때마다 감사하라. 한 호흡에 감사하고 또 한 호흡에 감사하라. 걸을 때나 서 있을 때나 앉아 있을 때나 언제나 감사하라. 그리고 기도하라. 새벽이 시작되기 전에 일어나 기도하고, 태양이 떠오를 때도 기도하고, 한낮의 길을 걸을 때도 기도하고, 밤하늘에 떠 있는 달과 별을 향해서도 기도하라. 삶의 모든 것은 성스러운 것, 하루 24시간을 기도하고 감사하라. 한 마리 벌레보다 낮고, 한 마리 독수리보다 높은 존재가 되어 기도하고 감사하라. 그러면 그대는 진정한 자유인이 될 것이다. 나는 곧 그대이고 그대의 벗이다. 이제 가야겠다.

방랑자: 가지 마라. 그대는 나의 벗, 가지 마라. 이전처럼 나는 항상 그대와 함께 있고 싶다.

그림자: 해가 지면 가야 한다. 그리고 그대가 하루를 마치고 숙소로 돌아오면 밤의 그림자가 기다리고 있을 것이다. 안녕.

태양은 구름의 장난으로 숨어버렸다. 나그네는 다시 홀로 되어 바구리방조제 느티나무를 지나서 돈지섬전망대로 올라간다. 돈지섬은 새 둥지 모양의 작은 동산이라 둥지섬이라 부르다가 변음되어 돈지섬이 되었다고 한다. 돈지섬 전망대에서 내려와 구봉도로 향한다. 대부도 바다낚시 앞에서 구봉도 입구 종현마을로 진입한다. 종현농어촌체험휴양마을을 지나간다.

대부도 북단에 자리한 구봉도(九峰島)는 해발 95.8m로 남북으로 길게 형성되어 있으며 봉우리가 아홉 개로 되어 붙여진 이름이다.

바람이 거칠다. 구봉도의 명물 선돌바위가 다가온다. 좌측 작은 바위는 할머니, 큰 바위는 할아버지 같다고 하여 할매바위, 할아배바위라고 부른다. 배 타고 고기잡이를 떠났던 할아배를 기다리던 할매는 기다림에 지쳐서 비스듬한 바위가 되었고, 할아배는 몇 년 후 무사 귀환을 했으나, 할매가 그렇게 되고 보니 너무 가여워서 함께 바위가 되었다고 한다. 이 바위가 구봉의 어장을 지켜주는 바위란다. 바다 건너편에 선재대교, 영흥대교, 영흥도, 구봉낙조전망대가 보인다.

개미허리 아치교와 등대와 낙조전망대가 성큼성큼 다가온다. 개미허리를 지나서 산 위로 올라간다. 바다에는 파도가 하얀 거품을 물고 밀려온다. 아직 낙조의 시간이 이르지만 낙조전망대로 내려간다. 사람들은 저무는 태양보다 떠오르는 태양에 기원한다. '석양을 가슴에 담다.'라는 스테인레스 스틸 작품이 기다린다. 30도 각도로 기울어 상승하는 형상을 보여줌으로써 곧 다시 밝아올 내일에 대한 희망과 설렘의 긍정적인 표현을 담았다.

고대에는 태양을 신으로 간주해 기도를 올리는 풍습이 있었다. 페르시아 사람들은 태양을 특별히 숭배했으며, 태양신을 '미트라스'라고 불렀다. 이집트 사람들도 태양을 숭배하고 '오시리스'라는 이름을 붙였으며, 그리스 사람들은 '아폴론'이라고 불렀다. 다른 민족들도 저마다 달리 이름을 붙이고 숭배했다. 태양이 떠오를 때 사람들은 온갖 정성을 다해 고개를 숙여 모셨다. 플라톤은 <향연>에서 소크라테스도 그렇게 경배했다고 전한다. 심지어 플루타르코스는 <동물의 지능에 관하여>에서 코끼리도 태양이 떠오를 때 태양 앞에 몸을 숙인다고 말했다. 물론 태양이 저물 때도 경배했지만 떠오를 때만 못했다. 일몰 직전에 땅거미를 보고 고대 그리스 3대 비극작가 중 한 명인 에우리피데스는

구봉도낙조전망대

말한다.

"노인이란 과연 땅거미와 무엇이 다른가?"

스파르타는 노인이 가장 살기 좋은 나라였다. 늙어 가는데 보답하는 나라는 스파르타뿐이었다. 고대 로마의 작가 발레리우스 막시무스의 〈여섯 번째 구경꾼〉에 나오는 이야기다.

아테네에서 한 연극이 공연되던 중 일어난 일이었다. 나이가 들면 흔히 그렇듯 한 늙은 신사가 그곳에 늦게 도착했다. 그가 허둥대는 모습을 본 젊은이들이 자신들이 앉아 있는 곳으로 오면 자리를 내주겠다고 손짓을 했다. 노인은 손짓하는 젊은이들을 향해 청중 사이를 비집고 들어갔다. 그런데 젊은이들은 자기들 사이에 끼어 앉으려면 앉아 보라며 짓궂게 장난을 쳤다. 무안해진 노신사가 멀뚱하게 서 있자 청중의 시선이 그에게로 쏠렸다. 아테네 사람들이 객석에서 노인을 희롱하느라 한바탕 소란이 일었다. 그러자 노인은 거의 기다시피 해서 스파르타 사람들의 지정석 쪽으로 몸을 숨겼다. 순수한 스파르타 사람들은 일제히 노인을 향해 일어나서 그를 극진히 예우하며 받아들였다.

스파르타인들의 선행에 뒤통수를 맞은 듯 부끄러워진 아테네 사람들이 우레와 같은 박수를 보냈다. 노신사는 그만 울음을 터트리고 말았다. 아테네인들은 무엇이 옳은지를 이해하지만, 스파르타인들은 그것을 실천한다.

다시 개미허리아치교를 넘어서 구봉산으로 올라선다. 나태주 시인의 「행복」이 나그네의 심금을 울린다.

저녁때/ 들어갈 집이 있다는 것
힘들 때/ 마음속으로 생각할 사람이 있다는 것
외로울 때/ 혼자서 부를 노래가 있다는 것

예쁜 구봉산 능선을 걸어가는 나그네, 저녁에 들어갈 집이 없는 나그네가 김영임의 '어디로 가야 하나'를 노래한다.

어디로 가야 하나 어디로 가나
실안개 피는 언덕 넘어 흔적도 없이
어디로 가야 하나 어디로 가나
밤은 깊고 설움 질어 달빛도 무거운데
가다 보면 잊을까 넘다 보면 잊을까
인생 고개 넘어넘어 가다 보면 잊을까

어디로 가야 하나. 인생이란 인간(人間)이 시간(時間)과 공간(空間)의 세 간(間) 속에서 인간의 길, 시간의 길, 공간의 길을 가는 것이다. 사람이 길 아닌 길로 가면 가시덩굴이나 진흙탕에 빠져 고생하게 된다. 그래서 사람은 반드시 사람의 길로 가야 한다. 사람에게는 마땅히 가야 하는 사람의 길, 인도(人道)가 있다. 인도는 곧 천도(天道)이니, 사람의 길은 곧 하늘의 길이다.

장자의 도행지이성(道行之而成)이란 길을 걸어가는 데서 새롭게 완성된다는 뜻이다. 없던 길은 다녀서 만들어지는 법이다. 길이 미리 존재하는 것이 아니라 길은 스스로가 새롭게 만들어 가야 하는 것이다. 사람의 길은 사람을 멀리하지 않는다. 사람의 길은 외부에 있는 것이 아니라 자신의 내면에 그 길이 있다. 사람의 길을 가기 위해서는 변해서는 안 될 것과 변해야만 되는 것을 알아야 한다.

나를 길들이면 세상이 변화한다. 이제 남은 날들을 어떻게 살아가야 하는지, 인생 후반전의 아름다운 마무리를 어떻게 할 것인지를 염두에 두고 새롭게 변화해야 할 때다. 한 현자는 말한다.

"그대가 바꿀 수 있는 일에 대해선 걱정할 필요가 없다. 왜냐하면 그것은 바꾸면 되기 때문이다. 또한 그대가 바꿀 수 없는 일에 대해서도 걱정할 필요가 없다. 왜냐하면 걱정한다고 해서 그것이 바뀌지 않을 테니까!"

어느 한 신학자는 기도한다.

"하느님, 제가 바꿀 수 없는 것들은 그대로 받아들일 수 있는 의연함을 주시고, 바꿀 수 있는 것은 바꾸려는 용기를 주시고, 그리고 바꿀 수 있음과 없음의 차이를 분간할 수 있는 지혜를 허락하소서."

방아머리 선착장과 멀리 인천 송도가 보인다. 구봉도 해솔길 동로를 걸어서 숲길에서 내려와 구봉도 해수욕장 입구를 지나간다. 아까 지나왔던 대부도 바다낚시터를 지나고 솔밭 야영지를 지나간다. 시원한 조망이 열리는 북망산 정상에서 구봉도와 선재대교, 영흥도를 바라본다. 이곳 북망산은 공동묘지 무덤이 많아서 의자왕이 묻혀 있는 중국의 북망산에서 따온 이름이다. 조선시대의 은자 김창업이 노래한다.

벼슬을 저마다 하면 농부 할 이 뉘 있으며
의원이 병 고치면 북망산이 저러하랴

아이야, 잔 가득 부어라 내 뜻대로 하리라.

내 뜻대로 마음의 길을 가는 자유로운 영혼의 나그네가 방아머리경로당을 지나고 대부도 초입에 있는 유일한 해수욕장인 방아머리 해변 솔밭을 지나서 91코스 종점인 대부도 관광안내소에 도착한다. 바람결에 경허선사의 노래가 들려온다.

시비를 말라/ 누가 옳고 그른가./ 꿈속의 일이로다.
북망산 아래/ 누가 너이고 나이더냐

92코스

성장하는 동안은 결코 늙지 않는다!

대부도관광안내소에서 해수체험장 16.0km

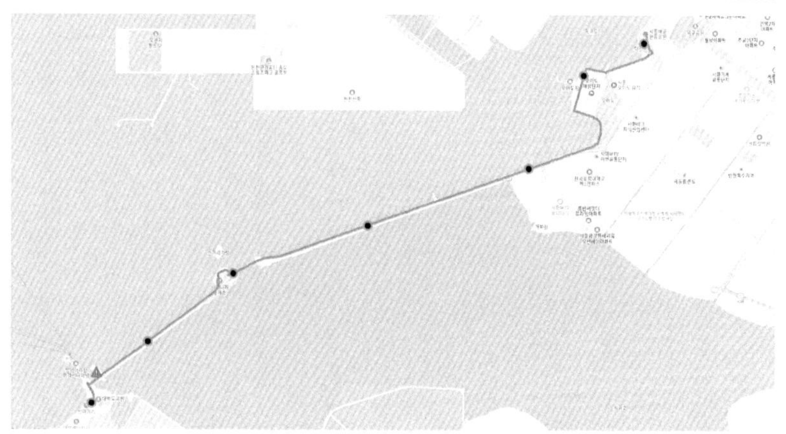

대부도관광안내소 > 시화나래조력공원 > 시흥오이도박물관 > 오이도빨간등대 > 해수체험장

12월 15일 8시 40분, 안산시 단원구 대부북동 대부도관광안내소에서 92코스를 출발한다. 92코스는 시화방조제를 걸어서 오이도를 지나 해수체험장까지 걸어가는 구간이다.

걷기 53일째, 1,600km를 돌파하는 날이다. 차갑지만 쾌청한 날씨, 파란 하늘에 흰 구름이 한가로이 흘러간다. 나그네의 발걸음도 가볍게 흘러간다.

오늘은 92코스와 93코스 인천의 남동체육관까지 걸어가는 길, 이제 일주일이면 서해랑길 종착지인 강화도 평화전망대에 도착한다. 참으로 먼 길을 걸어왔다. 천 리 길도 한 걸음부터를 넘어서 3천 리 길을 지나고 이제 4천 리 길을 돌파한다. 자화자찬을 한다.

"나그네, 그대는 참 낭만이 있는 싸나이다!"

길고 긴 서해랑길을 걸어가는 길 위의 나그네가 점점 길을 닮아 간다. 길에 연한 길을 따라서 산길과 들길, 마을길과 해안길, 방조제길 등 이 길 저 길을 오르고 내리고, 직선 길을 걷고 곡선 길을 걸어가는 나그네가 두루두루 세상의 길, 자연의 길을 닮아 간다. 생선을 싼 종이에는 비린내가 나고 향을 싼 종이에는 향내가 나듯 길을 걷는 나그네에게는 길 냄새가 난다. 길에서 만나는 하늘과 땅, 산과 바다, 모든 자연은 말 없는 스승이다. 어떻게 사는 것이 바른 삶인지 일깨워 주며 자연은 자신을 닮으라고 한다. 조선 후기 간서치(看書痴) 이덕무가 지은 <이목구심서>에 나오는 이야기다.

> "지리산 속에는 연못이 있다. 연못가에는 소나무가 주욱 늘어서 있어, 그 그림자가 언제나 연못 속에 비친다. 연못 속에는 물고기가 살고 있는데, 그 무늬가 몹시 아롱져서 마치 스님이 입고 다니는 가사옷과 갈다. 그래서 이 물고기의 이름을 가사어라고 부른다. 물고기의 이 무늬는 연못 속에 비친 소나무의 그림자가 변해서 된 것이다. 이 물고기는 너무 날쌔서 잡기가 어렵다. 그렇지만 이 물고기를 잡아서 삶아 먹으면 능히 병 없이 오래 살 수가 있다고 한다."

소나무의 무늬가 물고기에 비친다. 무늬가 물고기 위에 새겨진다. 호랑이의 줄무늬는 가죽에 있고, 사람의 줄무늬는 마음속에 있다. 소나무 그림자가 오래 쌓여서 물고기 무늬를 만들듯이, 사람도 사물에 마음을 내어 주는 순간, 그 사물이 내 속으로 뚜벅뚜벅 걸어 들어온다.

독만권서 행만리로라고 했다. 만 권의 책을 읽고 만 리 길 여행을 하고 나면 자신도 모르는 사이에 책과 자연을 통해 듣고 본 것들이 내 속으로 들어와 나를 변화시킨다. 자연을 벗 삼아 걸어온 53일간의 서해랑길, 얼굴에 수염이 자란 모습이 영락없는 자연인이다. 지리산 연못에 산다는 그 물고기처럼 내 마음속에도 보이지 않는 아름다운 무늬를 만들면서 서해랑길을 걸어간다.

관광안내소에는 2022년 10월 8일 '대부해솔길 in 서해랑길걷기축제' 행사가 열렸다는 현수막이 걸려 있다. 불과 두 달 전이었다.

오늘은 안산에서 시흥으로 들어간다. 방아머리선착장을 바라보면서 시화방조제 갑문을 지나간다. 시화방조제는 1987년부터 6년여의 기간 동안 시흥시 정왕동의 오이도 입구와 안산의 대부도를 잇는 11.2km의 대규모 간척사업을 위해 조성된 제방으로 약 2/3 지점에는 조력발전소가 있다. 공업용지 확보와 수자원 확보를 위한 매립 위주의 개발 사업에서 2003~2011년 10.3m의 조수간만의 차를 이용한 조력발전소 건립 등 지속 가능한 녹색에너지 창출과 해안 레저의 중심지로 진화하고 있다.

길고 긴 방조제를 걸어간다. 태양은 빛나고 발걸음은 경쾌하다. 태양은 잠자는 지구를 깨우고 사람들에게 빛과 열, 희망을 선사한다.

루쉰은 소설 『고향』에서 "희망이란 것은 있다고도 할 수 없고, 없다고도 할 수 없다. 그것은 마치 땅 위의 길이나 마찬가지다. 원래 땅 위에 길이란 게 없었다. 걸어가는 사람이 많아지면 그게 곧 길이 되는 것이다."라고 말한다. 희망찬 사람은 그 자신이 희망이다. 길을 찾는 사람은 그 자신이 새로운 길이다.

방랑은 인간이 누릴 수 있는 최고의 향락이며 방랑자는 어느 한 곳에 연연하지 않는다. 강물이 망망대해(茫茫大海)에 도달하자면 물길 따라 쉼 없이 흘러가야 하듯이 산도 인생도 빛나는 정상에 오르자면 피와 땀과 눈물을 흘리며 그 길을 걸어서 올라가야 한다.

진주는 조개가 모래알 같은 자극물에 의해 상처가 생겼을 때, 그에 대한 내부 반응에 의해 만들어진다. 상처 회복에 필요한 온갖 성분이 상처 입은 부분으로 급히 보내지고, 오랜 시간 동안 상처를 치유하다가 마지막으로 얻어지는 게 바로 진주다. 상처 입은 조개가 그 상처를 아물게 하기 위해 노력하는 과정에서 영롱한 진주가 만들어지는 것, 상처가 아름다운 진주를 낳은 것이다.

고통에는 뜻이 있다. 고통 없는 성공은 있을 수 없다. 성공이라는 글자를 현미경으로 들여다보면 그 속에는 수많은 시련과 역경, 고통이 개미처럼 기어다닌다. 세상에 상처받지 않고 사는 사람이 어디에 있을까. 인생이 아름답게 피어나기 위해서는 상처가 필요하다. 나의 인생이 아름다운 보석처럼 빛나기 위해 나는 오늘도 멋과 낭만이 있지만 외롭고 힘든 고난의 길, 서해랑길을 걸어간다. 오늘 가는 이 방랑의 길은 허송세월이 아니라 남은 생을 의미 있게 살기 위해 내공을 다지는 고난의 길이요, 정진의 길이다.

시화나래휴게소의 잘 조성된 공원 주변을 둘러본다. 공원에 좋은 글귀들이 반갑게 인사를 한다.

"행운, 행운이 함께 하는 당신이 되기를 소망합니다."

"사랑, 당신의 사랑이 이루어지기를 소망합니다."

"기쁨, 항상 즐거운 삶을 사는 당신이기를 소망합니다."

"감사, 당신을 있게 한 모든 이에게 감사하는 당신이 되기를 소망합니다."

"기회, 기회에 대한 준비로 세계 발전에 도움을 줄 수 있는 당신이 되기를 소망합니다."

"행복, 매일 행복을 만들어 나가는 당신이기를 소망합니다."

녹색성장선도 시화호조력발전소를 지나고 시화나래조력문화관을 지나서 시화방조제를 걸어간다.

'안녕히 가십시오 안산'이 작별 인사를 하고 '어서 오십시오 시흥시입니다. 정왕동' 이정표가 환영 인사를 한다. 드디어 시흥시에 들어섰다. 세찬 바닷바람이 열렬히 환영을 한다. 시화방조제 11.2km를 이 추운 겨울 날씨에 홀로 걸어가는 사람이 과연 누가 있겠는가. 멋진 사나이, 새삼 멋과 낭만이 물씬물씬 묻어나고 희열이 느껴진다.

오이도가 점점 가까워진다. 갑자기 바다에서 먹구름이 몰려오면서 점점 어두워진다. 시화방조제가 끝나고 경기평상을 지나고 오이도박물관을 지나간다.

오이도(烏耳島)는 섬의 모양이 마치 까마귀의 귀와 비슷하다고 해서 붙여진 이름이다. 원래 육지에서 4km 떨어진 섬이었으나 일제강점기 때 갯벌을 염전으로 이용하면서 육지와 연결되었다. 오이도는 서해안 최대 패총 유적지이자 다양한 신석기 유물이 출토되어 선사시대 해안 생활문화유산의 보존 가치를 인정받은 곳으로 아주 먼 과거부터 사람들이 촌락을 이루며 거주하였던 생활 터전이자, 역사·문화·군사적으로 중요한 요충지였다.

날씨가 급변하기 시작한다. 찬바람과 함께 눈발이 내리기 시작한다. 물이 빠진 텅 빈 갯벌에는 기상이변에 아랑곳없이 갈매기들이 먹이를 찾느라 분주하다. 오이도함상전망대를 지나간다. 함상전망대는 인천해양결찰서의 250톤급 퇴역경비함을 활용하여 바다와 낙조를 감상할 수 있는 휴식 공간으로 꾸며 개방하였다. 선셋 데크의 '옛 시인의 산책길'에서 김소월이 '못 잊어'를 노래한다.

못 잊어 생각이 나겠지요 / 그런대로 한세상 지내시구려 / 사노라면 잊힐 날 있으리라 // 못 잊어 생각이 나겠지요/ 그런대로 세월만 가라

시구려 / 못 잊어도 더러는 잊히오리다 // 그러면 또 한 끗 이렇지요 /
"그리워 살뜰히 못 잊는데 / 어쩌면 생각이 떠지나요?"

노천명은 "모가지가 길어서 슬픈 짐승이여~"라며 '사슴'을 노래한다. 노을의 노래전망대를 지나간다. 오이도 갯벌과 바다에 비치는 비치는 노을과 낙조는 아름답지만 오늘은 눈이 내리고 있다. 눈발이 점점 굵어진다. 바람에 눈이 날리듯이 발걸음이 날아갈 듯 가벼워진다.

<바람과 사람>의 조형물 앞에서 내려와 해물칼국수로 점심 식사를 하고 다시 걸어간다. 그 사이에 눈은 쌓이고 세상은 설국으로 변해 간다. 아름다운 풍경이다. 아아, 행복하다. 너무나 행복한 64세의 겨울이 지나간다. 100세 철학자 김형석 교수는 "제일 행복한 나이는 60세에서 75세였다."고 회고하면서 "성장하는 동안은 결코 늙지 않는다."고 했다.

팔십종수(八十種樹)라는 말이 있다. 인생에는 뭔가를 하기에 너무 늦은 때는 없다는 게다. 조선 후기의 문신 황흠(1639~1730)이 80세에 고향에 물러나 지낼 때 종을 시켜 밤나무를 심게 했다. 이웃 사람이 웃었다.

"연세가 여든이 넘으셨는데 너무 늦은 것이 아닐까요?"

황흠이 대답했다.

"심심해서 그런 걸세. 자손에게 남겨준대도 나쁠 것은 없지 않나?"

10년 뒤에도 황흠은 건강했고, 그때 심은 밤나무에 밤송이가 달렸다. 이웃을 불러 말했다.

"자네, 이 밤 맛 좀 보게나. 후손을 위해 한 일이 나를 위한 일이 되어 버렸군."

청렴결백했던 황흠은 90세가 넘어서도 조금도 흐트러짐이 없었다.

프랑스의 철학자 몽테뉴는 "늙음은 얼굴보다 마음에 주름을 준다."고 말한다. 사람이 늙는 것은 세월이 흘러서가 아니라 이상을 잃기 때문이다. 맥아더는 "세상일에 흥미를 잃지 않으면 나이가 들어도 마음에 주름이 잡히지 않는다."고 했다.

나는 걷는다. 걷고 또 걷는다. 세상은 넓고 가야 할 길은 아직 너무나 많다. 길 위를 걸을 수 있음에 감사하고 나를 만들어준 모든 인연에 감사한다. 죽는 날까지 걷고, 어느 날엔가는 걷다가 죽으리라 염원한다.

노을을 담은 활력포구 오이도 랜드마크 역할을 하는 빨간 등대가 눈을 흠뻑 맞고 서 있다. 생명의 나무 전망대를 지나서 황새바위길을 지나간다. '한울공원해수체험장 0.6km' 이정표를 지나서 눈 쌓인 한울공원을 걸어간다. 순백의 세상에 빨갛고 노란 리본이 서해랑길을 밝힌다. 솟대와 갈대가 눈을 흠뻑 맞으며 서 있다. 솟대가 "눈 위에 발자국을 함부로 찍지 말라."고 한다.

하얀 눈밭에 가장 먼저 발자국을 내며 걸어간다. 살아가는 일도 아무도 걷지 않은 그 길을 걷고 싶다. 인간이라는 속성은 길 위를 떠도는 떠돌이, 눈 덮인 새로운 길을 흘러가는 유목민이다.

12시 27분, 92코스 종점 시흥시 배곧동 배곧한울공원 해수체험장에서 잠시 걸음을 멈춘다.

93코스

사흘만 볼 수 있다면

해수체험장에서 남동체육관 입구 12.1km

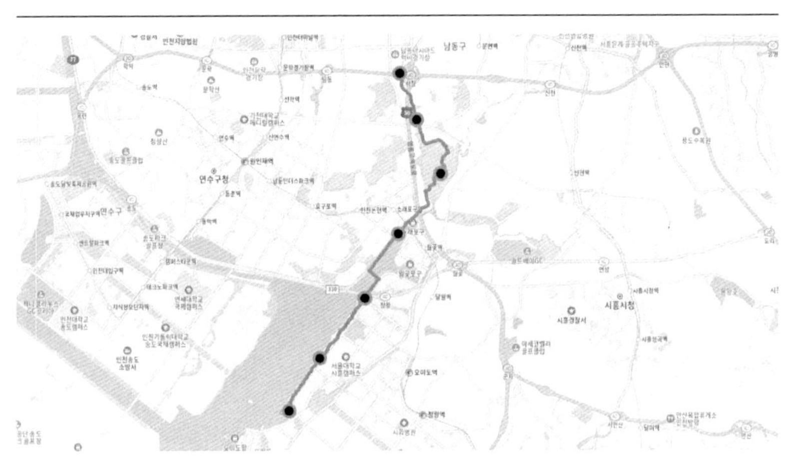

해수체험장 > 배곧생명공원 > 월곶포구 > 소래습지생태공원 > 남동체육관 입구

12시 30분, 눈으로 하얗게 덮인 해수체험장 앞에서 93코스를 시작한다. 93코스는 월곶포구, 소래포구, 소래습지생태공원을 지나서 남동구 수산동 인천남동체육관 입구에서 마무리하는 코스다. 경기둘레길 53코스이기도 하다.

걷기 53일째 1,600km 돌파하는 구간, 남파랑길 1,470km를 52일간 걸었으니 이제 새로운 역사를 쓴다. 53일간의 도보여행도, 1,600km를 걷는 것도 처음 경험하는 새로운 길이다. 한 걸음 한 걸음 미지의 세상을 향한 역사적인 발걸음을 내디딘다. 인생은 새로움의 연속이다. 약간의 불안과 긴장, 약간의 설렘이 없다면 인생도 걷기여행도 그 묘미가 없으리라. 살아가기 위해 벌들에게는 나는 일이, 뱀에게는 기는 행동이, 물고기에게는 헤엄치는 행동이 필요하듯 사람에게는 걸어가는 것이 필요하다. 이 세상에는 여러 가지 기쁨이 있지만, 그 가운데서 가장 빛나는 기쁨은 낯선 세상을 걷는 기쁨이다. 걷기를 좋아하는 나그네가 걷고 또 걷는다.

눈이 내린다. 세상을 덮어 버릴 듯이 계속해서 내린다. 눈이 와서 좋다. 마음까지도 깨끗해져서 좋다. 다시 흐려지더라도 이런 날이 있어 아름다운 인생이다. 빨간 마가목의 열매가 하얀 눈을 덮어쓰고 웃는다. 아무도 걸어가지 않은 눈 쌓인 벌판을 걸어간다. 그곳에는 길이 없다. 내가 먼저 걸어가서 길을 내면 다른 사람들도 따라오게 된다. 처음 길을 잘못 내면 뒤따라오는 수많은 사람이 고생하게 된다.

눈을 밟으며 들길을 갈 때(踏雪野中去)
모름지기 그 발걸음을 어지러이 하지 마라(不須胡亂行)
오늘 걷는 나의 발자국은(今日我行蹟)
반드시 뒷사람의 이정표가 될 것이니(遂作後人程).

서산대사의 선시를 노래하며 눈길을 걸어간다. 강은 물의 길이요, 인생은 사람의 길이다. 인생은 편력의 길을 가고 순례의 길을 가는 여행이다. 인생은 무거운 짐을 지고 먼 길을 가야 하는 방랑길, 아름다운 소풍길이다. 광명의 길, 암흑의 길, 승리의 길, 파멸의 길, 절망의 길, 희망의 길을 가는 끝없는 유랑이다. 고난과 시련의 길, 영광과 환희의 길을 가는 나그네 여정이다. 어제도 오늘도, 내일도 가야 하는 나의 길은 언제나 새롭다. 일신우일신(日新又日新)의 혁신의 길을 간다.

길을 찾아 나섰다. 인간의 길은 시간의 길, 공간의 길에서 만날 수 있었다. 그래서 시간의 길을 걸어갔다. 아침노을이 저녁노을과 어우러져 하루 이틀 사흘, 한 달 두 달 세 달, 봄이 가고 여름이 가고 가을이 가고 겨울이 흘러갔다. 오고 가는 계절은 눈과 꽃과 신록과 낙엽과 해와 달과 별과 땅의 기억과 하늘의 기억과 그 사이를 오가는 바람의 기억과 구름의 기억과 하나가 되어 다가왔다. 시간의 길 속에서 추억은 공간의 길에 쌓여가고 인간의 길은 공간의 길로 연결되었다. 이제 시간의

길 속에서 공간의 길을 간다. 새롭게 펼쳐지는 인생에서 가장 아름다운 세 간(間)의 길을 걸어간다. 이 땅에 잠시 다니러 온 나그네가 자유로운 발길로 길 없는 길을 찾아서 마음의 길을 간다.

"내를 건너서 숲으로 / 고개를 넘어서 마을로 / 어제도 가고 오늘도 갈 / 나의 길 새로운 길 / 민들레가 피고 까치가 날고 / 아가씨가 지나고 바람이 일고 (후략)"

윤동주의 '새로운 길'을 노래하며 하얀 눈으로 덮인 배곧위인공원을 걸어간다. 배곧에는 한때 적의 침투를 막기 위해 군인들이 밤을 새워 보초를 서던 39개의 해안초소가 있었다. 1차로 버려진 6개의 해안초소에 여섯 위인공원을 만들었다. 위인공원에는 헬렌 켈러를 위시하여 세종대왕, 라이트 형제, 제임스 와트, 이순신, 베토벤 공원이 있다. 먼저 미국의 문필가, 사회사업가 헬렌 켈러가 소개되어 있다.

헬렌 켈러(1880~1968)는 태어난 지 열아홉 달 만에 시각과 청각을 잃었다. 가정교사 설리번 선생님과의 만남을 계기로 보지도, 듣지도 못하고 말하기조차 불편한 천형을 딛고 장애인의 빛이 되었다. 하버드 대학에서 최초의 맹인 농아로서 인문학박사와 법학박사 학위를 받고 수많은 아름다운 글로 사람들을 감동시켰다.

헬렌 켈러는 자신이 어둠을 뚫고 세상으로 나오게 해 준 희망과 열정의 원천이 낙관주의라고 말했다. 그녀가 50대에 쓴 수필 「사흘만 볼 수 있다면」은 너무나 유명한 글이다. 요약분이다.

만약 내가 사흘간만 볼 수 있다면,
첫날에는 나를 가르쳐준 설리번 선생을 찾아가 그분의 얼굴을 보겠습니다.

그리고 산으로 가서 아름다운 꽃과 풀과 빛나는 노을을 보고 싶습니다.

둘째 날에는 새벽에 일찍 일어나 먼동이 터오는 것을 보고 싶습니다.

저녁에는 영롱하게 빛나는 하늘의 별을 보겠습니다.

셋째 날에는 아침 일찍 일어나 큰길로 나가 부지런히 출근하는 사람들의 활기찬 모습을 보고 싶습니다. 점심때는 아름다운 영화를 보고, 저녁에는 화려한 네온사인과 쇼윈도의 상품을 구경하고 집에 돌아와 사흘간 눈을 뜨게 해주신 하나님께 감사의 기도를 드리겠습니다.

헬렌 켈러는 가장 슬픈 비극의 주인공인 동시에 그 비극을 극복한 가장 위대한 사람이다. '불휘기픈남긴' 세종대왕을 지나고 라이트 형제를 지나고 제임스 와트를 지나고 충무공 이순신을 지나서 베토벤의 공원을 지나간다. 프랑스의 작가이자 음악 연구가 로맹 롤랑은 베토벤 전기의 서문에 이런 영웅론을 펼치고 있다.

"나는 사상이나 힘으로 승리한 사람을 영웅이라 부르지 않는다. 내가 영웅이라고 부르는 이들은 오직 마음으로써 위대했던 사람들뿐이다. (……) 위대한 심령을 가진 영웅들은 비록 어둠을 걷어 내지는 못했을지라도 삶의 섬광 속에서 우리의 갈 길을 가르쳐 주었다."

"영웅들의 생애는 불행한 사람들을 위해 바쳐진 것이다. 가혹한 운명은 영웅들의 삶을 형언할 수 없는 고통으로 갈가리 찢어놓았다. 그러나 그들은 불행을 통해 위대해졌다. 그들의 초인적 사투는 인류에게 용기를 불어넣는다."

로맹 롤랑에 따르면 베토벤은 세상 사람들에게 나눠주기 위해 자신의 불행을 환희로 창조한 사람이었다. 모차르트가 인간 세상에 내려온 음악의 신이라면 베토벤은 세상에서 음악의 신의 자리로 올라간 인물이다.

바다를 향해 세워져 있는 그네가 하얀 눈에 덮여서 주인을 기다리고 있다. 눈을 닦아내고 그네에 앉아서 잠시 바다를 바라본다. 엉덩이가 젖는 느낌이라 자리에서 일어나 길을 간다. 갈대들이 머리에 하얗게 눈을 이고 나그네에게 고개 숙여 인사를 한다. 서해와 인접한 조류서식처이건만 새들은 모두 어디에 숨었는지 보이지를 않는다.

서해 낙조의 명소로 유명한 아치형 다리인 해넘이다리가 점점 가까이 모습을 드러낸다. 배곧신도시와 논현신도시를 연결하는 해넘이다리를 건너서 인천광역시 남동구로 들어선다. 경기도 시흥을 지나서 드디어 인천이다.

인천의 옛 이름은 미추홀, 매소홀, 소성현, 경원, 인주로 불리다가 태조 이성계에 의해 경원부에서 인주로 강등된 뒤, 태종 때 주(州)자를 가지는 도호부 이하의 군현을 산(山)과 천(川)으로 개정하면서 인주가 인천이 되었다. 인천의 옛 이름인 인주(仁州)는 고려 왕후의 가문이었던 인주 이씨의 고을이라는 의미이다.

온 세상이 하얗게 덮인 해안가를 따라 남동둘레길 3코스 하늘바다길을 걸어간다. 새우타워에 하얗게 눈이 쌓여 하얀 새우가 예쁜 모습으로 눈밭에 서 있다. 새우 타워에 올라 눈 덮인 세상을 바라본다. 길가에 세워진 형형색색의 바람개비가 눈을 맞으며 소리 내어 빠르게 돌아간다. 건너편은 월곶신도시다. 월곶은 육지에서 바다로 내민 모습이

소래포구
뱃터재래
어시장
소래습지 생태공원

마치 반달같이 생겼다고 하여 붙여진 이름이다. 밀물과 썰물에 관계없이 24시간 배가 접안할 수 있도록 설계되어, 배가 들어올 때마다 즉석에서 경매가 이뤄진다. 인천과 소래철교를 경계로 두고 있으며 인천에 비해 조용하고 한적한 분위기다.

노란 꽃게 조각상이 다리를 하늘 높이 쳐들고 늠름하게 서 있다. 장도포대지를 지나서 소래포구 뱃터재래어시장으로 들어선다. 소래포구는 남동구 논현동에 있는 어항으로 서울, 인천을 비롯한 수도권 주민들이 즐겨 찾는 당일 코스 관광지이자 수산물시장이다. 철거된 수인선 협궤철도의 흔적을 바라본다.

1937년 첫 기적을 울린 수인선 열차는 일제가 조선의 미곡 등을 수탈하기 위해 개설했다. 일제강점기 수인선은 쌀과 소금을 싣고 다녔는데, 이는 일본인들에게 공급하기 위한 물자였다. 소래염전, 남동염전에서 생산한 소금과 여주와 이천 등지에서 생산한 쌀은 수인선을 타고 인천항에 도착해 일본으로 반출됐다. 광복을 맞으면서 수인선의 기능이 사라지고 새로운 교통 수단이 속속 등장하면서 수인선 고객은 점차 줄어들기 시작했다.

수인선 협궤열차는 '꼬마열차'라는 별칭을 갖고 있기도 했다. 1995년 말에 마지막으로 달린 후 폐쇄되었다.

'여기는 낭만과 추억이 깃든 수도권 천혜의 소래포구입니다' 안내판을 마지막으로 소래포구를 지나서 습지와 철새, 염전이 있는 소래습지생태공원에 들어서서 소래갯골탐방데크를 따라 걸어간다. 습지에는 눈이 하얗게 쌓여 있고 조류관찰대도 있건만 텃새와 철새는 어디 가고 없다. 인적조차도 없는 소래습지생태공원이 나만의 공간으로 다가온다.

소래습지생태공원에서 자유와 평화를 만끽하며 나그네에게 자신에게 바치는 다짐의 노래를 소리 내어 부른다.

시간을 내어 걸어라. 건강의 초석이다.
시간을 내어 일하라. 성공의 지름길이다.
시간을 내어 사고하라. 힘의 근원이다.
시간을 내어 운동하라. 젊음의 비결이다.
시간을 내어 독서하라. 지혜의 근본이다.
시간을 내어 친절을 베풀어라. 행복의 첩경이다.
시간을 내어 꿈꾸라. 성공의 길잡이다.
시간을 내어 사랑하라. 삶의 가장 큰 기쁨이다.
시간을 내어 웃으라. 영혼의 음악이다.

소래염전을 이어 주던 소염교를 지나고 기수습지를 지나간다. 기수(汽水)습지는 바닷물과 민물이 서로 만나는 늪지대를 말한다. 이곳은 영양소 등이 풍부해 생물의 종 다양성 및 풍부도가 담수습지나 염수습지보다 훨씬 높다.

'인천둘레길' 안내판이 서 있다. 경기둘레길에 이어 곳곳에 둘레길이다. '용인둘레길 240km'를 만들기 위해 다녔던 추억들이 스쳐 간다. 소래습지생태공원 서문으로 나와서 한적한 눈길을 따라 걸어간다.

15시 20분, 남동구 만수동 남동체육관 입구에서 93코스를 마무리한다.

18 인천~김포 구간 (94~99코스) 83.4km

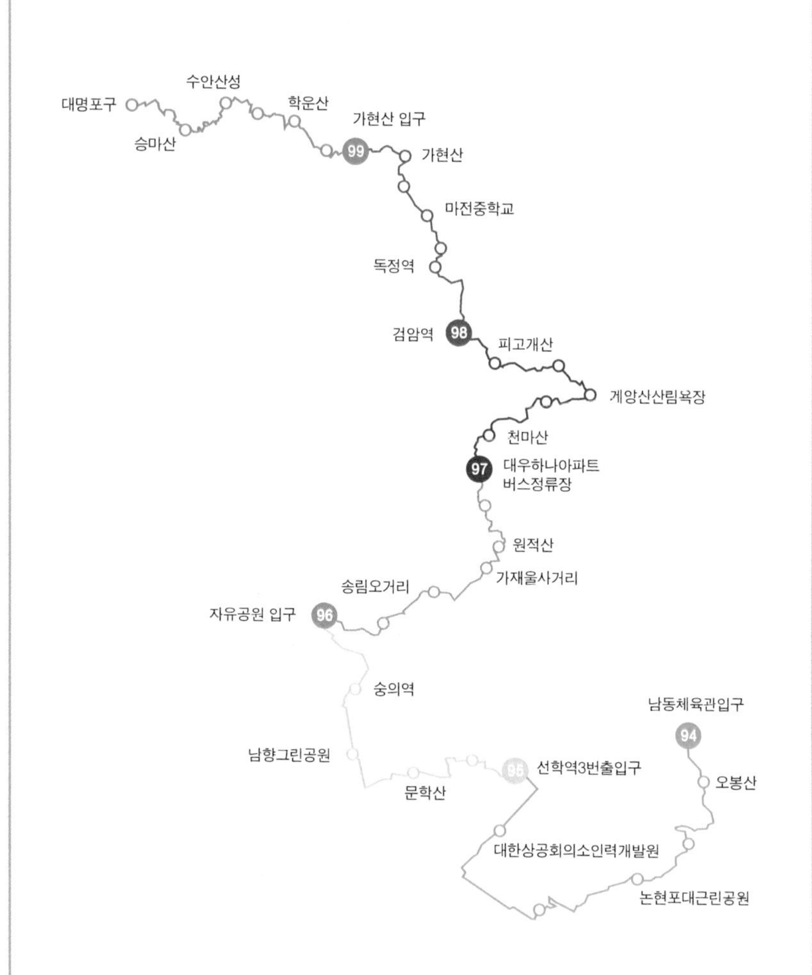

94코스

나는 피리 부는 사나이

남동체육관 입구에서 선학역3번 출입구 12.5km

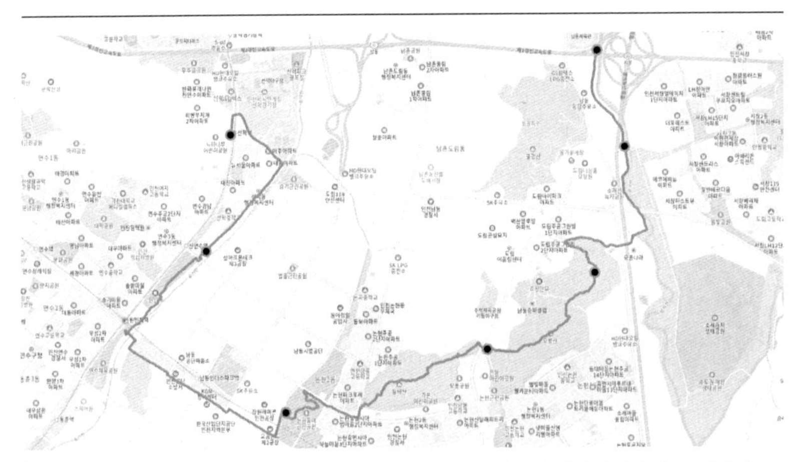

남동체육관 입구 > 오봉산 > 논현포대근린공원 > 대한상의인력개발원 > 선학역3번 출입구

12월 16일 금요일 8시 10분, 남동체육공원 입구에서 94코스를 시작한다. 94코스는 오봉산을 지나고 도심을 걸어서 선학역에 이르는 구간이다.

인천·김포 구간은 94~99코스로, 83km이다. 물길과 하늘길이 열린 인천과 김포에서 만나는 역사기행을 맛본다. 개항기 인천의 모습을 만날 수 있는 다양한 박물관과 이국적 정취가 가득한 차이나타운, 근대화의 관문이자 일제강점기의 아픔이 깃든 인천항 등 곳곳에서 흘러가는 역사를 만난다.

장수천을 따라 얼어붙은 포장도로를 걸어간다. 메타세쿼이아 나무들로 이어지는 둑방길 따라 한 걸음 한 걸음 걸어간다. 하늘은 푸르고 쾌청한 날씨, 멀리 아파트 숲 위로 태양이 싱그러운 미소를 지으며 붉게 떠오른다. 해가 솟아오를 때의 기운은 성공과 장수의 기운이다. 푸쉬킨은 "오늘날 백 살이 넘게 산 사람은 거의 모두가 여름이나 겨울이나 일찍 일어난 사람들이다."라고 말했다. 어제와는 또 다른 세상, 발걸음도 경쾌하게 얼어붙은 눈길을 걸어간다. 하얀 눈길, 갈대밭에 비치는 햇살, 메타세쿼이어의 기상을 맛보며 태양을 향해 걸어간다. 눈 덮인 대지 위에 태양이 따사로운 햇살을 쏟는다. 누가 알겠는가, 이 아침의 기쁨, 이 평화와 자유를. 그림자가 씩 웃는다.

'그림자, 이제 우리들의 이야기도 얼마 남지 않았다. 정말 우리 먼 길을 멋있게 걸어왔다. 이 머나먼 길을 그대가 있어 참 행복했다. 우리 마무리까지 잘하자! 파이팅!'

발은 제2의 심장, 머나먼 길을 걸어온 발에게도 감사를 한다. 발은 심장과 혈관을 건강하게 유지하기 위해 빼놓을 수 없는 존재이다. 먼 길을 걸어온 발에게 칭찬을 한다. 나는 평발이다. 평발은 못 걷고 오래 뛰지 못한다는 이야기는 통하지 않는다.

"발아, 평발아, 정말 고맙다!"

어깨에게도 감사한다.

"어깨! 지고 가야 할 짐을 가볍게 해달라고 기도하기보다는 항상 너를 튼튼하게 해달라고 기도했는데, 정말 고맙다!"

1봉
2봉 524.5m
도림주공

그러자 어깨가 으쓱한다.

서해랑길은 간간한한(間間閑閑), 잔잔한 작은 것은 버리고 큰 지혜에서 노니는 나그네 발길이었다. 길어야 백 년 사는 인생이니 몽환포영(夢幻泡影), 곧 꿈이요 허깨비요 거품이요 그림자일 뿐이다. 유위와 작위의 길에서 벗어나 자연을 따라 무위의 삶을 살고 싶어 떠난 길이다. 깨달음은 항시 한 걸음 늦게 도착하는 법, 평생 곤궁하지만 자족의 삶을 사는 선비들처럼 간간(間間)한 작은 지식 버리고 한한(閑閑)한 큰 지혜 속에 노닐고 싶다. 중세의 철학자 아우구스티누스는 말한다.

"걸음이 문제를 해결한다."

길을 떠나는 순간의 긴장과 설렘, 돌아오는 길의 묘한 안도감과 뿌듯한 성취감은 항상 새로운 길을 나서게 한다. 그러면 새로운 곳에서 눈을 뜨고 새로운 음식을 맛보고 새로운 사람을 만나고 새로운 세상을 만나고 새로운 곳에서 잠을 자는 도보여행의 묘미를 즐기게 된다. 길 위에 있을 때면 늘 가슴이 뛰고 자유로움을 누린다. 물은 물대로 이어지고 산은 산대로 이어지고 길은 물길이든 산길이든 길대로 길에 연하여 끝없이 이어진다. 살아 숨 쉬는 한 길을 가고 또 걸어갈 것이다. 그러니 누가 앞으로 어디로 갈 거냐고 물을 때마다 나는 대답한다.

"아직 못 가 본 길이 나의 갈 길이다."

철망이 처진 영동고속도로 상부로 진행하면서 육교에서 지나간 차들을 바라보다가 호젓한 포장도로를 따라 걸어간다. 산길로 들어서서 오봉산(五峰山)으로 올라간다. 1봉(103.4m)에 전망대가 있고 3봉이 정상(105.8m)이다. 1봉에 올라 눈사람을 마주한다. 멀리 남산타워가 보이고 롯데월드타워가 보이고 어제 걸었던 소래습지생태공원이 평안하게 다가온다. 나무에 걸린 정호승의 「햇살에게」가 인사를 한다.

이른 아침에 / 먼지를 볼 수 있게 / 해 주셔서 감사합니다.
이제는 내가 / 먼지에 불과하다는 것을 알게 / 해 주셔서 감사합니다.
그래도 먼지가 된 나를 / 하루 종일 / 찬란하게 비춰 주셔서 / 감사합니다.

가파른 저 산비탈에 굳세게 딛고 서서 자라고 있는 수목들이 경이롭다. 나뭇잎 사이로 내린 햇빛, 하얀 눈으로 덮인 눈부신 경관이 아름답다. 나무들은 계절에 아랑곳하지 않고 쉬지 않고 위로 솟아오르고 땅 위에 풀잎들은 쉬지 않고 자신들의 영역을 넓히기 위해 경쟁한다. 풀벌레들의 합창 소리, 산새들의 청아한 목소리가 나그네의 귓전에 아름답고 평화롭게 스쳐 간다.

2봉을 지나고 정상인 3봉에 도착했다. 4봉을 가기 전 논현동 주공아파트 쪽으로 내려간다. 남동둘레길 희망이음길을 따라 걷다가 다시 체육공원 입구에서 좌측 나지막한 듬배산으로 올라간다. 하얀 구름이 흘러간다. 구름을 사랑할 줄 알았던 샤를 보들레르가 「이방인」에게 묻는다.

말해다오, 그대는 누구를 가장 사랑하는가, 그대 수수께끼 같은 사람이여,
그대의 아버지인가, 그대의 어머니인가, 누이인가, 형제인가?

나에게는 아버지도, 어머니도, 누이도, 형제도 없다네.
그대의 친구들인가?
내가 이해하지도 못하는 말을 사용하는구나.
그대의 조국인가?
나는 그것이 어디에 있는지도 모른다네.
아름다움인가?
그녀가 여신이고 불멸이라면 내 온 마음으로 사랑하겠네.
돈인가?
나는 그대가 신을 싫어하듯이 돈을 싫어한다네.
그러면 그대는 무엇을 사랑하는가, 그대 별난 이방인이여?
나는 구름을 사랑한다네… 지나가는 구름… 저 위에… 저 예쁜 구름을!

예쁜 구름들이 한가로이 흘러가고 홀로 걷는 이방인이 유유자적 눈 덮인 산길을 걷고 또 걷는다. 눈 덮인 산길에 아직도 단풍이 있다. 가기 싫어서 가지 못하는 마지막 잎새들이 나무에 걸려 떨고 있다. '어, 추워!'하면서 떠나지 못 하고 있다. '나도 가니 이제 그만 너도 가라'고 하면서 나그네의 길을 간다. 가수 송창식의 고향이 이곳 인천이니, 젊은 날부터의 애창곡 '피리 부는 사나이'를 부르면서 발걸음도 가볍게 걸어간다.

나는 피리 부는 사나이 걱정 하나 없는 떠돌이 은빛 피리 하나 갖고 다니지
모진 비바람을 맞아도 거센 눈보라가 닥쳐도 입에 피리 하나 물고서
언제나 웃고 다니지

갈 길 멀어 우는 철부지 소녀야 나의 피리 소리 들으려무나 삘릴리 삘릴~리
나는 피리 부는 사나이 바람 따라 도는 떠돌이 은빛 피리 하나 물고서
언제나 웃는 멋쟁이.

언제나 웃는 멋쟁이가 길 건너편 웅장한 하나비전교회 건물을 바라보면서 논현포대공원으로 들어간다. 논현포대공원에서 나와서 이제는 도심으로 들어간다. 인천공단소방서를 지나고 대한상공회의소 부속건물을 지나서 고잔동 승기천을 따라 걸어간다. '시민과 함께하는 어울림 하천 1사 1하천 가꾸기 운동' 표시판이 예사롭지 않게 다가온다. 전철이 소리를 내며 달려간다. 산에 사는 신선이 사람 사는 세상에 온 것 같다. 이제 인천의 도심을 걸어간다.

인천의 역사는 대한민국의 발전의 역사이다. 한반도는 사람의 형국과 닮았다. 백두산이 백회, 곧 정수리면 인천은 입이요 부산은 항문이고, 강화도가 합장한 손이면 제주도는 방석이다. 그래서 수입은 주로 인천으로, 수출은 주로 부산으로 한다.

인천 사람들은 '짠 물', 강화도 사람들은 '발가벗고 100리를 뛰어가는 사람들', '수원 사람들은 깍쟁이'라는 말이 있다. 인천 사람들은 왜, 언제부터 짠 물이라 불렸던가.

1883년 외세에 의한 개항 이후 인천에는 외래 문물과 사람들이 봇물 터지듯 쏟아져 들어왔다. 꽃게와 조개를 잡고 농사를 짓던 제물포 사람들은 문화적 충격과 함께 인천을 점령한 일본인들과 청나라, 서양인들에게 치이며 쓴맛을 보게 되었다.

광복 이후 한국 전쟁 때 인천상륙작전이 펼쳐진 뒤 인천에는 UN군

3
선학
선학동성당
INFORMATION

이라 불렸던 여러 나라의 병사들과 함께 다수의 미군이 주둔했다. 이때 재즈, 블루스와 같은 서양음악을 비롯해 다양한 이국 문화를 접하게 됐다. 1970년대부터는 부평, 주안, 남동공단 등이 들어서며 한국의 산업화를 주도한다. 이때부터 인천은 우리나라 민주화를 견인하는 노동운동의 메카로 자리매김한다.

인구 300만을 눈앞에 둔 인천은 지금 공항, 항만, 경제자유구역을 품은 동북아 허브도시가 되었다. 이런 역사적 격변 속에서 인천은 수많은 사람들이 들어오고 나갔다. 격변의 근현대화 속에서 인천 사람들은 치열하지 않으면 살아남을 수 없었다. 생존하기 위한 검소한 생활과 지혜로운 생활에 바닷가와 염전 등이 더해져 '짠 물'의 이미지로 형상화되지 않았을까.

인천 중구는 하늘길과 바닷길이 열리는 도시로 우뚝 섰다. 인천국제공항과 인천항을 가진 세계적인 도시로 발돋움한 것이다. 여기에 영종국제도시까지 조성되면서 중구는 세계적인 도시로 성장하고 있다. 인천국제공항이 자리한 영종도는 대한민국의 얼굴이다. 동북아 허브도시로서의 비상을 꿈꾸면서도, 한편으로는 섬이 가진 여유롭고 푸르른 색채를 고스란히 간직한 곳이다. 송도국제도시는 인천경제자유구역도시의 중심도시이자 15개의 국제기구가 입주해 있는 세계적 도시이다. 그만큼 도시경관은 모던하고 미려하다. 인천은 역사상 가장 황금기를 맞이하고 있다.

인천은 오랫동안 백제의 주요 거점이었다. <삼국사기> 백제본기에는 온조와 함께 고구려에서 남하한 비류가 미추홀에서 도읍하였다고 하며, <삼국사기>의 지리지에는 미추홀의 위치가 인천이라고 밝히고 있다. 미추홀의 정확한 위치는 알 수 없으나 <동사강목>에서는 문학산성 인근으로 추정하고 있다. 미추홀이란 지명은 물가에 있는 지역을 뜻하는 뭇골, 또는 거친 들판을 뜻하는 맷골의 음차라는 해석이 있다.

주몽의 아들 비류와 온조가 고구려를 떠나, 동생 온조는 위례성에 터전을 잡고 형 비류는 미추홀에 나라를 세웠는데, 문학산이 바로 비류가 도읍을 정한 곳이라고 알려져 있다. 비류가 이곳의 물이 짜고 땅이 습한 것에 낙담하여 세상을 떠난 후 온조가 형의 백성을 거두면서 국호를 십제(十濟)에서 백제(百濟)로 개칭하였다고도 한다.

한강 하류 유역과 인천 지역은 백제가 중국과 교류하는 중요한 길목이었다. 백제는 대중국 교역과 소금, 철 같은 중요한 교역품을 생산하고 확보하기 위해 왕성에서 가장 가까운 서해안 일대를 개척하였다. 백제 시기의 주요한 산성으로는 계양산성과 문학산성이 있다. 인천 지역은 백제가 고구려의 남하정책에 밀리면서 고구려의 땅이 되었다. 고구려는 미추홀을 점령하고 매소홀현을 세웠다. 백제는 고구려에 빼앗긴 고토를 회복하기 위해 절치부심하였으며, 신라와 연합하여 마침내 고구려를 몰아내었다. 그러나 진흥왕 14년(553년)에 신라는 한강 하류의 6군을 백제로부터 탈취했다. 신라는 능허대를 포기하고 당항성을 중국 교류의 창구로 이용하였다.

승기천 산책로를 따라 계속 진행하던 길은 한순간 좌측으로 이어지고 선학역이 다가온다. 10시 55분, 선학역에서 94코스를 마무리한다.

95코스

백제 사신길

선학역3번 출입구에서 자유공원 입구 17.0km

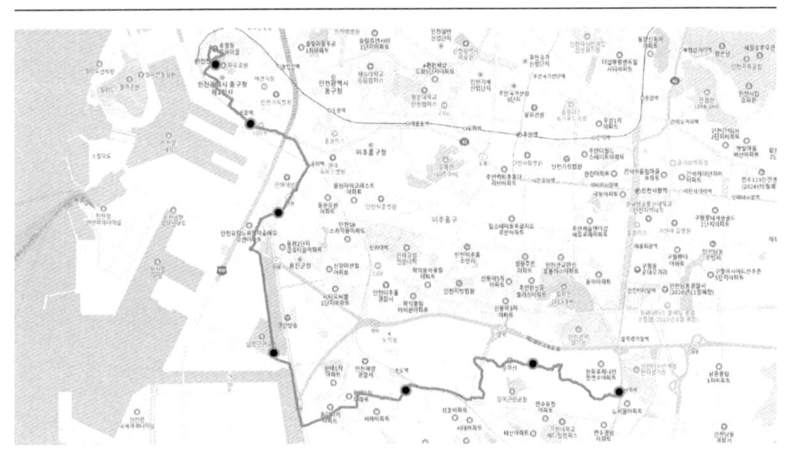

선학역3번 출입구 > 문학산 > 남항그린공원 > 숭의역 > 자유공원 입구

10시 56분, 연수구 선학동 선학역에서 95코스를 시작한다. 95코스는 문학산을 넘어서 인천의 개항기 흔적을 맛보면서 차이나타운을 지나서 자유공원 입구에서 마무리하는 구간이다.

먼 길 걸어온 나그네가 이제 '연수둘레길 문학산 입구 280m' 이정표를 지나서 눈으로 하얗게 단장을 한 문학산 등산로를 따라 올라간다. 문학산(文鶴山)은 원래 학산(鶴山)이라고 하던 것을 1708년 '학산서원(鶴山書院)'이 건립되고, 근처 문묘에서 '문'자를 따와 문학산이라 부르게 된 것인데, 학산이라는 명칭은 이 산에 학이 많이 살았기 때문이라거나 산세가 날개를 펼친 학의 모양을 닮아서라는 설이 있다.

문학산은 백제 건국 신화를 비롯한 다양한 설화가 문학산을 중심으로 분포하며, 역사적 가치를 지닌 문화유산이 집약되어 있는 인천 역사의 태동지이다. 문학산은 백제의 시조 온조왕과는 한 핏줄 형제로, 형인 비류왕이 성을 쌓고 십제라는 미추홀왕국을 도읍했던 곳, 역사는 바뀌어 온전히 온조의 백제의 땅이 되었다. 오늘은 백제의 향기를 느끼는 구간이다.

눈으로 덮인 길을 끝이 나고 본격적인 산길을 올라간다. 이마에 땀이 맺히기 시작하고 인천시가지가 눈 아래에 펼쳐지고 서해랑길의 행복도 펼쳐진다. 눈을 뜨고 돌아보면 행복은 어디에나 떨어져 있다. 참다운 행복은 마음속에 있다. 행복이란 즐거운 생각을 하고 있는 마음의 상태이다. 행복하기 때문에 노래하는 것이 아니라 노래하기 때문에 행복한 것이다. 자기의 할 일을 찾아낸 사람은 행복하다. 걷기를 좋아하는 나그네가 서해랑길을 걸어서 행복하다.

한 걸음 한 걸음 문학산을 올라간다. 산인오조(山人五條)라, 옛사람들에게는 산사람이 갖추어야 할 다섯 가지 조건이 있었다. 산에 대한 흥취(山興), 산을 타는 체력(山足), 산행에 최적화된 체질(山腹), 기록으로 남기는 성실성(山舌), 훌륭한 조력자(山僕)다. 이 중에서 특히 넷째 산설이 중요하다. 산은 걸어도, 걸어도 싫지가 않다. 산홍에 젖은 나그네에게 오르면 오를수록 행복이, 성취감이 밀려온다. 고려 후기의 문인 김구용의 '청산과 함께'를 노래하며 걸어간다.

용렬한 놈들 보기 싫어 문을 닫았네.
말 없는 청산이나 벗하며 사네.
흥 일면 시 읊고

문학산 등산로
문학산
문학산 역사관

곤하면 잠자고
이 밖엔
마음에 둘 일
아무것도 없다네.

11시 48분, 드디어 문학산 정상(217m)에 도착한다. "모든 산봉우리마다 깊은 휴식이 있다."고 한 괴테의 말처럼 깊은 휴식이 밀려온다. 파란 하늘, 새들이 소리 내어 반겨주고 수많은 바람개비들이 눈발에서 열렬히 환영한다. 하얗게 서 있는 '문학'이란 글씨가 학처럼 고고하게 다가온다. 그에 비해 '문학산' 정상 표지석은 소박하다.

문학산은 5개의 봉우리(노적산, 연경산, 문학산, 수리봉, 길마산)가 동서로 가로지르며 약 4.5km 산록이 이어지는 산괴이다. 문학산 일대는 바다와 인접한 지리적 조건으로 선사시대부터 생활 터전이었다. 기원전 18년 비류 세력의 미추홀 정착 이래, 문학산을 빼놓고 인천의 역사를 말하기 어려울 정도다.

문학산은 정상부가 개방이 되고 역사관 개관으로 인천시민의 사랑을 받는 진산이 되었다. '2022 주민들과 함께 모은 문학산 기록 이야기', '그해 우리 문학산은' 등의 안내판을 바라본다. 이리저리 사방팔방을 돌아보며 인천시가지 구경을 하고 문학산 역사관에 들어서서 해설사와 인사를 나눈다. 해남 땅끝에서 걸어왔다는 말에 해설사의 연이은 "정말 멋지십니다!"라는 찬사를 듣는 나그네가 우쭐한다.

하산길, '인천역사의 중심 문학산', '미추홀의 요새 문학산', '미추홀, 해상왕국을 꿈꾸다', '물의 나라 미추홀', '새로운 나라를 세우다', '비류와 미추홀' 등 많은 안내판들이 눈길을 끈다. 이규상(1727~1799)의 「문학산성」이다.

"문학산 오솔길을 더디게 오르니 / 일찍이 미추가 나라를 세운 곳이네 / 빗줄기 지나가자 원왕기와 자주 눈에 보이고 / 봄의 진달래는 한 쪽에만 피어 있네 / 옛 우물에 구름이 서리니 패기는 아닐는지 / 주인 없는 사당은 신령스런 까마귀가 지키네. / 무너진 성곽은 임진년 난리를 막아서인지 / 흙은 무너져 켜켜이 비늘 모양이고/ 돌은 뾰족하게 닳아 있네."

사모지고개, 삼호현(三呼峴)에 도착한다. 옛날 사람들이 인천 읍내에서 문학산 기슭을 넘어 옛 송도 방면 바다로 나아갈 때 이용하던 고개다. 중국으로 가는 사신이 이 고개만 넘으면 이제 가족들의 얼굴을 다시 볼 수 없구나, 하여 마침내 몸을 돌려 가족들을 돌아보며,

"여보, 부인, 잘 다녀오리다!"
"아들아, 잘 있어라!"

목멘 목소리로 세 번을 내쳐 부르고 돌아서니, 그 애끓는 심사가 사모(思慕)쳐서 사모지고개, 혹은 세 번 부른다는 뜻의 삼호현(三呼峴)이라 일렀다. 삼호현 전통숲을 지나고 삼호정 정자를 지나서 백제우물터에 도착한다. 우물은 마을 공동체의 구심점을 이루는 생활근거지로 정보교류가 이루어지는 만남과 소통의 장이었다. 기록에 의하면 문학산성 안에 두 개의 우물이 있었고, 이곳 우물은 성 밖 일반백성이 사용했을 것으로 보인다.

삼호현에서 능허대지까지인 백제사신길 벽화거리를 걸어간다. 사신

들이 능허대로 향하던 옛길이다. 능허대(凌虛臺)로 가는 길은 옛날 백제 사신들이 중국으로 갈 때 수도 위례성을 떠나 오늘날 남동구 만수동 별리고개를 넘고, 문학산 삼호현(사모지고개)을 거쳐, 옥련동 옛 능허대 아래 한나루에 도착해 배를 띄운 데서 전해진다. 고구려로 인해 육로가 막힌 백제가 이 능허대 길을 통과해 바다로 중국과 교류한 기간은 근초고왕 27년(372)부터 개로왕 때까지의 100여 년 동안이다. 이것이 한반도에서 외국으로 나간 최초의 바닷길이다.

조각의 거리를 지나서 능허대공원에 도착했다. 능허대는 청량산의 한 줄기가 바다에 다다라 절벽을 이루는 듯하다가 다시 솟아 섬 모양을 이룬 곳이다. 조선의 시인 이병연(1671~1751)이 '능허대'를 노래한다.

긴 언덕은 물에 잠겨 대(臺)를 이루고
만 리는 될 듯 길게 드리운 구름은 모래발처럼
한눈에 펼쳐 있구나
바다에 달이 뜨면 학이 울고
그침 없는 높은 바람에 갈매기들 날아드네

1950년대까지 인천의 대표적인 유원지였던 능허대와 그 해변은 사방이 매립되고 주거시설과 도로가 들어서면서 그 옛날 수려했던 풍광은 사라지고 말았다. 1955년 세운 능허대지 표석과, 1988년 능허대 둘레에 연못을 조성하고 그 위에 세워진 조그만 정자만이 예전의 자취를 남기고 있을 뿐이다.

조각의 거리를 지나서 능허대 백제 사신들이 타고 갔던 배 앞에 섰다. 이곳 능허대에서 처음으로 사신을 보내 중국 진(晉)과 통교하던 배

능허대공원

차이나타운
華園

인데, 전문가의 고증을 거쳐 복원했다. 백제는 중국과 교역을 할 때 한강 하류인 능허대를 출발하여 덕적도를 거쳐 중국 산동 반도에 이르는 항로인 동주 항로를 이용하였는데, 이는 비교적 안전한 최단 항로였다. 백제는 남해로 이어지는 해안선이 길고 큰 강이 많아 해상 활동에 유리했는데, 이를 통해 중국뿐만 아니라 일본 열도와 아시아의 여러 나라와 활발하게 교류하였다.

능허대공원을 나와서 10km 남은 인천 자유공원을 향해 걸어간다. 미추홀구 학익동, 바다와 갯벌이 시원스레 펼쳐진다. 썰물로 벌거벗은 갯벌 너머로 빌딩 숲들이 태양 아래 우뚝 솟아 있다. 섬이나 산이 있었던 지금까지의 풍경과는 다른 도시의 모습이 펼쳐진다. 잘 단장된 눈덮인 해안길을 따라 한가로이 걸어간다. 물새들이 여기저기서 자유로이 유영을 한다. 평화로운 모습이다.

인천시 중구, 개항장문화지구를 지나간다. 개항장에서 근대로 돌아가는 시간여행을 떠난다. 인천은 1883년 제물포항이 개항되면서 근대 개항거리가 조성되었다. 개항기 중요한 역할을 한 관공서는 세관이었다. 당시 세관은 관세를 메기고 밀수를 단속하는 것 외에도 거의 모든 행정을 집행한 종합행정기관이었다. 인천세관 옛 창고는 인천항 개항과 근대 세관 관세행정의 역사를 보여 주는 중요한 항만 유산이다. 인천세관의 본래 이름은 인천해관이었다. 한국근대문학관 건물 창에 황인찬의 시 「겨울메모」가 새겨져 있다.

"책상을 가운데 두고 마주 앉아 있던 어느 겨울의 기억, 학교의 난방 시설이 온통 고장 나는 바람에 입을 열면 하얀 김이 허공으로 흩어지던 저녁의 교실, 네가 숨을 쉴 때마다 그것이 퍼져가는 모양이 믿을 수 없을 정도로 예뻤다는 생각, 뭘 보느냐고 내가 묻자 나는 무어라 대답해야 할지를 몰라 너라고 대답하고 말았던 그날."

차이나타운으로 들어선다. 차이나타운은 한국과 중국의 문화가 공존하는 '한국 속의 작은 중국'이다. 개항 당시 청국 영사관이 설치된 후 중국인들이 모여 살며 그들만의 문화가 형성된 지역이다. 수많은 중국 음식점 외에도 삼국지 및 초한지 벽화거리, 패루, 한중문화관 등 먹거리만큼이나 다양한 볼거리가 가득하다.

차이나타운의 역사는 1882년 임오군란 당시 청나라 군인들과 함께 40여 명의 군영 상인들이 인천에 상륙하면서 시작된다. 청나라는 북성동 일대를 '청관지계'라 부르며 이곳에서 생활했다. 청관은 청국 영사관, 즉 청나라 관청의 준말이다. 청국 조계지가 생기며 화교의 수는 1890년대 1,000명까지 증가했다. 화교들은 특유의 상술과 생존력으로 인천의 상권을 장악해 나갔다. 이후 산동성에서 특히 많은 사람들이 황해를 건너왔다. 비단이나 광목 같은 경공업 제품으로 재미를 보던 인천 화교들은 이후 자신들의 상권시장을 양파, 당근, 토마토와 같은 야채 시장으로 확장시켰다.

광복 이후 미군이 주둔한 뒤 차이나타운에는 일시적으로 미군을 상대로 웃음을 파는 여인들이 거주했다. 이후 미군들이 돌아간 뒤에는 나이 든 화교들만이 자리를 지키며 살았다. 아이들은 차이나타운에 들어오면 큰일 나는 줄 아는 무시무시한 동네였다. 그러나 지금 인천 차이나타운은 관광객들이 가장 많이 찾는 우리나라 최고의 명소 중 하나로 부상했다. 2016년 인기를 끌었던 공중파 TV드라마 <가화만사성>이 차이나타운에서 상당 부분 촬영됐으며, 당시 드라마 때문에 인산인해를 이루곤 했다. 이후 차이나타운은 인기 관광지는 물론 영상촬영지로 많은 영화인들이 찾는 곳이 되었다.

차이나타운 황제의 계단을 올라간다. 층별로 왕의 길, 황제의 알현, 무릉도원의 여행, 만리장성의 여정, 도화원의 복숭아 순으로 이루어져 있다. 드디어 동화의 세계가 나타난다. '동화마을'이다. 송월동에 터를 잡은 동화마을은 어린왕자, 도로시, 신데렐라, 백설공주와 같은 동화 속 주인공들과 교감하는 장소다.

송월동은 본래 소나무가 많아 붙여진 이름으로 솔골, 송산으로 불리기도 했다. 송월동은 1883년 인천이 개항한 직후 돈 많은 외국인들이 살던 부자 동네였다. 그러나 차이나타운의 슬럼화와 함께 동반 쇠락해 사람들이 하나둘 떠나며 어두운 동네로 인식되었다. 그런 가운데 중구가 불법 쓰레기를 치우고 그 자리에 꽃씨를 뿌렸고, 낡은 담벼락엔 형형색색의 그림을 그려 넣었다. 동화 속 주인공 캐릭터들은 조형물로 만들어 동네 곳곳에 배치했다. 사람들은 동화마을을 걸으면서 잠시 동안 비현실적 세계를 상상하고 체험한다.

15시 50분, 드디어 자유공원 아래 95코스 종점에 도착했다. 계단을 올라 자유공원을 둘러본다.

96코스

노병은 죽지 않는다 다만 사라질 뿐이다

자유공원 입구에서 대우하나아파트버스정류장 14.4km

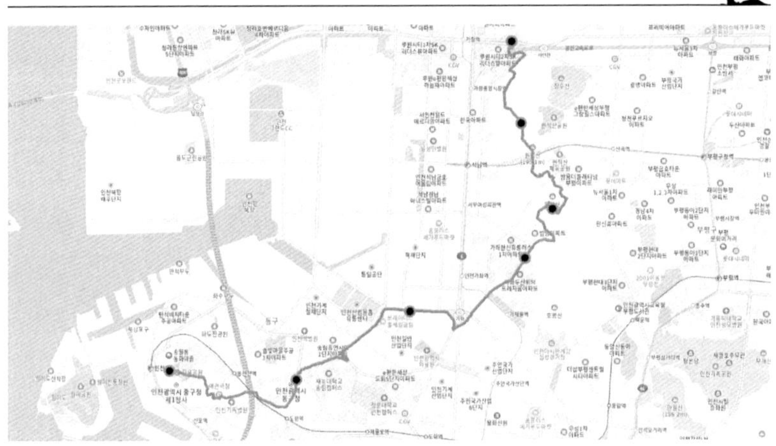

자유공원 입구 > 송림오거리 > 가재울사거리 > 원적산 > 대우하나아파트버스정류장

12월 17일 토요일 8시 8분, 응봉산 자유공원 입구에서 96코스를 시작한다. 96코스는 최초의 서구식 공원으로 맥아더 장군 동상이 있는 인천 자유공원에서 시작하여 도심을 지나고 원적산을 넘어서 대우하나아파트버스정류장에 이르는 구간이다.

걷기 55일째, 서해랑길 1,800km 중 오늘 28.7km를 걸으면 드디어 100km가 남았다. 저녁에는 김포 대명항으로 친구들이 찾아오기로 했다. 어제는 기억하고 내일은 기대하고 오늘은 기다린다.

새벽부터 폭설이 내렸다. 호텔의 기계식 주차장이 고장이 나서 한 시간을 기다리다가 출발했다. 자유공원까지 눈 내리는 인천시가지 가는 길, 조심조심 엉금엉금 기어서 달려간다. 어제와는 전혀 다른 아침의 모습, 밤부터 내리고 있는 하얀 눈으로 뒤덮인 아름다운 설경이 오늘의 무대다. 자유공원으로 올라가던 승용차가 눈길에 미끄러워 올라갈 수가 없어서 길가에 주차를 하고 공원으로 걸어서 간다.

하얗게 눈으로 덮인 인적 없는 자유공원에서 자유로이 나 홀로 둘러본다. 가을이 익어갈 때 출발한 서해랑길, 어느덧 차가운 겨울바람 스친다. 하루가 가고 한 계절이 가고 한 해가 가고 한 사람이 가고 한 시대가 흘러간다. 장자가 말했던가.

> "사람이 천지간에 살아 있는 동안은 백구가 틈바구니를 지나가는 것처럼 짧아 잠깐일 뿐이네. 빨리도 이 세상에 태어났다가 급히도 이 세상을 떠나가네."

일희일비하며 사생결단했던 지난날들이 문득 쑥스러워진다. 아주 먼 길을 걸어왔건만 아직도 갈 길이 멀고도 멀다. 어둠이 곧 찾아들겠지만 금세 새벽은 온다. 아침 해가 떠올라 길 위에 서면 하루, 한 계절, 한 시대가 열리고 닫히는 것을 차분하고 담담하게 바라본다. 아름다운 눈으로.

시원한 겨울바람이 불어오는 눈 덮인 자유공원에 평화가 밀려온다. 자유공원은 우리나라 최초의 서구식공원으로 고종 25년(1888) 처음에는 만국공원이라 불렀다. 인천상륙작전으로 수복할 당시 맥아더 장군이 지휘한 것을 기념하기 위해 1957년 개천절을 기해 맥아더 동상을 세우고 이때부터 자유공원이라 하였다.

인천상륙작전을 성공으로 이끈 맥아더 장군 동상 앞에 서서 거수경례를 올린다. 인천상륙작전은 6·25 한국전쟁의 전세를 단숨에 뒤집은 작전으로 평가받는다.

1950년 9월 15일, 인천의 북서쪽 해안(레드 비치)과 남서쪽 해안(블루 비치), 월미도 해안(그린 비치)에 일제히 상륙한 미 해병 등은 부평삼거리 일대 북한군 소탕 작전을 진행한 한국군과 함께 9월 28일 서울 수복에 성공했다. 항만(인천항)과 공항(김포비행장)에 철도(경인선)까지, 수도 서울과 가까운 인천은 전쟁의 요충지였다. 인천상륙작전은 2차 세계대전의 전세를 역전시킨 노르망디상륙작전과 비견된다. 분쟁의 바다였던 인천의 해역은 세월이 흘러 이제 평화의 바다로 자리 잡았다.

1950년 6월 25일, 북한 공산군의 기습 남침으로 한국전쟁이 발발했다. 민족의 아픈 역사가 시작되는 '밤새 안녕!'이었다. 서울은 순식간에 함락되고 UN은 참전을 결의하고 맥아더 장군을 총사령관으로 임명했다.

1950년 6월 29일, 일본에 있던 맥아더 장군은 수원공항으로 한국에 와서 한강 방어선을 시찰하며 전선 상황을 파악했다. 맥아더가 올 당시 전쟁 상황은 북한군은 한 달 만에 낙동강 지역을 제외한 거의 모든 지역을 점령했다. 남한이 수세에 몰린 상황에서 인천으로 상륙해야 한다고 판단한 맥아더, 이게 바로 인천상륙작전이었다. 하지만 맥아더의 인천상륙작전을 참모진들은 강력하게 반대했다. 이유는 조수, 수로, 광대한 갯벌 등의 해안 문제였다. 참모진들은 차라리 군산을 원했다. 인천상륙작전의 성공 확률은 5,000분의 1도 안 된다는 의견과 지휘관들의 반대에도 소신을 굽히지 않았던 맥아더는 말했다.

자유공원
인천광역시 중구 관광안내도

“나는 인천이 5,000분의 1의 도박이라는 점을 인식하고 있지만 그 정도의 확률을 감당하는 데 이미 익숙하다. 우리는 인천에 상륙할 것이고 적을 분쇄할 것이다!”

성공 여부에 미국 내 의견 대립으로 작전 개시가 미뤄지는 사이 국군과 연합군은 부산 코앞까지 밀려났다. 더 이상 상륙작전을 미룰 수 없는 일촉즉발의 상황, 그러다 드디어 9월 15일 새벽 2시 맥아더의 인천상륙작전이 개시됐다.

미군과 UN군의 함정을 동원하여 월미도 점령을 위한 대대적인 포격이 시작됐고, 월미도에 상륙해 24시간 만에 인천 해안교두보 확보에 성공했다. 그리고 인천 장악 13일 후인 9월 28일 서울을 탈환했다. 6.25 전쟁의 전세를 단숨에 뒤집은 맥아더의 인천상륙작전은 천재 전략가의 면모를 확실히 보여주었다. 그런데 얼마 후, 맥아더에게 충격적인 소식이 전해졌다. 1951년 4월 11일, 백악관에서 미국 제33대 대통령 트루먼이 기자회견을 했다.

“나는 우리 정책의 진정한 목적에 대한 의심이나 혼란이 없도록 맥아더 장군을 해임하는 것이 필수적이라고 생각했습니다.”

트루먼이 맥아더를 해임한 이유는 맥아더가 중국 본토를 침투해야 한다고 확전을 주장했기 때문이다. 당시 맥아더는 3차 대전을 각오하더라도 공산주의 말살을 위해 전면전을 벌여야 한다고 주장했다. 하지만 트루먼 대통령은 한국전쟁을 빨리 종결시켜야 정치적으로 안전하다고 판단했다. 제3차 세계대전을 우려한 트루먼 대통령은 맥아더 해임이라는 초강수를 선택했다. 결국 맥아더는 미국으로 돌아왔고 1951년 4월

19일, 미 상·하원 합동의회에서 퇴임 연설을 했다.

"나는 당시 군대에서 유행하던 노래의 후렴을 아직도 기억하고 있습니다.
'노병은 죽지 않는다. 다만 사라질 뿐이다!'
이 노래에 나오는 노병처럼 나는 이제 군인 생활을 그만두고 사라져 갑니다. 신의 계시에 따라 자기 임무를 완수하려고 노력해 온 한 사람의 노병으로서 말이지요."

맥아더의 퇴임 연설이 끝나자마자 모든 의원들은 자동 기립박수를 보냈다. "Old soldiers never die. They just fade away."는 여전히 회자되는 맥아더의 명언이다. 맥아더는 53년에 걸친 군인으로서의 생애를 해임이라는 불명예로 마감했다.

이후 전쟁을 끝낸 대통령은 트루먼이 아닌 아이젠하워 대통령이었다. 당시 미국은 34대 대통령 선거 상황이었고 선거의 최대 이슈는 6.25 한국전쟁이었다. 이때 6.25 전쟁 종식을 공약으로 내건 아이젠하워 공화당 대통령 후보는 "문제를 명예롭게 해결하기 위해 한국에 갈 것입니다."라고 했다. 맥아더 또한 예비 후보로 등록했지만 6.25 전쟁 종식 공약으로 급부상한 아이젠하워가 결국 1952년 11월 미국 34대 대통령에 당선됐다.

11월 29일, 취임도 하기 전 당선인 자격으로 아이젠하워는 한국을 방문해 이승만 대통령을 만나 휴전 의견을 전달했다. 아이젠하워 방문 8개월 후 1953년 7월 27일 판문점에서 정전 협정을 체결했다. 당시 세계정세로 보아 휴전이 최선의 해결책이라는 혹자들의 의견도 있지만 아이젠하워의 선택은 철저히 미국의 상황이 우선시 된 결정이었으며, 한반도의 평화는 여전히 우리의 숙제로 남아있다.

대한민국임시정부수립현수비를 지나고 한미수교100주년기념탑을 지나간다. '인간, 자연, 평화, 자유'를 상징하는 이 탑이 세워진 시기는 한미수교 100주년이 되는 1982년이다. 우리나라가 서구 열강과 맺은 최초의 조약인 '조미수호통상조약' 체결 100주년을 기념하기 위해 세워졌다.

호국기념탑을 지나서 자유공원에서 내리막길 따라 하얀 도심으로 조심조심 걸어간다. 홍예문으로 나아간다. 중구에서 동구로 넘어가는 가장 빠른 길은 홍예문을 통과하는 길이다. 그런데 아뿔싸, 화장실이 급하다. 설사기가 있다. 자연을 거닐 때는 주변 모두가 화장실이었는데, 도심이라 당황스럽다. 마침 상가가 보여서 서둘렀건만 아침이라 신포지하상가의 문이 닫혔다. 관리인에게 부탁했지만 안 된다고 한다. 위기 상황, 빌딩 앞의 도로에서 눈을 치우는 아저씨에게 묻는다. 병원 화장실의 비밀번호를 가르쳐주어서 근심을 던 나그네가 고마운 아저씨에게 고개 숙여 인사를 하고 언제 그랬느냐는 듯 느긋한 발걸음으로 다시 길을 간다.

눈이 녹아서 질퍽질퍽한 거리, 길은 길마다 사연이 있지만 되풀이되는 도심의 풍경에 지루함이 밀려온다. 정서진 방향 표지판이 나타난다. 정서진은 임금이 살던 광화문에서 정서 쪽으로 달리면 나오는 육지 끝의 나루터라는 의미다. 경인아라뱃길의 시작점이다. 정서진! 10년 전인 2012년 1월 3일 4대강 자전거 국토종주를 출발하기 위해 그곳에 있었다. 그리고 다음 해 어느 봄날 다시 자전거를 타고 경인아라뱃길을 달렸다. 추억은 아름다운 것, 오늘은 내일의 추억이다. 앙드레 지드는 말했다.

"모든 것이 과거로 지나가 버린다. 오늘도 내일이면 과거가 된다. 그것을 나는 알고 있다. 그래서 나는 현재에만 관심이 있다."

인천세무서를 지나고 도심을 걷고 또 걸어서 가좌근린공원을 지나고 인천둘레길 4코스 장고개를 걸어간다. 서구 가좌동에서 부평구 산곡동으로 넘어가는 고개다. 이제는 한적한 산길을 올라간다. 함봉산(165m) 정상에서 멀리 가야 할 계양산을 바라보고 원적산을 바라본다. 가파른 산길을 내려와서 원적로 도로에서 다시 원적산으로 올라간다.

산길을 걸어간다.
산은 길을 품고 길은 나그네를 이끈다.
이 길은 어디로 향하는 것일까?
이 길에서 나는 무엇을 찾는 것일까?
가슴 한쪽이 내게 다시 묻는다.
길 위에서 잠시 쉬어가도 좋지 않겠냐고.
갈 길이 멀어도 가끔은 걸어온 길을 돌아보아야 하지 않겠냐고.
어쩌면, 어쩌면 그럴지도 모르겠다.

잠시 발걸음을 멈추니 바람 소리가 가슴을 울리며 지나가고 구름이

한가롭게 손짓한다. 문득 궁금해진다. 이렇게 미쳐서 길을 가는 나그네가 세상에 얼마나 될까. 누구, 나 말고 또 누가 있겠는가. 싱긋 미소 지으며 다시 길을 간다. '미쳐야 미친다!'고. '미치지 않으면 미칠 수 없다!'고. '불광불급(不狂不及)!'이라고 미친놈처럼 중얼거리면서 걸어간다.

가도 가도 끝이 없는 외로운 길 나그네길, 나그네가 오늘도 길을 간다. 길 없는 길에서 길을 찾아서 새로운 길을 선포하려는 희망과 도전, 용기를 가지고 시간의 길을 걷고, 공간의 길을 걷고, 인간의 길을 걸어간다.

산길을 간다. 끝이 없는 머나먼 서해랑길이 이제는 얼마 남지 않았다. 인생 끝나갈 때도 이런 느낌일까. 소중한 한 걸음 한 걸음을 아끼면서 느끼면서 걸어간다.

원적산 정상(196m)에 도착했다. 팔각정 정자에서 잠시 휴식을 갖는다. 등산을 온 사람들이 호기심 어린 질문을 한다. 수염 텁수룩한 서해랑길 나그네가 신명이 난다. 인천시가지를 내려다보고 다시 능선을 따라 돌탑을 지나고 전망대를 지나서 잘 단장된 산책로를 따라 하산을 한다. 경인고속도로 위의 육교를 건너간다.

12시 21분, 96코스 종점인 대우하나아파트에 도착했다.

97코스

떠돌아다니는 내 삿갓

대우하나아파트버스정류장에서 검암역 14.5km

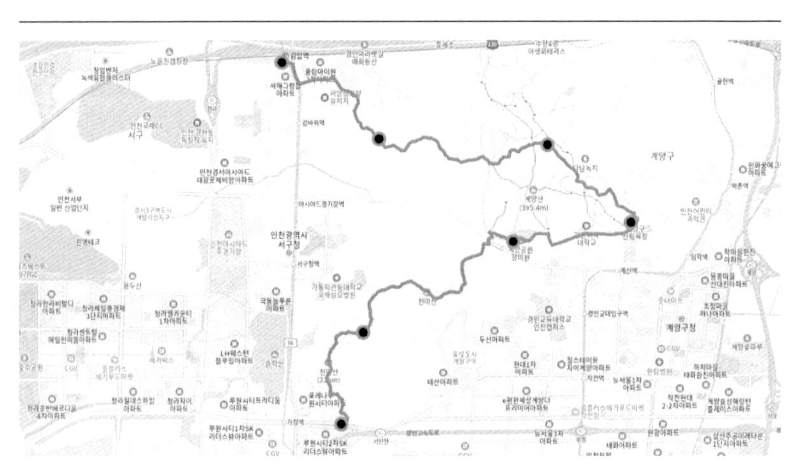

대우하나아파트버스정류장 > 천마산 > 계양산삼림욕장 > 피고개산 > 검암역

12시 30분, 대우하나아파트버스정류장에서 97코스를 시작한다. 97코스는 천마산을 지나고 인천 시내가 한눈에 들어오는 인천의 최고봉 계양산을 지나서 서구 검암동 검암역까지 걸어가는 구간이다. 인천둘레길 2코스와 겹친다.

대우아파트 앞을 지나서 천마산(286m)으로 올라간다. 한적한 산길, 낙엽 밟는 소리가 침묵을 깬다. 나무들이 털어 버릴 것을 훌훌 털어버리고 앙상한 빈 몸으로 겨울을 맞이한다. 낙엽귀근(落葉歸根)이라, 나무들이 한동안 달고 있던 잎들을 미련없이 떨쳐버리면 낙엽은 다시 뿌리로 돌아간다. 이듬해 봄이면 낙엽은 그 뿌리에 스며들어 줄기를 타고 새로운 잎과 꽃과 열매로 자란다. 계절의 순환과 더불어 끝없이 되풀이되는 생명의 순환이다.

중턱에 자리 잡은 천마바위를 지나간다. 말이 하늘을 향해 비상한 발자국이 많이 새겨져 있어서 천마산(天馬山)이라는 지명이 붙여졌다. 천마가 살았다는 전설, 이 산의 남쪽 아래에 아기 장수가 태어났다는 전설이 있다.

서구 가정동 산 11-1, 정자에 도착했다. 산 위에서 바라보는 인천시가지가 한눈에 보인다. 서해랑길을 걷지 않았다면 어찌 인천시가지를 한눈에 바라보는 이런 순간을 가질 수 있었을까.

여행의 특별한 어떤 장면들은 기억 속에 아주 오래 지속되고, 그 장면이 의식을 찾아올 때마다 현재의 상황과 반대되는 그 모습에서 짜릿한 쾌감을 느끼게 된다. 이러한 경험은 인생에 있어서 시간의 점이 된다. 서해랑길을 걸으면서 맛본 수많은 자연 속의 아름다운 풍경들은 평생에 더없이 큰 기쁨과 행복의 시간의 점이 되어 뇌리를 둥둥 떠다닐 것이다. 이러한 시간의 점들은 쌓이고 쌓여서 선을 이루고, 선이 모여서 다시 면을 만들고, 시간이 지나면서 면은 다듬고 편집되어 원이 된다. 그리고 원은 둥글둥글 물 흐르듯 유연하게 가슴을 흘러 다니며 행복의 원천이 된다. 오늘도 시간의 점 위에서 영원토록 기쁨의 샘이 될 고행의 서해랑길을 걸어가는 나그네가 신에게 감사한다.

인천은 우리나라 개신교 역사가 시작된 지역이다. 부활절이던 1885년 4월 25일 미국 북감리교회의 아펜젤러 목사 부부와 언더우드 목사가 제물포항에 들어왔다. 아펜젤러는 감리교회 목사였고, 언더우드는 장로교회 목사였다. 그들은 손을 잡고 배에서 동시에 내렸다. 역사상 감리교와 장로교가 동시에 들어온 것이다.

제물포항을 통해 들어온 그들은 그다음 날 서울행을 계획했으나 갑신정변의 어수선함으로 대불호텔에서 머무르다가 일본으로 갔다. 그리고 6월 20일 다시 인천 땅을 밟는다. 이후 7월 19일까지 한 달가량 머무르면서 인천에서 개신교의 큰 역사를 써 내려간다. 이때 아펜젤러 목사는 우리나라 개신교 최초의 교회인 '내리교회'를 설립했다. 아펜젤러가 서울로 떠난 7월 19일은 '내리교회'의 창립일이다. 이는 1887년 9월 27일 언더우드 목사가 세운 정동장로교회(현 새문안교회) 보다 2년여가 앞선 것이다. 1891년부터 짓기 시작한 내리교회 건물은 방은 2개였고 단순히 설교단만 있었는데, 설교자를 제외한 12명 정도가 앉을 수 있는 공간이었다.

개항 이후 인천은 우리나라 신교육의 산실 역할을 해 왔다. 개신교는 포교를 위해 교육과 의료를 함께 가져왔다. 아펜젤러는 인천에서 선교 활동을 하는 한편 서울에서는 배재학당을 운영했다. 1892년 아펜젤러는 내리예배당의 운영을 조원시(존스) 목사에게 넘겨주었고, 조원시(존스) 목사는 남자 어린이 3명, 여자 어린이 2명을 대상으로 신학문을 가르쳤다. 내리예배당의 교육은 우리나라 신식 학교의 태동을 알려주는 사건이었다. 이때 남학생을 가르치던 학급은 훗날 '영화학교'가 되었으며, 여학생들의 학급은 '영화여자학교'로 성장했다. 1894년 영화학당에는 남학생 50명, 여학생 20명이 향학열을 불태웠다. 시간이 지나면서 교육 공간도 점차 확장되었는데, 이는 최초의 서구식 초등 교육기관의 시작이었다.

1900년대 들어서면서 영화학당의 구성원들은 개화를 주도했다. 검정색 교복을 입고 단발을 했으며 나팔과 북, 고물 소총으로 군사훈련을 하기도 했다.

우리나라 최초의 교회라는 의미와 함께 내리교회는 우리나라 최초의 이민자를 모집해 떠나보낸 곳이다. 1903년 8월 6일 인천, 서울, 부산 등지의 길거리에는 '이민공고문'이 붙었다.

"하와이 군도로 누구든지 일신 혹 권속을 데리고 와서 정착하고자 원하는 자에게 편리함을 제공하노라… 기후는 온화하야 심한 더위와 추위가 없으므로 각인의 기질에 합당함… 월급은 미국 금전으로 십오 원씩이고, 일하는 시간은 매일 십 시간 동안이요 일요일에는 휴식함…"

이때 내리교회 담임목사인 조원시(존스) 목사는 교인들에게 이민을 설득했다. 첫 이민자의 절반 이상이 내리교회 신자이고 인천 사람들이었던 까닭이 여기에 있다. 내리교회의 벽돌담 동판에는 다음과 같은 문구가 쓰여 있다.

"조원시(존스) 목사를 쓰시어 1903년 1월 13일 미주 땅에 한인 디아스포라를 허락하셨다. 그해 11월 10일에 인천내리교회 성도들이 중심이 되어 하와이 한인교회를 설립하니 해외에 설립된 최초의 인천내리교회 지교회이다…."

내리교회 뜰에 있는 한국 최초의 감리교 목사 아펜젤러와 그의 후임 존스 목사, 한국인 최초의 목사 김기범의 흉상이 햇살을 받아 반짝이고 있다.

한국기독교는 구한말에 일제강점기에 국민들이 모두 낙심하여 있을 때, 희망도 없고 기댈 곳도 없을 때 그리스도의 복음이라는 희망을 주었다. 한국교회는 시작할 때부터 국민에게 희망을 주는 교회로 시작했다. 현대사 100년에 한국교회 없이 현대사를 논할 수는 없다. 자랑스러운 전통인데 지금은 사회가 교회를 걱정하는 시대로 변하고 있다.

신은 인간의 눈동자를 만들 때 흰자위와 검은자위를 동시에 만들어 놓고 왜 검은자위로만 세상을 보게 했을까. 그것은 어둠을 통해서 세상을 바라보라는 뜻이 아닐까. 존 맥리올라의 시다.

한 소년이 별을 바라보다가 울기 시작했다.
별이 물었다.
아이야, 너는 왜 울고 있니?
소년이 말했다.
당신이 너무 먼 곳에 있어서
당신을 만질 수가 없잖아요.
별이 말했다.
아이야, 나는 너의 가슴속에 있어.
그렇기 때문에 너는 나를 볼 수 있는 거야.

밤하늘이 아름다운 것은 별들이 아름답기 때문이다. 밤하늘이 아름다운 것은 아름다운 별을 바라볼 수 있는 마음이 아름답기 때문이며, 그 별이 아름다운 자신을 지켜본다는 사실을 알기 때문이다. 별은 밝은 대낮에도 떠 있지만 어둠이 없기 때문에 그 별을 바라볼 수가 없다. 그 누구도 밤을 맞이하지 않고서는 별을 바라볼 수가 없다. 오직 어두운 밤에만 별을 볼 수 있다. 검은 눈동자를 통해서만 세상을 바라볼 수 있듯이, 밤하늘이라는 어둠이 있어야 별을 바라볼 수 있다. 인생은 고통과 시련이라는 어둠이 있어야만 진정한 삶의 별들을 바라볼 수 있다.

삶은 자신이 만드는 것이고, 언제나 자신이 만들어 왔고, 앞으로도 자신이 만들어가는 것이다. 머나먼 서해랑길의 외로움과 역경을 이겨낸 나그네가 능선길을 따라 눈길을 조심조심 걸어간다. 정자에서 아득히 멀리 보였던 새벌정 전망대에 올라섰다. '새'는 억새를, '벌'은 벌판을 뜻하므로 억새가 많은 넓은 들판이라는 안내문이 붙어 있다.

지나온 정자가 산 건너편에 보인다. 걸어온 길들이 벌써 추억이 되었는가. 백두대간 종주를 할 때 하루 20km 이상을 걷고 돌아보면 지나

천마산
天馬山

계양구
계양산 장미원

온 능선이 까마득하게 보였다.

계양구 효성동의 천마산 정상에 도착했다. 계양산과 더불어 계양구를 대표하는 산이다. 저 멀리 계양산 정상이 우뚝 솟아 있다.

길마재쉼터를 지나간다. 남쪽에서 정상과 중구봉을 바라보면 봉우리 두 개가 마치 길마(안장)처럼 보인다고 하여 길마재 또는 길마재고개라 불렀다고 한다. 미당 서정주의 고향인 고창의 질마재를 넘어서 이제 멀리 인천의 길마재를 넘어간다. 서정주는 산문시 「질마재 신화」에서 "질마재는 내가 생겨난 고향 마을의 이름./ 이 마을의 동쪽에 질마재라는 산이 있어 마을 이름에도 그 이름이 붙게 된 것."이라고 시작한다.

다시 오르막을 올라 해발 276m 중구봉(重九峯) 정상에 도착한다. 중구봉은 천마산과 계양산 사이에 위치하고 있으며, 고려시대 불교의 중구절(重九節:9월 9일) 행사를 치룬 산이라 하여 생긴 이름이라 전한다. 또 크고 작은 봉우리가 아홉 개 있어 생긴 이름이라고도 한다. 눈 덮인 돌탑에 돌을 얹으며 "오늘도 행복하게 하시고 나를 발견하게 하소서!"라고 소원을 빌어 본다.

경명대로가 갈라놓은 생물이동로를 복원하기 위해 조성한 징매이고개 생태통로를 건너 계양산으로 향한다. 중심성 터를 지나서 계양산 둘레길로 들어선다. 서해랑길은 계양산 정상을 올라가지 않고 둘레길을 걷는다. 인천둘레길, 계양산 둘레길, 서해랑길을 한 번에 걸어간다. 계양산 장미원을 지나고 계양산성박물관을 지나간다. 인천의 진산인 계양산은 계수나무와 회양목이 많아서 불린 이름이다. 산길에서 벗어나 잠시 계양산로를 따라 걸어가다가 다시 둘레길로 들어선다. 계양산

치유의 숲을 지나고 계양산성을 지나서 계양구 삼림욕장을 걸어간다. 삼림욕이란 울창한 숲속에 들어가 나무들이 뿜어내는 향기(피톤치드)를 직접 마시거나 피부에 접촉시키고, 아울러 맑은 공기, 신비한 화음, 아름다운 경관과 어우러져 심신의 단련과 안정을 가져오게 하는 자연 건강법이다.

눈 덮인 계양산 둘레길을 한 바퀴 돌고 이제는 하산할 거라는 기대와는 달리 가파르고 험한 산길을 다시 올라가서 피고개산(215m)에 도착한다. 그리고 다시 검암산(185m)을 지나서 급경사 내리막을 내려간다. 은지초등학교 앞에서 드디어 산길을 벗어나서 도심으로 들어간다. 이제 오늘 하루의 강행군이 끝이 보인다. 30km 가까운 두 개의 어려움 구간을 걸어온 나그네가 심신이 고단해 온다. 낯선 거리를 떠돌아다니는 나그네의 뇌리에 40년 방랑 생활 끝에 죽음을 앞두고 지은 김삿갓의 시가 다가온다.

떠돌아다니는 내 삿갓이 빈 배와 같으니
우연히 한 번 쓴 것이 사십 평생 쓰게 되었네.
본시 목동이 가벼운 차림으로 소 먹이러 나갈 때 쓰고
늙은 어부가 고기 잡을 때 쓰는 것이라.
술이 취하면 벗어서 꽃나무에 걸고
흥이 나면 벗어들고 누각에 올라 달구경 하네.
속인들의 사치스러운 의관은 모두 걸치장이지만
나의 삿갓은 하늘 가득한 비바람에도 걱정이 없다네.

오후 4시 30분, 21세기의 김삿갓이 검암역에서 97코스를 마무리하고 대명항으로 달려간다. 오늘 저녁 김포 대명항에서 고교 시절 친구들과 만나기로 했다.

18세기 지식인들의 우정론은 자못 호들갑스럽다. 연암 박지원은 벗을 한 집에 살지 않는 아내요, 피를 나누지 않은 형제라고 했다. 또 제이오(第二吾), 즉 '제2의 나'라고 했다. 마테오 리치(1552~1610)는 예수회 신부로 중국에 와서 1610년 북경에서 세상을 떴다. 그는 사서삼경을 줄줄 외우고, 심지어 거꾸로 외우기까지 해서 중국인들을 경악시켰다. 그가 쓴『교우론』이라는 책에 '제2의 나'란 표현이 나온다.

> "내 벗은 남이 아니라 나의 절반이니 제2의 나다. 그러므로 벗을 나와 같이 여겨야 한다."

오래간만에 '제2의 나' 성훈, 일동, 영일이를 만나서 우정의 밤을 보냈다.

98코스

가현산 가는 길

검암역에서 가현산 입구 11.9km

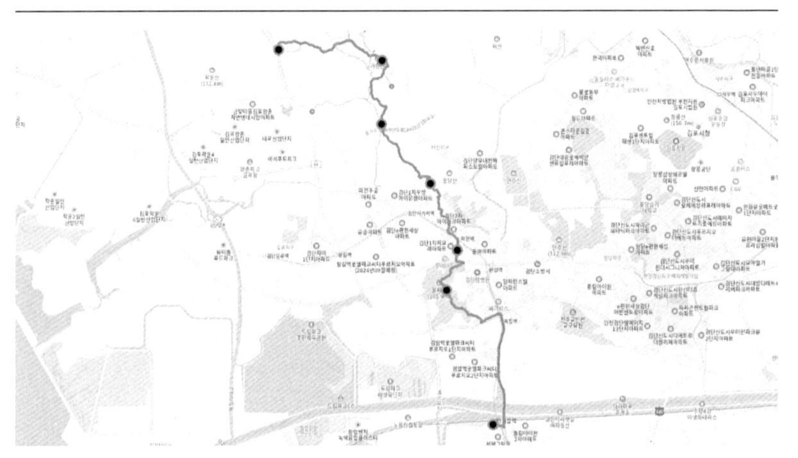

검암역 > 독정역 > 마전중학교 > 가현산 > 가현산 입구

12월 18일 일요일 8시 50분, 98코스 시작점 검암역에 섰다. 98코스는 아라뱃길을 건너 인천과 김포를 잇는 산의 능선을 걸어서 김포시 양촌읍 대포리 가현산 입구에 이르는 구간이다.

걷기 56일째, 98코스는 시천공원을 지나고 할메산을 지나고 토당산을 지나고 세자봉을 지나고 가현산을 지나서 스무네미고개에 도착하는 구간으로, 산길로만 이어지는 난이도 '어려움'이다. 그리고 이어지는 99코스도 산에서 산으로 연결되어 오늘 하루 산길 24.8km를 걸어간다.

최강의 한파가 몰아치는 추운 날씨, 시천교 남측전망대에서 전망을

즐긴다. 경인아라뱃길의 파란 하늘과 파란 바다, 온통 희망의 파란색이다. 바다가 반짝인다. 햇살에 반짝인다.

대명항에서 친구들과 아침 식사를 하고 검암역에서 헤어졌다. 다시 혼자가 되었다. 이별은 삶의 일상이자 본질이다. 인간과의 이별, 공간과의 이별, 시간과의 이별이 매 순간 진행된다. '천년을 함께 있어도 한 번은 이별해야 한다.'는 게송처럼 모든 만남에는 반드시 이별이 있다. 만남은 이별을 전제로 한다. 만남에는 이별의 날카로운 얼굴이 숨어 있다.

기원전 399년 봄, 70세의 철인 소크라테스는 아테네 법정에서 사형선

고를 받고, 아테네 시민들에게 다음과 같이 말했다.

"떠날 때는 왔다. 우리는 우리의 길을 간다.
나는 죽으러 가고, 여러분은 살러 간다.
누가 더 행복할 것이냐, 오직 신만이 안다."

사람들은 누구나 자신의 길을 간다. 그 길 위에서 누가 더 행복할 것인가는 오직 신만이 안다. '길을 떠나네. 나는 다시 길을 떠나네. 어제보다는 오늘 가는 길을 더 사랑하고, 오늘보다는 내일 가야 할 길을 더 사랑하면서, 세상을 떠도는 길 위의 나그네 되리. 내가 있을 곳은 갈래갈래 갈린 길, 살아 숨 쉬는 한 나는 길 위에 서 있으리.'라고 노래 부르며 길을 간다.

독정역을 지나서 서구 당하동, '검단걷기 공동체 서로이음길'을 걸어간다. 사각 정자가 있는 쉼터를 지나서 할메산으로 올라간다.

할메산 정상(105.9m)에 태극기가 펄럭인다. 조미수호통상조약과 함께 태어난 것이 태극기이다. 1882년(고종 19년) 조미수호통상조약 체결을 앞두고 미국은 조선이 국기를 만들 것을 주문했다. 이때 역관 이응준이 우리나라 최초의 태극기를 제작해 사용했다. 그 뒤 박영효는 일본 시찰을 떠나던 메이지마루 배 안에서 이응준의 태극기를 모본으로 삼아 '태극·4괘 도안'의 기를 제작해 일본 방문 때 사용했다. 이듬해인 1883년 3월 6일 고종은 박영효의 태극기를 공식 국기로 제정·공포했다.

2012년, 용인라이온스클럽회장을 할 때 용인의 석성산, 부아산, 조비산, 문수봉, 네 산의 정상에 국기게양대를 설치하고 태극기를 상시 게

양하는 사업을 추진했다. 태극기는 나라 사랑의 상징이다.

원당대로로 내려와서 인천2호선 마전역을 지나간다. 검단로를 지나서 다시 가현산 방향으로 올라간다. 우리 민족 고유의 전통 무예인 국궁장 峴武亭(현무정)을 지나서 가현산 등산로를 따라 올라가면서 노래한다.

가현산 가는 길
나무 밑동에 쌓인 낙엽은 지나간 가을의 흔적
시간은 흐르지 않고 쌓일 뿐
쌓인 시간은 추억이란 이름으로 남겨진다.
오늘 이 길도
먼 훗날 그리움으로 퇴색되어
때로는 기쁨으로
때로는 애잔함으로
살며시 되살아나리라.
꿈이었을까.
꿈이 아니라고 몸이 뜨겁게 말을 한다.
텁수룩한 얼굴의 수염이 자신을 보여 준다.
그렇다. 꿈이 아니다.
머나먼 길을 걸어 여기까지 왔다.

서로이음길 8코스를 따라 한남정맥인 세자봉(170m) 정자에 도착한다. 가현산 청정도량 묘각사를 지나서 산길 따라 하얀 눈길을 걷고 또 걸어 松林園(송림원)에 이른다. 표석에 새겨진 글이다.

사람의 발길이 하나도 안 간 곳은 자연이 잘 보존된 곳이고 사람의 손길이 잘 간 곳은 자연이 더욱 잘 보존된 곳이다.

- 1999년 4월 5일 양촌산악회

그렇다. '사람의 손길이 잘 간 곳은 자연이 더욱 잘 보존된 곳'의 대표적인 사례가 국립공원이라 할 것이다. 대한민국의 국립공원 모두를 다녀보았고, 또 국립공원탐방대를 조직하여 매월 다니고 있는 나그네는 우리나라 국립공원도 제대로 다니지 않고 외국으로 여행하는 사람들에게 국립공원을 꼭 찾으라고 권하고 싶다.

삼천리금수강산 우리의 자연은 아름답다. 자연은 만인에게 평등하다. 자연은 인간의 스승이다. 자연을 통해 삶의 지혜와 이치를 배운다. 봄, 여름, 가을, 겨울 계절의 순환 속에서 자연의 순리를 깨닫고, 눈부신 태양 속에서 모두를 공평하게 비추는 큰 사랑을 발견한다. 화담 서경덕은 길을 가다가 아름다운 산수를 보면 "문득 가던 발걸음을 멈추고 춤을 추었다."라고 하는데, 하서 김인후는 그보다 한술 더 떴다.

청산(靑山)도 절로절로 녹수(綠水)도 절로절로
산(山) 절로 수(水) 절로 산수(山水) 간에 나도 절로
그중에 절로 자란 몸이니 늙기도 절로 하여라.

저절로 나서 저절로 늙고 저절로 자연으로 돌아간다는 이 시를 보면 사람이 스스로 자연이고 사람이 자연 속으로 들어가 자연으로 동화되는 이치가 느껴진다. 제자는 스승을 닮기 마련, 자연과 가까워지면 자연의 품성을 닮아간다. 모든 생명을 품어주고 길러주는 하늘의 지혜를 닮아간다. 인간은 자연에서 와서 자연으로 돌아간다고 했으니, 자연으로 돌아가기 전에 자연과 더불어 춤추며 뛰어논다. 자연을 닮아가는 삶, 자연과 하나 되는 삶을 살다가 자연과 둘이 아닌 하나가 되어 돌아간다.

가현산(215.3m) 정상석이 반겨 준다. '天氣靈山歌絃山'(천기영산가현산) 정상석을 보며 산을 사랑하는 이곳 양촌산악회, 가현산사랑회 회원들의 향토애가 느껴진다.

가현산 정상은 군부대가 주둔해서 오를 수 없고, 이 봉우리가 정상을 대신한다. 가현산은 서해안 바닷가에 위치하여 서쪽 바다의 낙조와 황포돛대가 어울리는 경관을 거문고 등을 타고 노래를 부르면서 감상하였다 하여 가현산(歌絃山)으로 부르게 되었다. 윤소천이 '가현산 진달래'를 노래한다.

"봄바람이 너울너울 땀방울 타고 / 연분홍 송이송이 춤추고 오면 /

가현산 진달래꽃 보기조차 송구하여 / 솟대에 걸린 낙조 수줍어 숨는구나!"

인천시 서구 대곡동을 지나서 드디어 경기도 김포시 양천읍 구래리 가현정 정자에 올라선다. 산길에서 시도 간 경계가 이루어진다. 파란 하늘 아래 펼쳐진 김포시를 내려다본다.

김포라는 이름은 고구려 시대에 검포현, 통진현, 양천현 3개 현이었으나, 신라 경덕왕 16년(757년) 검포현에서 김포현으로 명명된 것에서 시작됐다. 이는 경기도 정명 1,000년(2018년)보다 앞서며 전국에서 두 번째로 오래된 지명이다. 김포의 옛 이름은 투금포(投金浦)이다. 금을 버린 포구라는 의미다. 고려 공민왕 때 이조년, 이억년 형제가 길을 가다가 황금 두 덩어리를 얻어서 나누어 가지고 배를 탔다. 동생이 갑자기 황금이 이로운 물건이 아니라 판단하여 강에 던졌다. 형이 놀라서 그 연유를 물었다.

"형, 내가 해서는 안 될 생각을 했어. 형이 없었다면 황금 두 덩어리 다 내가 차지했을 텐데…. 그래서 부끄러운 생각이 들어서 금덩어리를 던진 거야."

이 말을 들은 형 역시 금덩어리를 강물에 던져 버렸다. 같은 생각을 했기 때문이다. 우연히 얻은 금으로 인해 우애가 깨질 것이 두려워서 금을 던졌다 하여 금(金)을 던진 포구, 곧 투금포(投金浦)라 한데서 김포(金浦)라는 지명이 생겨났다.

이조년의 아버지 이승경은 고종 때 문신으로 몽골 침입이 본격화되던 시기에 벼슬을 했다. 그는 모두 다섯 아들을 두었는데, 오래오래 장수하라는 의미로 아들의 이름을 이백 년, 이천 년, 이만 년, 이억 년, 이조년으로 지었다. 이조년(1269~1343)이 '다정가'를 노래한다.

이화에 월백하고 은한이 삼경인제
일지춘심을 자규야 알랴마는
다정도 병인양하여 잠 못 들어 하노라

이름에는 지어 준 부모의 특별한 의미가 있다. 이조년 형제들이 그러하듯이 내 이름은 명돌, 우리 오 형제 이름에는 모두 '돌' 자가 돌림이다. 첫아들이 일찍 죽자 오래오래 장수하라는 의미로 부모님은 귀신도 싫어하는 천한 이름으로 지은 것이다.

이순신 장군의 형들은 희신과 요신, 아우는 우신이다. 삼황오제의 복희씨, 요순임금, 하나라의 우임금에서 따온 것으로 '신'자 돌림이다.

나는 누구인가. 나에 대한 정체성은 그냥 만들어지지 않는다. 수많은 사람들 속에서 처절한 소외감을 겪기도 하고, 위급한 상황에 처해보기도 하면서 '나의 가장 나중 지닌 것'을 체험할 때 비로소 나다움이 만들어진다. 인간은 자신을 규정하는 가장 밑바닥의 슬픔, 사랑, 인내 등을 경험하고 나서야 비로소 '나'를 찾게 되는 법이다. 서해랑길에서처럼.

'다정가'를 부르며 자연과 더불어 다정하게 걸어간다. 오늘은 내 인생에 가장 좋은 날이다. 인생은 모두가 특별한 날, 하루하루 그날그날이 가장 좋은 날이다. 나중에, '훗날 거기'보다는 '지금 이 순간 여기'가 소중하다. 자유로이 걷고 있는 지금이 소중하다. 지금이야말로 걸을 때다. 지금이야말로 떠날 때다. 지금이야말로 사색할 때다. 지금이야말로 나를 찾을 때다. 지금이야말로 나를 더 훌륭한 사람으로 만들 때다. 지금 그것을 못 하면 언제 할 수 있는가. 오늘 못 하면 내일은 그것을 할 수 있는가.

하늘은 스스로 돕는 자를 돕는다. 세상은 제 갈 길을 아는 사람에게 길을 비켜준다. 인간은 재주가 없어서라기보다 목표가 없어서 실패한다. 목표라는 항구를 모르는 사람에게 순풍은 불지 않는다. 가현산 서해랑길에 순풍이 불어온다.

11시 59분, 98코스 종점인 양촌읍 대포리 스무네미고개 생태통로에 도착한다.

99코스

독서 삼매경

가현산 입구에서 대명포구 13.1km

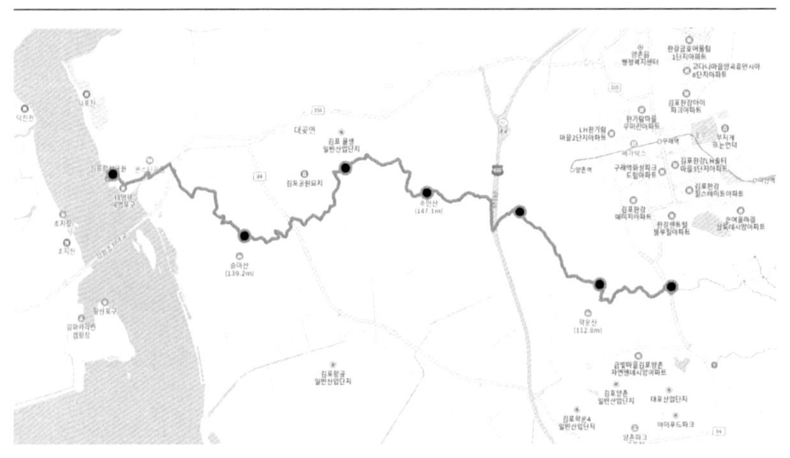

가현산 입구 › 학운산 › 수안산성 › 승마산 › 대명포구

12시 정각, 가현산 입구 스무네미고개 생태통로에서 99코스를 출발한다. 99코스는 학운산, 수안산, 승마산을 지나서 대곶면 대명리 대명항 대명포구에 이르는 구간이다.

산길이 끝나는 데서 다시 산길이 시작되고 굽이굽이 산길 99코스를 걸어간다. 스무네미고개 도로 위 생태통로를 따라 가현산에서 학운산으로 눈 덮인 산길을 걸어간다. 사람들은 살면서 저마다의 산을 오른다. 두 발로 올라야 하는 산도 있고, 치열하게 올라야 하는 인생의 산도 있다. 산을 오르다 보면 깨닫는 사실이 있다. 피와 땀과 눈물이 있어야, 숱한 고난의 순간을 이겨낸 후에야 정상에 오를 수 있다는 것을.

시련과 역경, 절망을 딛고 일어서야 희망을 맛볼 수 있다는 평범한 진리를.

산(山)은 사전적으로 평지보다 높이 솟아 있는 땅, 언덕보다 높이 돌출한 지형을 말한다. 히말라야 안나푸르나 트레킹을 갔을 때 '해발 2,000m 아래는 산이 아닌 언덕'이라는 셰르파의 이야기를 들은 적이 있다. 한라산이 1,950m이니, 그들의 시선으로는 우리나라에 산은 없고 언덕만 있다.

우리나라의 산 모양은 전체적으로 백두산에서 시작된 백두대간이 그 동쪽인 동해안을 따라서 지리산으로 이어지고, 함경도에서 그 한 맥인 장백정간이 두만강의 끝자락인 서수라까지 이어진다.

단군신화가 산에서 시작되는 것을 보면 우리 민족의 발상지가 산이었음을 알 수 있다. 그래서 마니산이나 태백산 같은 높은 산정(山頂)에 제단을 마련하고 제사를 지냈던 것이다. 신라 때부터는 삼신산(三神山)과 오악(五嶽)에 제사를 지냈다. 삼신산은 중국의 〈사기〉에 나오는 '해동삼신산'을 본떠서 봉래산에는 금강산을, 방장산에는 지리산을, 영주산에는 한라산을 각각 지정하였다. 그리고 오악은 동서남북과 중앙 지역을 대표로 하는 산으로 봄과 가을에 제사를 지냈는데, 그 제사는 국가가 관장하였다. 오악에는 동쪽에 토함산, 서쪽에는 계룡산, 북쪽에 태백산, 남쪽에 지리산, 중앙에 부악산(팔공산)을 각각 정하였다.

고려 때 이르러서는 사악신(四嶽神)으로서 지리산과 삼각산(북한산), 송악산, 비백산(鼻白山)을 지정하여 제사를 지냈다. 조선시대에는 오악을 변경하였는데, 동쪽의 금강산, 서쪽의 묘향산, 북쪽의 백두산, 남쪽의 지리산, 중앙에는 삼각산을 각각 정하였다.

서해랑길
서해랑길

서해랑길
99코스
동이
동이
김포 99코스

선인(先人)들은 산이라는 대상을 두고 관산(觀山), 유산(遊山), 요산(樂山)이라는 말을 썼는데, 그것은 산을 멀리 바라보기도 하고, 들어가 노닐기도 하고, 그러면서 즐기는 곳이라고 여겼기 때문이다.

인간과 산의 관계는 등산, 입산, 유산, 서산의 네 가지 유형으로 나누기도 한다. 등산으로 이름을 얻는 등산득명(登山得名), 도를 닦기 위한 입산수도(入山修道), 산악회 동호인들과 버스를 타고 산에 가서 유유자적 즐기는 유산풍류(遊山風流), 산자락에 황토집 하나 지어 놓고 텃밭 가꾸고 살아가는 서산자족(棲山自足)이다. 이때 서(棲)자는 새가 나무 위에서 쉬고 있는 모습을 가리킨다.

공자는 "지혜로운 사람은 물을 즐기고(知者樂水), 어진 사람은 산을 즐긴다(仁者樂山)."라고 하였다. 이어 "지혜로운 사람은 동(動)적이요, 어진 사람은 정(靜)적이다."라고 하여 산과 물을 어짊과 지혜로움, 곧 인간의 덕성과 지성에 대비하였다. 또한 중국 전한시대의 문신 유향은 『설원(說苑)』에서 다음과 같은 글을 남겼다.

"대저 산은 높으면서도 면면히 이어져 만민이 우러러보는 것이다. 초목이 그 위에서 생장하고 온갖 생물이 그 위에 서 있으며, 나는 새가 거기로 모여들고 들짐승이 그곳에 깃들이며, 온갖 보배로운 것이 그곳에서 자라나고 기이한 선비가 거기에 산다. 온갖 만물을 기르면서도 싫증 내지 아니하고 사방에서 모두 취하여도 한정하지 않는다. 구름과 바람을 내어 천지 사이의 기운을 소통하여 나라를 이룬다. 이것이 어진 사람이 산을 좋아하는 까닭이다."

석천인스님은 〈천관산기행〉에서 "오직 우뚝 솟은 산을 구경하고 졸졸 흐르는 물소리를 들음으로써 마음을 기쁘게 하자는 것만이 아니라,

뜻을 산수에 붙여 인(仁)과 지(智)의 즐거움을 좇아서 본래의 선(善)을 회복하여 도(道)에 이르자는 것"이라고 하여, 산천에서 놀면서 산을 오르는 의미를 수양과 도의 높임으로 파악하였다.

존 러스킨은 산을 다음과 같이 예찬했다.

"산은 인류를 위해 세워진 학당이고 가람(伽藍)이다. 학생에게는 전적(典籍)의 보고이며, 근로자에게는 소박한 휴양과 교훈 그리고 온화함을 베풀어주고, 사색가에게는 고요하고 깊은 상념이 되어준다. 순례자에게는 신선한 영광이 되어준다. 산은 인류 누리의 대가람이다. 바위의 문들이며 구름의 흐름, 계류가 암석과 흐르는 물에게 들려주는 노랫소리, 눈의 성찬, 그리고 끝없는 별자리들이 열을 짓는 자금(紫金)과 궁륭(穹窿)의 대가람이다."

조선 초기의 문신 강희맹은 "산을 오르는 사람은 반드시 높고 큰 산을 오르고자 하고, 물을 구경하는 사람은 반드시 깊고 높은 물을 구경하고자 한다. 그것은 대개 우주 안의 장관을 다해서 나의 정신을 저 물(物)의 밖에까지 쏟아보자는 마음이 있기 때문이다."라고 말했다. 판소리 〈춘향가〉에 실린 조선의 산천의 모습이다.

"경상도 산세는 산이 웅장하기로 사람이 나면 정직하고, 전라도 산세는 산이 촉(矗)하기로 사람이 나면 재주 있고, 충청도 산세는 산이 순순(順順)하기로 사람이 나면 인정이 있고, 경기도로 올라 한양 터를 보면 자른 목이 높고 백운대 섰다. 삼각산 떨어져 북주(北主)가 되고 인왕산이 주산이오 종남산이 안산이라 왕십리 청룡이요 만 리에 백호로다. 사람이 나면 선할 때 선하고 악하기로 들면 벼락 지상이오."

'산'이라는 한 음절은 산을 담기에는 너무나 짧다. '삶'이라는 단어 또한 삶을 담기에는 너무 간소하다. 그러나 산을 오르내리고 삶의 우여곡절을 겪고 나면 결국 산은 산이요 삶은 삶이다. 복잡할수록 단순하고 고단할수록 선명하다.

오후 1시 10분, 산에서 내려와 대곶면 대능리 중화요리 집에서 짬뽕밥으로 허기를 달랜다. 그리고 다시 인적 없는 눈 덮인 산길을 걸어간다. 온전히 나 홀로 가는 길, 하늘은 푸르고 태양은 눈부시게 빛난다.

오늘은 일요일이다. 오늘도 나그네의 성전은 산이고, 자연이고, 서해랑길이다. 신은 과연 교회에만 있는가. 교회 밖에는 과연 구원이 없는가. 무소부재(無所不在)한 신은 어디에나 있지 않은가. 사람들은 누구나 자기만의 성전을 마음에 갖고 있다. 비록 세상의 교회를 다니지는 않는다 해도 마음속의 성전을 잃어버리면 안 된다. 누구나 마음을 순수하게 하고 자기를 정화하는 과정을 거쳐야 한다. 또 무엇보다 자기 자신이 누구인가를 깨닫지 않으면 안 된다. '나는 누구인가?'를 알아야 한다. 자기가 누구인가를 알기 위해 자연에서 자신의 모습을 자주 보아야 하고 자연의 숨결과 자신의 숨결을 동일시하고, 대지의 맥박과 자신의 심장을 한 박자로 여겨야 한다. 자연에는 신의 계시가 있고 위대한 정령이 있다.

책 중의 최고의 책은 자연 속의 산책이다. 독서는 다만 책 속에만 있지 않다. 산과 강과 바다와 구름과 새와 짐승들과 초목의 볼거리와 일상의 자질구레한 모든 것들이 독서다. 유토피아의 일반적인 삶은 독서이다. 워즈워스의 시와 인생에 가장 영향을 미친 것은 '자연으로 돌아가라'는 〈에밀〉에 뿌리가 박힌 루소의 사상이다.

홍길주(1786~1841)는 "문장은 다만 책 읽는 데 있지 않다. 독서는 단지 책 속에만 있는 것이 아니다. 산천운물(山川雲物)과 조수초목(鳥獸草木)의 볼거리 및 일상의 자질구레한 모든 것이 독서다."라고 했다. 정신을 차리고 깨어서 바라보면 천지 만물 어느 것 하나 훌륭한 문장 아닌 것이 없고, 기막힌 책 아닌 것이 없다. 천지 만물, 삼라만상은 그 자체로 하나의 훌륭한 텍스트다. 단지 그것을 제대로 바라볼 안목이 없어 그 멋진 책을 그냥 스쳐 지나고 있을 뿐이다.

증자(曾子)의 제자 중에 공명선이 있었다. 문하에 3년을 머물렀는데, 증자는 제자가 책 읽는 꼴을 볼 수가 없었다. 스승이 연유를 묻자, 제자가 이렇게 답했다.

> "선생님! 제가 책을 읽지 않다니요. 저는 선생님께서 가정에서 생활하시는 것을 보았고 손님 접대하시는 것을 보았습니다. 또 조정에 처하시는 것도 보았습니다. 열심히 보고 익혔지만 아직 능히 하지 못합니다. 제가 어찌 감히 배우지도 않으면서 선생님의 문하에 있겠습니까?"

삶이 곧 독서다. 꼭 문자로 된 종이책을 소리 내어 읽는 것이 독서가 아니다. 삼라만상이 다 문자요 책이다. 자연은 상상력의 보고이다. 자연으로 돌아가서 그렇고 그런대로 흘러가야 한다. 자연은 언제나 겸손하다. 하지만 성내면 무서운 존재다. 자연 앞에서 겸손해야 한다. 영화 〈오만과 편견〉에서 "편견은 내가 다른 사람을 사랑하지 못하게 하고, 오만은 내가 다른 사람을 사랑하지 못하게 한다."고 한다. 공감과 배려의 능력은 대체로 인생의 경험에 비례한다. 상대의 감정에 이입해 생각하는 것이 공감이고, 상대의 입장에서 생각하고 상대가 나와 다를 수 있음을 인정하는 것이 배려다.

두 마리 수탉이 암탉 한 마리를 사이에 두고 다툼을 벌인 결과 승자가 정해졌다. 호되게 당한 수탉은 캄캄한 구석으로 밀려났고, 승리한 수탉은 높은 담 위에 올라가 목청껏 "꼬끼오!"를 외쳤다. 바로 그때 독수리 한 마리가 나타났고, 독수리는 날쌔게 담 위의 수탉을 낚아채 갔다. 뛰는 놈 위에 나는 놈이 있고. 나는 놈은 더 큰 나는 놈에게 잡아먹히는 게 인생이다. 그러니 거들먹거리지 말고 조신하고 겸손하게 사는 것이 낫다.

자연의 독서를 하면서 독서삼매경을 헤매는 나그네가 안중근 의사의 '일일부독서 구중생형극(一日不讀書 口中生荊棘)'을 외치면서 걸어간다.

경기둘레길 60코스, 수안산 숲길을 걸어간다. 수안산 정상이 750m가 남았다. '守安山神靈之壇(수안산신령지단)'이 신성시 다가온다. 대곶면 수안산 보존위원회가 세운 '아름다운 수안산을 지키는 것은 우리의 몫입니다.'라는 푯말이 정성스럽다. 수안산(147m)은 대곶면과 통진면 일대를 한눈에 조망할 수 있는 산으로 김포의 가현산에서 서쪽으로 맥을 형성하고 있다.

얼어붙은 눈길을 걸어간다. 한 마리 외로운 산짐승이 되어 어슬렁거리며 산길을 간다. 하얀 눈 위로 검은 그림자가 흉내를 내면서 걸어간다.

'그림자, 오늘도 산길을 걷는다고 애썼네. 아름다운 겨울날의 소풍이다. 아아, 즐거운 인생이다.'

눈길을 걸으며 하산을 한다. 저벅저벅 저벅저벅, 발소리만이 적막을 깨트린다. 끝이 없는 산길, 오늘 98코스와 99코스는 시작부터 계속하여 눈 덮인 산길이었다. '대명항 1.82km'가 남았다. 대명항이 다가온다. 눈길을 따라 산에서 내려와 대명항으로 나아간다. 아름다운 서해바다의 풍경을 볼 수 있는 서해 최북단에 위치한 대명항은 50여 척의 어선들이 연안어업을 하고, 인근 수산물직판장에서는 쭈꾸미, 꽃게, 밴댕이, 병어 등의 해산물을 판매하고 있다.

15시 50분, 드디어 대명항 서해랑길 100코스 출발점이자 김포 평화누리길 1코스 '염화강철책길' 출발점에 도착했다.

'염화강철책길'은 대명항에서 출발하여 문수산성(남문)까지 15km 구간이다. 김포와 강화 사이를 흐르는 염화강변을 따라 철책선과 논길, 숲길로 이어져 있어 긴장감과 평화스러움이 대비를 이룬다. 10여 년 전 둥근 보름달 아래에서 달빛기행으로 걸었던 추억이 있다. DMZ평화누리길이 온전히 개통이 되면 강원도 고성 통일전망대까지 걸어갈 그날이 있으리라.

이제 내일이면 드디어 강화도로 들어간다. 역사의 섬이자 눈물의 땅 강화도를 지척에 두고 대명항에서 지나온 길을 돌아본다.

19 강화 구간 (100~103코스) 53.9km

100코스

홍익인간 이화세계

대명포구에서 곤릉버스정류장 16.5km

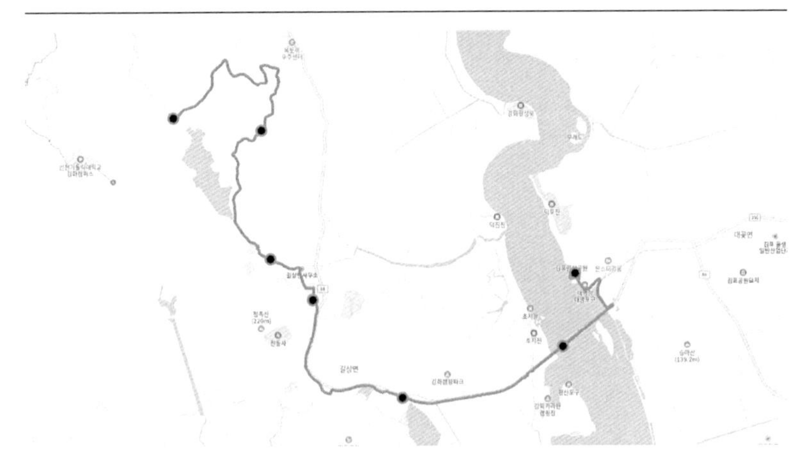

대명포구 > 초지대교 > 전등사 입구 > 이규보선생묘 > 곤릉버스정류장

12월 19일 월요일 8시 20분, 서해랑길 100코스를 시작한다. 100코스는 초지대교를 건너 강화도로 들어가서 전등사 입구를 지나고 이규보 묘소를 지나서 곤릉버스정류장에 이르는 구간이다.

강화구간은 100~103코스로 53.9km이다. 강화도는 역사와 자연이 살아 숨 쉬고, 한강과 임진강, 예성강이 만나는 신비의 땅이다. 강가에 꽃들이 만발한 강화(江華)다. 우리나라에서 제주도와 거제도, 진도 다음으로 네 번째로 큰 섬이다.

맑은 날씨, 파란 하늘, 싱그러운 아침햇살, 아름다운 세상, 겨울바람이 쌀쌀하게 불어온다. 아아, 행복하다. 대명항을 지나서 철책길을 따라 걸어간다. 태양이 앞에서 환하게 반겨준다. 오늘은 100코스만 걷고, 내일은 101코스와 102코스, 모레는 마지막 코스인 103코스를 걸어서 서해랑길 종점 강화도 평화전망대에 도착한다. 유시유종(有始有終), 아름다운 마무리를 해야 한다. 무시무종(無始無終), 그리고 시작도 끝도 없는 그 길은 다시 새로운 길로 이어진다.

참으로 먼 길을 걸어왔다. 사천오백 리 길도 한 걸음부터, 한 걸음의 위대함이 새삼 느껴진다. 승리의 여신은 노력을 사랑한다. 실로 무서운 것은 노력의 땀방울이다. 평범한 노력은 노력이 아니다. 진정한 노력은 배반하지 않는다. 바람과 파도가 유능한 항해사의 편이듯 행운은 언제나 노력하는 사람 곁에 있다. 1953년 세계 최초로 에베레스트를 정복한 힐러리 경에게 사람들이 물었다.

"어떻게 에베레스트산을 올라갔냐고요? 뭐 간단합니다. 한 발 한 발 걸어서 올라갔지요. 진정으로 바라는 사람은 이룰 때까지 합니다. 안 된다고 좌절하는 것이 아니라 방법을 달리합니다. 방법을 달리해도 안 될 때는 연구합니다. 이쯤 되면 운명이 손을 들어주기 시작합니다."

걷기 57일째, 가을에 출발한 서해랑길, 이제는 완연한 겨울이다. 남파랑길 52일간의 종주를 건너뛰어 연일 개인 신기록을 경신하고 있다. 걷는 거리도, 걷는 날의 숫자도, 걷는 길도 하루하루가 새로운 길이다. 인생은 어차피 매일 새로운 길, 가보지 않은 길을 간다. 길 위에 무엇이 기다릴까. 한 치 앞을 모르는 게 인생 아닌가. 오늘은 누구를 만나고 무엇을 하는지는 자신도 모른다. 단지 행복한 길 위에서 행운의 네잎클

서해랑길
서해랑길 강화 100코스

강화섬쌀

로버를 만나기를 기대할 뿐이다.

바람이 분다. 앞에서도 불고 뒤에서도 불어온다. "바람아! 서두르지 마라. 이제 나는 천천히 달팽이처럼 가련다. 바람아! 서두르지 마라. 이 길 끝에 가면 나는 또 어디로 가야 할지 설레는구나."라고 해도 바람은 불어온다. 바람은 바람의 길을, 나는 나의 길을 간다. 묵묵히 나는 나의 길을 간다.

바다에 녹색 등대가 있다. 안전하다는 표시다. 빨간 등대, 하얀 등대, 노란 등대의 의미를 알아야 한다. 등대는 희망이다. 하지만 등대가 주는 희망의 의미를 제대로 알지 못하면 먼바다에서 항구를 찾아왔지만 끝이 좋지 않다. 행백리자 반어구십(行百里者 半於九十)', 백 리 길 가는 사람은 구십 리를 반으로 여기라며 끝을 조심해야 한다.

강화초지대교를 건너간다. 강화초지대교 아래로 바닷물이 흘러간다. 역사박물관인 강화도 역사의 바닷물이 흘러간다. 파란 하늘과 파란 바다가 조화를 이룬다. 조각구름이 하늘에서도 흐르고 바다에도 흐른다. 바람이 밀어 주고 파도가 밀어 준다. 나그네도 조각배가 되어 흘러간다.

드디어 강화초지대교를 건너 김포에서 강화도로 들어간다. 해남 땅끝마을에서부터 걷기를 시작하여 이 강화초지대교를 건너간 도보여행자는 과연 얼마나 될까. 나는 몇 번째일까. 남파랑길에서 '걷기왕'에 선정되고 '명예의 전당'에 들어가는 영광을 누렸던 기분 좋은 추억이 스쳐 간다. 강화 입구에 '강화섬쌀 해풍과 터가 좋아 쌀 맛이 좋더라!' 광고판이 반겨 준다.

한반도의 상징적 배꼽인 강화도는 한강 하류에 있는 역사의 땅이자 눈물의 섬이다. 저항과 긍지의 숨결이 어려 있고, 민족의 영산인 마니산과 단군이 세 아들로 하여금 쌓게 하였다는 정족산성이 있는 성지이다. '역사가 없는 땅은 행복하다.'고 하지만, 강화도는 시련과 아픔 속에 한민족의 위대한 역사가 담긴 땅이다.

강화도는 시조 단군과 참성단으로 대표되는 우리나라 역사가 시작되는 곳이다. 고조선 개국과 그 역사를 함께 하며 삼국시대부터 나라의 흥망성쇠를 좌우하는 중요한 역할을 감당했다. 삼국시대에는 '혈구(穴口)' 또는 갑비고차(甲比古此)로, 고려 태조 때는 강화현으로 불렸다.

삼국시대에는 한강 유역 진출과 이 지역을 장악하기 위해 반드시 점령해야 하는 군사적 요충지로 고구려, 신라, 백제의 각축장이었다. 후삼국 통일 후 고려의 강화는 군사적 전략지로서의 가치를 상실하게 됐다. 그러나 물류 이동의 무역항인 벽란도 입구에 위치해 국내외 무역의 관문의 역할과 더불어 몽골의 침략에 맞선 전시 수도의 역할을 오랜 시간 동안 수행해 왔다.

병자호란 후 청나라에 볼모로 갔다가 왕위에 오른 효종은 복수를 다짐하며 북벌계획을 추진, 그 일환으로 강화도에 진·보를 설치했다. 이는 숙종 때까지 이어져 내성·외성·12진·보·53돈대가 설치되며 이중 삼중의 요새화가 이루어졌다.

개항이 되자 서구 문명이 조선으로 들어오는 길목이었던 강화는 병인양요, 신미양요, 강화도조약 등이 이루어진 역사 증언지가 되었다. 이는 새로운 서구 문명을 가장 먼저 받아들이며 새 문화의 교두보로서의 역할도 함께 이루어졌음을 말해준다.

강화는 외침 등 변란이 있을 때마다 제2의 수도가 되기도 했는데, 고려시대에 개경을 침범한 몽골에 맞서고자 39년간 고려시대의 왕도 역할을 하기도 했다. 임진왜란과 병자호란을 거치면서 강화는 왕실의 피난처로 주목받았다. 가장 안전한 곳이라 여겨지며 행궁과 외규장각, 조선왕조실록을 보관한 사고가 강화에서 보관되기도 했다.

길상면 장흥리, 하늘에는 여섯 마리 새들이 평화로운 나들이를 가고 눈 덮인 벌판에는 나그네가 직선으로 걸어간다.

흐린 날씨, 꽁꽁 얼어붙은 빙어 낚시터를 지나고 전등사 입구를 지나간다. 전등사는 현존하는 가장 오래된 사찰로 병인양요 때 승려들이 참여하여 호국도량으로 불린다. 전등사를 품고 있는 삼랑성은 정족산에 위치한 산성으로 '정족산성'으로도 불리는데, 1866년(고종 3) 병인양요 때 이곳에서 벌인 프랑스군과의 전쟁에서 승리함으로써 프랑스군이 물러났다. 단군이 세 아들에게 명하여 쌓았다는 전설이 전한다.

민족의 성지 마니산을 바라보면서 걸어간다. 마니산(472.1m)은 북으로는 백두산, 남으로는 한라산의 정중앙에 위치하며 강화도에서 가장 높다. 정상에는 단군왕검께서 하늘에 제사를 지냈던 제단이라고 전해오는 곳으로 참성단이 자리 잡고 있는데, 태백산 천제단과 함께 하늘의 뜻을 이어받은 곳이다. 그래서 예로부터 천재지변이나 자연재해에서 나라의 평온을 기원하는 제례는 태백산에서, 전쟁이나 인위적 재해에서 나라의 평화를 기원하는 제례는 마니산에서 지내왔다. 고려시대에 임금이나 제관이 참성단에서 제사를 올렸으며 조선시대에도 하늘에 제사를 지냈다고 전해진다. 지금도 개천절이면 제례를 올리고, 전국체육대회의 성화가 칠선녀에 의해 채화된다.

시조 단군이 아들 부루(夫婁)를 시켜 참성단을 쌓고 하늘에 제사를 올린 것도 이곳이 홍익인간의 개국 터로 부족함이 없는 성소였기 때문이다. 고조선의 건국이념은 '홍익인간(弘益人間) 이화세계(理化世界)'였다. '널리 인간을 이롭게 함으로써 인류가 진리로 하나 되는 세상을 만들겠다'는 원대한 꿈을 가진 나라였다. 그리고 그 꿈은 21세기인 지금도 전혀 낡지 않았으며 진행 중이다.

인천시 등록문화재로 등재된 길상면 온수리 금풍양조장을 지나간다. 금풍양조장은 강화도 최초 지역 특산주 면허를 취득, 옛 목조건물을 그대로 보존하여 한결같이 막걸리를 만들고 있는 양조장이다. 술을 좋아해 '장진주사'를 노래했던 송강 정철(1536~1593)은 강화도 송정촌(松亭村)에서 빈곤과 울분 속에서 시름하다가 파란만장한 삶을 마감했다. 정승을 지냈고 서인의 영수였으면서도 말년에 호구지책을 염려할 만큼 비참한 생활을 했다.

길정저수지를 지나간다. '강화나들길 3코스 고려왕릉 가는 길'을 걸어간다. 강화나들길 안내판에 "농부들은 흙을 향해 허리를 굽히는 게 일의 시작이다."라고 하는 시인 함민복의 글이 쓰여 있다. 도보여행가는 허리를 펴고 하늘을 바라보는 게 걷기의 시작이다. 농부가 땀 흘려 일하듯 도보여행자는 땀 흘리며 산 넘고 강 건너 머나먼 길을 걸어간다.

10시 52분, '광세(曠世)의 문인인가, 시대의 아부꾼인가'라는 극단적인 평가를 받는 고려 문학의 최고봉 이규보의 묘소에 도착한다. 4대강 자전거 국토 종주 후 「강 따라 길 따라」 집필을 위해 찾았던 적이 있다. 추운 겨울임에도 7~8명의 사람들이 묘소를 정비하는 일을 하고 있다.

어려서부터 천재라는 호칭을 들었던 이규보는, 26세 때 지은 책이 민족의 대서사시 '동명왕편'이다. 이는 우리의 신화를 괴이하고 허탄하게

금풍양조장

만 생각하던 당시 지식인의 사고를 배격하고, 고구려의 혼을 불러 깨우고 고구려인의 기상을 그리워하는 노래였다.

이규보는 나이 서른이 넘어서 최씨 무인 정권에서야 비로소 관직에 나아가 중용될 수 있었다. 이규보의 묘 옆에는 사당이 있고 그 안에는 '사가재기(四可齋記)'가 걸려 있다. '밭이 있으니 식량 마련하기에 적합하고, 뽕나무가 있으니 누에를 쳐서 옷을 마련하기에 적합하고, 샘이 있으니 물을 마시기에 적합하고, 나무가 있으니 땔감을 마련하기에 적합하다'는 뜻으로, 이 집에 사는 것은 전원의 즐거움을 얻게 되는 것과 다름이 없다는 것이었다.

이규보는 유유자적 흰 구름처럼 거리낌 없는 거사로 도를 닦고자 하는 백운거사를 자처하며, 세속의 명예와 이익을 초월하고 자연 속에서 즐거움을 누리려는 마음을 가진 채 구속을 싫어하고 호방한 삶을 살았다. 한문학 사상 가장 뛰어난 문장가요 시성(詩聖)으로 평가받는 그는 만년에 시와 거문고, 술을 좋아하여 삼혹호(三酷好) 선생이라 불렸다. 이규보의 시 「우물 속의 달」이다.

산속의 스님이 달빛을 탐하여
병 속에 물과 함께 담았네
절에 이르면 바로 알겠지
병을 기울이면 달 또한 비게 된다는 것을

세상의 아름다움은 달빛과도 같다. 달빛도 그때 그 순간 그곳에서 즐길 수 있을 때 즐겨야 한다. 산승처럼 미련을 두지 않고 '지금 여기'를 누리는 나그네가 백운거사의 묘소 뒤쪽으로 난 산길을 따라 걸어간다.

얼어붙은 눈길을 걸어서 길상면 길직리 민가에 도착한다. 2019년 '큰 나무'로 지정된 까치골 소나무 두 그루가 위용을 과시한다. 나무 둘레는 1.8m, 수고는 15m로 추정수령은 200년이다. 소나무란 이름은 우리말 '솔'에서 유래되었으며, 솔은 으뜸이라는 뜻의 '수리'라는 말이 변한 것으로 곧 나무 중의 최고 나무라는 뜻을 가지고 있다. 소나무는 오래 사는 나무로서 장수의 상징인 십장생의 하나로 삼았다. 척박한 곳에서도 깊이 뿌리를 내리며 바라고, 사시사철 푸르고 강인한 인상을 줌으로 대나무와 함께 송죽지절(松竹之節)을 상징한다.

까치골은 울창한 소나무 숲으로 사계절 푸르름이 가득한 마을이었으나 현재 유일하게 살아있는 몇 그루의 소나무가 까치골을 지키고 있다.

마을 입구에 느티나무 두 그루가 정겹게 서 있다. 2017년에 지정된 '큰 나무 길직리 부부 느티나무'다. 수령이 300~450년 된 마을의 정자목으로서 마을의 역사를 알고 있다.

고려왕릉로를 따라 걸어간다. 곤릉은 고려 고종의 어머니 원덕태후의 묘가 있는 곤릉이 가까워진다.

11시 40분, 100코스 종점 곤릉버스정류장에 도착했다. 오늘은 한 코스만 걷는다. 오후에는 두 발 대신 네 발 달린 승용차를 타고 강화도 역사 탐방을 했다. 주어진 시간이 얼마 남지 않다는 사실에 순간순간이 소중하게 다가온다.

101코스

십자가의 길

곤릉버스정류장에서 외포항 13.4km

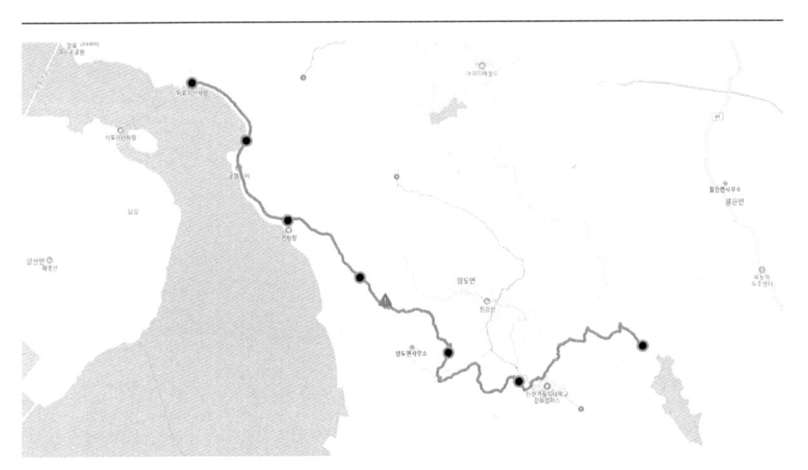

곤릉버스정류장 › 강화가릉 › 정제두묘 › 건평항 › 외포항

12월 20일 8시 10분, 양도면 길정리 곤릉버스정류소에서 101코스를 시작한다. 101코스는 고려 원종의 왕비인 순경태후의 무덤이 강화가릉과 정제두의 묘를 지나서 내가면 외포리 강화파출소에 이르는 구간이다.

걷기 58일째, 쌀쌀한 날씨에 조금 전에 떠오른 아침 해가 따스한 온기로 나그네의 길잡이를 한다. '예쁜 마을'이라는 이름표를 세워 둔 예쁜 마을을 지나간다. 두 얼굴의 장승이 귀엽게 다가온다. 호모 비아토르, 여행하는 인간이 고개를 넘어오는 악귀를 물리치는 장승에게 손을 흔들며 걸어간다. 내일이면 걷기도 마지막이다. 드디어 평화전망대에 도착한다. 생각만 해도 가슴이 설렌다. 시시하게 살기에는 너무나 짧은 인생. 새로운 쾌거가 목전에 있다.

한편으로는 진한 아쉬움이 밀려온다. 길은 만남이다. 길에서 세상을 만나고, 길에서 역사를 만나고, 길에서 옛사람을 만나고, 길에서 오늘을 사는 사람을 만나고, 길에서 예전의 나를 만나고, 길에서 현재의 나를 만나고, 길에서 되고 싶은 자화상을 만난다. 이제는 새로운 만남의 길을 가야 하리라.

홀로 걷는 나그네가 강화나들길을 나들이한다. 루소는 걷는 동안 사색하고 걷기를 멈추면 생각이 멈춘다고 했다. 나그네는 머나먼 길을 나홀로 침묵의 걷기를 통해 새로운 세계를 발견하면서 걸어왔다. 나무에게 나이테가 있듯 사람의 생각에도 몸에도 나이테가 있다. 그 사람의 생각과 몸을 보면 그 사람을 안다. 생각과 몸에는 인생이 새겨져 있다. 생각은 운명이다. 좋은 생각이 좋은 운명을 창조한다. 몸은 기억한다. 운동의 습관은 언제나 다시 살아난다. 길 위에서 흘러간 수많은 상념들이 지금은 모두 어디에 가 있을까. 강화나들길의 '감사문'이 눈길을 끈다.

감사문. 강화나들길을 허락해 주신 마을 주민들께 감사드립니다.
*농작물과 나무 열매에 손대지 말아 주세요. 애써 가꾼 자식과 같은 재산입니다.

낙엽 위에 눈 덮인 진강산 산길을 올라간다. 진강산 기슭 샘터 옆에 고재형이 노래한 「鎭江山 歸雲」(진강산 귀운)이란 시가 있다.

서해랑길
SEOHAERANG TRAIL
코리아둘레길
서해랑길 강화 101코스 SEOHAERANG TRAIL I Ganghwa 101 section
강화 100코스
강화 101코스
다.사.
0873
6314
강화석릉
江華碩陵
Seongneung Royal Tomb, Ganghwa
50m

진강산 산색은 푸른 병풍을 친 듯하고
흐르는 조각구름 비단에 수놓은 듯하다.
수지현 옛터는 어디쯤에 있을까
조물주의 붓끝 아래 단청이 그려졌네.

고려 희종의 능인 강화석릉을 지나간다. 진강산 기슭에는 희종의 능인 석릉을 비롯하여 가릉·곤릉 등이 있어 옛 도읍지의 면모를 엿볼 수 있다. 강화읍에 위치한 강화 홍릉은 고려 고종의 왕릉으로 강화 천도를 단행한 후 항전 끝에 몽골에 의해 강화 외성과 내성이 헐리는 것을 본 비운의 왕이다.

1231년 몽골이 고려를 침입하자 고려는 항전을 결심하고 1232년(고종 19) 강화 천도를 단행하였다. 강화에서는 1270년(원종 11) 개경으로 환도하기까지 약 39년 동안 몽골에 대한 항전이 계속되었다. 강화읍에 있는 고려궁지는 고종 19년(1232) 6월, 몽골의 침략에 대항하기 위하여 최우의 권유로 도읍을 송도에서 천혜의 요새인 강화도로 옮기게 되는데, 이때 옮겨진 궁궐터가 고려궁지다. 송도 궁궐과 비슷하게 만들어졌고, 궁궐 뒷산 이름도 송악이라 하여 왕도의 제도를 잊지 않으려 하였다. 원종 11년(1270) 5월 개성으로 환도할 때까지 39년간 사용되었다.

강화나들길 3코스, 쉼터를 지나간다. 산길의 눈 덮인 낙엽 밟는 소리가 적막을 깨트린다. 엄마처럼 품어 주었던 서해랑길의 산과도 이제는 곧 이별이다. 나그네가 독백을 한다.

"산이여, 나를 품어 주어 고맙나이다. 단풍으로, 낙엽으로, 하얀 눈으로, 푸른 솔로, 다양한 모습으로 품어 준 그대 품이 있어 행복하였나이다. 이제 그대 품에서 다시 세상으로 나아갈 때가 되었습니다. 그대의 품속에서 놀았던 지난 시간들을 길이길이 잊지 않겠나이다."

양도면 도장리 산길에 골고다에서 십자가를 지고 가다가 넘어진 예수의 조각상이 보인다. '예수님, 첫 번째 넘어지심을 묵상합시다.'라고 새겨져 있다. 이어서 인천가톨릭대학교 부지라는 출입 금지 표지판이 나타난다.

예수의 삶이 가장 아름답게 활짝 꽃핀 부분은 십자가에 못 박혀 죽는 부분이다. 만일 예수가 십자가에 못 박혀 죽지 않았다면 인류에게 그처럼 완전한 사랑의 완성은 이루어지지 않았을 것이다.

이 세상에 자기 십자가를 지지 않고 살아가는 사람은 없다. 누구나 크고 작은 자기만의 십자가를 하나씩은 등에 지고 살아간다. 사람들은 다른 사람의 십자가가 자기 십자가 보다 더 작고 가볍다고 느낀다. 그래서 좀 가벼운 십자가를 달라고 간구한다. 그래서 한 신학자가 불만에 찬 어조로 하느님께 항의했다.

"어떤 사람은 행복하고 어떤 사람은 불행합니다. 이것은 몹시 불공평한 처사가 아닐 수 없습니다."

하느님은 그의 말을 듣고 그를 요단강변으로 불렀다. 요단강은 사람들이 세상살이를 마치고 건너오는 이승과 저승의 경계 지역이었다. 사람들은 저마다 크고 작은 십자가를 지고 강을 건너왔다. 하느님은 그 신학자에게 말했다.

"저들이 지고 온 십자가의 무게를 다 달아 보아라."

신학자는 하느님의 명에 따라 강을 건너 온 사람들의 십자가를 모두 달아 보았다.

아, 그런데 이게 어떻게 된 일인가. 큰 십자가도 작은 십자가도 그 무게가 똑같았다. 학자는 아무 말도 못 하고 하느님을 쳐다보았다. 그러자 하느님이 말했다.

"나는 십자가를 줄 때 누구에게나 똑같은 십자가를 준다. 그런데 어떤 사람은 행복하게 웃으면서 가볍게 안으면서 살고, 어떤 사람은 고통스러워하면서 쇳덩어리처럼 무겁게 짊어지고 산다. 내가 늘 공평하게 주지만 이렇게 저마다 다 다르게 받는 것이 삶이라는 십자가다."

누구의 고통이든 고통의 무게는 똑같다는 것을 의미하는 우화이다. 십자가라고 하면 사람들은 사랑보다 고통을 먼저 떠올린다. 왜 그럴까. 그건 십자가에 못 박혀 죽은 청년 예수의 고통을 떠올리기 때문이다. 그래서 십자가는 고통의 상징이자 은유이다. 하지만 십자가에는 고통만 있는 게 아니다. 사랑도 있다. 고통과 동시에 사랑의 의미와 가치가 내포되어 있다. 예수는 인류의 죄를 대속하기 위해 등에 십자가를 지고 골고다로 향했다. 이는 독생자 예수의 고통을 통해 인류를 구원하려는 하느님의 사랑이었다.

사람들의 십자가는 무엇일까. 사랑하는 사람이 바로 그 십자가이다. 사랑하는 사람은 기쁨도 주지만 기쁨만큼 고통도 주기 때문이다. 진정한 나의 십자가는 무엇일까. 바로 '나 자신'이다. 자신 만큼 자신을 사랑하고 고통스럽게 하는 십자가는 없다.

서해랑길, '나 자신'이라는 십자가를 짊어지고 머나먼 길을 걸어왔다. 고통마저 사랑스러운 사랑의 십자가를 지고 걸었다. 이제는 멀지 않아 탐욕의 고통과 사랑의 환희가 넘치는 세상의 길에서 '나 자신'이라는 십자가를 지고 기쁘게 걸어야 한다.

대리석 가게에 10년간 팔리지 않은 대리석이 있었다. 지나가던 미켈란젤로가 물었다.

"이 대리석의 값은 얼마요?"

주인이 대답했다.

"그 대리석은 아무 쓸모가 없으니 그냥 가져가시오."

십자가에서 내려진 예수 그리스도의 몸을 마리아가 껴안고 있는 세계에서 가장 아름다운 조각상 중의 하나는 그 대리석에서 탄생했다. 미켈란젤로는 대리석에서 "어머니 무릎에 누운 예수의 모습을 보았다." 고 말했다.

서해랑길에서 위대한 자신의 모습을 발견한 나그네가 진강정 정자를 지나서 진강산 남쪽 능내리 석실분을 지나간다. 고려시대의 무덤으로 주인은 확인되지 않았다. 무덤의 안쪽에는 고려 원종의 왕비 순경태후의 무덤인 가릉(嘉陵)이 있다. 순경태후는 고종 22년(1235) 원종이 태자가 되자 태자빈이 되었으며, 다음 해에 아들인 충렬왕과 딸을 연이어 낳고 1237년에 16세 나이로 세상을 떠났다. 무신정권 최고 권력자인 최우의 외손녀로 외증조부는 최충헌이다. 아버지는 김약선으로 고종의 신임을 받던 문신이었다.

강화가릉은 강종의 비인 원덕태후의 곤릉과 함께 남한지역에 단 2기밖에 남지 않은 고려시대 왕비의 능으로 고려 왕실의 묘지를 직접 보고 연구할 수 있는 귀중한 문화유산이다. 지정 당시의 가릉이라는 명칭은 2011년 '강화 가릉'으로 변경되었다.

강화 가릉에서 내려와 큰 나무인 '능내리 느티나무'를 지나간다. 느티나무는 우리나라 모든 지역에서 자라며 1000년 이상을 생존한다. 느티나무라는 이름은 '늘 티 내는 나무'라는 뜻에서 '늘 티나무'로 부르다가 느티나무가 되었다고 한다. 예로부터 느티나무는 멀리서 봐도 한눈에 들어오기 때문에 마을 경계목과 정자목으로 많이 심고 마을을 지켜주는 상징으로 여겨왔다. 느티나무는 우리 민족의 보호수이고 역사의 산증인이며 소중한 자연 유산이다.

'강화나들길 4코스 해넘이길'을 걸어간다. 해는 아직 중천에 떠 있다. 파란 하늘 공기가 깨끗하다. 갈멜산 강화금식기도원을 지나서 정제두 묘에 도착한다. 정제두(1649~1736)는 조선 영조 대의 학자로 18세기 초 강화도로 옮겨 살면서 양명학 연구와 제자 양성에 힘써 '강화학파'라 불리는 하나의 학파를 이루었다. 벼슬은 하지 않았으며 처음에는 주자학을 공부하였으나 뒤에 지식과 행동의 통일을 주장하는 양명학을 연구하고 발전시켜 최초로 사상적 체계를 세웠다.

김취려의 묘로 가는 길을 지나고 이건창 묘로 가는 길을 지나서 건평항 바닷가로 내려간다. 산과 바다, 산에서 내려와 바다를 걷는 기분은 항상 새롭다. 산이 높은 곳에 있으면 바다는 가장 낮은 곳에 위치한다. 때로는 산에서 호연지기를 기르고 때로는 바다에서 겸손을 배운다. 해불양수, 태산불사토양이다.

12km 곤릉버스정류장
Gonneung bus stop
강화파출소 1.5km
Ganghwa Police Box
0.5km 건평항
Geonpyeong Port

천상병 시인의 귀천공원으로 나아간다. 가곡 '그리운 금강산' 노래비가 세워져 있다. 작사한 한상억(1915~1992)이 이곳 강화 양도면 출생이다. 귀천(歸天)의 창작 무대인 건평항 언덕 귀천공원조성기 표석 앞에 선다. 경남 마산이 고향인 천상병은 고향 바다를 그리워했으나 여비가 없어 가지를 못하고 서울에서 가까운 강화도를 드나들며 향수를 달래곤 했다. 어느 날 건평나루에서 막걸리를 마시며 끄적인 것을 동행했던 고향 친구 박재삼 시인에게 건네준 메모가 '귀천(歸天)'이라는 작품이었다. 천상병의 육필로 새겨진 시비의 「귀천」이다.

> 나 하늘로 돌아가리라 / 새벽빛 와닿으면 스러지는 / 이슬 더불어 손에 손을 잡고 // 나 하늘로 돌아가리라 / 노을빛 함께 단둘이서 / 기슭에서 놀다가 구름 손짓하며는 // 나 하늘로 돌아가리라, / 아름다운 이 세상 소풍 끝내는 날 / 돌아가서 아름다웠다고 말하리라…

파란 하늘 파란 바다가 눈부시게 아름답다. 천상병 시인은 가족을 위해 돈을 버는 일에 무관심한 채 부인의 보살핌 속에서 오직 시인으로서의 천진성과 순수성을 지니고 살았다.

하늘과 바다, 석모도를 바라보며 걸어간다. 갯벌이 벌거벗고 있다. 강화에서는 "마누라 없이는 살아도 장화 없이는 못 산다."고 할 정도로 갯벌은 주민들 삶 속에 깊숙이 자리 잡고 있다. 강화도 남단의 갯벌은 세계 4대 갯벌의 하나로서 천연기념물로 지정되었으며, 그 크기가 여의도의 52.7배에 달한다. 강화군에서는 여차리 갯벌을 한눈에 내려다볼 수 있게 화도면 해안남로에 갯벌센터를 설립하였다. 강화갯벌은 그 규모에서 세계적이며 저어새, 두루미, 검은머리물떼새 등 보호종이 찾는 기착지로 멸종위기 종 철새 서식지로서 생물 다양성과 보존 가치가 탁

월하다.

드디어 외포리가 보이고 석모대교가 보인다. 새들이 파란 바다 위를 날고 파란 하늘을 날고 있다. 고요하고 아름다운 풍경이다. 아아, 평화롭다. 그 순간, 승용차가 뒤쪽에서 나타나 앞에서 갑자기 정차한다. 반가운 얼굴들이다. 이 여정의 마지막 손님들, 광섭 형님과 준규·충식 아우가 차에서 내린다. 반갑게 포옹을 하고 함께 길을 걸어간다. 행복한 발걸음, 나그네는 이제 서해랑길에서 더 이상 혼자가 아니다. 103코스 끝나는 순간까지 함께 걸을 일행이 나타난 것이다.

10시 54분, 101코스 종점 외포리 외포항에 도착했다.

함께 점심 식사를 한다. 이제는 더 이상 혼밥도 혼행도 혼숙도 끝났다. 함께 따로 먹고 마시고 걷는 길이다.

102코스
강화나들길

외포항에서 창후항 10.9km

외포항 > 황청정수지 > 계룡돈대 > 망월돈대 > 창후항

12시 정각, 외포항에서 102코스를 시작한다. 102코스는 내가면 외포리 외포항에서 황청저수지, 계룡돈대, 망월돈대를 지나서 하점면 창후리 창후항에 도착하는 구간으로 강화나들길 16코스와 겹친다.

102코스 안내판 앞에서 젓갈수산시장으로 나아간다. 외포항 터줏대감 갈매기들이 하늘을 날며 나그네를 환호한다. 리처드 바크의 '높이 나는 새가 멀리 본다!'는 갈매기 조나단의 꿈이 내 꿈이 되어 달려가는 서해랑길이다. 꿈을 이루는 가장 좋은 방법은 목표를 세우고, 그 꿈을 향해 모든 것을 집중하는 것, 그렇게 하면 단지 희망 사항이었던 것이 꿈의 목록으로 바뀌고, 다시 그것이 해야만 하는 일의 목록으로 바뀌고, 마침내 이루어 낸 성취 목록으로 바뀐다. 꿈을 가지고 있기만 해서는 안 된다. 꿈은 머리로 생각만 하는 것이 아니라 가슴으로 느끼고 손으로 적어 발로 뛰는 게 꿈이다.

나 홀로 걷는 여행자가 서해랑길 종주의 꿈을 이루기 목전에 있다. '가장 빠른 여행자는 자기 발로 가는 사람'이라 하였던가. 산 넘고 물 건너 비바람 눈보라 헤쳐서, 천 리 길도 한 걸음부터를 넘어 1,800km를 가까이 걸어왔다. "모기도 모이면 천둥소리를 내고, 거미줄도 수만 겹이면 호랑이를 묶는다."는 속담처럼 두 발로 걸어서 실증하고 투지를 불태우는 길이었다. 헤르만 헤세가 '혼자'를 노래한다.

세상에는 크고 작은 길이 너무나 많다.
그러나 도착지는 모두 같다.
말을 타고 갈 수도, 차로 갈 수도 있다.
둘이서, 아니면 셋이서 갈 수도 있다.
하지만 마지막 한 걸음은
혼자서 가야 한다.
그러므로 아무리 어려운 일이라도
혼자서 하는 것보다 더 나은 지혜나 능력은 없다.

혼자 걷는 나그네가 내가면 황청리 산길로 올라간다. 길은 산길이든 물길이든 사람이 다니면 끝이 없는 길이 된다. 길은 영원히 인간의 발길을 기다리고 있다. 길 위에 있을 때는 나그네는 늘 가슴이 뛰고 자유롭다. 길을 떠날 때면 늘 '진정 내가 있을 곳이 여기인데'라는 생각이 든다. 살아 숨 쉬는 한 나는 걸을 것이다.

'함께, 따로' 걸어가는 길, 형과 두 아우가 정겹게 걸어가고 나그네는 나 홀로 걸어간다. 데이비드 소로의 1841년 3월 13일 일기다.

"인간이란 결국 혼자가 아닌가! …… 길이 갈리는 곳에서 나는 또다시 홀로 길 위에 서야 한다. 인생의 먼 여정을 끝까지 함께 갈 수 있는 사람은 없기 때문이다."

예수성모수녀원 묵주기도동산을 걸어간다. 머나먼 서해랑길, 나아가 인생길을 함께 동행하신 주님에게 감사한다. 예수의 일생 중 마지막 가르침은 최후의 만찬 세족식에서 제자들의 발을 씻어준 겸손이었다. 그리고 서기 30년 4월 7일 오후, 골고다 형장 십자가 위에서 마지막으로 가상칠언(架上七言), 일곱 마디 말씀을 남겼다.

"아버지, 저들을 사하여 주옵소서 자기들이 하는 것을 알지 못함이니이다"(눅 23:34)
"내가 진실로 네게 이르노니 오늘 네가 나와 함께 낙원에 있으리라"(눅 23:43)
"여자여, 보소서 아들이니이다… 보라 네 어머니라"(요 19:26-27)
"엘리 엘리 라마 사박다니(나의 하나님 나의 하나님 어찌하여 나를 버리셨나이까)"(마 27:46, 막 15:34)
"내가 목마르다"(요 19:28)
"다 이루었다"(요 19:30)
"아버지 내 영혼을 아버지 손에 부탁하나이다"(눅 23:46)

지나온 인생의 길, 믿음이 있어 행복했다. 내 평생 선한 길로 인도

외포항 수산물 직판장

한 예수를 생각하며 묵묵히 자신의 십자가를 지고 십자가의 길을 걸어간다.

차도를 따라 걸어서 용두레마을을 지나간다. 석모도 가는 길목에 위치한 용두레마을은 구수한 노랫가락에 맞춰 물을 푸는 아름다운 전통을 간직한 마을이다. 예로부터 많은 물이 흘러 큰 인물이 많이 난다는 전설이 내려오는 용두레마을은 남쪽과 동쪽으로는 봉화산과 국수산으로 포근하게 둘러싸여 있고, 서쪽으로는 석모도와 서해바다가 펼쳐져 있어 아름다운 서해낙조를 관망할 수 있는 곳이다. 석모도 가는 길, 예전에는 배를 타고 건넜는데 2017년 1.41km 석모대교가 개통되면서 교통이 편리해졌다.

갈대가 손짓하는 해변길, 바다 쪽에는 갈매기들이 한가로이 노닐고 망월평야의 겨울 들판에는 철새들이 한가로이 먹이활동을 하고 있다. 강화나들길 16코스 안내판을 지나서 계룡돈대가 다가온다. 돈대는 적의 움직임을 살피거나 공격에 대비하기 위해서 영토 내 접경지역이나 해안지역의 감시가 쉬운 곳에 설치하는 초소로 대개 높은 평지에 쌓아두는데, 밖은 성곽으로 높게 하고 안은 낮게 하여 포를 설치해두는 시설물이다.

강화도에는 5진 7보 53돈대가 있다. 병자호란(1636~1637) 이후 조선의 방어시설을 확충하면서, 강화도 해안을 방어하는 5개의 진(鎭)과 7개의 보(堡), 해안선을 따라 53돈대(墩臺)를 설치하였다. 진은 대대, 보는 중대 규모의 군대를 뜻하며, 돈대는 경사면을 자르거나 흙을 돋우어 평탄지를 만들고 옹벽을 구축한 곳을 말한다.

계룡돈대는 망월 평야의 독립된 고지 위에 위치하고 있다. 당시 돈대 축조공사는 왕을 호위하는 어영군을 포함해 12,262명이 투입되고, 운반선 84척이 동원되는 대규모 공사였다. 1679년 4월에 경상도 군위현의 어영군이 계룡돈대를 축조하였는데, 강화 53돈대 중에서 유일하게 축조 연대가 표시되어 있다.

바닷가 둑길을 따라 하점면 망월리 망월평야를 걸어간다. 드넓은 바다와 드넓은 평야를 번갈아 바라보며 가는 길이다. 북한이 가까이 있어서일까, 생소하면서도 묘한 기분이 스쳐 간다. 강화에서 단일 간척평야로는 가장 넓은 망월평야는 고려 후기부터 20세기까지의 간척사업의 결과물이다. 마을이 벌판 가운데 있어 달을 먼저 바라본다고 하여 망월리라고 하였다. 망월리에는 망월돈대부터 무태돈대까지 이어진 만리장성이 있었으나, 1998년 대규모 해일로 만리장성과 망월평야가 일부 소실되었다.

강화는 강화도, 고가도, 황산도, 송가도, 석모도, 매음도, 교동도 등 10여 개의 작은 섬으로 이루어진 도서 지역이다. 복잡한 해안선과 넓은 갯벌에 둘러싸여 있던 강화는 800여 년간 노력으로 오늘날과 같은 인공평야를 갖게 되었다. 특히 몽골군과 왜군의 잦은 침입을 방어하기 위해 고려말, 조선 중기에 활발하게 진행된 간척은 강화를 전략 요새화하였다는데 중요한 의미를 갖는다. 강화 천도 후 식량을 지역 내에서 조달할 수 있는 병참기지까지 갖춘 완벽한 요충지였다.

잘 정비된 망월돈대(望月墩臺)에 올라선다. 망월돈대는 조선 숙종 5년(1679)에 강화지역 해안선 방어를 위해 축조한 것이다. 돈대 북측 장성(長城)은 고려 고종 19년(1232)에 강화로 천도하면서 해안방어를 위해 처음 쌓았다고 한다. '만리장성'이라 불렀다고도 한다.

새들이 하늘을 날아간다. 철새들이 줄을 지어 계속해서 날아간다.

'철새는 날아가고', 사이먼 앤 가펑클의 엘 콘도 파사(El Condor Pasa)가 들려온다.

달팽이가 되기보다는 참새가 되고 싶어요
맞아요 할 수만 있다면 정말 그렇게 되고 싶어요
못이 되기보다는 망치가 되고 싶어요
맞아요 할 수만 있다면 정말 그렇게 되고 싶어요

얼마나 자유로울까. 바다 끝은 하늘인데 하늘의 끝은 어디일까. 훨훨 날아가고 싶다. 하늘 멀리 떠나고 싶다. '어디로라도! 어디로라도! 이 세상 바깥이기만 하다면……'이라 했던 보들레르처럼 어디로라도, 이 세상 바깥이기만 하다면 어디로라도 떠나고 싶다. 목적지는 문제가 아니다. 진짜 욕망은 그냥 떠나는 것, 어디로라도 떠나는 것, 떠나기 위해 떠나는 것, 멀리멀리 떠나는 것이다.

길 떠난 나그네가 길에서 다시 길을 떠나기를 바라면서 길을 간다. 갈대들이 고개 숙여 인사를 한다. 서해랑길에서 만났던 수많은 갈대와도 이제는 이별이다. 나그네의 다정한 벗이었던 바다와 갯벌, 낙조와 철새들, 바람과 구름과도 이제는 모두가 이별이다.

'고마워! 모두가 안녕. 우리는 영원한 친구야!'

'강화나들길 서해황금들녘길 16코스' 안내판이 다가온다. 창후항에서 시작하여 외포항까지 13.5km로 시점과 종점은 같지만 길이는 서해랑길 보다 2.6km가 더 길다.

강화나들길은 선사시대의 고인돌, 고려시대의 왕릉과 건축물, 조선시대의 진·보와 돈대 등을 보면서 강화도의 자연과 생태환경을 느낄 수 있는 도보여행길이다. 강화도의 역사와 문화, 자연이 모두 강화나들길에 있다. 강화나들길은 모두 20개 코스 총거리 310.5km이다.

길이란, 걷는 것이 아니라, 걸으면서 나아가는 것이다. 나아가지 못하는 길은 길이 아니다. 길은 모두에게 열려 있지만 모두가 그 길을 갈 수는 없다. 서해랑길, 강화나들길은 용기 있는 자만이 갈 수 있는 길이다. 누군가는 묻는다. 앞으로 어디로 갈 거냐고. 그러면 대답한다. '아직 못 가 본 길이 나의 갈 길이다'라고.

행복을 향해 돛을 올린 나그네가 강화나들길 서해 황금들녘길을 걸어간다. 낚시꾼들이 나그네를 바라보고 나그네가 낚시꾼을 바라본다. 사는 길 다른 데 뭐 그냥 사는 대로 사는 게지. 송익필이 산행(山行)을 노래한다.

가노라면 쉬는 걸 잊어버리고,
쉬노라면 가는 걸 잊어버리네.
솔 그늘에 말 세우니 맑은 물소리,
뒤에 오던 사람들 내 앞을 가네.
가는 곳 서로 다른데 다툴 것 뭐 있는가.

만물유도(萬物有道)다. 모든 사물에는 자신의 길이 있다. 사람의 길, 자연의 길, 하늘길, 바닷길, 비단길, 초원길이 있고 인류 역사상 가장 오래된 교역로인 차마고도(茶馬古道)가 있다. 연어는 연어의 길을 가고 참치는 참치의 길을, 넙치는 넙치의 길은 간다. 봉황은 봉황의 길을 가고, 연작은 연작의 길을 간다. 범은 범의 길을 가고 오소리는 오소리의 길을 간다. 군자의 길을 가고, 대장부는 대장부의 길을, 소인은 소인의 길을 간다. 강태공은 강태공의 길을 가고 나그네는 나그네 마음의 길을 간다. 가는 길 다른데 다툴 필요가 없다. 추수 끝난 텅 빈 들녘을 걸어간다. 푸르른 하늘이 싱그럽게 웃고 있다.

바다 건너 교동도와 교동대교가 점점 가까이 다가온다. 연륙교인 교동대교가 2014년 개통되면서 여러 번 다녀온 적이 있다. 교동도에는 평화와 통일을 테마로 한 '교동제비집', '평화나들길', '교동스튜디오'가 조성되어 있고, 대룡시장에는 옛 풍경과 구조가 그대로 유지되어 오고 있어 관광객들의 발길이 이어지고 있다. 교동향교는 한국 최초의 향교로 동국 18현인 최치원 등의 위패가 봉안되어 있다.

강화도와 교동도는 고려 희종, 조선 연산군, 임해군, 광해군, 능창대군, 익평군 등 천여 년 동안 왕과 왕족들의 유배지로 삼아왔던 곳이다. 서울과 지척에 위치하기 때문에 '곁에 두고 본다'는 의미가 컸다. 서울에는 살 수 없도록 해야 하며, 왕족을 먼 지방에 유배시킨다는 것도 마땅치 않아 감시와 격리가 용이하였던 강화와 교동이 유배지로 사용되었다. 왕족의 유배 생활은 다른 사람과의 만남이 제한되었고, 글을 쓰는 것조차 함부로 할 수 없었기 때문에 그 기록이 많지 않다. 슬픔이 멈춘 곳, 왕과 왕족의 귀양지가 강화도요, 물길이 험하지만 땅이 비옥한 유배지가 교동도다.

길 위의 자발적 유배자로 한반도를, 나아가 세계를 떠돌아다니고 있는 나그네가 오늘은 바다 건너 교동도가 보이는 강화도를 걸어가고 있다. 비무장지대인 강화 최북단의 작은 포구 창후항이 점점 다가온다.

14시 20분, 드디어 102코스 종점 하점면 창후항에 도착했다.

17시 30분, 석모도에서 '서해랑길 종주 전야제'를 거행했다. 참석한 형제들, 광섭 형님과 석윤, 준규, 상열, 충식, 정화가 우정의 밤을 함께 했다. 잊을 수 없는 행복한 밤이었다.

103코스

아아, 나는 시도했고 마침내 도착했다!

창후항에서 강화평화전망대 13.1km

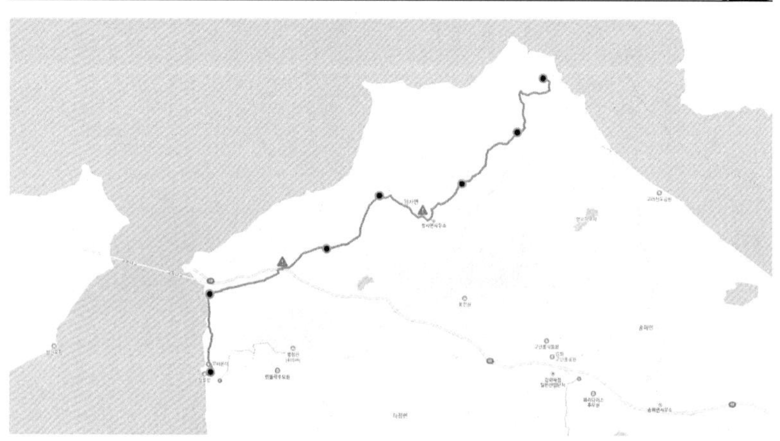

창후항 > 송산삼거리 > 양사파출소 > 별악봉 > 강화평화전망대

새벽 3시, 아아, 이럴 수가! 눈이 내렸다. 산 아래 언덕에서 바라보는 온 누리가 하얗다. 산이 하얗고 바다가 하얗다. 바다에 떠 가는 군함도 하얗다. 태양도, 하늘도, 나무도, 들판도 하얗고 온통 하얀 세상이다. 석모도가 마주 보이는 외포리 산비탈 숙소에 새벽부터 폭설이 내렸다.

이번에도 하늘은 어김없이 눈을 내려 주었다. 2010년 3월 25일 국토 종주 마지막 날 새벽, 금강산 콘도에서 새벽 창문을 열었을 때 동해바다에서 눈보라가 몰아쳤다. 통일전망대 가는 길, 특전사 출신의 기무부대원이 에스코트하면서 걸어가는 민통선이 폭설로 뒤덮인 설국이었다.

2020년 10월 30일 남파랑길 마지막 날 새벽부터 폭설이 오기 시작했다. 달마산 달마대로는 몰아치는 눈보라로 길을 찾을 수 없을 정도로 하얗게 뒤덮였다. 2022년 12월 21일 하늘은 때에 맞춰 순백의 양탄자로 서해랑길과 세상을 하얗게 덮어 주었다. 서해랑길 도보종주 마지막 날, 천시(天時)와 지리(地利), 인화(人和)의 복을 모두 다 듬뿍 누린다.

"모두 기상! 눈이 왔다!"

지난밤 늦게까지 축제를 벌였건만 시끌벅적, 다시 행복한 하루를 시작한다. 뜨거운 형제애, 찐한 우정이 흘러간다. 외롭고 사람이 그리울 때면 여정 중간마다 함께 동행을 하면서 그때마다 위로가 되고 힘이 되어준 형제들이다. 이른 새벽인데 전화가 오고 간다. 용인 한국민속촌 인근에 살고 있는 정안 아우가 폭설이 내린 이 날씨에 이곳으로 길을 나섰다는 것이다. 대장정이 끝나는 날, 주인공과 꼭 함께 걸어야 한다는 의지를 불태우는 아우가 무사히 도착하기를 바라면서 따끈한 밥과 국물을 남겨 둔다.

아침 7시 20분, 숙소에서 각자의 길을 간다. 상열 아우는 용인으로 출발하고 정안 아우는 용인에서 출발했다. 벗 석윤과 아우 준규는 먼저 평화전망대로 갔다. 승용차를 가져다 두고 창후항에서 다시 만나기로 했다. 충식 아우는 지난밤 용인으로 갔다. 창후항으로 이동하기 위해 위험천만, 조심조심 언덕 위 펜션에서 승용차를 끌고 도로로 내려간다. 아무도 가지 않은 하얗게 눈으로 덮인 도로를 느릿느릿 달려 창후항으로 달려간다. 이제 시작이다!

12월 21일 수요일 9시 30분, 위대한 여정의 마지막 103코스를 시작한다. 역사적인 날, 역사적인 순간이다. 103코스는 창후항에서 성덕산을 지나고 별악봉을 지나서 서해랑길 종점 강화평화전망대까지 걸어간다. 갈 수 없는 땅과 건널 수 없는 바다를 바라보며 분단의 아픔을 느낄 수 있는 구간이다.

때마침 정안 아우가 도착했다.

"우와, 무사히 잘 왔어!"

모두들 뜨겁게 포옹을 한다. 103코스 안내판 앞에서 역사적인 기념 사진을 이리 찍고 저리 찍고 행복한 아침이다.

“행복한 사람은 노래하는 거야. 우리 노래하자!”

노래와 함께 '파이팅!'을 외치고 대장정의 마지막 103코스를 출발한다. 온 누리가 하얀 눈으로 덮인 서해랑길, 운치의 극치를 즐기며 걸어간다. 2년 전 남파랑길 마지막 90코스의 설국은 나 홀로 걷는 길이었지만 서해랑길 마지막 103코스의 설국은 형제들과 함께 걸어간다. 벗 석윤은 용인으로 돌아가고 아우 정안이는 '형제애가 뭐길래!' 이른 새벽 위험천만한 눈길을 달려 결국 이곳까지 왔다. 광섭 형님과 정화, 준규와 정안, 우리 일행은 모두 다섯 명이다. 보무도 당당하게 길을 간다. 돌아보면 정말 먼 길을 걸어왔다. 천 리 길을 넘어 만 리 길을, 코리아 둘레길을 해변 따라 U자형으로 걸어왔다. 길에서 만난 사람들, 숱한 인연들은 지금 어디서 무엇을 하고 있을까.

무태돈대를 지나간다. 숙종 5년(1679)에 강화유수 윤이제가 해안방어를 목적으로 쌓은 돈대이다. 양사면 인화리, 하얀 벌판을 걸어간다. 한 무리의 철새들이 눈 덮인 들판에서 먹이를 찾는다. 어찌하나, 눈 속에서 먹이를 찾을 수 있을까. 혹시 굶는 것은 아닐까. 새들은 자연과 더불어 살아가는 생존 능력을 가지고 있을 것인데도 공연히 측은지심이 발동한다.

휴대폰으로 컬러링 '철새는 날아가고' 엘 콘도 파사(El Condor Pasa)가 들려온다. 이 노래는 10대에 배운 노래로, 평생을 함께하고 있다. 휴대폰으로 전화가 올 때마다 고향의 청산과 안데스의 잉카가 잔잔하게 다가온다. 이제 서해랑길에서 만나는 이 노래와도 이별이다.

구름도 잃어버린 작은 새야
고향도 잃었나 가여운 새야
친구도 멀리 떠나 버리고

혼자만 남았나 가여운 새야
저 멀리 훨훨 날아가거라
고향을 찾아서
보고픈 친구 찾아 날아라
저 멀리 저 멀리
날아가거라.

달팽이가 되기보다는 참새가 되고 싶어요
맞아요 할 수만 있다면 정말 그렇게 되고 싶어요
못이 되기보다는 망치가 되고 싶어요……
지금은 멀리 날아가 버린 한 마리의 백조처럼
나도 어디론가 떠나가고 싶어요……

이제 서해랑길에서 만나는 철새들의 비상도 오늘로 끝이 난다. 하지만 삶 속에서는 계속될 것이다. 땅끝에서부터 함께 했던 서해랑길의 철새들과 나그네는 다 같이 스쳐 가는 자연의 한 조각이었다. 대부분의 사람들은 자연의 섭리를 잊은 채 살아가고 있다. 자연의 오묘한 진리를 모르고 자연이 주는 혜택을 누리지 못한 채 어리석게도 항상 자연을 이기려고 대든다. 자연 앞에 겸손해야 한다. 자연을 거스르면 반드시 재앙을 맞이한다. 자연과 사람이 함께 어우러졌을 때, 바로 이때가 진정 자연스러운 것이다.

하얗게 칠해진 아름다운 해변과 들판을 철책으로 막아버린 부자연스러운 길을 걸어간다. 분단된 민족의 슬픈 현실이다. 태양이 슬며시 고개를 내밀었다가 부끄러운 듯 다시 구름 뒤로 숨는다.

용인국립공원탐방대 큰 대장이신 광섭 형님이 제일 앞장서서 걸어가고 뒤따라오는 아우들과는 서서히 거리가 벌어진다. 광섭 형님은 이번 여행이 끝나간다는 사실을 누구보다 아쉬워한다. 74코스 청산리나루터에서 하루 '30km, 4만 보'를 걸어서 '3040클럽'에 가입했다고 좋아했었다.

교산천을 지나서 강화교산교회로 나아간다. 선상 세례를 주는 엄숙한 모습이 재현되고 있다. 1892년 제물포교회에 부임한 존스 선교사가 강화를 찾아왔으나 다리목마을의 김초시 양반이 "서양 오랑캐가 우리 땅을 밟으면 좇아가서 그 집을 불태워 버리겠다."고 하여 보름달이 훤히 빛나는 밤에 배 위에서 여인에게 세례를 주는 모습이다. 강화에 복음의 겨자씨가 떨어지는 역사적인 순간이었다.

베드로와 가롯 유다의 공통점으로는 예수의 제자로서 예수를 배신한 배신자이며 나아가 참회와 통곡을 했다는 것이다. 차이점은 베드로는 배신자인 자신을 용서하고 제자의 길을 갔고, 유다는 자신을 용서하지 못하고 분노하여 스승을 팔아 얻은 은화 30량을 제사장들에게 집어던지고 나무에 목을 매어 자살했다는 것이다. 제사장들은 그 돈으로 밭을 사고 피의 대가로 얻은 것이라고 '피밭'이라고 했으며, 나그네의 무덤으로 사용했다. 유다는 스스로를 용서하지 못하고 죽음의 길로 갔지만 베드로는 스스로를 용서하고 제자의 길로 가서 교회의 반석이 되었다. 그리고 가톨릭의 초대 교황이 되었다. 유다의 길과 베드로의 길, 나는 어느 길로 갈 것인가. 예수는 '일곱 번을 일흔 번까지라도' 용서하라고 했으니, 용서의 길로 가야 하리라.

나는 죽을 때까지 재미있게 살고 싶다. 시간의 길과 공간의 길에서 나그네로, 순례자로 재미있고 의미 있고 보람 있게 살고 싶다. 예정된 유다의 길이라면 그 또한 신의 은총 안에서 나 자신의 평화를 원한다.

다사
0401
7855
서해랑길
성덕산

강화복음전래기념비를 지나서 "기쁘다 구주 오셨네", "지극히 높은 곳에서는 하나님의 영광이요 땅에서는 기뻐하심을 입은 사람들 중에 평화로다(눅2:14)"라는 현수막 아래로 교회 계단을 올라간다. 성탄절이 며칠 남지 않았다. 강화 초대 기독교선교역사관을 지나서 다시 들판으로 걸어간다. 하늘을 수놓으며 철새들이 날아간다.

성덕산 등산로 입구로 올라선다. 이제 본격적인 산행이다. 광섭 형님과 함께 아직 아무도 밟지 않은 눈이 폭폭 쌓인 산길을 올라간다. 선녀바위, 장군바위, 두꺼비바위 이정표가 어서 올라오라고 부른다. 등산을 싫어하셨건만 최근 몇 년간 열심히 산을 다니시는 형님에게 박수를 보낸다. 뒤따라오는 동생들은 보이지도 않는다.

눈보라가 몰아친다. 폭설로 산에 길이 없어졌다. 길이 없다. 길에서 길을 묻고 길에서 길을 찾는다. 다니던 길이 없어졌으니 걸어가는 길마다 길이다. 길 없는 길을 걸어가니 길 아닌 길이 없다. 인생살이도 길 밖에서 길을 바라보면 길 아닌 길이 없다. 삶은 곧 길이다. 길에서 시작되고 길에서 끝나지만 길은 길에 연하여 그 끝은 끝이 아닌 또 다른 시작이다. 길이 끝나는 법은 없다. 다만 어디로 가느냐가 중요하다.

"나의 갈 길을 오직 그가 아시나니 그가 나를 단련하신 후에는 내가 정금같이 나오리라"(욥기 23:10)

젊은 날 나의 갈 길을 신에게 그 얼마나 물었던가. 물었다. 묻고 또 물었다. 하지만 신은 부르짖는 내 음성을 외면했다. 그래서 신은 죽었다고 생각했다. 세월이 흘러 가끔씩 신의 섭리, 자연의 섭리를 깨닫는다. 그래서 다시 묻고 또 묻는다. 그러면 미세한 음성이 살며시 들려온다. 신은 다양한 모습으로 응답한다.

나무들이 눈 우산을 쓰고 있는 눈으로 하얗게 뒤덮인 산속 산길의 풍경, 아아, 이렇게 좋을 수가! 하얀 눈길을 걸어간다. 눈 위에 또 눈이 온다. 눈이 쌓여서 산은 점점 키가 높아지고 하늘은 조금씩 가벼워진다. 눈 위에 눈이 오는 설경을 바라보면서 눈을 밟고 걸어간다. 눈이 "아얏!" 하며 아프다고 엄살을 부린다. 눈길을 가던 나그네는 내리는 눈에 볼을 부비고, 가던 길을 멈춘 나그네는 내린 눈에 키스를 한다. 하늘이 하얀 눈을 뿌려서 먼 길 걸어온 서해랑길 나그네를 축하한다. 눈 위에 축제의 무대가 펼쳐지고 눈 내리는 설산에 순백의 무대를 장식한다.

저 자유의 하늘을 높이 나는 새처럼 훨훨 날아간다. 어디로라도, 어디로라도, 세상 밖이라면 어디로라도 가고 싶었는데, 이제 저 하늘의 신들조차도 꽃눈 뿌리며 꿈을 이룬 나그네를 축복한다. 영혼의 빛 속에서 자유를 발견한다. 축복은 밖에서 오는 것이 아니라 저 땅속에서 솟아오르는 샘물처럼 안으로부터 솟아 나오는 것이다. 세상 사람들이여, 사람이 살지 않는 산속은 축복의 그곳, 홀로 느끼는 이 즐거움을 어찌 알겠는가!

산속을 헤매는 야생의 한 마리 짐승처럼 어슬렁어슬렁 걸어 올라 양사면 교산리 산 1번지, 드디어 성덕산 정상(215m)에 도착한다. 형용할 수 없는 아름다운 풍경, 설국이 눈 아래에 펼쳐진다. 눈 속으로 발이 푹푹 빠지는 산길을 내려가서 다시 별악봉(167.3m)으로 올라간다. 하얀 눈으로 덮인 산 능선을 따라 오르고 내리기를 즐기면서 걸어간다. 순간, 정자가 보이고 '평화전망대 하산길' 이정표가 나타난다. '아아, 이제 정말 다 왔구나!' 탄성이 쏟아진다. 기쁘다. 눈가에 이슬이 맺힌다.

"울지 말라. 오로지 복수하라. 최고의 복수는 행복하게 사는 것이다."라는 아일랜드 속담처럼 나는 세상과 맞짱을 떠서 복수를 했다. 그 복수는 바로 지금 너무나 행복하다는 것이다. 눈물 젖은 빵을 먹어보지 않고는 인생을 논하지 말라고 했던가.

산에서도 울었고 바다에서도 울었다. 그리고 다짐했다. 결코 바보처럼 더는 울지 않겠노라고. 세상을 놀이터로 만들고 재미있게 살 거라고. 그리고 흐르는 세월 속에 산과 바다, 자연을 찾아 걸어가는 여행은 자족하고 자쾌하라는 가르침을 주었다.

에머슨은 "위대한 사람이란 물질을 바꿀 수 있는 사람이 아니라 자신의 마음 상태를 바꿀 수 있는 사람이다."라고 했다. 외부의 그 무엇으로도 채울 수 없는 결핍은 결국 마음으로 채울 수 있었다. 모든 것은 마음이었고, 나 홀로 걷는 길은 그 마음을 찾아가는 여정이었다. "위대한 사상은 모두 산책 중에 잉태된다."는 니체의 말처럼.

11시 30분, 광섭 형님과 함께 정자에서 아우들을 기다린다. '이제 이곳을 내려가면 서해랑길 1,800km 끝이 난다. 한참을 기다려도 오지 않는 아우들, 시간이 지나면서 한기가 몰려온다. 할 수 없이 먼저 내려가기로 하

고, 낭만의 파티를 위해 가져온 막걸리와 음식을 정자에 남겨두고 하산을 한다. 한 걸음 한 걸음 음미하면서 절정의 순간들을 즐긴다.

도로변으로 내려와서 버스 승강장에서 다시 기다린다. 서해랑길 최종 목적지인 평화전망대, 1,800km를 마무리하는 역사적인 그 순간에 함께 발을 내딛기 위해서다. 한강과 임진강, 예성강이 만나 함께 강화를 지나서 서해로 흘러가듯이 남과 북도 하나로 만나 걸어야 하고 우리도 함께 만나 함께 걷고 함께 도착해야 한다.

드디어 함께 평화전망대로 올라간다. 역사적인 발걸음의 동행자는 최광섭, 서정안, 김준규, 채정화다. 오늘 이 발걸음은 내일이면 또 한 점의 멋진 추억이 된다. 스토리는 히스토리가 되어 아름다운 선으로 이어진다.

12시 56분, '서해랑길 103코스-DMZ 평화의 길 1코스' 안내판 앞에 도착한다. 역사적인 순간이다. 아아, 나는 시도했고 마침내 도착했다! 땅끝에서 시작했고 평화전망대에서 종지부를 찍었다. 서해랑길 끝 지점이자 DMZ 평화누리길 시작 지점, 나그네는 그곳에 도착했다. 땅끝에서부터 걸어온 지난 59일간의 여정이 바람처럼 꿈처럼 스쳐 간다. 가을하늘 아래 노랗게 물든 단풍을 바라보며 시작했는데, 낙엽 지고 추위가 몰아치는 겨울 속으로 들어와서 이제 많은 눈이 내리는 날 마무리를 한다. 마치 순백의 세상에서 새로이 시작하라는 것처럼. 그 누가 알겠는가, 이 찬란한 기쁨을!

다시 평화전망대로 올라간다. 1층 통일염원소에서 평화통일을 염원하고 북한전시관을 지나서 2층 전망대로 향한다. 양사면 철산리 민통

서해랑길
103-DMZ 평화의길 01 SEOHAERANG TRAIL·DMZ PEACE TRAIL
서해랑길
서해랑길 103-DMZ 평화의길 01

선 북방 지역에 위치한 평화전망대에서는 남한에서 가장 가까운 2.3km 거리에서 북한 주민의 생활상을 육안으로 볼 수 있다. 전방에는 예성강이 흐르고, 좌측으로는 황해도 연안군 및 배천군으로 넓게 펼쳐진 연백평야가 있다. 우측으로는 임진강과 한강이 합류하는 지역을 경계로 김포시와 파주시가 위치하고, 전망대 정면으로는 멀리 송악산이 보인다. 그 아래에 개성시와 개성공단이 위치하는데, 오늘은 흐려서 전혀 보이지 않는다. 평화전망대에서 남쪽 하늘, 북쪽 하늘을 번갈아 바라보면서 겨레의 평화와 통일을 기원한다.

아아, 나는 시도했고 도착했다!

마침내 서쪽(西) 바다(海)와 함께(랑) 걷는
서해랑길 종주가 끝이 났다.
아아, 이제는 또 어디로 가지?
나는 걷고 싶다.
"니는 걸어 봤냐? 나는 걸어봤다!"라고 외치면서
방랑의 길을 걷고 싶다.
벅차오르는 뜨거운 감격으로
이제 '서해랑길의 노래'를 부르면서
멀고 먼 여정을 끝마친다.

아아, 서해랑길
해남 땅끝탑에서 강화 평화전망대까지
멀고 먼 사천오백 리 길
가을에서 겨울로 가는 길
땅끝에서 하늘 끝까지
나 홀로 걷는 국토 편력의 길
붕새가 구만리 장천
하늘나라 가는 길이어라

오십구일 간의 서해랑길
한 걸음 한 걸음
걷고 또 걸어서
하늘은 가벼워지고
온 누리는 하얗게 키가 자라는
눈 내리는 바로 그날

도착했느니라

아아, 나는 시도했고
마침내 도착했느니라
길은 길에 연하여
다시 북녘땅 저 끝까지
지구별 저 끝까지
세상 끝 어디로라도 어디로라도
걷고 또 걸어가기를
간절히, 간절히 소망하면서
이제 '서해랑길의 노래'를 끝마친다.

에필로그

2022년 10월 24일부터 12월 21일까지 59일간 서해랑길 1,800km를 나 홀로 걸어서 종주했다. 서해랑길 도보여행은 유네스코 세계유산으로 등재된 드넓은 갯벌과 황홀한 일몰, 사람과 자연, 길 위의 역사와 문화를 만나는 최고의 낭만 여행이었다.

서해랑길은 '서쪽(西) 바다(海)와 함께(랑) 걷는 길'이란 뜻으로, 전남 해남 땅끝탑에서 인천 강화 평화전망대까지 서쪽 해안을 따라 구축된 109개 코스, 약 1,800km 걷기 여행길이다. 동쪽의 해파랑길, 남쪽의 남파랑길, 서쪽의 서해랑길, 북쪽의 DMZ 평화의 길로 구성되는 코리아둘레길의 한 축이다.

코리아둘레길은 동·서·남해안 및 DMZ 접경 지역 등 우리나라 외곽을 하나로 연결하는 약 4,500km의 초장거리 걷기여행길이다. '대한민국을 재발견하며 함께 걷는 길'을 비전으로 '평화, 만남, 치유, 상생'의 가치를 구현하는 10개의 광역지자체, 78개의 기초지자체와 함께 만들어 가는 길이다.

코리아둘레길의 기원은 이명박 정부의 녹색정책에서 찾을 수 있다. 이명박 정부의 첫해인 2007년 제주올레 1코스가 개장되었고, 이듬해엔 지리산둘레길이 첫 코스를 열었다. 국내에 걷기 여행 붐이 불기 시작하자 관광 주무부처인 문화체육관광부도 트레일 사업에 착수했다. 문체부는 영덕 블루로드, 강릉바우길, 소백산자락길 등 기초단체 단위의 짧은 트레일을 발굴하고 조성했는데, 걷기 여행이라는 새 관광 트랜드에 걸맞는 장거리트레일이 필요했다. 그래서 2010년 국내 최장 거리 동해안 해파랑길을 열기로 하고 조성에 착수했다. 그리고 2016년 코리아둘레길의 원조라고 할 수 있는 해파랑길을 개통했다.

2016년 6월 박근혜 대통령은 '한국의 동·서·남해안 도로와 비무장지대(DMZ) 접경 지역을 연결하는 4,500km의 걷기 여행길인 코리아둘레길을 조성하겠다.'고 처음 밝혔다. 당시 박근혜 정부는 관광에 매우 적극적이었다. 발표 한 달 전인 2016년 5월에 정식 개통한 해파랑길의 인기가 불을 지폈다. 정식 개통 전에 해파랑길을 걷는 사람들이 아주 많았다. 필자도 그중 한 사람이었다. 동해안 종주 트레일이 인기가 좋으니 남해안 종주 트레일도 만들고 코리아둘레길을 만들자는 계획이었다.

하지만 2017년 5월 들어선 문재인 정부는 코리아둘레길 사업을 적폐로 몰았고, 사업은 폐기될 위기에 처했다. 그러나 사업은 다시 살아남았다. 문재인 정부가 'DMZ 평화의 길' 사업을 대북 관계 개선을 기대하는 호재로 판단했기 때문이다.

2020년 10월 31일, 우여곡절 끝에 부산 오륙도해맞이공원에서 해남 땅끝탑까지 1,470km의 남파랑길이 개통했다. 2016년 5월, 770km 해파랑길을 개통했을 때 국내 최장 트레일이라 홍보했는데, 남파랑길은 해파랑길의 두 배 가까이 됐다.

그리고 2022년 6월, 해남 땅끝탑에서 강화도 평화전망대까지 1,800km 서해랑길이 개통되었고, 이제 강화도 평화전망대에서 고성 통일전망대까지 DMZ 평화의 길이 윤석열 정부에 의해 개통되면 코리아둘레길은 이념과 정파를 뛰어넘어 네 개 정권이 차례로 추진한 유일무이한 관광정책이 될 것이다.

2014년 8월, 임시 개통된 해파랑길 770km를 25일간 종주하고 나서 “해파랑길에서 잘 놀았는데 다음은 어디로 가지?”라고 했던 필자의 외침은 2020년 12월, 남파랑길 1,470km, 53일간 종주로 이어졌다. 한국관광공사에서는 이때 필자에게 ‘걷기왕 인증서’와 ‘명예의 전당 인증서’를 수여했다.

그리고 남파랑길은 다시 2022년 12월 서해랑길 1,800km, 59일간 종주로 이어졌다. 2023년 9월이면 전면 개통될 거라던 DMZ 평화의 길은 남북관계 경색으로 인해 아직 미완성이다.

필자는 2018년 8월 한국자유총연맹에서 주관하는 ‘제9회 나라사랑 평화나눔 DMZ국토대장정’에 참가하여 강원도 고성통일전망대에서 출발해 9일간에 걸쳐 인제-양구-화천-철원-연천을 거쳐 파주 임진각까지 155마일을 도보로 횡단했다. DMZ국토대장정은 한국전쟁 당시의 전적지와 DMZ 접경 지역을 도보로 횡단하면서 한반도 분단의 체험을 통해 호국영령의 뜻을 기리는 행사였으니, 필자는 사실상 코리아둘레길을 완주했다고 할 수 있다.

서해랑길, 코리아둘레길 도보여행을 한다는 것은 미지의 길을 걸어가는 것이다. 인간은 시간과 공간으로 짜인 날줄과 씨줄 위에서 존재한다. 길 위에서 선 인간들은 시간의 길을 돌아보고 공간의 길을 돌아보며 걸어간다. 걷기 전과 걷기 후의 변화는 무엇일까, 걸었다는 사실, 단순히 육신이 걸었다는 사실을 넘어 정신에는 어떤 변화가 있는 것일까, 걷기 전과 걷기 후의 인생길에는 어떤 변화가 있을 것인가를 생각하면서 나 홀로 걷는다는 것, 이는 얼마나 낭만적인가.

모든 것이 행복했다. 여행이 깊어지면서 행복감이 바다 저 깊은 곳에서부터 밀려왔다. 이래서 행복하고 저래서 행복했다. 여명의 쌀쌀한 기온부터 맑고 흐린 날씨, 거친 바람 등등 모든 것이 행복의 이유였다. 바라보는 마음의 눈길이 달라지자 서해랑길은 신선놀음이 되었다. 지친 몸도, 외로움도, 서러움도 모든 것이 행복의 조건이었다. 때로는 철새들이 들판에서 먹이 활동을 하다가 그런 나그네를 보고 하늘 높이 날아오르며 환호성을 질렀다.

세상은 즐기는 자의 것, 서해랑길은 외롭고 힘든 고행(苦行, 孤行)의 길이면서 북 치고 장구 치며 높은 기상으로 나아가는 고행(高行, 鼓行)의 길이었다. 인생길 또한 아름다운 고행의 길을 갈 것이다. 필자의 길이 독자의 길이 되기를 바라며 긴 글을 마친다.